Rick Moody

Bis ich nicht mehr wütend bin

Rick Moody

Bis ich nicht mehr wütend bin

Stories

Aus dem Amerikanischen von
Nikolaus Stingl

Piper
München Zürich

Die Originalausgabe erschien 2000 unter dem Titel
»Demonology« bei LittleBrown, New York.

ISBN 3-492-04315-1

Satz: EDV-Fotosatz Huber/Verlagsservice G. Pfeifer, Germering
Druck und Bindung: GGP Media, Pößneck
Printed in Germany

Inhalt

Die Villa auf dem Hügel

Die Hühnermaske war jämmerlich, Schwesterherz. Eigentlich sollte die Hühnermaske das Geschäft ankurbeln. Sie sollte die Kunden dazu verlocken, sich in unserem Laden vollzuessen. Sie sollte ansprechend und komisch wirken. Sie sollte eine genaue Darstellung des wichtigsten Bestandteils unserer Speisekarte sein. Aber unter praktischen Bedingungen, Schwesterherz, auf Testmärkten – zum Beispiel direkt vor dem Restaurant –, bot die Hühnermaske einen trübseligen Anblick, eine melancholische Erscheinung (stickig war es darunter auch, sogar bei kaltem Wetter), und ich ging darin immer die Main hinunter, am Wasser entlang, nachdem du nicht mehr da warst, tigerte vor dem Hot Bird (der Eimer Hühnerkeulen 2 Dollar 99) hin und her, latschte – eine pummelige Gestalt im schwarzen Jogginganzug – meine nachgemachten Baseball-Sneakers aus dem Wal-Mart kaputt, schlurfte im Sandwich durch die Gegend, so daß die Kids angewuselt kamen und ihre gehetzten, ständig abgebrannten Mütter an der Hand zerrten. Die Kids langweilte ich praktisch sofort. Sie kannten die Masche. Sie kriegten schmale Augen, und mit einemmal gab es in unserer Stadt des Dienstleistungs-Franchising keine Geheimnisse mehr: *Ich war der Kerl, der von neun bis fünf in einer Hühnermaske arbeitete,* dabei hatte ich eine ziemlich gute Ausbildung in Betriebswirtschaft, war mehr oder weniger vorzeigbar, konnte mich ausdrücken und kam aus einer guten Familie. Ich nahm es auf die leichte Schulter, Schwesterherz, extemporierte über das Hot Bird, mit Sätzen, die ich mir aufgrund meiner Studien in Geschäftstaktik zurechtgelegt hatte, um ganze Familien für die neuen *Brathähnchen mit extra wenig Fett* zu keilen, ein Gericht, das in punkto Preis zwar ziemlich gepfeffert war, aber trotzdem schmeckte. (Und ich mußte es wissen, denn ich aß jeden Tag nach der Speisekarte. Sogar den Krautsalat.)

Jetzt das, was ich in meiner Hühnermaske sagte. Das war meine Platte: *Lust auf einen Bissen im Schnabel? Versuch's mal mit dem Hot Bird!* Oder: *Sei kein dummes Huhn, versuch's mal mit dem Hot Bird!* Dann gaben die Mütter ihr nervöses Addiermaschinen-Lachen von sich (dieses Lachen, das in nächster Nachbarschaft eines Schluchzens liegt) und zogen die Kids weg. Zwanzig Meter weiter allerdings starrten mich die Jungen und Mädchen noch immer verächtlich an, glotzten zu mir zurück, während ich mir in der Kälte die Hände wund rieb, während ich das synthetische Gummiinnere der Hühnermaske – den Duft nach Gummibällen längst vergangener Turnstunden, das Bukett der Handschuhe, die Mom zum Geschirrspülen benutzte – einatmete, während ich nach meinem nächsten Opfer Ausschau hielt. Fast neunzig Tage kostete mich die Trostlosigkeit der Hühnermaske, ihre elende, existentielle Leere, bis ich es nicht mehr ertragen konnte. Das geschah zufällig an dem Tag, an dem Alexandra McKinnon (erinnerst Du Dich noch an sie? Von der Sonntagsschule?) mit ihrem Sohn Zack – der muß jetzt sieben oder acht sein – auf ihrer täglichen Runde nichtsahnend um die Ecke bog, nichtsahnend und frisch aus einem Hallmark-Laden. Es war kurz vor dem Valentinstag. Sie wußten natürlich nicht, daß ich darunter steckte, unter der Hühnermaske. Sie wußten nicht, daß ich *das Huhn aus dem Keller, das Huhn der finstersten Alpträume*, d. h., um näher bei der Wahrheit zu bleiben, sie wußten nicht, daß ich ein Mensch mit ein paar ziemlich handfesten inneren Widersprüchen war. So gelang es mir, mit einem Sprung aus der Türnische von Cohen's Pharmacy Zack zu ergreifen, den ich ein wenig zu grob am Saum seines bauschigen, orangefarbenen Skianoraks festhielt. Zuerst lachte der kleine Zack, bis ich ihm, die Stimme vor Kummer brüchig, mit meinem härtesten Spruch kam und laut und vernehmlich *Der Tod ereilet jeden* deklamierte. Genau das sagte ich, und zwar ebenso überzeugend, wie ich ehedem *Weißes Brustfleisch, acht Stücke für nur 4 Dollar 59!* ausgeschrien hatte. So laut, daß er garantiert mitkriegte, was ich meinte. Er machte ein fragendes, forschendes Gesicht. Also wiederholte ich mich. *Der Tod ereilet jeden, Zachary.* Meine Stimme hatte mittlerweile etwas Drängendes. Hinter den Augenlöchern meiner Standardhühnermaske traten meine Augen hervor. Ich weinte sogar ein bißchen. Salzige Rinnsale liefen an meinem Hals hinab. Zack war zu Tode erschrocken.

Als nächstes jedenfalls bekam ich nicht die Art von koketter Aufmerksamkeit, die ich mir von seiner Mom immer erhofft hatte. Alex begann mit geballten Fäusten auf mich einzutrommeln. Ich denke, sie hatte sich zunächst rausgehalten, weil sie mich für einen verläßlichen, bezahlten Angestellten des Hot Bird hielt. Aber jetzt fiel sie über mich her, schlug mich mit wilden Schwingern fluchend grün und blau und zog mir schließlich die Hühnermaske vom Kopf – bestimmt rechnete sie halb damit, mich von Narben entstellt, wasserköpfig oder sonst wie behindert zu finden. Ihre Beschimpfungen ließen ein wenig nach, sobald sie im Besitz der Fakten war. Ich war's, Andrew Wakefield, ihr alter Freund von der Sonntagsschule. Nicht gerade in erstklassiger Form.

Ich will eigentlich nicht näher darauf eingehen, was ich, demaskiert, für einen Auftritt hinlegte. Alex regte sich über mich auf, war aber trotzdem freundlich. Wahrscheinlich wußte sie, daß es mir gerade ziemlich dreckig ging. Die Leute wußten das. Die Leute, die die Köpfe zu den Ladentüren herausstreckten, wußten es wahrscheinlich auch. Doch als ob nicht alles schon schlimm genug gewesen wäre, fiel mir genau in diesem Moment ein – Gott, wie entsetzlich –, daß Alex' Mom vor ungefähr fünf Jahren in den Lake Sacandaga gefahren war. Die Leitplanke durchbrochen hatte und von der Brücke gestürzt war. Im Dezember. Bei heftigem Schneefall. Mit einem Ford Explorer. Das war ihr Ende. *Hör zu, Alex,* sagte ich, *ich bin durcheinander, ich habe Probleme, ich weiß nicht, was in mich gefahren ist, ich hoffe, du kannst das verstehen, und ich hoffe, du läßt es mich wiedergutmachen. Ich bin auf diesen Job angewiesen. Ehrlich.* Zum Glück interessierte sich Zack genau in diesem Moment für die Hühnermaske. Er entriß sie seiner Mom – sie hatte sie wie einen besudelten Lappen auf Armeslänge von sich gehalten –, zog sie sich über den Kopf und begann in Richtung einheimischer Passanten Geräusche wie von automatischem Gewehrfeuer von sich zu geben. Das entschärfte die Lage. Wir mußten lachen, Alex und ich, und bald hatten wir drei uns in das Hot Bird verfügt (es machte vier Monate später zu, wie die meisten Geschäfte in diesem Häuserblock), tranken Kaffee und aßen Kekse und die Spezialität des Küchenchefs, pikante Flügel, die wegen meiner Stellung auf Kosten des Hauses gingen.

Und so kam es, daß Alex einen pikanten Flügel schwenkte, als sie ihre lebensverändernde Meinung kundtat, daß ich zu helle sei, um für das Hot Bird zu arbeiten, zumal wenn ich dabei kleine Kinder mit den gruseligen Fakten des Jenseits verschreckte. Sie kenne zufällig eine Frau – es handelte sich um ihre Cousine Glenda – die drüben in Albany eine Firma leite, die Villa auf dem Hügel, einen bedeutenden Arbeitgeber in der Gegend, und warum ich Glenda nicht einfach mal anriefe, ich könne ruhig ihren, Alex', Namen angeben, vielleicht hätten sie ja was in der Buchhaltung oder als Parkwächter oder Blumenausfahrer, irgendeinen Job mit möglichst wenig Publikumskontakt, irgendwas, was mehr als den Mindestlohn einbrächte, denn der Mindestlohn, sagte Alex, reiche für einen Neunundzwanzigjährigen nicht. Nach diesen Vorhaltungen zerrte sie mich zum Münztelefon des Hot Bird hinüber (die Leute sind manchmal so großzügig), während mein Chef Antonio, alles andere als wachsam, hinter der Registrierkasse döste und keine Ahnung hatte, was los war, keinen Schimmer hatte, daß er im Begriff stand, seinen gewissenhaftesten Huhndarsteller zu verlieren.

Alex wählte die Nummer der Villa auf dem Hügel (während Zack am Tisch sich erneut meine Maske überstreifte), hangelte sich kraft ihrer Beziehung zu einer leitenden Angestellten der Villa auf dem Hügel durch die Hierarchie und bekam ihre Cousine kurz darauf tatsächlich an den Apparat: *Glenda, ich hab hier einen Freund, der in seiner Familie im Moment einiges mitmacht, wenn du verstehst, was ich meine, genau, und beruflich läuft's auch nicht so gut, dabei ist er ein netter, heller Bursche. Im Konfirmationsunterricht hätte ich ihn unentwegt knutschen können, und er ist ... He, auf welcher Uni bist du gleich noch mal gewesen? Ist auf der SUNY gewesen und hat einen Abschluß in Betriebswirtschaft, weiß eine Menge über Produktpositionierung oder so, ich weiß auch nicht genau, Wohnungswirtschaft, blah, blah, blah, und ich finde, du müßtest ihn wirklich ...*

Glendas Seufzer, ich schwör's, war durch das vollkommene Medium der digitalen Telekommunikation noch aus mehreren Metern Entfernung zu hören, aber das kann man Glenda nicht verdenken. Die Leute schützen sich eben vor Unglück, oder? Trotzdem, Alex ließ sich von ihrer Cousine nicht abwimmeln, wollte nichts davon hören, *Du mußt ihn unbedingt kennenlernen, er ist süß, ein Traumtyp*, und Glenda gab nach, und damit endet dieser Teil der Geschichte, wie es dazu kam, daß ich in der Wolf Road arbeitete, im besten Hochzeits- und Partyplanungs-Service der Hauptstadtregion. Nur daß ich Dir, ehe das Hot Bird in den Nebeln der Zeit entschwindet, noch berichten muß, daß ich die Hühnermaske geklaut habe, Schwesterherz. Sie hatten dort drei oder vier davon. Du würdest Dich wundern, wie leicht es ist, an eine Hühnermaske zu kommen.

Firmenintern gesehen war im Empfangsbüro meines neuen Arbeitgebers folgendes passiert: Denise Gulch, die Empfangssekretärin der Villa auf dem Hügel, hatte Ehemann, Kinder und festen Job fahren lassen, und zwar wegen einer Hochzeit, wegen der Sprache der Vermählungssprüche – jener aufgeblähten Sprachsoufflés –, die aus Gründen der Qualitätskontrolle über einen diskreten Lautsprecher in die Direktionssuite übertragen wurden. Eine Rezitation von Paul Stookeys »Wedding Song«, die während der Neuhaus-Trauung stattfand (»Whenever two or more of you / Are gathered in His name, / There is love, / There is love ...«), bewegte Denise so sehr, daß sie, als Nachzüglerin getarnt, in den Rip-Van-Winkle-Saal schlüpfte. In der elektrisierenden Atmosphäre der Trauung begann sie sofort, einen der Platzanweiser (Nicky Weir, einen Teilzeitangestellten der Villa auf dem Hügel, der den Bräutigam kannte) zu verführen. Ich nehme an, daß dieser Flirt schon einige Zeit im Gange war, aber das wurde allgemein bestritten. Jedenfalls hörte ich, daß sich Denise und Nicky nur Sekunden, nachdem sie einander kennengelernt hatten – die Braut hatte sich noch nicht einmal zurückgezogen – in einen nahe gelegenen Besenschrank absonderten, während die Bürotelefone auf Voicemail umschalteten, und sich Schicht um Schicht die Dienstkluft vom Leibe schälten, bis sie schließlich, am Ende des Tages, spärlich bekleidet und von Rhetorik und Verlangen berauscht, eine Limousine stahlen und Hals über Kopf die Stadt verließen. Denise behielt sogar ihr Recht auf betriebliche Altersversorgung.

Das alles konnte nur in einer Firma passieren, die Villa auf dem Hügel hieß, einem Ort, an dem alles schnulzig endete: Im allerletzten Moment kommt der richtige Kandidat zur Tür hereinspaziert, der Scheck, der noch vor Minuten gar nicht existierte, wird eingelöst, Regierungsstellen verzichten darauf, den Amtsschimmel wiehern zu lassen, der Himmel klart auf, die Schneefälle enden, und kalte Frauen wie Denise Gulch erliegen einem Sturzbach von Großzügigkeit und werfen Kindern Halbdollarmünzen zu, während sie ein neues Leben anfangen.

Eigentlich bekam ich den Job nur, weil sie knapp an Personal waren und weil Alex' Cousine, meine neue Chefin, ein bißchen schwierig war. Aber immerhin ging es allmählich bergauf. Wenn Glendas persönliches Verhalten beim Einstellungsgespräch auch nicht gerade herzlich war (mittendrin nahm sie einen privaten Anruf entgegen, der achtundzwanzig Minuten dauerte, und später fragte sie mich, während sie sich die Lippen nachzog, ob ich Eau de Cologne benutze), war sie doch zumindest bereit, mich zu nehmen – sofern ich mich bereit erklärte, Körperpflegegewohnheiten abzulegen, die in Richtung Old Spice, Hai Karate oder CK 1 tendierten. Ich hätte ihr die Pumps auf Hochglanz gewienert, bloß um meinen eigenen Schreibtisch (auf den ich ein vergilbtes Bild von Dir als Kind stellte, wie Du den Flußbarsch hochhältst, den Du beim Fliegenfischen gefangen hattest, und außerdem ein Bild von uns vieren: Mom, Dad, Du und ich), ein Rolodex und unbegrenzten Zugang zu Briefmarken, Versandtaschen und Büroklammern zu kriegen.

Laß mich eben rasch schildern, worin in der Villa auf dem Hügel unser Hauptgeschäft bestand. Unser Geschäft bestand darin, den Leuten zu helfen, die schönsten Tage ihres Lebens zu begehen. Unser Geschäft bestand darin, unter Einsatz sämtlicher erforderlicher Mittel Freude zu verbreiten. Unser Geschäft bestand darin, die Schwielen von Kummer und Trauer abzutragen, auf daß darunter das strahlende Licht treuer Hingebung hervorscheine. Unser Geschäft bestand darin, makellose Erinnerungen zu produzieren. Wir hatten sieben Auditorien oder Hochzeitssuiten, wie wir sie gerne nannten, jede mit einem etwas anderen Duft- und Ausstattungsvokabular. Da gab es zum Beispiel die *Chestnut Suite*, die preiswerteste unserer Mietsuiten, die über leichte Aluminiumklappstühle (mit Polyurethanpolsterung) und einen sehr schlichten Altartisch verfügte, mit einer sehr unglücklichen rosa- und lavendelfarbenen Blümchentapete tapeziert war und ungefähr hundertfünfundzwanzig Menschen bequem Platz bot; dann gab es die *Hudson Suite*, die etwas Teakholz und viele Vertäfelungen, einen klassischen, gußeisernen Altartisch und ein paar ziemlich große Stehtische an der Rückwand hatte, und die Eßplätze in der Hudson waren allesamt mit Vinyl verkleidet und nicht mit Papierbezügen wie in der Chestnut (die Innenraumgestaltung in der Hudson Suite sollte an die Schiffe erinnern, die einst im Hafen unserer Stadt angelegt hatten); dann gab es den *Rip-van-Winkle-Saal* mit seiner Fülle von Draperien, seinen Seidenvorhängen, seiner dazu passenden, kastanienbraunen Tischwäsche aus preiswertem Leinen, ferner die *Adirondack-Suite*, den *Ticonderoga-Saal*, den *Valentine-Saal* (eine Art riesige Puderquaste) und natürlich die *Niagara-Halle*, die prächtig und – mit ihrer separaten Küche, dem gewaltigen Kamin und dem weißbehandschuhten Personal – für die Söhne und Töchter jener

Viktorianer des Saratoga County reserviert war, die während der Rennsaison den Sommer über zu uns in den Norden kamen, die Kinder zeitgenössischer Raubritter, die Kinder, die stets gerade Nasen und immer Glück hatten.

Wir hatten unsere eigene Vor-Ort-Boutique für Hochzeitskleider plus Smokingverleih und Änderungsschneiderei – was sag ich, wir reinigten und lagerten den Leuten ja sogar die Kleidung, während sie auf Hochzeitsreise waren –, und wir hatten ein Reisebüro, das für uns tätig war, außerdem Hochzeitsberater, Juweliere, Videografen, Fotografen (und zwar sowohl künstlerisch angehauchte, die auf Fotos vom Zehennagellack der Braut am Hochzeitstag spezialisiert waren, als auch konventionelle, die der versammelten Familie bis tief in die Nacht hinein Anweisungen zubellten), ferner Kindermädchen, Priester, Pastoren, Schamanen, Polaritätstherapeuten, einen richtig fanatischen Floristen namens Bruce und eine breite Auswahl an DJs – Jungs und Mädels, die darauf eingerichtet waren, eine rein christliche Auswahl, Tex-Mex, Musik aus Hindu-Filmen und ab und zu auch ein Death-Metal-Hochzeitsmedley zu spielen – und wir konnten, wenn es gewünscht wurde, auch richtige Musiker besorgen. Wir hatten sogar mal Dick Rosemans Combo, die Sons of Liberty, ein Medley aus »My Funny Valentine«, »In-a-Gadda-Da-Vida«; »I Will Always Love You« und »Smells Like Teen Spirit« spielen lassen, ohne Pause zwischen den einzelnen Stücken. (Für mich war es erfreulich, die alten Leute zu modernen Nummern abtanzen zu sehen.) Wir hatten ein dreistökkiges Parkhaus mit fünfhundert Stellplätzen und guter Anbindung an die I 87, die I 90 und die Taconic und einen Mitarbeiterstab von hundertfünfundsiebzig Voll- und Teilzeitangestellten, die rund um die Uhr auf Abruf bereitstanden. Wir hatten alles, von Publizisten über

Crudités-Anrichter bis hin zu öffentlichen Rednern (kleine Auffrischung für Ihren Toast gefällig?) – all das zu dem Zweck, die Hochzeit zum herausragenden Ereignis im amerikanischen Leben des jeweiligen Paars zu machen. Wir hatten an einem einzigen Tag bis zu fünfzehn Hochzeiten ausgerichtet (es war ein Sonntag im Februar 1991, während des Golfkrieges) und – seit die Villa auf dem Hügel im Juni 1987 zum erstenmal ihre Pforten für eine Gala-Doppelhochzeit öffnete (die Gifford-Zwillinge aus Balston Spa, die Shaun und Maurice Wickett heirateten) – bis zum Tag meiner Einstellung eintausendneunhundertdreiundsechzig Hochzeiten veranstaltet, viele davon denkwürdige, lebensbejahende, ja spektakuläre Feiern. Nie hatten wir einen Fall von schwerer Gewalt erlebt.

So jedenfalls die Rohdaten, die Glenda mir gab, Schwesterherz. Die Zusammenstellung der Fakten stammt von mir, und die Zusammenstellung der Fakten macht denn auch die Arbeit aus, für die man mich in der Villa auf dem Hügel einstellte. Weil Glenda Manzini (1990 heiratete sie Dave Manzini, einen Immobilienmakler aus Schenectady) ihren Job abgrundtief haßte. Glenda Manzini, deren Ehe (ihre zweite) offensichtlich nicht die glücklichste in der Geschichte unseres Staates war (damit steht sie allerdings nicht allein da; ich schätze, daß von den bisher an meiner Arbeitsstelle vollzogenen Trauungszeremonien glatte tausend in Scheidungen mündeten), war eine Zynikerin, eine Skeptikerin, eine Frau mit wenig Vertrauen, was die Institution anging, der sie ihren Lebensunterhalt verdankte. Gelegentlich bezeichnete sie die Hochzeitsgesellschaft als *das Vieh*; gelegentlich bezeichnete sie die Bräute als *die Nutten* und sich selbst, die Managerin der Villa auf dem Hügel, als *die Puffmutter*; so sagte sie etwa: *Die Puffmutter, An-*

drew, hätte gern, daß Sie sich aus ihrem Büro verziehen, damit sie die Quittungen hier verbuchen kann, oder: *Bitte sagen Sie den Hatfields und den McCoys, daß die Puffmutter ihnen nicht ihre Probleme auseinanderfieseln kann, allerdings kennt sie ein paar erstklassige Paarberater.* In Ermangelung jeglicher Begeisterung für unsere Produktlinie oder für Auftragsannahme überhaupt stellte Glenda mich ein, damit ich ihr einige ihrer Aufgaben abnahm. Ich stellte die Fakten in möglichst günstigem Licht dar. Glenda hatte ein Händchen für Zahlen. Für Gewinne und Verluste. Glenda hatte ein Händchen für zusätzliche Gebühren. Glenda hatte ein Händchen dafür, den Preis für ein Blumenarrangement zu verdoppeln, weil die vietnamesischen Mohnblumen unbedingt auf die Tische gehörten, denn sie waren so ... *je ne sais quoi.* Glenda hatte ein Händchen dafür, eine bestimmte Suite doppelt zu buchen und dann dem höheren Bieter den Zuschlag zu geben. Glenda hatte ein Händchen dafür, ein Honorar für eine Band zu nennen und dann Instrumente hinzuzufügen, so daß der Preis ins Astronomische stieg. Einmal blähte sie ein Quartett mit zwei Sängern, einer achtköpfigen Bläsergruppe, einem afrikanischem Trommlerensemble, einem Didgeridoo und einem Harmonium auf.

Der andere Punkt, in dem ich wahrscheinlich ganz offen sein sollte, ist der, daß Glenda Manzini eine absolute Wahnsinnsfrau war. Umwerfend. Ein Inbild überirdischer Schönheit. Ich verbreite mich hier nur ungern darüber, aber da war diese eine Strähne von Glendas bernsteinfarbenem Haar, die ihr immer über die Augen fiel; da war ihr fast ständiges Augenmerk auf ihr Make-up; da waren ihre komplette Beherrschung sämtlicher Geschäftsbelange und der komplette Mangel an Sentimentalität. Vielleicht waren es aber auch ihre stets schwarzen Strümpfe mit einer wirklich aufreizenden Naht, die der aerodynamisch schlanken Kontur ihrer Waden folgte. Vielleicht war es auch ihre kaum verhehlte Traurigkeit. Ich habe noch nie jemanden kennengelernt, der sich so unwohl fühlte wie Glenda, aber zunächst störte mich das nicht. Seit der Hühnermaske hatte sich mein Leben verändert.

Es versteht sich natürlich von selbst, daß die Villa auf dem Hügel keineswegs eine Villa war. Sie war ein heimeliges Gebäude aus Hohlblocksteinen, das ehedem den Colonie Athletic Club beherbergt hatte. Davor hatte eine Spedition das Haus genutzt. Und auf einem Hügel lag die Villa auch nicht, denn geologisch gesehen befinden wir uns hier in einem Tal. Wir sind Teil einer eiszeitlichen Ausschwemmung jüngeren Datums.

An meinem ersten Tag bemühte sich Glenda nach Kräften, sicherzustellen, daß meine Arbeitsatmosphäre so unerfreulich wie möglich war. Kaum hatte ich meinen extragroßen Kaffee mit zwei Portionen Kondensmilch und fünf Stücken Zucker sowie mein Sortiment mit Sahne gefüllter Donuts abgestellt (ich hoffte, sie würden meinen neuen Kollegen zusagen), da kriegte ich auch schon einen Bodycheck von Glenda, der mich zusammen mit mehreren riesigen Aktenstapeln in meinen Schreibtischsessel kippen ließ.

»Hören Sie, Andy. Im April haben wir um drei Uhr nachmittags in der Niagara eine orthodoxe jüdische Trauung, und zur gleichen Zeit werden nebenan im Ticonderoga ein paar sehr gläubige amerikanische Muslime sein. Ich möchte nicht, daß die beiden Gruppen zu irgendeinem Zeitpunkt miteinander in Kontakt kommen, verstanden? Ich will keinen diplomatischen Zwischenfall. Es ist Ihr Job, sich zu überlegen, wie Sie eine dieser Gruppen überreden können, als erste zum Tor herauszukommen, und es ist Ihr Job, sie davon zu überzeugen, daß es ein Riesenglück für sie bedeutet, diese Gelegenheit zu haben. Und noch was, Andy. Für die El-Mohammed-Hochzeit, die muslimische Hochzeit, werden Gebetsmatten gebraucht. Sehen Sie zu, daß Sie im Discount welche kriegen. Geben Sie ja nicht viel Geld dafür aus.«

Das ist ein gutes Beispiel für Glendas Führungsstil. Noch ein paar verfahrenstechnische Leckerbissen: Häufig ließ sie ihre Briefe ein dutzendmal neu schreiben. Sie hatte eine heftige Abneigung gegen Semikolons. Auf ihren Briefen hatte ich unter dem Datum zwei Zeilen Abstand zu lassen, ehe ich die Anrede tippte. Niemals, unter keinen Umständen, durfte ich eine Kursivschrift verwenden. Morgens hatte ich ihr als erstes Kaffee zu bringen und durfte sie erst ansprechen, wenn sie eine zweite Tasse und außerdem zwei Ibuprofen-Tabletten, vorzugsweise die längliche, leicht zu schluckende Sorte, zu sich genommen hatte. Ich hatte mich niemals danach zu erkundigen, wie ihr Wochenende, ihr Abend oder sonst irgend etwas einschließlich ihres Urlaubs gewesen sei, es sei denn, sie erkundigte sich zuerst. Wenn ihre Tür geschlossen war, hatte ich sie nicht zu öffnen. Und falls ich jemals die Zahlen einer Telefonnummer durcheinanderbrachte, wenn ich eine Nachricht für sie entgegennahm, konnte ich noch am gleichen Nachmittag mit meinem Rausschmiß rechnen.

Gleich nach dieser Litanei von Einschüchterungen an jenem ersten Nachmittag war, nachdem sich Glenda in ihre chronisch unterbeheizte Höhle zurückgezogen hatte, ein Schwellton mitfühlenden Gemurmels von seiten meiner Kollegen zu hören, die im Empfangsbüro ungefähr ein Dutzend zählten. Sie sprachen mir ihre Anteilnahme aus. Sie hatten meinesgleichen kommen und gehen sehen. Glenda freilich, die das Überraschungsmoment als Methode der Disziplinierung ungemein schätzte, war noch nicht fertig. Ganz plötzlich – wie durch Zauberei – tauchte sie mit einem halben Dutzend zusätzlicher Befehle wieder an meinem Schreibtisch auf. Ich sollte ein neues Schild für ihren Parkplatz besorgen, ich sollte einen neuen Blumengroßhändler für das nächste Steuerquartal auftreiben, ich sollte ihr *Rezept für eine neue Packung Antibabypillen einlösen.* Dieses letzte Ansinnen war schon unheimlich genug, aber damit war das Gespräch noch nicht zu Ende. Ab da wurde Glenda persönlich:

»Ach übrigens, Andy. (Sie mochte Diminutive.) Diese Familienprobleme, worum geht's da eigentlich? Die Geschichte, von der Alex bei ihrem Anruf geredet hat?«

Sie nahm das Foto von Dir in die Hand, Schwesterherz, das Bild, das ich mitgebracht hatte. Der Flußbarsch am Ende Deiner Angelrute war dermaßen riesig, daß es unmöglich erschien, daß Du ihn hochhalten konntest. Du wirktest richtig glücklich. Glenda nahm das Foto in die Hand, als hätte sie nicht schon recherchiert, als hätte sie irgendetwas dem Zufall überlassen. Was während ihrer Herrschaft in der Villa auf dem Hügel schlicht und einfach nicht passierte.

»Meine verstorbene Schwester«, sagte ich. Und vollendete dann den Verrat an Dir, indem ich den Bericht abrundete, so daß jeder, der Lust hatte, davon erfuhr und wir uns dann anderen Themen wie zum Beispiel der wirklich sehr guten halbprofessionellen Hockeymannschaft von Worcester zuwenden konnten.

»Ist mit ihrem Auto verunglückt.« Eigentlich war's mein Auto. Ein Mercury Sable. Weiß auch nicht, warum ich gesagt habe, es wäre ihr Auto. Es war meins. Sie war auf dem Weg zu ihrem Hochzeitsprobeessen. Sie hatte einen Unfall.

Schwesterherz, habe ich schon erwähnt, daß ich Dir eine Menge Fragen stellen wollte? Habe ich zum Beispiel schon gefragt, warum Du die kurvenreiche Landstraße auf unserer Seite des großen Flusses genommen hast, wo doch die vierspurige am Westufer schneller, direkter und bei heftigem Regen auch weniger gefährlich war? Habe ich gefragt, warum Du überhaupt gefahren bist? Warum nicht statt dessen ich Dich zu dem Probeessen gefahren habe? Habe ich gefragt, warum Dein Auto an einem so wichtigen Tag zur Reparatur des Auspufftopfs in der Werkstatt war? Habe ich gefragt, warum Du spät dran warst? Habe ich gefragt, warum Du schon *vor* dem Essen deine Nerven beruhigen mußtest? Habe ich gefragt, ob vier G&Ts, wie Du sie nanntest, vor Deinem Probeessen nicht vielleicht über das erforderliche Maß hinausgingen? Habe ich gefragt, ob es einen Grund dafür gab, daß Du am Vorabend Deiner Hochzeit so angespannt warst? Hattest Du das Gefühl, Du müßtest das jetzt durchziehen? Es gäbe keine Alternative? Und wenn ja, warum? Wenn er der Falsche war, warum wolltest Du ihn dann heiraten? Gab es Planungsprobleme, die nicht richtig angegangen wurden? Gab es zwischen euch beiden, wie zwischen allen Verlobten, Dinge, von denen wir nichts wußten? Gab es bestimmte Fragen, die Du stellen wolltest, aber Dich nicht zu stellen trautest? Habe ich den Text meines Toasts mitgeteilt, Schwesterherz, wie ich ihn mir ausgedacht hatte, beginnend mit einer getragenen Schilderung der Jahre vor deiner Geburt, in denen ich wie ein Tyrann in unserem Haus herrschte, und wie ich mich mit ohrenbetäubendem Geschrei gegen den Säugling wehrte, bis ich die Art, wie Dein Babyhaar, dein flachsblonder Wust, sich zu Locken kräuselte, lieben lernte? Habe ich erwähnt, daß es besonders schön war, sich Dein Haar um die kurzen Finger zu wickeln, während Du schliefst? Habe ich deutlich gemacht, daß ich diesen Toast ausgearbeitet habe, daß ich mehrere Wochen brauchte, um ihn so hinzukriegen, wie ich ihn wollte, und daß ich gerade dabei war, den Text noch einmal durchzugehen, als der Anruf von Dad kam, mit dem er Deinen Tod bekanntgab? Habe ich erwähnt – und es tut mir leid, daß ich Dir an dieser Stelle weh tun muß –, daß sich Dads Trinkerei verschlimmert hat, seit Du diese Welt verlassen hast? Habe ich erwähnt, daß seine Anspielungen auf das kostspielige, unfertige Geschäft seines Lebens seither häufiger geworden sind? Habe ich erwähnt, daß Mom, von der Zählung ihrer Toten, ihrer toten Eltern und toten Geschwister, schon über Gebühr strapaziert, immer hinfälliger geworden ist? Habe ich erwähnt, daß ich auch Neuigkeiten von Brice, Deinem Zukünftigen, habe? Daß er seit dem Gedenkgottesdienst für Dich etwas andere Töne von sich gibt? Habe ich erwähnt, daß ich am nächsten Tag am Unfallort war? Am Tag, nachdem Du ums Leben gekommen warst? Habe ich erwähnt, daß ich in meinen Träumen mittlerweile oft am Unfallort bin? Habe ich mich Dir gegenüber laut über den Schwenk der Straße verwundert, weil ich wußte, daß dort auch andere wie Du ihr Leben lassen könnten? Können wir diese Straße nicht irgendwie begradigen? Gibt es nicht einen Trupp Bauarbeiter, den der Gouverneur auf seiner Suche nach Jobs, Jobs, Jobs dorthin schicken kann, damit dergleichen künftig nicht mehr so leicht passiert? Habe ich Dich vielleicht schon darüber informiert, daß ich mittlerweile oft dorthin gehe, um nach Anzeichen für weitere Tragödien Ausschau zu halten? Habe ich Dir gegenüber erwähnt, daß Trunkenheit am Steuer in manchen Ländern mit dem Tode bestraft wird und daß ich mir, als mir Antonio im Hot Bird diese finstere Ironie auseinandersetzte, ausmalte, wie ich ihn am Hals packte und ihm ein für allemal die Luft abdrückte? Schwesterherz, habe ich Dir erzählt, wie ich ziellos in den Bergen herumfahre, dabei Talk-Radio höre und nach dem einen Fitzelchen billiger, von Werbespots unterbrochener Überzeugung suche, das mir dazu verhilft, diese Erinnerungen an Dich in das Behältnis zurückzutun, in dem Du nun zumindest teilweise wohnst, damit ich mein trübes Schmalspurleben zu Ende leben kann? Habe ich erwähnt, daß ich hinter jeder Biegung mit dem Tod rechne, daß jeder blaue Himmel ein sicheres Entschweben verheißt, daß jeder Bus mich überfährt, daß jede in meine Richtung geäußerte leise, gemeine Silbe die Gewalt eines Mordes anzudeuten scheint, daß jede Familie wie eine Gelegenheit zum Untergang anmutet und jede Ehe wie eine Zeremonie, über die ein Unglück kommen wird, so daß Herzen gebrochen, Leben zerstört und Menschen von den Demütigungen der Liebe gebrandmarkt werden? Ist es in Ordnung, wenn ich Dich das alles frage?

Dennoch, trotz dieser persönlichen Probleme war ich wahrscheinlich ein vorbildlicher Angestellter für Glenda Manzini. So gelang es mir beispielsweise, die Verwicklungen im Zusammenhang mit der jüdischen und der islamischen Hochzeit zu meistern (die beide für das erste Aprilwochenende angesetzt waren), und zwar indem ich mich auf gewisse Aspekte des Lichts in unserem Tal am Fuße der Adirondacks berief. Ein bestimmtes Licht lege den Grund für ausgesprochen gefällige Hochzeiten hier in unserem Tal, sagte ich einer der beiden Familien. Gegen Ende des Winters empfinde man frühmorgens, beim Erscheinen der Sonne, freudige Erregung. Ja, es gelang mir, dieses Problem zu lösen, und auch das nächste (die Gebetsmatten) – denn K-Mart, *wo Amerika einkauft*, hatte in dieser Woche Badematten im Sonderangebot und ich schickte Dorcas Gilbey rüber, damit sie sechs Dutzend besorgte, die die muslimischen Familien dann benutzen konnten. Ich löste diese Probleme, und dann löste ich weitere, ebenso lästige. Mein besonderes Interesse galt den Schwierigkeiten, die freitags nach siebzehn Uhr entstehen – der Bräutigam, der am Tag der Trauung in einer Hütte östlich des Lake George eingeschneit wurde und sich auf Schneeschuhen fünf Kilometer weit zur nächsten Telefonzelle durchschlagen mußte, oder der Vater der Braut (das war bei der Lapsley-Hochzeit), der im Tragflügelboot auf der Hochzeit einschweben wollte. Eine Politik des äußersten Risikos in der Welt der Heiratsplanung vermittelte mir ein Gefühl von Wohligkeit, und ich versuchte, dich im Hintergrund meines Lebens zu verstauen, hinten in jenem Schrank, in dem ich auch meine Golfschläger aus zweiter Hand, meine Skistiefel und meine Hühnermaske versteckt hatte – auf daß kein Sterblicher sie je wieder zu Gesicht bekomme.

Eine meiner Kolleginnen im Empfangsbüro war eine zierliche junge Frau namens Linda Pietrzsyk, die mich in den ersten Wochen meines Jobs, nach Glendas periodischen Attacken, zu trösten versuchte. Frag mich nicht, wie man Lindas Nachnamen ausspricht. Um ihn richtig auszusprechen, mußte man sich heftig räuspern. Linda Pietrzsyk mochte ihren Nachnamen genausowenig wie Du und ich und war anscheinend auf der Suche nach einem Bräutigam, von dem sie sich einen besseren borgen konnte. Das fand ich nach einer Weile heraus. Viele Angestellte der Villa auf dem Hügel hatten tiefere Beweggründe. Dieses eheliche Ferment, dieser Nährboden des Romantischen sprach sie irgendwie an. Als ich ein paar Monate dort war, bekam ich irgendwann mit, wie auch andere Bewerber in einem Gespräch mit Glenda Manzini durch den Fleischwolf gedreht wurden. Nie vergaß Glenda zu fragen: *Warum wollen Sie hier arbeiten?*, und viele dieser qualifizierten Bewerber gaben darauf die gleiche Antwort: *Weil ich die Ehe für das Schönste auf der Welt halte, und weil ich dazu beitragen möchte, sie für andere zu ermöglichen.* Die meisten dieser Bewerber, soweit sie attraktiv, alleinstehend und jünger als Glenda waren, bekamen die Tür gewiesen. Gelegentlich aber schlüpfte eine Heiratsaspirantin wie Linda Pietrzsyk durch, in diesem Falle deshalb, weil es ihr gelang, ihr wild klopfendes, sentimentales Herz unter einem Anstrich von zeitgemäßer Unzufriedenheit zu verbergen.

Montags und dienstags sowie ein Wochenende im Monat hatten wir frei. Probleme zu lösen hatten wir natürlich hauptsächlich samstags, aber an dem einen freien Samstag brachte Linda Pietrzsyk gern Freunde zu verschiedenen Trauungen in die Villa auf dem Hügel mit. Sie nahm gern an den Hochzeiten von Fremden teil. Diese Form der Unterhaltung wurde von Glenda oder den Besitzern der Villa nicht unterbunden, weil schließlich jeder möchte, daß auf einem Fest auch etwas los ist. Jede in der Villa stattfindende Hochzeit mit zu wenig Gästen bekam gratis ein hübsches Kontingent von *lebenden Leichen gestellt*, wie Glenda sie gern nannte. Manchmal mußten wir, um auf die Sollstärke zu kommen, Leihbüchereien oder Seniorentreffs abgrasen, aber wir kamen zurecht. Diese ungeladenen Gäste durften beim Empfang Häppchen essen und Champagner und andere alkoholische Getränke zu sich zu nehmen (Essen und Getränke wurden dem Kunden in Rechnung gestellt), hatten aber zu verschwinden, sobald das eigentliche Festessen begann. Für Linda und ihre Freunde taten sich hier gute Gelegenheiten auf.

Sie steckte mit einer Gruppe temperamentvoller jüngerer Leute zusammen. Sie war mit Leuten befreundet, die sich auf ausgefallene Weise kleideten und zurechtmachten, Leuten mit Hosen, die wie Bettlaken saßen, Leuten mit Frisuren, die bestenfalls Zufallsprodukte waren. Linda machte sie alle fein und vorzeigbar, und dann kamen sie in einem alten Kombi, um sich hinten in einen

Saal zu drängen. Wo sie sich schwer beherrschen mußten, um nicht übermütig loszuprusten.

Ich weiß nicht, was Linda in mir sah. Ich kann es mir beim besten Willen nicht vorstellen. Ich trug Woche für Woche die gleichen Sweater und Flanellhosen. Ich mochte klassische Musik, Schwesterherz. Ich mochte Festspiele, auf denen historische Ereignisse nachgestellt wurden. Und, wie Du wahrscheinlich noch nicht vergessen hast (immerhin hast Du zweimal versucht, mich zu verkuppeln – mit Jess Carney und Sally Moffitt), je angespannter ich bin, desto schlechter ist der Eindruck, den ich auf das schöne Geschlecht mache. Gleichwohl beschloß Linda Pietrzsyk, daß ich ihrer Elitemannschaft von ungeladenen Hochzeitsgästen angehören mußte, und so erfuhr ich eine Zeitlang aus erster Hand, wie breit das Ausdrucksspektrum der Herzenstreue sein kann.

Erinnerst Du Dich noch an diesen Filmausschnitt, den man im Reality-TV so oft in der flauen ersten halben Stunde der Haupteinschaltzeit zu sehen kriegt, den von dem Typen, der sich bei seiner eigenen Hochzeit übergeben muß? Bei dieser Hochzeit war ich dabei. Du weißt doch, wie er sagt: *Ach, Schatz, es tut mir wirklich leid,* und sich dann vorbeugt und ihr mit diesem bernsteinfarbenen Zeug die Schleppe vollkotzt? Wie sich Schrecken und Ekel in ihrem Gesicht malen? Der Ausdruck von Entsetzen in den Augen des Geistlichen? Ich habe das alles gesehen. Allerdings fand keiner von den Anwesenden es komisch, außer Lindas Freunden. Das stimmt. Ich fand es richtig traurig. Aber ich saß neben einem, der *wirklich und wahrhaftig Cheese* hieß (als ich fragte, welche Sorte Käse, war er ganz perplex), und Cheese sah aus, als hätte er einen Leistenbruch oder dergleichen, so komisch fand er die ganze Sache. Ansonsten herrschte in der Chestnut Suite bedrücktes Schweigen.

Außerdem katalogisierte Linda Pietrzsyk gern Momente spontanen erotischen Vergnügens im Hause, und diese waren in der Villa auf dem Hügel legendär. Selbst Glenda, die Getratsche über das Geschäft in aller Regel mißbilligte, hörte gern, wer es wo mit wem trieb. In solchen Geschichten steckte eine implizite Hierarchie. *Geschichten von dem Brautpaar, das in flagranti im Hause ertappt wurde, galten als naheliegend und waren von daher wenig aufregend.* Geschichten, in denen Trauzeuge und Brautführerin übereinander herfielen (etwa bei den Hochzeiten Clarke, Rosenberg, Irving, Ng, Fujitsu, Walters, Shapiro und Spangler), waren schon besser, aber nicht umwerfend. Geschichten, in denen Eltern des Brautpaars ertappt wurden – sagen wir, im Bügelzimmer, ohne daß Dad seine schicken Schuhe ausgezogen hatte –, waren gut (Smith, Elsworth, Waskiewicz), aber nicht so gut wie Geschichten von den Eltern des Paars beim Partnertausch, wovon es einen unbestätigten Bericht gab (Hinkley) und wovon alles noch eine Woche lang redete. Ebenso galten Geschichten, in denen Braut oder Bräutigam in flagranti mit jemand anderem als der Person erwischt wurden, die zu heiraten sie im Begriff standen, als höchst erstaunlich (wenn auch verhängnisvoll). Aber wir waren hinter noch unwahrscheinlicheren Räubergeschichten her: jedwedem Dreier und jedweder größeren Gruppierung unter Einschluß des Brautpaars und jemandem von einer anderen, an diesem Tag geplanten Hochzeit, wobei die dritte Person bis zu ihrem Eintreffen in der Villa auf dem Hügel unbekannt und außerdem ein *firmeneigenes Haustier beteiligt sein mußte.* Wer ein solches Tableau entdecke, sagte Glenda, bekomme einen Monat lang gratis Lebensmittel aus der Catering-Abteilung. Außerdem sprach Linda Pietrzsyk sehnsüchtig von dem Tag, an dem jemand atemlos ins Büro stürzen und von einem ausgewachsenen orgiastischen Empfang in der Villa auf dem Hügel berichten würde, von der spontanen, überwältigenden erotischen Feier von Liebe und Ehe durch eine ganze Suite voller Amerikaner, großer und kleiner, dicker und dünner, junger und alter.

Auf der Jagd nach diesen Geschichten mit ihren Freunden Cheese, Chip, Mick, Stig, Mark und Blair pflegte sich Linda Pietrzsyk bei einem Empfang leise neben mich zu schieben und mir das Neueste zu erzählen: *Hinter dem Musikpodium, hinter dem Paravent dort, da greift der Bräutigam gerade seiner Cousine unter die Röcke.* Dann riskierten wir heimlich einen Blick. Aber wir störten nie jemanden. Und unseretwegen brauchte sich nie jemand zu schämen.

Du weißt doch sicher, wie man, wenn man einen Kollegen oder Mitarbeiter besser kennenlernt, bestimmte Phasen durchläuft, Zyklen von Vertrautheit, Einsicht, Achtung, Zweifel und Desillusionierung, bei denen ein Eindruck dem nächsten Platz macht? (Weißt Du darüber Bescheid, Schwesterherz, und ist es das, was zwischen Dir und Brice passierte, so daß Du das Gefühl hattest, Du müßtest vor der Fahrt zu dem Probeessen vier G&Ts trinken? Gehe ich recht in der Annahme, daß Dir die Hochzeit mit einemmal unmöglich erschien und daß Dich das so aufwühlte, daß Du irrtümlich glaubtest, Du könntest ein Fahrzeug steuern?) Linda Pietrzsyk, ein Skidmore-Zögling, war eine elegante junge Frau mit elfenbeinweißer Haut und einem hinreißenden kleinen Höcker auf der Nase; sie entstammte einer gutbürgerlichen Familie, die irgendwo auf Long Island wohnte; die periodisch auftretende Trunksucht ihres Vaters hatte seine Fähigkeit zu arbeiten nicht beeinträchtigt; ihre Mutter blieb aufgrund einer geradezu mesmerisch wirkenden Ergebenheit mit ihm verheiratet; ihre Brüder hatten eine gute Haltung und taten sich in Kontaktsportarten hervor; kurzum, in Lindas Fall lagen keine großen Probleme vor. Trotzdem gab sie sich als verzweifelte junge Frau mit einem zwanghaften Verhältnis zum Heiraten und ohne klare Vorstellung davon, was sie mit ihrem Leben anfangen wollte oder was eigentlich nächste Woche passieren würde. Sie war schlauer als ich – sie schaffte das Kreuzworträtsel in genau drei Minuten –, aber sie redete ständig davon, sich *einen reichen Finanzier zu angeln und einen Batzen aus ihm herauszuholen*, so daß ich sie hätte schütteln können. Unter solchen Dingen verbirgt sich normalerweise noch eine andere Schicht. In Lindas Fall wurde das bei der Hochzeit von Patti Wackermann deutlich.

Der Empfangsbereich im Ticonderoga-Saal – wo sich Wände hinter dem Altar zur Seite schieben ließen, so daß die Tische und die Tanzfläche zum Vorschein kamen – war mit Forsythien- und Wisterienzweigen und anderen blühenden Ranken und Sträuchern geschmückt. Es war Frühling. Linda stand vor einem Stück weißem Gitterwerk aus Flechtweide, das ich (für das Versprechen, die Werbetrommel für ihn zu rühren) von dem Floristen in der Stadt ausgeliehen hatte, und kleine Zweige blühender Bäume umkränzten es, umkränzten die Stelle, wo Linda stand. Ein Glorienschein blasser Farben umgab sie.

»Gleich hinter dem Wandschirm«, sagte sie, als ich zu ihr hineilte und sie spielerisch auf die Schulter klopfte, »überzeug dich selbst. Das sind zwei, die sich in diesem Moment ein für allemal ineinander verlieben. Man sieht's an ihren Augen.«

Ich trank gerade ein kanadisches Quellwasser aus einem firmeneigenen Stielglas. Auf Lindas Mitteilung reagierte ich lässig. Sie überzeugte mich nicht recht. Dennoch bemerkte ich zufällig, daß Linda ein verschwörerisches, schelmisches und auch leicht seliges Gesicht machte. Linda hielt sich oft die Hand vor den Mund, wenn sie etwas Urkomisches sagte, als wollte sie unansehnlichen Zahnersatz verbergen (dabei hatte sie perfekte Zähne), als wäre sie einmal zu oft schlecht behandelt worden, als wäre die riesige Freude ihr irgendwie peinlich. Während sie von dem betreffenden Paar sprach, fuhr ihre Hand zum Mund. Sanft fuhren ihre schlanken Fingerspitzen über ihre Oberlippe. Meine Gedanken überstürzten sich: *Wo sind Stig, Cheese und Blair? Warum bin ich plötzlich mit dieser Kollegin allein? Gehört das Paar, von dem Linda spricht, zu der heutigen Hochzeitsgesellschaft? Wie viele Punkte wird sie dafür bekommen, daß sie das außereheliche Gerangel als erste gesichtet hat?*

Da ich es mir zum Grundsatz gemacht hatte, ausnahmslos jedem derartigen Phänomen nachzugehen, warf ich einen flüchtigen Blick hinter den Wandschirm und drang, weil ich nichts Ungewöhnliches erkennen konnte, tiefer in die Schatten vor, wo die Ränder des Ticonderoga-Saals an den zentralen Catering-Bereitstellungsraum angrenzten. Hinter dem Wandschirm war natürlich kein solches Paar, vielmehr waren *Linda* (die bald neben mir stand) *und ich selbst das Paar*, gefleckt von unzureichendem Licht, getüpfelt, von Spots mit lavendelfarbener Blende, die die Lichtdesigner heute morgen aufgehängt hatten, und von den Reflexionen einer verspiegelten Diskokugel, die die Tanzfläche sprenkelten.

»Ich sehe nichts, Linda« sagte ich.

»Küß mich,« sagte Linda Pietrzsyk. Ihre Finger schlossen sich leicht um den fleischigen Teil meines Arms. In mir war eine unvertraute Wärme. Die Band stimmte irgendein schnelles Stück an. Ich glaube, es war »It's Raining Men«, vielleicht aber auch der Song mit dem Titel »We Are Family«, der im Laufe eines Wochenendes so oft in der Villa auf dem Hügel erklang. Jedenfalls war es richtig laut. Die Bläser legten sich mächtig ins Zeug. Ein Posaunist riß den Zug seines Instruments vor und zurück.

»Wie bitte?« sagte ich.

»Küß mich, Andrew«, wiederholte sie. »Ich will dich küssen.«

In mir regte sich eine seit langem verschüttete Impulsivität und ich griff nach Lindas Pony und versuchte mit meinen ungeschickten Händen, ihre blonden und roten Löckchen zurückzuschieben; dann, mit einer unsteten Bewegung, in einer Stop-time-Folge von Rucken, umarmte ich sie. Ihre Augen leuchteten wie Neon.

»Warum sagst du mir nicht, was du für mich empfindest?« fragte Linda Pietrzsyk. Ich war sprachlos, Schwesterherz. Ich wußte nicht, was ich sagen sollte. Sie hörte gar nicht mehr auf zu reden. Ich hätte so etwas, so etwas Warmes und Freundliches, ich sei nicht gepanzert, sagte sie; ich sei nicht kalt, ich sei einfach ein guter Kerl, dem etwas an anderen Menschen liege, *und ich wisse ja, wie selten so etwas sei.* (Ich glaube, das waren ihre Worte.) Sie wolle mehr Zeit mit mir verbringen, sie wolle mich besser kennenlernen; sie wolle dem Rouletterad den entscheidenden Dreh geben: Das alles wiederholte sie zweimal auf leicht unterschiedliche Weise, mit unterschiedlichen Bestimmungswörtern. Mir brach der Schweiß aus. Die einzige Methode, die mir einfiel, um sie zum Schweigen zu bringen, bestand darin, sie ernsthaft zu küssen, meine Lippen über ihre streichen zu lassen, wie die Sonne an einem Oktobernachmittag um und durch die Zwischenräume von fallendem Laub dringt. Ich hatte schon lange niemanden mehr geküßt. Ihr Mund schmeckte nach Kirschlimonade, nach Barbecue, nach frischem Heu, und wegen dieser verblüffenden Geschmäcke zog ich mich zurück. Auf Armeslänge.

Schwesterherz, ich hatte Angst. Was war das für ein übler Geschmack nach feuchtem Lagerfeuer und Knochensplittern, den ich im Mund hatte, seit wir Dich über dem Hudson verstreuten? Habe ich diese Folge von Zufällen, diese täglichen Interventionen Gottes etwa nur durchlaufen, um in einem Haus zu arbeiten, in dem sich alles um die Liebe zu drehen schien, um festzustellen, daß ich niemals Teil dieses großen Wortes sein konnte? Wie konnte ich jemanden küssen, wo ich mir doch so unbeholfen vorkam? Was ist mit mir geschehen, mit uns geschehen, mit dem Gefüge unseres Lebens, als Du uns hier zurückgelassen hast?

Ich versuchte Linda zu fragen, warum sie tue, was sie da tat – hinter dem Schirm von Wisterien und Forsythien. Ich hatte Mühe, die Worte zu finden. Ich glaubte, sie wolle sich einen Jux machen. Damit sie Cheese und Mick später davon erzählen konnte. Damit sie im Büro über mich tratschen konnte, darüber, was für ein Trottel dieser Wakefield sei. *Mann, Andrew Wakefield glaubt tatsächlich noch, man kann sich irgend etwas von dieser Welt erhoffen.* Ich dachte, sie mache Witze, und ich hatte es satt, die Witzfigur, die Hühnermaske, der Harlekin zu sein.

»Ich tu dir nichts, Andrew« sagte Linda. »Ich drücke nur meine Gefühle aus. Angeblich ist das doch etwas Gutes.«

Sie schmiegte die flache Hand an mein Gesicht.

»Ich weiß, du bist kein ...«

»Was ist dann das Problem?«

Ich war darauf bedacht, zu beruhigen. Wenn ich die Hand, die hochfuhr, um ihren Mund zu bedecken, hätte aufhalten können, so daß sie hemmungslos hätte lachen können, so daß ihr Gelächter durch den Ticonderoga-Saal geperlt wäre... Aber dazu war ich einfach noch nicht imstande. Ich machte mich davon. Ich tanzte auf der

Wackermann-Hochzeit über die Tanzfläche – ich war ein Gast ohne Begleitung –, und die Wackermanns und die Delgados und ihre Verwandtschaft glaubten wahrscheinlich, ich sänge »Desperado« von den Eagles mit (das war die Hymne der neuen Mr. und Mrs. Fritz Wackermann), dabei redete ich in Wirklichkeit mit mir selbst, und zwar *über die Arbeit*, darüber, daß Mike Tombellos Trauzeuge Saltos auf einem Trampolin springen wollte, während er seinen Toast ausbrachte, und daß Jenny Parmenter als Fruchtbarkeitssymbol lebende Ziegen haben wollte, die auf dem Parkplatz der Villa meckerten, während sie in ihrem Rolls Corniche auf die Thousand Islands abdüste. Mannomann, die Eagles habe ich schon immer gehaßt.

Okay, zurück zu Glenda Manzini. Linda Pietrzsyk schrieb mich nach unseren schiefgegangenen Umarmungen nicht ab, aber sie ließ mir ganz sicher mehr Spielraum. Mehrere Wochen lang ging sie pünktlich um 17 Uhr 01, ohne sich nach mir zu erkundigen, ohne ein freundliches Wort für irgend jemanden, und das konnte ich ihr nicht verdenken. Aber wen gab es dort denn noch, mit dem man hätte reden können? Etwa mit Marie O'Neill, der Buchhalterin? Mit Paul Avakian, dem Personalsachbearbeiter, Versicherungsfritzen und Portokassenverwalter? Mit Rachel Levy, der Chefköchin? Vielleicht war es auch mehr als das. Vielleicht ist das Band, das sich zwischen Menschen bildet, nicht so ohne weiteres zu lösen. Vielleicht hinterläßt es noch lange seine Spuren. Bald aßen Linda und ich wieder zusammen unser Mittagessen aus der Tüte, tauschten, oft in völligem Schweigen, Puddings verschiedener Geschmacksrichtungen aus; wenigstens hielten wir es so, bis wir in unseren Vorbehalten gegenüber Glenda Manzinis Management-Techniken ein neues gemeinsames Interessengebiet fanden. Das geschah zufällig, als Glenda sich eine Woche frei nahm. Welch ein Wunder. Ich war seit sechs Monaten bei der Villa angestellt. Glendas Urlaub versetzte die Kollegen in Hochstimmung. Es herrschte eine ausgelassene Atmosphäre. Dorcas Gilbey hatte übriggebliebenes Ale für eine Bürofete mit Tanz gehortet, auf der die schrägsten Vermählungssprüche, die wir gehört hatten, vorgetragen werden sollten. Linda und ich machten bei den Festivitäten mit, aber wir stellten zugleich auch eine Strategie auf.

Wir wollten nämlich wissen, wie Glenda so hemmungslos grausam geworden war. Wir wollten die Insider-Geschichte über ihr Privatleben. Wir wollten vertrauliche Informationen. Wie bringt man ein Individuum wie Glenda hervor? Wie sieht die Technik für die Massenproduktion aus? Wir warteten bis Mittwoch, nach der Bierverkostungsparty am Nachmittag. Wir blieben länger, behaupteten wir, um die grünen M&Ms für die Hochzeit von Brad Doelp, dem Tight-end der U.V.M., auszusortieren, der für seinen Empfang Schalen voller M&Ms, *ausgenommen alle grünen,* verlangt hatte. Als unsere Kollegen pünktlich um fünf gegangen waren, brachen wir in Glendas Büro ein.

Schwesterherz, wir brachen wirklich ein. Glenda hatte ihr Büro abgeschlossen, wenn sie nicht da war. Und zwar prinzipiell. Ich mußte das Schloß mit Hilfe meiner Discover-Karte öffnen. Ich malträtierte die Kreditkarte ziemlich. Aber wir kriegten die Zuhaltungen auf, und sobald wir drin waren, fingen wir an herumzuschnüffeln. Glenda Manzini war zunächst einmal ein ordentlicher Mensch, was ich unter organisatorischen Gesichtspunkten bewundern kann, aber es war beinahe so, als wäre ihr Büro leer. Kugelschreiber und Stifte waren ordentlich ausgerichtet. Eingangs- und Ausgangskorb zeigten kein einziges verirrtes Staubkörnchen, kein Fitzelchen Abfall. Weder hinter dem Schreibtisch noch auf dem Boden ihres makellosen Papierkorbes fand sich eine vagabundierende Büroklammer. Ihre Gummibänder bewahrte sie von Gummibändern zusammengehalten auf. Die Akten in ihren Aktenschränken waren wohlgeordnet und so untergebracht, daß man sich nicht bücken mußte, die alten Faxe waren fotokopiert, damit sie erhalten blieben. Die Fotos an den Wänden (frühere Hochzeiten in der Villa) waren unscheinbar und langweilig. Das meiste von dem Zeug kannte ich schon von den Momenten, in denen sie mich in dieses Kabuff zitiert hatte, um mich herunterzuputzen, aber das hier war etwas anderes. Jetzt konnten wir einen ausgedehnten Blick auf Glendas persönliche Habe werfen.

Linda fand besonderes Vergnügen an Glendas Kassettenrecorder (er stand auf einem der schwarzen Aktenschränke) – einem Kassettenrecorder, den keiner von uns je hatte spielen hören. Linda bewunderte die Auswahl der vorhandenen Aufnahmen. Eine komplette Serie billiger Zusammenschnitte: *Greatest Hits of Baroque*, *Greatest Hits of Swing*, *Greatest Hits of Broadway*, *Greatest Hits of Disco* und so weiter. Als sie Glenda, was die Musik anging, gerade zur absoluten Spießerin erklären wollte, stieß sie in einer ramponierten Hülle auf ein Exemplar von *Greatest Hits of the Blues*.

Wir stopften uns mit grünen M&Ms voll, während wir mit unserer Erkundung beschäftigt waren. Und ich ermahnte Linda ständig, ja keine grüne Farbe irgendwohin zu schmieren. Mehrfach überprüfte ich glatte Flächen auf Fingerabdrücke. Ich drehte sogar Lindas Hände um (ich fühlte mich wohl dabei, als ich es tat), um mich zu vergewissern, daß sie frei von grünen Flecken waren. Denn wenn Glenda dahinterkam, daß wir in ihrem Büro gewesen waren, konnten wir uns gleich beim Hot Bird von Troy bewerben. Trotzdem legte Linda achtlos ihre

Handvoll M&Ms auf einem Aktenschrank ab, um sich die Liste der Titel von *Greatest Hits of the Blues* anzusehen. Diese Billiganthologie war 1974, in Lindas Geburtsjahr, erschienen. Zufällig auch das Jahr, in dem Du geboren wurdest, Schwesterherz. Ich erinnere mich an Autofahrten mit Dir zu Stücken von Lightnin' Hopkins oder Howlin' Wolf. Ich erinnere mich noch an Deine Vorliebe für den schmerzvollsten akustischen Blues, die zerrissenste Musik. Welcher Soundtrack eignete sich besser für die Adirondacks? Für unsere ziellosen Fahrten in den Bergen, nach Corinth oder um den Lake Luzerne herum? Welchen einsameren Klang gäbe es für einen staatlichen Park so groß wie Rhode Island, wo noch Wölfe und Bären jagen? Linda legte die größten Hits des Leids ein, und wir setzten uns auf den Teppichboden und hörten sie uns an. Du fehltest mir.

Die unterste Schublade zog ich ganz zufällig heraus. Ich wollte den Arm auf irgend etwas legen. Der Moment hatte etwas ungeheuer Verlockendes. Ich würde Linda nicht küssen und wahrscheinlich würde ihr verzweifeltes Bemühen, jemanden zu finden, der sie von ihren begrenzten ökonomischen Perspektiven und ihrem unaussprechlichen Nachnamen befreite, im Sande verlaufen, aber sie war immerhin eine gute Freundin von mir. Vielleicht eine bessere Freundin, als ich es mir selbst eingestand. In dieser aufgeschlossenen Stimmung öffnete ich die unterste Schublade eines ansonsten leeren Elements (des Elements für die Buchstaben J bis P) und stellte fest, daß es ein halbes Dutzend, vielleicht auch mehr, jener runden Packungen mit *Antibabypillen* enthielt, jenen farbbeschichteten Pillen, du weißt schon, den mehrfarbigen Pillen und Placebos, die eine Reise durch die amourösen Kalender von Frauen sind. Allesamt unbenutzt. Nicht eine auch nur geöffnet. Nicht eine der weißen, gelben, braunen oder grünen Pillen aus ihrer Packung befreit.

»Muß ganz schön kalt sein in Schenectady« murmelte Linda.

Ließ sich die seltsame unterste Schublade auch auf andere Weise deuten? Ließ sie sich auf eine Weise betrachten, die jenseits oder außerhalb meiner strapaziösen Neigung lag, nur Fakten aufzuspüren, die trostlosere Prognosen stützten? Die Schublade enthielt die Pillen, sie enthielt eine Flasche Wodka, sie enthielt ein Geheimversteck mit Familienbildern und Sendschreiben, wie sie Glenda niemals zur Schau stellte, erwähnte oder indirekt streifte. Selbst ich war trotz all meiner Ressentiments nicht imstande, die Briefe zu lesen. Doch was hatte es mit diesen sorgfältig geordneten Schnappschüssen von der Familie Manzini auf sich? (Glendas Sohn aus erster Ehe im frühen Teenageralter, in zerrissener, grasfleckiger Footballkluft, außerdem Mutter, zweiter Ehemann und Sohn vor irgendeiner Tribüne etc.) War die Schublade wirklich das, was sie zu sein schien, nämlich ein Verwahrungsort für Mementos der Liebe, die Glenda mittlerweile versteckt, ausgesondert, in dieses Minidepot abgeschoben hatte? Welche Lektion ließ sich aus diesen Geheimnissen lernen? Lediglich die, daß sich hinter Wut (und hinter Schmerz) *der Wunsch zu lieben* verbirgt?

»Da hat jemand eine Affäre«, sagte Linda. »Der Ehemann kommt spät nach Hause. Er fingiert Überstunden im Büro. Dann bittet er seine Sekretärin zum Diktat auf seinen Schreibtisch. Er läßt Glenda mit den Kindern allein. Warum sollte sie sonst so kalt sein?«

»Oder Glenda hat's mit jemandem«, sagte ich.

»Oder sie ist polygam«, sagte Linda, »und das hier ist eine ganz und gar separate Familie, die sie irgendwo am anderen Ende der Stadt unterhält, ohne irgend jemandem etwas davon zu sagen.«

»Oder das hier ist der Junge, den sie zur Adoption freigegeben hat, und sie hat hier nur die Begegnung mit seiner Familie dokumentiert. Und Dave nie davon erzählt.«

»Ganz egal, was es ist«, sagte Linda, »es ist auf jeden Fall *schlimm*.«

Wir wandten unsere Aufmerksamkeit dem Wodka zu. Schwesterherz, ich weiß, ich habe gesagt, ich rühre das Zeug nicht mehr an – Deines schlechten Beispiels wegen –, aber Linda stachelte mich an. Wir hörten die Musik des Deltas, ihren schlichten, ungekünstelten Schmerz, und ich spürte, daß Muddy Waters' Verlust von der gleichen Art war wie meiner, der Art, die man nicht so leicht abschüttelt, der Art, die wie eine saisonale Grippe wiederkommt, und bald ging die Wodkaflasche zwischen uns hin und her. Die schöne, traurige Glenda Manzini verstand den Blues und ich verstand den Blues und Du hast ihn verstanden, und Linda verstand ihn, und vielleicht verstand ihn ja jeder – trotz allem, was Ethno-Musikwissenschaftler uns über die kulturelle Einzigartigkeit dieser Musik erzählen. Linda fing dort in Glenda Manzinis Büro ein wenig zu tanzen an, drehte sich gedankenverloren, ihre Arme wie Nattern, die sich hin und her schlängelten, ihre Handgelenke mit schwarzen Reifen geschmückt. Linda besaß hier, in Glendas anaerobem und kryogenisch kaltem Büro, einen Zauber. Linda streifte sich die beigefarbenen Pumps ab und umkreiste Glendas Schreibtisch, als wollte sie dessen vielfältige Dämonen austreiben. Ich konnte den Blick nicht von ihr wenden. Sie vergaß, wer ich war, und ließ sich mit den Klagen von Robert Johnson (»Hellhound on his trail«) treiben und ich hätte ihr dorthin folgen können, wo sie Long Island und Skidmore abwarf und zu einer Najade wurde, einer wahren Bewohnerin der Villa auf dem Hügel, jenes Paradieses, doch als der Song vorbei war, fand ich die Unheimlichkeit unserer Gemeinschaft plötzlich beunruhigend. Ich schnüffelte im Büro meiner

Chefin herum. Ich trank ihren Wodka. Mit einemmal war es Zeit, nach Hause zu gehen.

Wir begannen, alles in Ordnung zu bringen, was wir von der Stelle bewegt hatten – in der Hinsicht waren wir wirklich verantwortungsbewußt – und Linda hatte das Dutzend grüner M&Ms aufgesammelt, die sie auf dem Aktenschrank abgelegt hatte – bis auf das eine, das ihr unabsichtlich hinten aus der Faust gerutscht war und von einem Element mit drei Schubladen eine ganze Stufe abwärts auf eines mit zwei Schubladen kullerte, ehe es über eine Kassettenbox hüpfte und sprang und im freien Fall hinter den Aktenschränken landete, wo es, fünfzehn Zentimeter von der Nordostecke des Büros entfernt, neben einem schmalen, kaffeefleckigen Stück Spannteppich endlich liegenblieb. Ich stellte den Wodka in die schmachvolle Schublade zurück, ich rückte die *Brides*-Zeitschriftenstapel gerade, ich schloß Glendas Bürotür ab und ich verwandelte mich wieder in den Angestellten des Monats. (Mein gerahmtes Bild hing über dem Trinkbrunnen zwischen den Toiletten. Ich trug eine Krawatte. Ich lächelte breit, meine Zähne sahen gerade aus, und mein Haar war gekämmt. Ich war auf dem Weg nach oben.)

Ich habe immer den Ehrgeiz gehabt, mein eigenes kleines Geschäft zu besitzen. Mir gefällt die Flexibilität niedrig kapitalisierter Firmen. Mir gefallen kleine Geschäfte in dem Moment, in dem sie sich anschicken, Franchise-Unternehmen zu bilden. Deshalb nahm ich den Job im Hot Bird an – ich sah Hot Birds in jeder Stadt in Amerika. Ich sah Hot Birds, so zahlreich wie Postämter oder ATMs. Mir gefallen kleine Geschäfte in dem Moment, in dem sie im Hinblick auf ein bestimmtes Bedürfnis tatsächlich einen Markt definieren, wenn sie beginnen, der Welt ihre Produkte zu verkaufen. Und mein Erfolg als Mannschaftsspieler in der Villa auf dem Hügel war das Ergebnis dieser Ambitionen. Deshalb kam ich nach einer gewissen Zeit auch zu der Ansicht, daß ich Glenda Manzinis Job selbst machen könnte. Da ich noch ein bißchen jung bin, konnte ich Glenda selbstverständlich nicht ersetzen – ich glaube, sie verfügte über wirklich großartige Instinkte, was die Dienstleistung anging, die wir der Hauptstadtregion anboten –, aber ich sah vor mir, wie die Villa auf dem Hügel ihren Einfluß auf Bevölkerungszentren im gesamten Nordosten ausdehnte. Wieso gab es eigentlich in Westchester keine Villa auf dem Hügel? Oder unten in Mamaroneck? Wieso gab es im goldenen Gürtel der Bostoner Vorstädte keine Villa auf dem Hügel? Warum keine Villa für die Mainline von Philly? Es genügt wohl, wenn ich sage, daß ich mich sah, wie ich irgendwann in der Zukunft die gleichen Möglichkeiten hatte wie Glenda. Ich sah mich an anderen schönen Standorten von Villen Geschäfte abschließen und Preisnachlässe aushandeln. Ich stellte mir vor, wie ich mich einer Koalition von Risikokapitalgebern für weitere Villen unentbehrlich machte, und dann stellte ich mir vor, wie ich diese Verbindungen dazu nutzte, einen Vorstoß in den, sagen wir, Hightech- oder Biotech-Sektor der amerikanischen Industrie zu unternehmen.

Dieses spezielle Ziel verfolgte ich dergestalt, daß ich anfing, auf Dinge wie das Auftragsvolumen vorauszublicken. Ich fing an, das Grafikprogramm meiner Bürosoftware dazu zu nutzen, Kreisdiagramme von Hochzeitsdichte, Betriebskostenquotient etc. zu erstellen, und ich fing an, mir zu überlegen, wie wir unsere Dienstleistung, sei's im Radio, sei's in der Presse oder über alternative Marketingstrategien, besser vermarkten konnten (zum Beispiel überlegte ich mir die Strategie, verschiedene unabhängige Religionsgemeinschaften – kleine, aufstrebende spirituelle Bewegungen – dazu zu bringen, uns als Veranstaltungsort für alle ihre Gruppenhochzeitsfeiern in Betracht zu ziehen). Und indem ich auf derlei vorausblickte, konnte ich mir ausrechnen, wer in den nächsten Monaten durch unsere Türen kommen würde. Ich wurde zum Kenner der gesellschaftlichen Kräfte unseres Tals. Ich achtete darauf, wann bestimmte wohlhabende Familien der Region womöglich unser Produkt benötigten. Falls erforderlich, würde ich mich nicht scheuen, den Generalstaatsanwalt unseres Staates anzurufen, um ihn vom Glanz der Niagara-Halle zu überzeugen, wenn Diana, seine Tochter, ihren Freier Ben endlich erhörte.

Mein Plan, der Marke Villa auf dem Hügel zu einer Vorrangstellung zu verhelfen, hätte durchaus gelingen können, wenn mir nicht beim Überprüfen der Auftragsvorausschau für November (für einen Mittwochabend), also der schon in drei Monaten stattfindenden Hochzeiten, aufgefallen wäre, daß Sarah Wilton aus Corinth im Rip-van-Winkle-Saal einen gewissen Brice McCann heiratete. Kurz vor Thanksgiving. Im Terminkalender war der Name nicht mit speziellen Notizen oder Anmerkungen versehen, daher konzentrierte sich Glenda nicht sonderlich auf die Hochzeit. Aber mich störte irgend etwas. Dieser Name.

Dein Brice McCann, Schwesterherz. Dein Zukünftiger. Heiratete fast auf den Tag genau ein Jahr nach deinem Probeessen, das niemals stattfand. Heiratete, ehe er auch nur das vorgeschriebene Trauerjahr vollendet hatte, ehe wir auch nur den Jahrestag mit seinen Tränenströmen hinter uns gebracht hatten. Wer weiß, wie lange er wartete, ehe er damit begann, Sarah Wilton zu verführen? Stand überhaupt fest, daß er gewartet hatte, bis Du tot warst? Vielleicht war er treulos; vielleicht war er ein Betrüger. Ich hatte angefangen, Glendas Terminkalender zu lesen, um beruflich voranzukommen, Schwesterherz, aber sobald ich von Brice erfuhr, wurde ich, was die Arbeit anging, nachlässig. Meine Arbeit litt darunter. Meine Beziehungen zu anderen Mitarbeitern litten darunter. Ich blieb für mich. Ich ging wieder dazu über, mit dem Bus zur Arbeit zu fahren, anstatt mich mitnehmen zu lassen. Ich hörte auf, Kollegen zu besuchen. Ich ertappte mich dabei, daß ich von Komplotten und Machenschaften munkelte; ich ertappte mich dabei, daß ich Zusammenhänge zwischen Dingen herstellte, zwischen denen wahrscheinlich kein Zusammenhang bestand, und komplizierte Racheszenarien plante. Ich wußte, es würde der Tag kommen, an dem er im Haus sein würde, an dem Brice diverse Rechnungen begleichen, diverse Zahlen durchgehen und die Pasteten-Auswahl und die Besetzungsliste der Rhythm & Blues Band absegnen würde, und ich wartete auf ihn – um mich der Wahrheit zu vergewissern.

Schwesterherz, Du hast dich zu schnell verlobt. Da war noch dieser andere gewesen, dieser Mark, und auch mit ihm hattest Du Dich verlobt und die Sache ging dann ziemlich schnell in die Brüche – verlobt hast Du Dich, glaube ich, am Labor Day, und bis Martin Luther Kings Geburtstag schon wieder getrennt –, und dann, binnen Wochen, tauchte dieser Brice auf. Ich will hier auf etwas ganz Bestimmtes hinaus. Ich versuche, sanft zu sein, aber ich muß Dir das klarmachen. Brice hat eine Baskenmütze getragen. *Der Kerl hat eine Baskenmütze getragen.* Angeblich war er ein prima Koch, er warf auch ständig mit Namen von exotischen Pilzen um sich, aber ich habe ihn nie auch nur ein Ei kochen sehen, wenn ich Dich besuchte. Gekocht hast immer nur Du. Es stimmt zwar, daß bestimmte Männchen der Spezies, die Sorte, die nach dem Essen am Tisch sitzen bleibt und darauf wartet, daß ihre Ehegefährtin das Geschirr abwäscht, die

Sorte, die das Aufschneiden des Bratens übernimmt und mit Essen zusammenhängende Arbeiten ansonsten für unter ihrer Würde hält, die Sorte, die behauptet, nur bei der Zubereitung des Frühstücks effektiv zu sein, daß diese Typen Rohlinge aus dem Pleistozän sind, die im Informationszeitalter mit seinen neu entstehenden Märkten und globalen Ökonomien nichts verloren haben. Aber das andere Extrem, Schwesterherz, halte ich für genauso schlimm. Die sensiblen Baskenmützenträger und New-Age-Jünger, die sündhaft teuren Senf und Hähnchen aus Freilandhaltung kaufen und ihr Basilikum selbst anbauen und dann dich kochen lassen, während sie im Zimmer nebenan sitzen und Zeitschriften lesen, die sich den künstlerischen Posen asiatischer Teenager widmen. Unsere Familie kommt aus dem Norden des Staates New York und wir essen nicht genug Gemüse und unsere Ehen sind voller Härten und Kümmernisse, Schwesterherz, und als ich Brice den Gang der Villa auf dem Hügel entlangkommen sah, das vorzeitig graue Haar mit Hilfe irgendeines garantiert umweltverträglichen Schaumfestigers nach hinten geklatscht, in einer Pilotenjacke aus grauem Wildleder und Cowboystiefeln, in die er die Aufschläge seiner schwarzen Designerjeans gestopft hatte, in den Händen seinen persönlichen digitalen Assistenten, sein Handy und die anderen Insignien seines schrumpfenden Geschäfts für Massagetherapie, da war er mein Staatsfeind Nummer eins. Er zog, wie ich zu meiner Freude bemerkte, einen Schwall von honigsüßem Parfüm nach sich. Patschuli, vermutlich. Es würde Glenda Manzini mit Sicherheit wahnsinnig machen.

Wir hatten ein kleines Besprechungszimmer in der Villa, von Glendas Büro aus gleich um die Ecke. Einen Teil der Einrichtung dort hatte ich selbst ausgesucht, und zwar bei einem Möbel-Discounter in der Mall. Natürlich würden sich Brice und seine Verlobte Sarah Wilton mit Glenda in dieses Besprechungszimmer verfügen, um sich über die Kosten zu verständigen. Daher war ich in weiser Voraussicht in diesen Raum getrabt, hatte das Lauthörtelefon neben der Kaffeemaschine eingeschaltet, einen Topf Seidenblumen davorgestellt und meinen eigenen Anschluß angewählt, um das Gespräch mithören zu können. Ich hatte einen schnurlosen Kopfhörer, Schwesterherz, den ich beim Inventarisieren und Tabellarisieren von Rechnungen gern trug – er half mir bei den Nakkenverspannungen und den Spannungskopfschmerzen, unter denen ich ständig litt –, und diesen Kopfhörer setzte ich nun auf und ging zurück in die Registratur am anderen Ende des Flurs, während die Außenübertragung von Brices und Sarahs Besprechung mit Glenda in meinen Schädel gesendet wurde.

Vermutlich war mein Gesicht aschfahl. Ich nehme an, daß Dorcas Gilbey, als sie mich mit ein paar Quittungen anhielt, die sie abzuheften vergessen hatte, von meinem starren Gesicht und meinen kurzen, unfreundlichen Antworten auf ihre Fragen befremdet war. Ich scheuchte sie weg, drückte mir den Kopfhörer fester aufs Ohr. Leider brach das Signal ab. Es war zu schwach. Ich kehrte eilends an meinen Schreibtisch zurück und versuchte, das umgeleitete Gespräch auf mein Handgerät zu legen. Ich versuchte sogar, es über die Lauthöreinrichtung zu verstärken, aber ohne Erfolg. Brice hatte schon immer mit gekünstelt leiser Stimme geredet, während er damit beschäftigt war, Leuten wie Dir bestimmte Dinge abzunötigen, Schwesterherz. Er war zu still – um seine Taktik besser zu tarnen. Und deshalb mußte ich mich, um ihn hören zu können, um die Ecke vor dem Besprechungszimmer schleichen und auf altmodische Weise lauschen.

»Wir wollten uns mit Ihnen unterhalten (erklärte Brice Glenda gerade), weil wir sichergehen wollten, daß

Sie in ähnlichen Bahnen wie wir kreativ denken. Wir möchten sichergehen, daß Sie mit unseren Plänen einverstanden sind. Als verheiratete Menschen, als Menschen, die keine halben Sachen machen, möchten wir, daß diese Feier dazu führt, daß andere sich mit sich selbst wohlfühlen, so wie wir uns mit uns selbst wohlfühlen. Wir möchten eine ekstatische Feier, eine heilende Feier, die eventuelle Verletztheiten kuriert, unter denen andere Ehen im Saal möglicherweise leiden. Sie wissen ja, daß der Überschwang einer Hochzeit bei vielen Leuten einen Trauerprozeß in Gang setzt, Mrs. Manzini. Sarah und ich empfinden zutiefst, daß mit dem Wunder einer Feier häufig auch Trauer einhergeht, und das alles, alle diese Gefühle, möchten wir in Szene setzen, um sie zum Vorschein zu bringen, damit wir sie betrachten können, und dann möchten wir sie im Triumph austreiben. Wir möchten, daß die Leute sich nach dieser Hochzeit mit sich selbst wohl fühlen, so wie wir uns mit uns selbst wohl fühlen. Wir möchten unsere Familien als Ganzes umarmen, denn wir sind alle Menschen, und wir alle haben Gefühle, und wir alle müssen trauern und Sehnsucht empfinden, und dafür brauchen wir Rituale.«

Es folgte längeres Schweigen von Glenda Manzini.

Dann sagte sie: »Können wir zur Sache kommen?«

Was mir an der Villa auf dem Hügel immer gefallen hat, war ihre Leere, ihre Unbewohntheit. Gewiß, wenn die Niagara-Halle mit Fünftausend-Dollar-Kleidern und geerbten Smokings gefüllt war und Toots Wilcox' Bigband darin aufspielte, war es ein großartiger Ort, so etwas wie der Inbegriff des Empfangssaals; doch sosehr ich die Feiern und das Netzwerk der Beziehungen und Verbindungen, das mit unserem Geschäft in der Villa einherging, stets geliebt habe, am wohlsten fühlte ich mich in den *leeren* Hallen der Villa, wenn sie, von allem Gefühlswust gereinigt, vollkommen still waren und geduldig der Möglichkeit der Ehe harrten. Auf dieses gleichsam unbeschriebene Blatt hatte ich routinemäßig meine törichten Hoffnungen projiziert. Doch nachdem Brice durch die Firma, in der ich arbeitete, stolziert war und seine Eheschließung jede andere zu überschatten begann, sah ich statt dessen eine andere Inschrift an diesen Wänden: *Für jeden Todesfall gibt es einen Schuldigen.*

Oder, um es anders zu formulieren, es gab in der Villa auf dem Hügel ein Netzwerk von Kellergeschossen, durch das die Suiten untereinander verbunden waren. Diese Tunnel wurden von bestimmten alkoholsüchtigen Hausmeistertypen, die ich recht gut kannte, stark frequentiert. Ich hatte früher schon Grund gehabt, mich dorthin zu wagen, doch nun nutzte ich jede Gelegenheit, diese Flure zu durchstreifen. Meine Arbeit verrichtete ich nach wie vor soweit, daß garantiert war, daß ich Gehalt bekam und regelmäßig in meine Kapitallebensversicherung einzahlte, doch wohler fühlte ich mich in der Leere der Keller und Suiten der Villa, wenn ich darüber nachdachte, wie ich Vergeltung üben könnte, während Brice und Sarah sich über die Kosten für ihren Friedensrichter, ihren Fotografen und ihre Champlain Pentecostal Singers ereiferten.

Ich hatte Linda Pietrzsyk von Brices Wiederauftauchen erzählt. Ich hatte ihr von Dir erzählt, Schwesterherz. Ich hatte von Deinen Frakturen, Deinem Blutverlust, Deiner Unterkühlung und den Ergebnissen der bei der Autopsie vorgenommenen Blutalkoholuntersuchung erzählt; vermutlich hatte ich ihr alles mögliche zu erzählen begonnen, in Ausbrüchen von Offenheit, denen ebenso überzogen das genaue Gegenteil, Unnahbarkeit, folgte. Linda sah mich im Laufe jener Wochen auf der Lauer liegen, aus und ein gehen in infernalischen Kellern von Mutmaßungen, die andere Menschen schmutzig und unbehaglich finden, wo ich doch das Entladen von Blumenarrangements an der Laderampe hätte beaufsichtigen oder für Glenda Termine beim Chiropraktiker hätte vereinbaren sollen. Linda sah mich auf der Lauer liegen, *fragte, was los sei, und sagte mir, nach dem Jahrestag, wenn dieser Tag erst einmal vorbei sei, werde es besser,* und ich spürte, wie sich epiglottal die Diskurse von Rechtfertigung und nachfolgender Dankbarkeit in mir bildeten, doch statt dessen sagte ich ihr, sie solle verschwinden, solle es den Toten überlassen, die Toten zu begraben.

Nach einer langen, qualvollen Zeitspanne kam der Tag von Sarah Danforth Wiltons Hochzeit mit Brice Paul McCann. Es war ein kalter, nebliger Tag, Schwesterherz, und Du warst mittlerweile seit etwas mehr als einem Jahr tot. Ich hatte den Jahrestag zitternd vor dem Fernseher durchlebt, hatte mir das Home Shopping Network angesehen und klotzigen Zirkonringen spontan Preise zugeordnet, als ob einer davon der Ring gewesen wäre, den du bei deiner Hochzeit hättest tragen können. Du warst eine prima Schwester, aber Du hast dich ständig anders besonnen, und ich hatte keine Ahnung, ob all das, was ich Dir im letzten Jahr zugeschrieben hatte, Züge des Du waren, das ich einmal gekannt habe, oder ob Du im Tode Eigentum der um Dich Trauernden geworden warst, so daß wir eine Marionette aus Dir machten.

Am Jahrestag habe ich mir ein Video von der Überreichung der Brautgeschenke angesehen; und Mom war da und sah richtig stolz aus, und an einer Stelle geriet Dad mitten ins Bild und gab ein seltsames Räuspern von sich, das damit zu tun hatte, daß er in diese Versammlung überaus schöner Frauen eindrang (ich wurde nur am Schauplatz geduldet, um das Ganze auf Video aufzunehmen), und Du hast Dich sehr gefreut, als Du Deine Geschenke aufmachtest. An einer Stelle hast Du Dich zu

Mom herübergebeugt und im schönsten Bühnenflüstern – so daß sogar ich Dich verstehen konnte – gesagt, *Dein Auto sei eine richtige Schrottkiste, Du müßtest damit in die Werkstatt und Du hättest keine Zeit und es sei wahnsinnig umständlich, und ob sie wohl meine, ich würde dir ohne allzu großes Theater den Sable leihen?* Meinen Sable, mein Auto. Klar doch. Wenn ich es noch mal tun müßte, hätte ich kein einziges Mal Theater gemacht.

Die Vermählungssprüche in der Villa auf dem Hügel schienen der Teil der Zeremonie zu sein, an dem am meisten herumgepfuscht wurde. Ich glaube, wenn Glenda eine Möglichkeit hätte finden können, einen Aufpreis für Vermählungsspruchveränderung in Rechnung zu stellen, hätten wir in der Villa auf dem Hügel eine wirklich kräftig sprudelnde Einnahmequelle gehabt. Wenn der süße Augenblick des Sich-Bindens wirklich so universal ist, wieso artikuliert er sich dann auf so viele unterschiedliche Weisen? Die Leute verwendeten alles mögliche für ihre Vermählungssprüche. Conchita Bosworth verwendete die Songs von Dan Fogelberg, als es zum Ringtausch kam; Reggie West, Besitzer eines Futongeschäfts aus Queensbury, schaffte es, Material aus einer Reihe von Sitcoms einzuarbeiten. Nach einer Weile hatte man alles gehört, die Rhetorik des Verlangens, die so unbeholfen wie möglich dargebotenen Beschwörungen des Sich-Bindens; man hatte die hochtrabenden Metaphern und die abgedroschenen Formulierungen gehört, bis das alles nur noch Juristenchinesisch war, wie bei irgendeiner geschäftlichen Transaktion.

Es war die Sprache von Brice McCanns Vermählungsspruch, die diese Geschichte zum Abschluß brachte. Ich kam zu spät zu der Hochzeit. Von dem Hügel in Troy aus, wo ich in meiner praktischen Wohnung wohnte, nahm ich ein Taxi über den Hudson. Was in dem System von Asphaltkleeblättern, wo die Route 7 auf die Interstate traf, an Bäumen stand, war kahl und trostlos. Die Straße war voller Schlaglöcher. Die Fahrspuren verstopft von alten, klappernden Limousinen. Die Parkwächter der Villa, eine Gruppe potrauchender Jugendlicher, denen es Spaß zu machen schien, ein Faksimile von Höflichkeit zu schaffen, das sowohl Unverschämtheit als auch Unterwürfigkeit einschloß, hielten mir die Tür des Taxis auf und begrüßten mich mit ihrem Standardsatz: *Wo ist die Party?* Der Parkplatz war voll. Wir hatten sieben Hochzeiten gleichzeitig. Alles arbeitete. Glenda arbeitete, Linda arbeitete, Dorcas arbeitete. Alle Leute meines Teams arbeiteten, sprinteten von Suite zu Suite, Management im kleinen. Die gesamte Hauptstadtregion muß an diesem Samstag in der Villa gewesen sein, um Zeuge des Erblühens von Familien zu werden, Schwesterherz, oder, im Falle von Brices Hochzeit, um Zeuge zu werden, wie ein Treuegelöbnis, das weniger als ein Jahr alt ist, ein Zukunftsversprechen, im Handumdrehen in Zahlung gegeben werden kann und daß die Ehe bloß eine in Frischhaltefolie verpackte und in Massenproduktion hergestellte Ware ist.

Ich ging langsam den Hauptflur entlang, schaute mal hier, mal da in die verschiedenen Suiten hinein. In der Chestnut-Suite waren es die Polanskis, arm, aber großzügig – ihre Tochter Denise beabsichtigte, einen Italiener zum Mann zu nehmen, A.L. DiPietro, ebenfalls arm wie eine Kirchenmaus, und die Polanskis bezahlten die gesamte Feier inklusive Probeessen und hatten die DiPietros für eine Woche zu sich eingeladen. Sie hatten ihre eigenen, von der arthritischen Mrs. Polanski persönlich zusammengestellten Blumengestecke mitgebracht. Der Raum war von schlichter Würde. Als nächstes, in der Hudson-Suite und in Einklang mit deren maritimem Charakter, schlossen der Kadett Bobby Moore und seine

High-School-Freundin Mandy Sutherland den Bund fürs Leben, ganz nach den Wünschen von Bobbys Dad, der Kapitän eines Schleppdampfers im Hafen von New York gewesen war; in der Adirondack Suite verknüpften zwei altehrwürdige Familien aus der Gegend um den Lake George – die Millers (Besitzer der Lake George Cabius) und die Wentworths (sie hatten die Quality-Inn-Konzession) – ihre touristenabhängigen Schicksale miteinander; im Valentine-Saal, Schwesterherz, sollten zwei Frauen (mit Namen Sal und Martine, aber mehr sollte ich aus Gründen der Diskretion nicht über sie verraten) von einem abtrünnigen episkopalischen Geistlichen namens Jack Valance getraut werden – sie hatten sich ihre Hochzeitskleider passend zum kadmiumroten Dekor dieses Raums selbst genäht; im Ticonderoga-Saal fand die Hochzeit von Glen Dunbar und Louise Glazer statt, eine in keinerlei Hinsicht denkwürdige Feier; und in der Niagara-Halle standen zwei von Saratogas großen Rennsportdynastien des achtzehnten Jahrhunderts, die Familien Vanderbilt und Pierrepont, im Begriff, ihre seit langer Zeit bestehenden Differenzen beizulegen. Überall lag Liebe in der Luft.

Ich schaute bei all diesen Feiern vorbei, Schwesterherz, ehe ich es über mich brachte, zum Rip-van-Winkle-Saal hinüberzugehen. Meine Schritte waren zögernd. Meine Beobachtungen: Der Anteil von Geschniefe war bei sämtlichen Feiern ungefähr gleich, das Publikum war ungefähr gleich, und das Niveau von Humorigkeit und Ernst glich sich ungefähr, wohin man auch ging. Die Gefühle, hohe wie niedrige, durchliefen das gesamte Spektrum der Möglichkeiten. Die Musik mochte von Fall zu Fall verschieden sein – imposante Barockhymnen oder Klezmer-Gedudel –, aber die Absicht war überall die gleiche. Um drei Uhr nachmittags wußte ich nicht mehr, was Hochzeit eigentlich bedeutete, außer daß die Feier

Bestandteil jedes mir bekannten Lebens zu sein schien, mein eigenes ausgenommen.

Im Unterschied zu den anderen Suiten standen die Türen des Rip-van-Winkle-Saals offen, und ich durchschritt sie auf Zehenspitzen und schloß sie hinter mir, die großen, mit Schnitzwerk versehenen Türen. Leise ließ ich mich auf der Brautseite nieder. Das Licht war trübe, Schwesterherz. Das Licht war tief im ultravioletten Spektrum, so wie damals bei den Ausstellungen in der Hall of Science and Industry, zu denen wir als Kinder gingen. Am Altar fand offenbar eine Art Mummenschanz, eine Art Ausdruckstanz statt. Die Champlain Pentecostal Singers wimmerten schauerlich. Als ich den Raum nach bekannten Gesichtern absuchte, sah ich sie überall. Nicht weit entfernt waren Alex McKinnon und ihr Sohn Zack in eine Reihe gequetscht und zappelten verzweifelt. Kannten sie Brice? Hatten sie Dich gekannt? Vielleicht zählten sie sich zu den engen Freunden von Sarah Wilton. Zack drehte sich sogar zu mir um, winkte und schien mit Lippensprache etwas zu mir zu sagen, aber ich konnte es nicht verstehen. Auf der Seite des Bräutigams sah ich Linda Pietrzsyk, obwohl sie eigentlich im Büro hätte arbeiten und Anrufe entgegennehmen müssen, und sie war von Cheese, Chip, Mark, Stig, Blair und einem halben Dutzend anderer Früchtchen aus ihrer Peer-group umgeben. Wie ein Gesamtorganismus aus Fröhlichkeit und Ironie bogen sie sich vor Lachen über die Vorgänge, über die scharlachroten Strumpfhosen, Federboas und Tanzgürtel der modernen Tänzer, die am Altar herumtollten. Eine Reihe hinter diesen Skidmore-Schwachköpfen saß – obwohl sie sonst nie einer Hochzeit beiwohnte – Glenda Manzini höchstpersönlich, und sie schien, ein Taschentuch wie einen Schleier vor dem Gesicht, hemmungslos zu schluchzen.

Wo war ihr Mann? Und ihr Sohn? Und dann, Schwesterherz, als ich mich nach dem Stehpublikum hinter dem letzten Durchgang auf der Seite des Bräutigams umblickte, sah ich zu meiner Verblüffung Mom und Dad. Was hatten sie hier zu suchen? Und wie hatten sie davon erfahren? Ich hatte alles getan, um die Hochzeit vor ihnen geheimzuhalten. Ich hatte all die schlimmen Gefühle für mich behalten. Dads Gesicht war vor Zerknirschung grau, als hätte er etwas tun können, um den Vorgang aufzuhalten, und Mom hielt sich dicht an seiner Seite, im Gesicht eine dunkle, vollkommen undurchsichtige Brille. Sofort stand ich von dem Platz auf, auf dem ich mich niedergelassen hatte, und stieg, an ihren Knien aneckend, über die Familien hinweg, die neben mir saßen. Im Gehen wurde ich Brice McCanns leiser, einschmeichelnder Stimme gewahr, die in Dolby Surround von einer Wand des Rip-van-Winkle-Saals zur nächsten hallte. Der Raum, so schien es mir, trug den passenden Namen. Wir waren alle Schläfer, die eine Träumerei von der Ehe träumten, und nicht einer von uns war aufgewacht und hatte den Zwang, die Gewalt, das Übermaß ihrer kabbalistischen Gebete und Rituale gesehen. Die Ehe war ein Phantasma. Nicht einer von uns war bereit, die Wahrheit ihrer Traumsprache von Sklaverei, Unterwerfung und Eigentumsübertragung auszusprechen, und Brices Gelöbnis, *Sarah Wilton zum Weibe zu nehmen, und ihr die Treue zu halten, bis daß der Tod sie scheide,* kam mir vor wie die Masche eines Gebrauchtwagenhändlers oder Versicherungsvertreters, und die Worte tönten, ebenso wie Sarahs unsichere, gehauchte Erwiderung, im Raum wider, und ich hastete, kretinoide Gäste und pausbäckige Neugeborene zur Seite drängend, auf den Mittelgang zu, meinen Eltern entgegen, um sie zu umarmen, während diese Worte fielen, diese Worte mit ihren Andeutungen von Sterblichkeit, um meinen Eltern zu sagen, *daß ich Dich in jener Nacht niemals hätte fahren lassen dürfen, Schwesterherz. Wie konnte ich Dich nur fahren lassen? Wie konnte ich nur so dumm sein? Meine Reifen waren abgefahren – ich konnte mir keine besseren leisten. Mein Auto war eine Todesfalle; und ich war, auf mein langes, kompliziertes Programm des Scheiterns versessen, der ihm gemäße Fahrer, mein Programm aufgegebener Zukünfte, halbgarer Ideen, großer Pläne, aus denen nichts wurde, billigen Geschwätzes und Lügen, Sauftouren, Kleindiebstahls. Mein Auto war für meinen eigenen Tod bestimmt, Schwesterherz, für das unvermeidliche und willkommene Ende der Schande und des Schmerzes, die ich über alle mir Nahestehenden gebracht hatte, besonders über Dich, die Du innerlich, insgeheim, geweint haben mußt, als Du Dich gezwungen fühltest, mich zu bitten, an Deinem besonderen Tag ein Gedicht vorzulesen, ehe Du dann in dieser Kurve mein Auto zu Schrott gefahren hast, schreiend über das Bankett gesaust bist, Dich überschlagen hast, zehn Meter auf dem Dach geschlittert bist, die Granitnase dort gerammt hast, aus dem Sitz geflogen bist (warum warst Du nicht angeschnallt?), Dir das Genick gebrochen hast, durch die Windschutzscheibe gesaust bist, dort zum Teil hängengeblieben bist, einen Purzelbaum über die Motorhaube geschlagen hast, Dir beide Beine gebrochen hast, Dir die Lunge durchbohrt hast, ein Auge verloren hast, Dir das Handgelenk zertrümmert hast, geblutet hast und endlich in einem modernden Haufen Laub liegengeblieben bist, wo Regen auf Dich fiel, bis Du schließlich, bewußtlos, gestorben bist.*

Ja, während ich Mom und Dad durch Zurufe auf mich aufmerksam machte, löste sich die Hochzeit McCann-Wilton plötzlich auf, die Vermählungsworte waren gesprochen, die Musik war überwältigend, Braut und Bräutigam waren verheiratet; man hörte keltische Dudelsäcke und mehrstimmigen Gesang – es war ein Klagelied, ein Volkstanz, ein Gesang religiöser Verzückung –, und ich konnte nicht sagen, was Hochzeit und was Beerdigung war, ob das eine ein Ende hatte und das andere begann, es gab Freudenschreie, Konfettiwirbel, ein An-die Brust-Schlagen und die Prozession rotwangiger Teenager, in Zweierreihe, die allesamt den Traum amerikanischer Ehen träumten, mit Autos, Kindern, kleinen Geschäften, Altersversorgungsplänen, Sozialversicherungsleistungen und Enkelkindern, und ich kam im Gewühl nicht an meine Eltern heran; ich wußte nicht einmal mehr genau, ob sie es überhaupt gewesen waren, die da gestanden hatten, in dieser phantastischen Menschenmenge, dieser Menge aus Träumen, und mir ging auf, daß ich allein auf Brice McCanns Hochzeit war, allein unter Menschen, denen es nichts ausgemacht hätte, wenn ich nicht dagewesen wäre, so wie ich auch in liebster Gesellschaft oft allein gewesen bin, auch unter denen, die mich mochten. Ich hätte zu Hause bleiben und fernsehen sollen.

Das bremste mich allerdings nicht. Ich begab mich zu dem Empfang und schaufelte zusammen mit den stolzen Familien von Sarah Wilton und Brice McCann das Hühner-Satei und die Shrimps mit grünem Curry in mich hinein. Linda Pietrzsyk erschien neben mir, so wie damals, als wir uns im Ticonderoga-Saal geküßt hatten. Sie fragte, ob es mir gutgehe.

»Klar«, sagte ich.

»Soll ich dich nicht lieber nach Hause fahren?«

»Ich will noch mit jemandem reden«, sagte ich. »Dann gehe ich gern.«

Und Linda fragte: »Was ist in der Tüte?« Sie sprach von meiner Wal-Mart-Plastiktüte, Schwesterherz. Ich finde, die Geschäftspolitik von Wal-Mart, die darauf besteht, daß *Angestellte keinen Kunden vorbeigehen lassen dürfen, ohne diesen Kunden zu fragen, ob er Hilfe braucht,* ungeheuer klug. Ich finde, der Weg zu einem treuen Kunden führt über dessen Würde. In der Tüte hatte ich das Hochzeitsgeschenk, das ich für Brice McCann und Sarah Wilton mitgebracht hatte. Ich wußte nicht, ob ich Linda etwas von diesem Geschenk verraten sollte, denn ich wußte nicht, ob sie es verstehen würde, aber ich sagte es ihr trotzdem. *Ist es so, wenn man mit einemmal feststellt, daß man sein Leben wirklich lebt?*

»Och, das ist bloß was von meiner Schwester.«

»Andrew«, sagte Linda, und dann wußte sie offensichtlich nicht mehr weiter. Ihre Stimme hatte zwei Fehlstarts und zitterte vor Sorge. Ihr Lächeln war grimmig. »Vielleicht wäre es jetzt eine gute Zeit zu gehen.«

Aber ich ging nicht, Schwesterherz. Ich holte die gefährlichste Waffe hervor, die ich in meinem Arsenal hatte, das ebenfalls in meiner Wal-Mart-Tüte verstaute Glanzstück meiner ruchlosen Pläne für diesen Abend. Die Hühnermaske. Genau, Schwesterherz. Ich hatte sie seit meiner Zeit im Hot Bird aufbewahrt, und während Brice erst noch begreifen mußte, daß ich mich aus einem ganz bestimmten Grunde selbst zu seiner Hochzeit eingeladen hatte, stülpte ich mir die Maske über mein ordentlich gescheiteltes Haar und über den Kragen des knitterfreien Anzugs, den ich mir in dieser Woche eigens zu diesem Anlaß gekauft hatte. Ich muß sagen, daß ich in dem verspiegelten Empfangsbereich des Rip-van-Winkle-Saals ein überaus elegantes Huhn war. Ich begann sofort, die Räumlichkeiten nach dem Bräutigam abzusuchen, der zunächst schwierig zu finden war, da es jede Menge ähnlich gesinnter, Motivationsreden haltender Baskenmützenträger gab, die lässig an Säulen oder Büffettischen lehnten. Endlich aber erspähte ich ihn, wie er sich drüben bei dem elektrischen Springbrunnen, den wir für die Feier hatten installieren lassen, inmitten einer kleinen Gruppe Brautjungfern plusterte. Bestimmt betrachtete er mich, als er mich in der Hühnermaske sah, wie ich mich auf ihn zuarbeitete, als günstiges Omen für seinen neuen Bund. *Super! Wir haben ein Huhn bei der Feier! Geflügel bei einer Hochzeit ist immer beruhigend!* Linda verfolgte mich durch den Raum. Versuchte mich abzulenken. Ich mußte grob zu ihr werden. Ich sagte ihr, sie solle zusehen, daß sie einen Ehemann fände.

Ich drängte mich in McCanns gewandtes, witziges Empfangsgeschwätz und mimte das freundliche Huhn. Dann, als eine jener unangenehmen Gesprächspausen die Gruppe heimsuchte, stellte ich deinem Zukünftigen eine Frage:

»Na, Brice, was meinst du, wie deine letzte Verlobte, Eileen, auf deine Hochzeitsfeier heute reagieren würde? Hätte sie ihr gefallen?«

Verwirrtes Schweigen trat ein, während die drei, vier Sekretärinnen-Schönheiten darüber nachdachten, wie diese heikle Frage am besten zu beantworten sei.

»Tja, da sie von uns gegangen ist, denke ich, daß sie wahrscheinlich von oben auf uns herablächeln würde. Ich habe ihre Gegenwart unentwegt gespürt, während die Entscheidung reifte, Sarah zu heiraten, und ich glaube, Eileen weiß, daß ich sie nie vergessen werde. Daß ich sie immer lieben werde.«

»Ach ja?«, sagte ich, »das Komische ist nämlich, ich habe sie zufällig hier bei mir, und ...«

Dann öffnete ich die kleine Schatulle mit Dir (Du warst in einer Tiffany-Schmuckschatulle, die ich aus Moms Schmuckschublade hatte mitgehen lassen, weil mir ihr fahler, grünblauer Ton gefiel: die Farbe der Leichenstarre, wie ich sie mir vorstellte), hielt sie Brice entgegen und schleuderte etwas davon hoch. Bestimmt weißt du, Schwesterherz, daß Knochensplitter in aller Regel schwerer sind und von daher rascher zu Boden fallen, während der Rest der Asche, wenn man sie wirft, wenn man sie in die Luft schleudert, eine Art Wolke bildet. Unter den gegebenen Umständen schien die Wolke einen Charakter, eine Persönlichkeit zu besitzen. *Dem gemäß flitztest und fintiertest Du um Brices Kopf*, so daß er zu husten begann und sich die von deinen Überresten staubigen Augenwinkel wischte. Seine Begleiterinnen husteten ebenfalls, unter ihnen auch Sarah Wilton. Wie hatte ich sie nur übersehen können? Sie strahlte wie eine Frau, deren Gebete erhört worden sind, die die Verheißung künftiger Ereignisse sieht, die Unsicherheiten und Eventualitäten schwinden sieht, und dennoch stürzte sie, wie die anderen, entsetzt vor mir davon. Mir ging auf, daß ich einen Tumult verursacht hatte. Trotzdem nahm ich die Verfolgung auf, Schwesterherz, und holte deinen Brice McCann ein, der sich hinter einem Tisch voller Frühlingsrollen verschanzte. Obwohl ich nie ein Schläger war, rammte ich ihm den Ellbogen gegen die Nase. Ich bin sicher, ich zertrümmerte irgendeinen Knorpel. Er bekam ein bißchen Nasenbluten. Ich glaube, ich habe die ununterbrochene Serie friedlicher Hochzeiten in der Villa durchbrochen.

An dieser Stelle erschienen natürlich zwei kräftige Angestellte der Villa (die McCarthy-Brüder, Tom und Eric) auf der Bildfläche und zogen mich von Brice McCann weg. Außerdem rissen sie mir die Hühnermaske vom Kopf. Und sie gaben mir dieses Stück meines Eigentums hinterher nicht zurück. Im Moment der Demaskierung reagierte Brice mit gespielter Verblüffung. Wie konnte er es andererseits nicht erraten haben? Daß ich auf meine Chance warten würde, ganz gleich wie viele Jahre es dauerte?

»Andy?«

Ich sagte nichts, Schwesterherz. Dein Geist war in der Wolke gewesen, die ihn umkränzt hatte; Dein Geist war aus der kleinen Schatulle in meiner Hand gefahren, und nun endlich warst Du erlöst von Deinem trostlosen Marsch auf Erden, Deinem Marsch unerledigter Geschäfte, Deinem Marsch vom Tode ungestillter fixer Ideen und Zwangsvorstellungen. Ich wäre glücklich, wenn Du jetzt in Frieden ruhen würdest, Schwesterherz, und ich wäre glücklich, wenn ich in Frieden ruhen würde; ich wäre glücklich, wenn das Unwetter auf Brices und Sarahs Hochzeit einem warmen Herbsttag Platz machte, an dem Du gutes Wetter für deinen Aufflug in den Himmel hättest.

Draußen im Foyer, wo die Gäste aus dem Valentine-Saal teilweise in den schönsten Klamotten promenierten, die ich je gesehen hatte, sagte mir Tom McCarthy, daß Glenda Manzini mich in ihrem Büro sprechen wolle – ehe man mich auf Dauer aus der Villa auf dem Hügel entfernen würde. Wir marschierten gegen den Strom der Gäste, die nun aus allen Suiten herauszukommen begannen. Unser Weg war lang und mühsam. Als ich in Glendas Kühlkammer ankam, tat sie etwas noch nie Dagewesenes, Schwesterherz, sie schloß die Tür. Noch nie hatte ich mich allein mit ihr in diesem Raum aufgehalten. Sie forderte mich nicht auf, Platz zu nehmen. Sie erhob von Anfang an die Stimme. Eingeklemmt zwischen Daumen und Zeigefinger (die Farbe ihres Nagellacks, ein dunkles Kastanienbraun, ist in Kosmetikerkreisen, glaube ich, als *Vamp* bekannt), als handelte es sich um eine Unze Gold oder ein Kügelchen Plutonium, hielt sie ein einzelnes grünes M&M.

»Können Sie mir das erklären?«, fragte sie. »Können Sie mir sagen, was das ist?«

»Ich glaube, das ist ein grünes M&M«, sagte ich. »Ich

glaube, das ist die herkömmliche grüne Farbe, im Gegensatz zu den neuen helleren Tönen, die man im Bemühen um Marktanteile seit kurzem zusätzlich verkauft.«

»Andy, versuchen Sie bloß nicht, witzig zu sein. Was hatte dieses grüne M&M hinter meinem Aktenschrank zu suchen?«

»Tja, also ich ...«

»Ich bin sicher, daß ich kein grünes M&M dahinten liegengelassen habe. Ich würde nie ein M&M hinter einem Aktenschrank liegenlassen. Ich würde nämlich von vornherein kein grünes M&M in dieses Büro hereinlassen.«

»Das ist schon Monate her.«

»Ich verwahre es auch schon seit Monaten«, sagte Glenda. »Halten Sie mich für blöd?«

»Ganz im Gegenteil«, sagte ich.

»Glauben Sie, Sie können einfach hier hereinkommen und die Privatsphäre meines Büros verletzen?«

»Ich finde Sie großartig«, sagte ich. »Und ich finde Sie sehr traurig. Und ich finde, Sie sollten Ihren Job jemandem überlassen, dem etwas an der Institution liegt, die Sie hier feiern.«

Nun da ich Dich losgelassen hatte, Schwesterherz, nun da ich begonnen hatte, diese Schilderung zu verfassen, mit der ich den Saum Deines Gespensterlakens fahren ließ, durchschaute ich die Sprache des Geschäfts, die Rhetorik der Heuchelei. Wieso hatte sie mich die Antibaby-Pillen holen lassen? Wieso hatte sie mich ihre Termine beim Chiropraktiker vereinbaren lassen? Weil sie konnte. *Nicht kontrollieren, niemals kontrollieren aber ließ sich, welche Folge Ergebenheit hatte*. Zum nachweislich ersten Mal machte Glenda ein verblüfftes Gesicht. Sie ließ eine leidenschaftliche Suade vom Stapel, von wegen die Villa sei als *Refugium* gedacht und mit meinen *Eskapaden*, wie sie das nannte, hätte ich den Ruf der Villa besudelt und deren Geschäftsplan gefährdet, und *mit einer Gummimaske auf dem Kopf Fremde anzugreifen ist ein Verhalten, das ja wohl eindeutig beweist, daß Sie ein labiler Mensch sind, und ich glaube einfach, also ich sehe keinen Sinn darin, weiter mit Ihnen darüber zu diskutieren, aber ich glaube, Sie werden ein paar ernsthafte Entscheidungen treffen müssen, Andy, wenn Sie zur normalen menschlichen Gesellschaft zählen wollen,* und so weiter und so fort, was in meinen Augen reiner Quatsch ist. Schließlich war Brice McCann ja kein Fremder für mich.

Ich bin ständig Zielscheibe von Tiraden meiner Vorgesetzten, weil ich meine Befugnisse überschreite, weil ich lüge, weil ich zuviel will – das ist einer der großen Außenstände in der Bilanzaufstellung meines Lebens –, und dennoch warf mich Glenda Manzini in letzter Sekunde nicht hinaus. Geschickter Managementstrategie gemäß wedelte sie schlicht mit der Hand in Richtung Tür. Angesichts der Tatsache, daß die Villa im Augenblick voll ausgebucht war und das Auftragsvolumen für die kommenden Monate noch leicht anstieg, würden sie jemanden mit meinen Fähigkeiten brauchen. Zum Beispiel, um auf die Autos auf dem Parkplatz aufzupassen. Eins kann ich Dir sagen, Schwesterherz, der Einparkservice wird im Nordosten als Wirtschaftszweig bald ebenso bedeutend sein wie im Westen.

Als die McCarthys mich zum Haupttor hinauswarfen, wartete Linda Pietrzsyk auf mich. Welch unermeßliche Freundlichkeit. Auf dem Weg nach draußen passierte ich am Haupteingang ein Spalier von Reiswerfern. Durch den Himmel schwebten Blumenbouquets auf die Mademoiselles der Hauptstadt zu. Einheimischen Junggesellen fielen Strumpfbänder in die Hände. Dann hatte ich alles Erfreuliche hinter mir gelassen und saß auf dem Beifahrersitz von Lindas ramponiertem Volkswagen. Sie weinte. Wir fuhren langsam, über Nebenstraßen. Man hatte mir Chancen gegeben, und ich hatte sie vertan. Ich hatte mir alle Mühe gegeben zu lieben, Schwesterherz. Ich hatte Dich geliebt, und Du bist gestorben. In Lindas Auto sausten wir in der Abenddämmerung über genau die Straße, auf der du Deine letzte Fahrt gemacht hast. Kann Linda das gewußt haben? Dein wahrer Ruheplatz ist von weißen Birken bewaldet, sie säumen den gewundenen Fahrstreifen, die Finger der Toten, die sich durch Schneelasten nach oben recken, um den Lebenden dringend benötigte Weisung zukommen zu lassen. Im blinkenden Nachmittagslicht, im Anfälle auslösenden Licht, von den Fortschritten des Merchandising unberührt, legte ich mir meinen Antrag zurecht.

Auf dem Kreisel

Beeinflußt das Leben der Menschen von Los Angeles das Zelluloid dieser Stadt – in Schneideraumstreifen, die noch kein Freiberufler zusammengeklebt hat? Oder beeinflußt das allgegenwärtige Filmgeschäft das Leben der Menschen von Los Angeles? Oder ist die Beziehung zwischen beiden fließend, zirkulär und stetig, und von daher gar nicht in zwei getrennte Größen – Los Angeles und das Filmgeschäft – aufzuspalten? Wer hat überhaupt Zeit für Fragen? Lily ist spät dran. Aber so spät nun auch wieder nicht, daß sie, wenn Thea Saft will, nicht noch irgendwo anhalten und welchen besorgen kann, denn sie hat sich den Mercedes ihrer Freundin Ellen ausgeliehen – ihr eigener ist in der Werkstatt. Thea kann Saft haben, obwohl Evan nach der Schule noch einen I.Q.-Test macht und Lily ihn abholen soll, und dann soll sie auf dem Fox-Gelände eine Frau bequatschen, und außerdem muß noch mal ein anderer Autor über das Drehbuch, einer aus einer ganzen Riege, einem ganzen Nähkränzchen von Autoren. *So sehen die Konditionen aus,* laut der Vereinbarung, die heute morgen vom Anwalt gekommen ist – zweieinhalb Prozent netto, was schlicht und einfach peinlich ist, wie ihr Anwalt ihr gesagt hat, und die Lizenzzeit stimmt überhaupt nicht, ist viel zu kurz, die Zeit ist lachhaft, auch wenn es sich um einen kleinen Film handelt, die Geschichte einer starken, sympathischen Frau aus dem Süden und ihrer Konflikte mit den politischen und gesellschaftlichen Institutionen des kleinstädtischen Amerikas in den ersten Jahrzehnten dieses Jahrhunderts – genau das Richtige für einen aufstrebenden, unabhängigen Regisseur, der nicht den Zwängen der Studios unterworfen ist. Lily weiß nicht recht, ob das Drehbuch sie anspricht, weil sie selbst eine starke, sympathische Frau aus dem Süden ist (die es in die Gegend von Brentwood verschlagen hat), oder ob das Klinkenputzen mit dem Drehbuch sie in gewisser Weise rekonfiguriert, so daß sie sich mit einemmal stärker und überzeugender vorkommt. Sie ist sich beileibe nicht sicher, ob der ganze Juristenjargon, die Sprache im Kern der Vereinbarung (wie ihr Anwalt das bezeichnet), wirklich schlüssig ist oder ob die Sprache ihrerseits verkompliziert, was ansonsten einfach wäre. Die Sprache verharrt im noch Unentschiedenen, wie vorbearbeitete Filmstreifen im Schneidewerk, die Konfetti oder Lametta oder Fliegenfängern in schmuddeligen Cafés der unbesuchten Innenstadtbereiche von Los Angeles gleichen. Die Sprache ihrer Stadt, das filmische Lexikon, ist verführerisch und gefährlich, doch in ihre, Lilys, zuweilen großzügige Honorare umgewandelt, ermöglicht sie es ihr, sich Besseres als das McDonald's in der Pico zu leisten. Warum sind sie dann hier? Aufgrund welcher Überlegung? *Gibt es bei McDonald's überhaupt Saft?* fragt sie Thea im Rückspiegel. *Schatz, sollen wir hier bei McDonald's anhalten?* Und wieso sitzt Thea eigentlich auf dem Rücksitz? *Möchtest du nicht hier vorne bei mir sitzen? Ich habe nicht gerne das Gefühl, ich fahre dich bloß herum und das ist alles, wozu ich gut bin,* aber Thea sagt, ihr gefällt es dahinten, und sie spielt mit einer Puppe, die haargenau, nein, nicht haargenau, aber fast genauso aussieht wie die Frau, die vor vier Jahren mit Lily bei dem Gepäckwerbespot mitgemacht hat, als sie in der Gepäckausgabe des DFW-International Airport saß – sie hatten sie für eine astronomische Summe über Nacht gemietet –, in einem konservativen Nadelstreifenkostüm, dessen Saum ungefähr hier endete, neben einem dieser schicken neuen Koffer auf Rollen saß, einem

Koffer mit Roll- *und* Schwenkmechanismus (wie ihr die Leute von der Firma erzählten), und, als die Kameras liefen, diesen schlanken grauen Koffer vom Gepäckkreisel zog und den Anweisungen ihres österreichischen Regisseurs entsprechend sagte, als läge eine Zukunft unbegrenzter Möglichkeiten vor ihr: *Daneben sieht jedes andere Gepäckstück alt aus.* Und während sie sich zwischen den Aufnahmen zu entspannen versuchte, war da diese Blondine, diese schöne, strahlende, aber letztlich doch nichtssagende Blondine, die auf dem Gepäckkreisel neben ihr saß, und in ihrer Gegenwart fühlte sich Lily unbehaglich, als schöbe sie sich auf Lily zu, würde, auf dem Kreisel immer rundherum fahrend, von der Zentrifugalkraft auf Lily zugetrieben, um sich wie ein Sukkubus oder ein besonders gefräßiger Raubvogel auf sie zu stürzen, Verkörperung einer Botschaft des Veraltens, des unvermeidlichen Veraltens älterer (vierunddreißig Jahre alter) Schauspielerinnen, diese Blondine, die tatsächlich versuchte, sie zum Auslaufmodell zu machen, eine junge Kellnerin aus einem Schnellrestaurant am Rodeo Drive, die ihre große Chance bekam, während Lily am Ende ihrer Folge gut bezahlter, aber seichter Rollen in Werbespots anlangte. Sobald man dieser speziellen Blondine begegnet ist, vergißt man sie nicht mehr. Lily fragt sich, ob sie *gerade wegen ihrer Arbeit in Werbespots* Produzentin geworden ist – weil die Werbespots sie lehrten, mit dem Anschein völliger Überzeugtheit heillos zu übertreiben. Jedenfalls, Theas Puppe sieht aus wie die Blondine, die vom Gepäckkreisel gestiegen war, um Lilys Karriere kaputtzumachen, die Blondine, die Lily eigentlich gar nicht richtig sah, außer in der Unterströmung ihrer vom Schlafentzug bestimmten Wahrnehmung auf dem DFW, so daß sie sich im Grunde sowieso nicht sicher sein kann, daß die Puppe *haargenau* wie die Blondine aussieht, zumal sie gleichzeitig zu fahren *und* die Uhr im Auge zu behalten versucht, sich außerdem gefährlich für eine Zeitschrift auf dem Beifahrersitz interessiert, die bei einem Artikel über eine große neue Produktion eines Musicals von Rodgers und Hammerstein – mit prächtigen Fotos in Technicolor – aufgeschlagen ist, und eigentlich schon in der Schule sein müßte, um Evan abzuholen, der einen I.Q.-Test macht, weil der Verdacht besteht, daß etwas mit ihm nicht stimmt, denn Evan beschäftigt sich ausschließlich, unter Mißachtung aller anderen kulturellen Hervorbringungen, mit Musicals, und so kam die Zeitschrift überhaupt erst auf den Vordersitz, weil nämlich Evan sie sich angesehen hat. Es hat etwas von einem sich schließenden Kreis, daß sie mit einem Bruder aufgewachsen ist, der ein bestimmtes neurologisches Problem hatte, und nun einen Sohn hat, der womöglich ein ähnliches neurologisches Problem hat und zu dessen Exzentrizitäten die Verweigerung jeglichen Blickkontakts, die Weigerung, sich berühren zu lassen, und ein übersteigertes Interesse an der musikalischen Komödie zählen. Ist sie wegen ihres Bruders imstande, für Evan zu sorgen, oder wird Evan seinerseits einen dauerhaften Beitrag zu ihrer Beziehung zu ihrem Bruder leisten (der weiterhin unverwüstlich vor sich hin lebt und naive Bilder malt)? Mit Sicherheit würde sie über das alles weinen, Gott oder die dafür verantwortlichen himmlischen Planungskomissionen verfluchen, wenn sie bloß mehr Zeit hätte. Es herrscht dichter Verkehr, und das ist der einzige gute Grund, bei dem McDonald's in der Pico anzuhalten, einem *Drive-thru,* jener Oase außerhalb des Verkehrs, in die man sich zentimeterweise hineinschiebt, vorwärts, drumherum und wieder hinaus. Eine Zeitlang muß sie an ihren Mann denken. Er ist wirklich großartig, ganz ehrlich, läßt sich ihre Macken und Launen gefallen, sieht umwerfend aus, mit viel Stirn und einem Haargekräusel auf der Brust, arbeitet schwer, und es gibt eigentlich überhaupt keine Probleme, wirklich, *man weiß doch, wie so was läuft,* aber sie biegen bei der Drive-thru-Einfahrt des McDonald's in der Pico scharf nach rechts ab, und vor ihr ist ein Wagen, dessen Besitzer gerade seine Bestellung aufgibt, bei der es sich, als sie durchs Fenster gereicht wird, um etwas für ein Kind zu handeln scheint, denn man sieht die grellbunte Verpackung, die zum *Happy Meal* gehört, das zweifellos auch eine voll bewegliche Actionfigur enthält. *Sammler reißen sich um das Zeug.* Sie stellt sich vor, die Actionfigur sei die Blondine auf dem Gepäckkreisel, die sich endlos dreht, gefangen in einer Verkettung von Wiederholungen. Dann fährt der Saturn (vor ihr) zwei Meter weiter und bleibt plötzlich stehen, der Wagen hinter ihr (im Rückspiegel), ein ramponierter Dodge Omni, bleibt ebenfalls stehen, und sie sieht den Mann im getönten Fenster des McDonald's an, sein freundliches, offenes Gesicht. Er lacht. Doch sein Ausdruck verwirbelt, während sie ihn betrachtet, verschwindet im Fenster, so daß das getönte Glas mit einemmal etwas unheimlich Dichtes annimmt, und dann sieht sie Thea an, die auf dem Rücksitz sitzt und ihrer blonden Puppe Regieanweisungen zumurmelt. Aus der Wand mit der Speisekarte neben ihr, neben Lily und Thea, grollt aus einem Fünf-Zentimeter-Tieftonlautsprecher eine Stimme: *Ihre Bestellung, und bitte eins nach dem anderen,* und Lily denkt: *Genau, eins nach dem anderen,* sagt statt dessen aber: *Ein Happy Meal und einen großen Orangensaft,* unsicher, ob Orangensaft hier in dieser Zone der Fastfood-Spezialitäten wirklich möglich ist. Sie wirft einen Blick durchs Beifahrerfenster, und es ist die Beiläufigkeit dieses Blicks, die sie später erschrecken wird. Und wenn sie nun nicht geschaut hätte? Wenn sie nicht, wie im Traum, die Aufhebung aller Ordnung –

wie einen Westernschurken auf seinem dunklen Roß – in schlabbrigen Jeans, Netzhemd und nach hinten zeigender Baseballmütze vor sich gesehen hätte, *wie er seine Waffe* aus dem zusammengezurrten Bund schlabbriger Jeans zog. Seine Unterwäsche ist eindeutig Calvin Klein, bemerkt sie. Und es handelt sich um eine automatische Waffe, obwohl sie davon, von Revolvern, halbautomatischen oder automatischen Waffen, nichts weiß außer dem, was die Filme ihrer Stadt ihr gezeigt haben. War jeder Drehbuchautor der Metropole demzufolge Zeuge eines solchen Vorfalls? Oder ist es nur Lily, die lediglich Filme über starke Frauen in Opposition zu starren, kleinstädtischen gesellschaftlichen Institutionen machen möchte und nun leider aus erster Hand Erfahrungen mit Waffen sammeln wird? Haben sich sämtliche Kids, die solche Schußwaffen abfeuern, die Filme angesehen, in denen so häufig Waffentechnologie vorkommt? Bringen die Filme die Waffen hervor oder umgekehrt, oder werden die Waffen irgendwie spontan hervorgebracht? Der Junge mit der Waffe hat keine Ahnung, daß sie es eilig hat, die I.Q.-Tester wegen Evans Behinderung zu sprechen und über Evans Neigung zu diskutieren, ganze Musicals – *South Pacific* und *Oklahoma!* – aus dem Gedächtnis nachzusingen, und dieser Junge weiß offensichtlich auch nicht, daß *Thea bloß Saft will* und daß Lily noch immer von dem Honorar für einen Werbespot lebt, in dem sie die Worte *Daneben wirkt jedes Gepäckstück alt* aufgesagt hat, und wenn der Junge dies wüßte, würde er sie vielleicht trotzdem erschießen. Das hier ist nicht die beste Gegend, aber die schlechteste ist es auch nicht, und das Argument, daß sie einfach nicht hätte hierherkommen dürfen, zieht nicht, aber es ist ohnehin keine Zeit dafür, denn jetzt *fängt der Junge an zu schießen.* Er ist ein Teenager und die Waffe zeigt Gott sei Dank von Lily weg, und der Hintern des Jungen drückt sich in einem Wust von Shorts über dem Rand der schlabbrigen Hosen gegen das Beifahrerfenster von Ellens Mercedes. Er scheint auf eine größere Gruppe zu schießen, auf den Parkplatz, der an den schmalen Drive-thru-Streifen angrenzt, auf eine Gruppe anderer Teenager, die sich auskennen in geheimen Händedrücken, semaphorischen Gebärden und bestimmten Uniformen, Teenager, die nun auseinanderlaufen, und Lily greift nach hinten, packt Thea an den Haaren und sagt: *Du mußt dich jetzt abschnallen und runtergehen*, und Thea sagt: *Ich will aber nicht*, und sie sagt: *Es ist mir egal, was du willst, geh einfach runter*, und sie muß ein bißchen grob zu ihrer Tochter werden, sobald Thea den Gurt gelöst hat, und schiebt den rotblonden Kopf ihrer Tochter dem Rest hinterher nach unten in den Fußraum zwischen Hinter- und Vordersitz, worauf sie sich selbst, über eine Armlehne hinweg, zwischen die Sitze wirft, um ihre kichernde Tochter mit den Armen zu umfangen, *Hält ein Körper eigentlich einen Hagelschauer von Kugeln davon ab, in einen zweiten Körper einzudringen? Hält diese Ansammlung von Wasser, Blut und Galle eine Kugel auf oder ist das bloß Kinoquatsch?* Sie stellt sich vor, sie müßte verzweifelte Bitten formulieren: *Ich liebe meine Tochter, und ich liebe meinen Sohn, obwohl er bestimmte Probleme hat, und ich liebe meinen Mann, und ich wollte hier nur Saft kaufen, dabei bin ich mir noch nicht mal sicher, ob es bei McDonald's überhaupt Saft gibt, und ich finde, Sie sollten mich von hier wegfahren lassen, dann können wir die Geschichte der Konflikte zwischen unseren beiden Völkern vergessen*, aber eigentlich denkt sie nichts dergleichen, und Thea sagt: *Mom, du zerquetschst mich*, doch in Wahrheit denkt Lily in diesem Augenblick an Gepäck. *Koffer auf Rollen sind wirklich ein Vorteil, falls Sie feststellen sollten, daß Sie innerhalb kurzer Zeit viel in Flughäfen ein und aus gehen – zum Beispiel auf einer Werbetournee.* Auf dem DFW, wo sie den Werbespot drehten, bekam Lily zufällig mit, daß der Flughafen so riesig war, daß man einen Zug nehmen mußte, um von einem Ende zum anderen zu kommen. Der DFW sei so groß wie Manhattan, erzählte ihr jemand. Oder vielleicht war es auch Denver. *Auf derart riesigen Flughäfen bietet der Roll- und Schwenkmechanismus eines modernen Koffers gewiß einen Vorteil gegenüber einem mit der Hand getragenen Gepäckstück.* Nach Lilys Überzeugung ist das Rollprinzip so umwälzend, daß es weitere Veränderungen im Reiseverhalten der Amerikaner nach sich ziehen wird. Sie werden häufiger das Flugzeug wechseln. Sie werden in mehr Motels absteigen. Sie läßt Thea einen Moment lang los, um in einer Nachladepause über den Rand des Rückfensters zu spähen, kurz bevor die Kids auf der anderen Seite des Parkplatzes *zurückzuschießen* beginnen – direkt auf Ellens Mercedes –, und das Geräusch dieser Kugeln gleicht dem Geprassel, mit dem sich Körner in einer patentierten *Dampfpopcornmaschine* zu Cineplex-Odeon- oder Sony-Theaters-Popcorn aufblähen, oder einer lärmenden Feier am Unabhängigkeitstag; Lilys Vergleiche sind optimistisch non-letal, die Kugeln allerdings durchlöchern gleichwohl die Seite des Mercedes. Lily hofft, daß Benzintanks in Wirklichkeit nicht dazu neigen, *unter diesen Umständen zu explodieren,* daß die Großmäuligkeit des Kinos an diesem Klischee schuld ist. *Mom, was ist eigentlich los?* fragt Thea, und Lily sagt: *Bitte halt den Kopf unten, okay?* Und der Teenager, der Junge, der an der Seite des Mercedes lehnt, beginnt mit langen Sätzen in Richtung Wagenheck davonzuspringen, doch bevor er das tut, bleibt er stehen und blickt durch das leichtgetönte Glas auf den Rücksitz, verdunkelt alles Licht im Wagen, füllt mit dem Schaft der Waffe, mit seinem Gesicht, seinem Netzhemd und der haarlosen Brust darunter das Fenster aus, und er schaut zu Lily herein, ihre Blicke treffen sich, und dann regnet es von der anderen Seite des Parkplatzes her wieder Kugeln. Das Nähkränzchen der Autoren wird immer wieder darauf zurückkommen und zu begreifen versuchen, wie wir diesem Jungen so nahe sein und dennoch die Bedeutung seines Lächelns nicht verstehen konnten, die Art, wie er zugleich nervös *und* hoffnungslos *und* drohend lächelt, alle drei Bedeutungen in einem Lächeln – er ist noch ein halbes Kind, noch nicht alt genug, um zu wählen, noch nicht alt genug, um das Wählen zu vermeiden –, und dann kommt ein anderes Auto kreischend neben dem Mercedes zum Stehen, ein schwarzer Jeep, neuestes Modell, ja, Lily hat sich aufgesetzt, obwohl es falsch ist, diese Position einzunehmen, und der Jeep zieht das Feuer auf sich, obschon sie bislang nicht eine einzige *Schlagaderblutung* gesehen hat, und es sind auch keine Schmerzensschreie, keine spontanen Racheschwüre zu hören. Alles konzentriert sich. Würde sie es merken, wenn sie getroffen wäre? Der Junge springt auf den Rücksitz des Jeeps, und die Hintertür, ungeschlossen, schlackert wild, als der Jeep über eine Bordstein- und Bürgersteigkante auf die Pico hinaushoppelt und so seine Drive-thru-Runde vollendet, dann füllt sich, unter Flüchen von Mädchen und Jungen, sofort ein Wagen vom Parkplatz und nimmt die Verfolgung auf, und dann ist alles still.

Man könnte eine Option darauf verkaufen – die Geschichte der attraktiven, im Berufsleben stehenden Frau, die beim örtlichen McDonald's ins Kreuzfeuer gerät, von verbrecherischen Renegaten als Geisel genommen wird, Gangstern, die darauf aus sind, die Gemeindeverwaltung unter ihre Kontrolle zu bringen, die auf Revolution aus sind, auf die Ermordung örtlicher Gemeindevertreter und ihres Mannes, eines sanftmütigen Schauspielers und Drehbuchautors, der den Kader der separatistischen Revolutionäre in ihrer furchterregenden Gettofestung infiltriert, indem er sich nur der Werkzeuge des Gewerbes bedient, das er aus Actionfilmen gelernt hat. Die fatale Selbstjustiz, die er auf diese Weise übt, bringt ihn und seine Frau einander näher. Die Option auf diese Selbstjustiz ließe sich zu sehr viel besseren Bedingungen verkaufen als zu den zweieinhalb Prozent, die man ihr für die Geschichte des kleinstädtischen Amerikas und der starken Frauengestalt versprochen hat.

»Alles in Ordnung?« fragt sie Thea. Sie nimmt die kleinen Hände in ihre. Sie setzen sich auf den Rücksitz.

»Irgendwas gebrochen?«

»Was war denn los, Mom?«

»Ein Mann hat mit einem Gewehr geschossen. Ich habe keine Ahnung, warum. Fehlt dir auch wirklich nichts?«

Thea sagt nichts und nimmt das gedankenversunkene Spiel mit ihrer Puppe wieder auf. *Daneben sieht jedes andere Gepäckstück alt aus.* Lily läßt den Mercedes an, und sie schieben sich auf die Pico hinaus, die sich mit Verkehr füllt, als wäre nichts Außergewöhnliches geschehen, was ja auch nicht der Fall ist. Sie fahren so langsam wie die Sonntagsfahrer von Laurel Canyon. Lily atmet flach.

»Mom?« sagt Thea.

»Ja, Liebes?«

»Wir haben unser Essen vergessen.«

»Da hast du recht. Sollen wir zurückfahren?«

»Nein.«

Lily würde sowieso nicht zurückfahren, und Zeit ist dazu auch nicht, denn sie ist spät dran, richtig spät, um Evan von seinem I.Q.-Test abzuholen. Aber sie fährt trotzdem rechts ran, parkt in der zweiten Reihe, obwohl es ihr immer noch so vorkommt, als wären die jüngsten Ereignisse eine Projektion auf irgendeiner Leinwand – im Chinese Theater oder im Century City; sie parkt bei einer Telefonzelle in der zweiten Reihe, steigt aus, wählt 911. Elf Minuten später nimmt die Notrufzentrale ihren Anruf entgegen. Lily spricht die Worte mit Nachdruck aus, als sagte sie einen Text auf: *Ich war eben Zeugin einer Schießerei beim McDonald's in der Pico, da war ein ganz junger Bursche, der hat mit einer automatischen Waffe auf eine Gruppe in der Nähe geschossen, eine Gruppe von Teenagern, und meine Tochter und ich ...*

»Woher wissen Sie, daß es eine automatische Waffe war?« gibt der Mann von der Zentrale zurück.

»Na ja, ich kenne so was aus dem ... das heißt, wenn er so und so viele Schüsse pro Minute abfeuert ... dann muß es doch ... Es waren fast hundert Schüsse, würde ich sagen, vielleicht sogar hundertfünfzig, Sie müßten mal die Karosserie von meinem Auto sehen. Das heißt, es ist gar nicht mein Auto ...

»Vielen Dank.«

»Wollen Sie sich denn meinen Namen nicht notieren?«

Nein, der Mann von der Zentrale will nichts dergleichen, die Verbindung wird unterbrochen, und Lily wirft einen Blick nach hinten in den Wagen, wo Thea mit ihrer Puppe spielt, wo Thea sanft und leise vor sich hin pfeift. Es herrscht dichter Verkehr. Sie wählt ein zweites Mal 911 und durchläuft die ganze Prozedur noch einmal, führt das gleiche Gespräch; wieder fragt der Mann von der Zentrale: *Woher wissen Sie, daß es eine automatische Waffe war?*, außerdem fragt er, wie Lily *den Täter* identifizieren will, wenn sie auf dem Rücksitz kauerte und ihren Körper als Schild einsetzte, und wieso Lily auf der Suche nach Saft bei McDonald's war, wo doch jeder weiß, daß es dort nur Coke, Diät-Coke und Sprite gibt. *Als ob Lilys Geschichte eine Probeaufnahme wäre* und der Mann von der Notrufzentrale eines dieser schlechtgelaunten Bürschchen auf der Suche nach Plausibilitätsproblemen in der Handlung, einer, der stärker daran interessiert ist, mit Freundinnen in der letzten Reihe zu flirten. Als das Gespräch feindselig wird, legt Lily auf, und ihr bleibt keine andere Wahl, als zu Evans Schule weiterzufahren, obwohl das Zittern ihres Fußes auf dem Gaspedal nahelegt, daß sie jetzt besser nicht führe.

»Thea, es wäre mir wirklich recht, wenn du vorne sitzen würdest.«

Ihre besorgte Stimme bringt das Kunststück schließlich zustande, und Thea, fügsam und lieb, zwängt sich zwischen den Lehnen hindurch und läßt sich auf den Vordersitz plumpsen. Sie lehnt sich an Lily, während sie die Melrose entlangfahren. Wieder denkt Lily kurz an Gepäck. Wo ist ihr Mann jetzt? Könnte sie ihn anrufen? Hat sie alles Menschenmögliche getan, um ihn glücklich zu machen und dafür zu sorgen, daß er sich wohlfühlt? Einmal hat sie sich Kollagen in die Lippen spritzen lassen. Einmal hat sie in einer Einfahrt mit ihm gevögelt. Soll sie sich die Brüste machen lassen? Soll sie die Schauspielerei endgültig an den Nagel hängen? Soll sie ihre Kinder in einer anderen Stadt großziehen und ein ruhiges Leben führen? Soll sie damit aufhören, das mit Latein durchsetzte Vokabular der Anwälte zu sprechen? Soll sie den letzten ihrer Filmsermone flüstern? Soll sie vom Gepäckkreisel klettern, wo sie jahrelang in einen metaphysischen und rein imaginären Kampf mit einer Blondine verwickelt war, einer voll beweglichen Actionfigur, einer Puppe mit mehrteiliger Polymergarderobe? Soll sie hier auf den Straßen herumlaufen? Soll sie aus dem Wagen steigen, die Stadt verlassen, wo die

Fahrgemeinschaftsspuren immer leer sind, wo das Radio in jedem Wagen laut aufgedreht ist und die Fahrer zu den leblosen Melodien von Classic-Rock-Sendern Arien und Klagelieder singen, Arien, die von einer Stadt handeln, *wo das Leben der Menschen von demographisch kalkulierenden Massenmarktfiktionen beeinflußt wird?* Sind alle diese Fragen gleichermaßen lächerlich?

Gestern abend hat Evan sie gebeten, ihm im Bett vorzulesen. Zu der Zeit am Abend, da Sonnenlicht und Straßenlaternen um den ersten Rang wetteifern, da die Dunstschicht beide dämpft, bis alles dem unvollständigen Leuchten verblaßter Bilder der großen Meister gleicht, wie sie, verfleckt, die Decke irgendeines Klosters in den verrückten Breiten Südeuropas zieren. Sie kniete neben Evans Bett und versuchte ihn, wie jeden Abend, dazu zu bringen, daß er zehn Sekunden lang Blickkontakt herstellte – das ist eine gute Übung, Blickkontakt herstellen. Als Evan damit fertig war, ihr in die Augen zu sehen, verkündete er, daß er ihr jetzt von *Carousel* von Rodgers und Hammerstein erzählen wolle, und wieder nannte er ihr das Jahr der Komposition (1945), erinnerte sie daran, daß es auf dem Stück eines Ungarn (Ferenc Molnár) basierte, und erzählte ihr von den Frauen des Nordostens mit ihren undankbaren Kleinstadtjobs und daß in der aschgrauen Landschaft des industriellen New England das einzige, worauf man sich freuen konnte, der Jahrmarkt war, wenn Karussells und Riesenräder in die Stadt kamen, und die Frauen warteten auf den Jahrmarkt, umwarben die unglücklichen Männer auf dem Jahrmarkt und sangen, jede einzelne, auf der sich drehenden Plattform des Karussells, während sie sich zwischen den vergoldeten Pferden hindurchschlängelten, die Haare hochgesteckt und die Lippen geschminkt, in ihren schönen Kleidern, und dann begann Evan ihr vorzusingen, mit absolutem Gehör, ihr Junge, und sie flüstert nun der schlafenden Thea Worte zu, beginnt selbst zu singen, die Hände klamm ums Lenkrad gekrampft, Evans durchdringende kleine Stimme von ihr geerbt, dort in seinem Zimmer, hier im Wagen, »Words wouldn't come in an easy way, round in circles I'd go ... I'd let my golden chances pass me by.«

Doppelnull

Mein Dad war für die Werte des Mittelwestens; er war für die Familie; er war für einen festen Händedruck; er war für ein bißchen unbeholfene Süßholzraspelei mit der Kellnerin im HoJo's. Bis zu seinem vierunddreißigsten Lebensjahr arbeitete er auf einer jener Farmen, die einem großen, multinationalen Konzern gehören und aus pleitegegangenen Familienbetrieben hervorgehen. Sah aus der Luft wie ein Schachbrett aus. Das war in der Nähe von Bidwell, Ohio. Weiß nicht mehr, ob es Archer Daniels Midland, Monsanto, so was in der Richtung war. Das spezielle Stück, von dem ich hier rede, wurde später an Immobilienmakler verkauft. Vermutlich war es lukrativer, den Grund und Boden zu verkaufen und sich was anderes zu kaufen. Die Wohnsiedlung, die auf diesem Land entstand, hieß Golden Meadow Estates, obwohl von Wiesen nicht die Rede sein konnte. Dort wohnten wir, nachdem Dad entlassen worden war. Erfahren hatte er's in der Bar unten bei der Eisenbahn.

Also nahm er den Job bei Sears an, in der Abteilung für Elektrowerkzeuge. Ungefähr zur selben Zeit lernte er meine Mom kennen. Sie hatte sich mal in einem Schönheitswettbewerb, Miß Scandinavian Bidwell, plaziert. Sie heirateten, nachdem sie eine ganze Weile miteinander gegangen waren. Meine Mom wollte, wahrscheinlich aufgrund ihrer Mißwahlerfahrung, unbedingt, daß mein Dad (und ich auch, denn ich tauchte ziemlich bald auf) etwas von dem amerikanischen Reichtum um sie herum abkriegten. Sie war voller Hoffnung. Sie war wild entschlossen, sich was davon zu holen. Das einstöckige Einfamilienhaus drüben in den Golden Meadows Estates war, na ja, ziemlich beengt, von der Baufälligkeit mal ganz abgesehen, und wir wohnten gezwungenermaßen direkt neben einem Gebrauchtwagenhändler, den keiner leiden konnte. Ich hörte ein Gerücht, daß dieser Stubb, so hieß der Nachbar, Leichen von Teenagern im Keller hätte. Allerdings war der Buckeye State in Sachen Serienkiller landesweit führend, also war das vielleicht gar keine so große Überraschung. Meine Mutter überzeugte meinen Dad, daß er in eine Branche wechseln mußte, wo es bessere Möglichkeiten gab, voranzukommen. *Ob er etwa für den Rest seines Lebens Elektrowerkzeuge verkaufen wolle?* Sie hatte die Idee, Angorakaninchen zu züchten. Er machte mit. Die vermehren sich auf Teufel komm raus, die Biester, aber das wissen Sie ja sicher. Eigentlich waren sie meine Arbeit. Wir hatten Dutzende von Käfigen mit Kaninchen, die alles vollpißten und vollschissen, wenn man sie auch nur im Flüsterton anredete, und außerdem mußte man ihr Fell *verspinnen*, verstehen Sie, auf einem *richtigen Webstuhl*. Wenn man was dran verdienen wollte. Verspinnen mußte ich allerdings nicht. Dazu war ich zu klein. Aber Sie können sich ungefähr vorstellen, was ich meine. Wie sich zeigte, fehlte meiner Mutter für das alles die Geduld.

Das nächste waren Eiben. Irgendein Stoff in der Eibe war angeblich Bestandteil der Toxine zur Krebsbekämpfung. Vielleicht dachte meine Mutter an die vielen Fälle in der Stadt. Immerhin trug so gut wie jeder in den Golden Meadows Estates eine Perücke, deshalb hatte es später überhaupt keinen Neuigkeitswert mehr, als man feststellte, daß die Siedlung auf einer alten Chromdeponie angelegt worden war. Bis dahin hatten wir auf einem Stück Land, das wir von dem Nylonhersteller in der Innenstadt gepachtet hatten, sogar schon einen halben Morgen Eiben gepflanzt, aber dort gab es auch Schwermetalle, was für die Eiben tödlich gewesen sein muß. Jedenfalls wurde dieser Stoff, dieser Eibenstoff, Ende des Jahres dann im Labor hergestellt.

Dann verlegte sich Mom auf Lamas. Sie ging in die Leihbücherei von Bidwell. Zu den Sachbüchern. Las alles über Lamas nach. Aber was kann man schon mit einem Lama anfangen? Einen Pullover stricken? *Tja, und so verfielen wir auf Strauße.* Der Strauß hat etwas Poetisches, soviel steht fest. Sein Leben ist voller Dramatik. Der größte Vogel auf dem Planeten Erde. Der Strauß ist knapp drei Meter groß, wiegt bis zu hundertfünfzig Kilo und hat ein Gehirn, das nicht sehr viel größer ist als das einer Taube. Er hat zwei Zehen. Er kann eine Geschwindigkeit von fünfzig Stundenkilometern erreichen, und glauben Sie mir, ich habe das schon erlebt. Wenn man zum Beispiel am hinteren Ende der Straußenranch, die wir hatten, der Rancho Double Zero, stand und einen Cleveland-Indians-Bierkrug voller Maiskörner in der Hand hielt, kam so ein Strauß ungefähr mit dem Tempo auf einen zu, mit dem auf der Interstate ein Achtachser auf einen zukommt. Genau wie wenn eine Taube auf einen herunterstößt, bloß daß die Taube so groß wie ein Kleinbus ist. Die unglaubliche Dummheit im Gesicht des Straußes ist ebenfalls erwähnenswert, falls Sie in letzter Zeit keinen gesehen haben. Die Biester atmen durch den Mund, jedenfalls steht ihr Schnabel immer ein kleines bißchen offen. Das sagt Ihnen im Grunde alles, was Sie wissen müssen. Dumm wie Bohnenstroh. Sie erinnerten mich an einen zurückgebliebenen Jungen, den ich in der Grundschule kannte, Zechariah Dunbar. Der lebt nicht mehr. Die Sache ist jedenfalls die, daß Strauße ständig versuchen, andere Strauße unten zu halten, indem sie sich auf diese anderen Strauße draufhocken, um sie zu vögeln, und zwar ohne Rücksicht darauf, ob es ein Männchen oder ein Weibchen ist, dem sie da zu nahe treten. Und wo wir gerade von Sex und Straußen reden: Ich bin mir ziemlich sicher, daß die Männer, die auf der Farm meines Vaters arbeiteten, es mit dem Produkt von Rancho Double Zero zu treiben versuchten. Bei einem derart kleinen Gehirn lag es auf der Hand, daß der Strauß den Liebesakt mit irgendeinem todunglücklichen Hombre aus dem Mittelwesten niemals als Körperverletzung empfinden würde. Eigentlich ist es erstaunlich, daß das erbsengroße Gehirn in diesen Straußenschädeln das andere Ende der Biester überhaupt steuern konnte. Erstaunlich, daß elektrische Ströme es überhaupt so weit schafften, bei dem riesigen, unförmigen Rumpf, der *ganz aus rotem Fleisch* bestand, Hunderten von Pfund, wie jede Broschüre Ihnen verrät, *aber mit einem erstaunlich niedrigen Fettgehalt. Schmeckt praktisch wie Huhn,* wie meine Grandma vor dem Erstickungsanfall sagte. Okay, es war beinahe so, als wäre der Strauß eine Art Vogel. Aber er sah nicht aus wie ein Vogel, und wenn sich drei- oder vierhundert auf einer Stelle befanden, mit fünfzig Kilometern pro Stunde in einer Herde herumrannten, Nagetiere platt traten und einander zu bespringen versuchten, vierhundert Stück, gekauft mit einem wackligen Kredit von der Buckeye Savings and Trust, tja, dann sahen sie eher aus wie Konferenzteilnehmer irgendeines Holiday-Inn-Plenums ausgestorbener Arten. Man rechnete jeden Moment damit, ein sich begattendes Paar wolliger Mammute oder einen Haufen Säbelzahntiger auftauchen zu sehen.

Aber ich schweife vom Thema ab. Eigentlich wollte ich von Straußeneiern reden. Nachdem sich meine Eltern zehn Jahre lang abgestrampelt hatten, die Rancho Double Zero zu einem finanziellen Erfolg zu machen, mußten sie das Ganze verkaufen und Konkurs anmelden. Das ist die traurige Wahrheit. Aber es war keine Schande. Alle ihre Bekannten waren pleite. In Bidwell hatte praktisch jeder einen Offenbarungseid geleistet. Als wir mit der

Double Zero fertig waren, blieb uns nichts als ein Haufen Straußeneier, die Sorte, die meine Eltern draußen vor der Farm, unter einer Plane, an Leute verkauften, die herausgefahren kamen. Es gab drei Schilder im Abstand von jeweils einer halben Meile: *Besuchen Sie die Strauße! Zwei Meilen!* Dann, eine halbe Meile weiter: *Straußeneier! Fünf Dollar das Stück!* Und wieder eine halbe Meile weiter: *Füttern Sie die Strauße! Wenn Sie sich trauen!*

Ich weiß noch, daß ich selbst mal einem Paar aus dem Osten den Füttervortrag hielt. Sie waren seit Wochen das erste Paar, das sich anbot, die Strauße zu füttern. Ich gab ihnen die Cleveland-Indians-Bierkrüge. Sie hatten sich feingemacht. *Sie können entweder was von dem Mais hier in die Hand nehmen und es den Straußen hinhalten, aber ich selber würde das garantiert nicht tun, ich habe nämlich schon erlebt, wie sie ein kleines Kind gepackt haben, und dann haben sie's hochgeschleudert, als wär's ein Taschentuch, und über einen Zaun geworfen, hat sich glatt das Genick gebrochen. Oder Sie können die Tasse hinhalten, dann werden die Strauße versuchen, sich gegenseitig zu Tode zu trampeln, um nur ja direkt vor Ihnen zu stehen, und dann wird mit unglaublicher Kraft einer dieser Stecknadelköpfe herabstoßen und den ganzen Krug klauen. Oder aber Sie können einfach etwas von dem Mais dort am Elektrozaun verstreuen und dann machen, daß Sie wegkommen, jedenfalls würde ich das tun, wenn ich Sie wäre.* Wer würde schon von irgendwoher nach Bidwell kommen, fragte ich mich, es sei denn, um einer massiven, landesweiten Menschenjagd zu entgehen? Wahrscheinlich dieses Paar hier, das über die armen dummen Vögel lachte, wahrscheinlich waren sie die Sorte Menschen, die eine ganze Vorschule schänden, eine reiche Dame in der Park Avenue ausrauben, ihre Leiche verstecken, ein paar Teenager zerstückeln und dann verschwinden würden, um sich ihren Geldanlagen zu widmen.

Wie auch immer, die Ranch kam und ging, und wir saßen bald darauf in einem gebrauchten El Dorado mit hundertzwanzigtausend Meilen auf dem Tacho. Ich saß auf dem Rücksitz, zusammen mit fünf Dutzend ungekühlten Straußeneiern. Dad war so um die achtundvierzig, er war kahlköpfig und hatte einen Bauch, und weil sämtliche Goldrauschpläne gescheitert waren, war er mutlos und gehässig. Wenn er überhaupt den Mund aufmachte, dann nur, um über Politiker zu meckern. In punkto Gemecker war er unabhängig. Nur damit Sie's wissen. Überparteilich. Und was nach all den Sorgen auf seinem häßlichen Kopf noch an Haaren übrig war, konzentrierte sich auf die beiden Stellen genau über den Ohren, als wäre er selbst ein Straußenküken. Sie müssen nämlich wissen, daß Straußenküken, wenn sie schlüpfen, genau wie menschliche Fötusse aussehen. Ich habe sogar mal gehört, ein Mensch und ein Strauß hätten eine zu achtundvierzig Prozent identische DNS, was ziemlich viel ist, wenn man sich's überlegt. Dad sah also aus wie ein Strauß. Oder vielleicht auch wie einer dieser Krebs-Überlebenden aus den Golden Meadow Estates, die ständig behaupteten, sie fühlten sich wie eine Million Dollar, obwohl doch offensichtlich war, daß sie sich eher wie ein Dollar fünfzig fühlten. Mom dagegen schien trotz ihrer schlechten geschäftlichen Entscheidungen nur immer hübscher zu werden. Nach wie vor brachte sie jeden Morgen ein paar Stunden damit zu, ihr Gesicht mit Stiften und Pinseln in einer Farbe namens *Tödlicher Nachtschatten* zu schminken.

Was das Volumen angeht, entspricht ein Straußenei ungefähr zwei Dutzend normalen Eiern. Es sind zwei Liter flüssige Pampe drin. Das heißt, wenn Sie Koch in einem Schnellrestaurant sind, reicht Ihnen so ein Straußenei unter Umständen ganz schön lange. Vielleicht einen ganzen Tag. Das Straußenei ist ungefähr so groß wie ein regulärer Football, aber genauso geformt wie das herkömmliche Hühnerei. Das mußte ich übrigens immer zu Touristen sagen: *Bitte beachten Sie die herkömmliche Eiform.* Das Straußenei ist so vollkommen, daß es wie eine Fälschung aussieht. Das Straußenei sieht aus, als wäre es aus Plastik. Vielleicht hat ja die Vollkommenheit des Straußeneis die Leute, die das Plastik erfunden haben, überhaupt erst darauf gebracht. Ich selber konnte so ein Straußenei kaum essen, ohne mir Sorgen zu machen, ich sähe einen kleinen Strauß darin, weil er dem menschlichen Fötus – oder meiner Vorstellung vom Aussehen eines menschlichen Fötus, die ich mir aufgrund einiger Bilder in der *Golden Books Encyclopedia* machte – so sehr ähnelte. Wenn man nun unabsichtlich einen der kleinen Strauße aß! Vorsicht! Allerdings kann man gut arme Ritter damit machen.

Im Lauf der Jahre hatte mein Dad eine Straußenmißgeburten-Ausstellung aufgebaut. In einer Straußenherde kann genetisch jede Menge schiefgehen, zum Beispiel daß ein Strauß vier Beine oder zwei Köpfe oder überhaupt keinen Kopf und bloß einen riesigen Rumpf hat. Vielleicht hatte die Vielzahl der genetischen Abnormitäten in unserem Bestand damit zu tun, wie nahe die Farm an einer Papierfabrik lag, aus der Dioxin in die Umwelt gelangte, vielleicht war aber auch das Chrom oder das PCB oder sonst was daran schuld. Irgendwas war es immer. Wichtig ist hier nur, daß die Abnormitäten Dad irgendwie glücklich machten und er von der Rancho Double Zero eine *Sammlung* mitnehmen konnte, und dagegen ist ja wohl nichts einzuwenden. Für mich war allerdings neben den Eiern und den Mißgeburten nicht mehr viel Platz auf dem Rücksitz.

Das Restaurant, das wir eröffneten, war nicht in Bidwell, weil wir nach der Zwangsvollstreckung und dem ganzen Drumherum nur schlechte Erinnerungen an Bidwell hatten. Uns blieb nicht viel anderes übrig, als weiter raus zu ziehen, wo alles billiger war. Wir landeten in Pickleville, wo es richtig billig war und wo es absolut nichts zu tun gab. In Pickleville erlegten die Leute Wildkatzen. Dafür gab es eine Prämie. Die Kinder lernten, alle wildlebenden Tiere auszurotten. Pickleville hatte außerdem einen Bahnhof, wo einmal am Tag der Fernzug hielt. Mom glaubte, daß angesichts des nahe gelegenen Bahnhofs gute Chancen bestanden, daß Leute Lust hatten, in einem Familienrestaurant Station zu machen. Also wurde es ein Diner; Dizzy's, was der Spitzname war, den wir unserem Straußenküken *mit zwei Köpfen* gegeben hatten. Vom Äußeren her entsprach unser Restaurant dem traditionellen Stil älterer Diners, Sie wissen schon, geformt wie ein Zäpfchen, Aluminium und Chrom, mit einer Jukebox bei jeder Nische. Wir wohnten hinten raus. Ich hatte Glück. Ich kam in einen besseren Schulbezirk und hatte Umgang mit besseren Kindern, die mich *Bauernfünfer* nannten und behaupteten, ich hätte intime Beziehungen zu Tieren.

Meine Eltern kauften ein Neonschild und bauten ein Bord, auf das Dad seine Straußen-Kuriositäten stellte, und dann gingen sie daran, *belegte Brote mit Truthahn, panierte Fischkoteletts, Truthahnhaschee* und viele Sachen mit *geschnetzeltem Rindfleisch* drin zu machen. Soweit ich es beurteilen konnte, enthielt so gut wie jedes Gericht im Restaurant geschnetzeltes Rindfleisch. Mom beschloß, daß das Restaurant auch nachts geöffnet sein sollte (so mußte sie meinen Vater nicht mehr sehen, da er in einer anderen Schicht arbeitete), und zwar wegen der Güterzüge, die ihre Fahrgäste gelegentlich in Pickleville loswurden. Güterzug-Penner kamen immer mit jenem gehetzten Gesichtsausdruck herein, den man annimmt, wenn man nie etwas besessen und keine feste Adresse hat. Manchmal bestellten diese Typen ein Spiegelei, und dann versuchte Dad sie zu überreden, es mal mit einem Straußenei zu probieren. Er holte eines von den Eiern aus dem Kühlschrank, die Penner kriegten massenhaft Straußenei, es folgte ein verschrecktes Zücken von *Kleingeld* und dann waren die Penner wieder weg.

Ich nehme an, mein Dad war zu dem Schluß gekommen, daß die meisten Bewohner des Mittelwestens freundliche, kontaktfreudige Menschen waren und daß er trotz seines Scheiterns bei jedem Unternehmen, das je seinen Namen trug, trotz seiner galoppierenden Melancholie, ernsthaft versuchen sollte, gegenüber den Leuten, die in den Diner kamen, ein herzliches, gastfreundliches Wesen an den Tag zu legen. Es war die *Fideler-Gastwirt*-Strategie. Das Bemühen, die letzte Chance wahrzunehmen. Er bemühte sich, Kunden und sogar mich anzulächeln, und er bemühte sich, meine Mutter anzulächeln, und das war ansteckend. Ich bemühte mich, die streunende Katze anzulächeln, die bei uns im Wohnwagen wohnte. Ich bemühte mich sogar, die Kinder in der Schule anzulächeln, die *Bauernfünfer* zu mir sagten. Dann machte ein Straußenei alles kaputt.

Eines regnerischen Abends, als ich noch spät auf war und mich um die Hausaufgaben drückte, hörte ich vom Restaurant her ein wirklich fürchterliches Kreischen. Einen Notschrei, der unmißverständlich echte Not verriet. Ich kriegte Gänsehaut davon. Mein Dad kam in den Wohnwagen gestürzt, weinte schrecklich, zerdepperte Teller. Am besten erinnere ich mich daran, daß meine Mutter, die meinen alten Herrn niemals berührte, die kahle Stelle auf seinem Schädel streichelte, als könnte sie so seine Sorgenfalten glattstreichen.

Es verhielt sich folgendermaßen: Joe Kane, Betreiber eines Stripteaseklubs in Bidwell, wartete auf seinen Vater, den republikanischen Staatsanwalt von Bidwell, der an diesem Abend mit dem Zug kommen sollte. In der

Hauptstadt des Staates war ein großer Fall verhandelt worden. Der Zug hatte Verspätung, und Joe lungerte im Restaurant herum, trank Kaffee und spielte sämtliche Merle-Haggard-Songs in der Jukebox durch. Nachdem er meinen Dad ein, zwei Stunden lang ignoriert hatte, hatte Joe wohl das Gefühl, er müsse versuchen, irgendwas zu sagen. Er platzte einfach mit einer nichtssagenden Bemerkung heraus: »Warte auf meinen alten Herrn. Kommt mit dem Zug. Der Zug hat Verspätung.«

Wahrscheinlich hatte Dad so viel über diesen Menschen nachgedacht, den er da vor sich hatte, diesen Menschen, der zufällig der Sohn des Staatsanwalts war, daß er anfing, richtig nervös zu werden. In seinen Mundwinkeln begann sich weißer Schaum zu bilden. Wie bei einem Schachspiel, dessen Möglichkeiten sich nach der Eröffnung vervielfachen, versuchte Dad vielleicht, *jedes mögliche künftige Gespräch* mit Joe Kane gedanklich vorwegzunehmen, damit er etwas Geistreiches sagen konnte, und er wurde dabei zum komplett Schwachsinnigen.

Er sagte, zum Beispiel, die unsterblichen Worte: »Alles klar?«

»Alles klar«, sagte Joe Kane. Sagte überhaupt noch irgendwer solches Zeug? Gab es in der modernen Welt der Schulhofmassaker und der religiösen Kulte überhaupt noch Kinderfernsehgrußformeln? Als nächstes würde mein Vater womöglich noch *Aa-Windeln, Wienie-Würstchen, Tralala, Heia machen* sagen. Bloß damit er sein Geschäft führen konnte. Er schlug in seinem imaginären Lehrbuch die Gesprächseröffnung mit dem Titel *Auf dem Gesicht Ihres Zuhörers malt sich tiefe Verachtung* nach, und nach diesem Lehrbuch blieb ihm nichts anderes übrig, als weiterhin freundlich zu sein, und das war er denn auch.

»Tja, äh, wußten Sie eigentlich schon, daß Christoph Kolumbus, immerhin der Entdecker unseres Landes, ein Schwindler war? Doch, doch. Hat behauptet, er könnte ein Ei dazu bringen, daß es auf der Spitze steht, was natürlich nur zur Zeit der Tagundnachtgleichen funktioniert. Und als er's dann nicht zum Stehen gebracht hat, hat er die Spitze des Eis zerdrücken müssen. Vielleicht war's ein hartgekochtes Ei, keine Ahnung. Aber so ein bedeutender Mann kann er ja wohl nicht gewesen sein, wenn er die Spitze des Eis hat zerdrücken müssen, bloß um es zum Stehen zu bringen. Wissen Sie, ich frage mich, ob eigentlich diese ganzen jährlichen Feiern zu seinen Ehren wirklich sein müssen, wo er doch bei der Sache mit dem Ei gelogen hat. Und bei anderen Sachen wahrscheinlich auch. Er hat behauptet, er hätte die Spitze des Eis nicht zerdrückt, dabei hat er doch. So was tut man nicht.«

Um das Gesagte zu unterstreichen, nahm mein Vater ein Straußenei von einem Bord, auf dem zwei oder drei lagen, die an diesem Abend im Diner verwendet werden sollten. Der Tresen trug eine schmierige Glanzschicht aus altem Bratfett, Maissirup, Butter, Honig, Melasse und Salmonellen. Auf ihn legte er das Ei.

»Mordsei«, bemerkte Joe Kane. »Was ist das, so 'ne Art Nuklearei? Kommt das aus einem Reaktor?«

»Ich bin der größte lebende Eierexperte«, sagte mein Vater.

»Bezweifle ich keine Sekunde«, antwortete Joe Kane.

»Dieses Ei wird sich meinem Willen unterwerfen. Es wird sich meinen magischen Kräften beugen.«

»Wie Sie meinen.«

Mein Dad versuchte erfolglos, das Straußenei auf die Spitze zu stellen. Er versuchte es mehrmals. Ich persönlich kapiere nicht, wie die Leute überhaupt auf die Idee verfallen sind, Eier aufrecht stellen zu wollen. Man sieht doch auch keinen, der versucht, Flaschenkürbisse oder Footbälle aufrecht zu stellen. Aber es kommt einem so vor, als wollten die Leute Eier aufrecht stellen, seit es Eier zum Aufrechtstellen gibt. Vielleicht liegt das daran, daß wir uns alle aus irgendeinem *ovum* entwickeln, auch wenn es nicht direkt so aussieht wie das, was mein Vater vor Joe Kane immer wieder auf die Spitze zu stellen versuchte, aber da wir uns nun mal aus irgendeinem *ovum* entwickeln und einem wirklichen Ursprung wohl nicht näher kommen können, sind wir vielleicht alle dumm, was das Thema *ova* angeht, obwohl andererseits diese *ova* wahrscheinlich von irgendeinem Huhn stammen, oder umgekehrt. Bringen Sie mich nicht durcheinander. Joe mußte seine Kaffeetasse außerhalb der schlingernden Fallkurve des Straußeneis plazieren. Und das mehrmals. Was das Aufrechtstellen des Eis anging, kriegte mein Vater überhaupt nichts zustande, warum versuchte er es also immer wieder?

Als nächstes nahm Dad die Formaldehydgläser vom Bord und begann, Joe Kane ein paar deformierte Strauße zu zeigen. Bei seinem Vortrag über die Mißbildungen hatte er für viele Vögel einen Namen. Er zeigte Joe den Fötus mit zwei Köpfen, Dizzy; *sie war das süßeste kleine Küken,* und dann zeigte er Joe einen mit vier Beinen. Er zeigte Joe zwei, drei Exemplare von siamesischen Straußenzwillingen, darunter auch das Exemplar mit Namen Jack 'n' Jill. *Die beiden konnten rennen, wie wenn der Teufel hinter ihnen her wäre.* Die Stimme meines Dads schwoll an. Er war stolz. Er starrte tief in gelbliches Formaldehyd.

Joe Kane dachte nur noch an Flucht. Er sah in diesem Moment selbst wie ein Strauß aus, einer, der durch den Mund atmet, ein Schaustellergehilfe, der auf die Sonderausstellung wartet, wo die wirklich Abnormen, die Zirkusbesitzer selbst, vor nichts zurückschrecken, einem

Shetlandpony ein Stück Knochen auf die Stirn kleben und es Einhorn nennen, nur um der Befriedigung willen, Massen von Zuschauern ihr Geld abzuknöpfen. Gab es denn keinen anderen Ort, an dem Joe vor dem Regen, der kübelweise vom Himmel fiel, hätte Schutz suchen können? Es muß doch irgendeinen Wetterschutz oder so was gegeben haben. Auf der Seite der Gleise, hinter denen der bessere Teil von Pickleville lag.

»Dieser Vogel hier hat zwei *männliche Geschlechtsteile,* und ich kenne eine Menge Burschen, die überhaupt nichts dagegen hätten, wenn sie selber zwei hätten. Stellen Sie sich bloß mal vor, was für Probleme Sie da mit den Frauen kriegen könnten.«

Ist Ihnen schon mal aufgefallen, daß im Mittelwesten kein Mensch jemals irgendwen küßt? Dieses kleine Wangenküßchen, das die Leute im Osten einander ständig geben? *Schön, dich zu sehen!* Sieht man hier im Mittelwesten viel seltener. Wahrscheinlich erklärt das auch die Liebeshändel der Straußenfarmarbeiter, die, von ihren Ehefrauen abgewiesen, bloß auf einen flüchtigen körperlichen Kontakt aus waren, und sei es mit einem Geschöpf, das durch den Mund atmete. Sie, diese hart arbeitenden Männer, kamen nach Hause zu Ehefrauen, die ihnen ganze Listen unerledigter Arbeiten vorbeteten, derentwegen sie sich gleich wieder in ihre Pick-ups setzten und zum Drive-thru fuhren. Dort sangen sie dann ihre Klagelieder in die Mikrophone. Mein Vater hatte einmal beobachtet, wie ein Mann einem anderen nach einem freundlichen Geplauder über einen Baseball gut gelaunt auf die Schulter geklopft hatte. Das war in einem Schnellrestaurant. In diesem Moment wurde ihm fast schlecht vor Neid. Und deshalb beschloß er, zumal er Joe Kane gerade einen Straußenfötus mit zwei Penissen gezeigt hatte, Joe zum Zeichen nachbarlichen Wohlwollens *unters Kinn zu stupsen.* Mein Vater kam hinter dem

Tresen hervor – er war ein großer, schwerer Mann, das habe ich wohl schon gesagt, gut zweihundertdreißig Pfund und über eins achtzig –, und während Joe Kane vom Hocker hochzukommen versuchte, *stupste mein Vater ihn unters Kinn.*

»Nun bleiben Sie mal noch einen Moment sitzen, mein Lieber; ich werde Ihnen zeigen, wie man ein Straußenei in eine Colaflasche kriegt. Und wenn ich mit meinem Zauberkunststück fertig bin, können Sie die Colaflasche als Souvenir mit sich herumtragen. Die kriegen Sie nämlich von mir geschenkt. Das Ganze funktioniert so: Ich erhitze das Ei in ganz normalem Essig, wie man ihn überall kriegt, und das macht das Ei weich, und dann lasse ich es einfach in diese Literflasche Cola rutschen, die ich im Minimarkt die Straße rauf gekauft habe, und wenn es dann in der Colaflasche ist, gewinnt es seine normale Härte wieder. Wenn die Leute Sie fragen, wie Sie das gemacht haben, halten Sie einfach den Mund. Okay? Das ist unser Geheimnis. Abgemacht?«

Was konnte Joe groß sagen? Schon hatte Dad auf einem der Brenner den Essig aufgesetzt. Als das Ei in dieser Lösung erhitzt worden war, versuchte mein Dad, das Ding in die Colaflasche zu stopfen – mit enttäuschenden Resultaten. Die Colaflasche kippte natürlich ständig um. Fiel hinter den Tresen. Dad mußte sie jedesmal wieder aufheben. Inzwischen stand die Ankunft des Zuges kurz bevor. Stunden waren vergangen. Der Zug heulte durch eine Weiche. Mein Vater rammte das Straußenei, das nicht so aussah, als wäre es auch nur geringfügig weicher geworden, gegen die winzige Öffnung der Colaflasche, doch ohne Erfolg. Vielleicht hätte er statt dessen eine Flasche mit großer Öffnung nehmen müssen.

»Letztes Mal hat es prima funktioniert.«

»Hören Sie, ich muß jetzt gehen. Eben kommt der Zug. Mein Dad ist –«

»*Setzen Sie sich auf den Hocker.* Glauben Sie ja nicht, Sie können zwei Stunden hier herumhocken und Kaffee in sich reinkippen, die Tasse zu fünfundachtzig Cent, und das war dann alles, was ich für den Rest der Woche an Umsatz mache, Sie Arsch. Eine Stelle weiß ich jedenfalls, wo ich das Straußenei jederzeit reinkriege. Blödmann.«

Und in diesem Moment platzte das Straußenei natürlich wie ein Geysir, wie eine Explosion in der Raffinerie der Selbstachtung meines Vaters. Der unbefruchtete Glibber spritzte überallhin, auf den Tresen, die Hocker, den Toaster, die Vitrine mit faden Donuts. Joe Kane, der es geschafft hatte, sich in Sicherheit zu bringen und schon an der Tür stand, *lachte hämisch.* Mein Vater, pendelnde Eiweißfäden wie Hauer im Gesicht, griff sich ein weiteres Straußenei vom Bord und versuchte es auf Joe Kane zu schleudern. Aber da hätte er genausogut versuchen können, Kugelstoßmeister zu werden. Er kriegte es ungefähr bis zur ersten Nische, wo es auf einer Jukebox zerplatzte und eine ganze Reihe von Titeln der Judds mit Eigelb zuschmierte.

Als nächstes kam dann natürlich der markerschütternde Schrei, von dem ich Ihnen schon erzählt habe. Tut mir leid, daß er in der Geschichte zweimal vorkommt, aber so ist das nun mal. Mein Vater, allein im Restaurant wie der Bär in der Falle, schrie seinen Notschrei und erschreckte damit Bewohner von Pickleville auf Meilen im Umkreis, besonders kleine Kinder. Leute, denen es Spaß macht, über anderer Leute Angelegenheiten zu spekulieren, würden jetzt vielleicht ein paar Vermutungen über diesen Schrei anstellen, zum Beispiel daß mein Dad sich schämte, weil der Trick mit dem Straußenei nicht geklappt hatte, oder daß mein Dad sich in heftigem Selbstmitleid erging, weil er einfach immer *Pech hatte.* Und diese Leute hätten recht, aber ihnen entginge eine entscheidende Information, die ich habe und die ich jetzt weitergeben werde. Mein Vater schrie auch, weil er ein peinliches gastrointestinales Problem hatte. Doch, doch. Wissen Sie, es ist eigentlich kein wesentlicher Teil der Geschichte, aber es gab da einen ganz bestimmten großen Nahrungsmittelhersteller, der ein paar Käsesnacks mit nährwertneutralem Fettersatz vermarktete, und raten Sie mal, wo diese große Firma ihre Käsesnacks testete. Natürlich im Buckeye State. Dort testeten diese Firmen eine Menge Produkte für Leute, die sie für uninformiert hielten. Diese Snacks waren auch billig, ein günstiges Angebot im Vergleich mit führenden Marken, und sie hatten Cheddar-Aroma. Das einzige Problem war, daß die nährwertneutrale Pseudofettsäure, da der Verdauungstrakt sie nicht aufnehmen konnte, gleich wieder aus dem Körper ausgeschieden wurde, und zwar in Mengen von bis zu zwei, drei Eßlöffeln. Der Nahrungsmittelhersteller versuchte zu ermitteln, wieviel davon wir in Ohio hinnehmen würden, wieviel von diesem öligen Rückstand, der beim Waschen nicht rausging. Wenn man einen ganzen Beutel aß, konnte es *schlimm* sein. Die Wahrheit sieht also so aus, daß mein Dad nicht nur *Ei im Gesicht*, sondern auch sonst einen schweren Tag hatte und daß er damit nicht allzugut zurechtkam.

Bestimmt wollen Sie jetzt wissen, woher ich das alles weiß, diese ganzen Sachen, die meinem Vater im Restaurant passierten, zumal ich gar nicht dabei war und Dad niemals darüber redete. Schon gar nicht über die *Darmschwäche.* Redete danach eigentlich überhaupt nicht mehr viel, es sei denn während der Footballsaison, wenn er sich über die Mannschaft der Ohio State beklagte. Bestimmt wollen Sie wissen, woher ich so viel über die Seele von Ohio weiß, wo ich doch ein Teenager war, als das alles passierte, und als mürrisch und verschlossen galt. Hey, was bleibt einem denn in diesem materialistischen

Land außer dem Geheimnis der Phantasie? Meine Mutter lag im Bett und heckte einen Plan aus, wie sie von hier wegkommen, wie sie mir eine Bibliothek voller Bücher verschaffen könnte. Eines Nachts träumte sie von Flucht aus dem Rust Belt, aus dem Einerlei von Flintenschuppen und Eisenbahnerwohnungen. Einen Traum von einem Jungen in Form eines Vogels in Form einer Geschichte, eines Jungen, der einen Jungen hat, der einen Jungen hat: der Traum einer jeden Generation billiger als der vorangegangene, so daß jetzt zum Beispiel in allen diesen Träumen Chuck E. Cheese vorkommt *(Ein besonderes Geburtstagsständchen, dargebracht von Chuck E. Cheese und seinen musikalischen Freunden)* oder Cracker Barrel oder Wendy's oder Arby's oder Red Lobster oder das Outback Steakhouse oder Boston Market oder Taco Bell oder Burger King oder Pizza Hut oder Baskin Robbin oder Friendly's oder Hard Rock Cafe oder Frisch's Big Boy. Biegen Sie bei Sam's Discount Warehouse, Midas Muffler, Target, Barnes and Noble, Home Depot, Wal-Mart, Super Kmart, Ninety-Nine-Cent-Store rechts ab. Mein Stand ist am Ende der Reihe. Frisches Geflügel und Eier. Eier in diesem Land, das sind die größten Eier, die Sie in Ihrem ganzen Leben je gesehen haben.

Vorschau aus dem Kleinhandelsressort

Wer die Zukunft vorhersagen kann, ist unbeliebt. Glauben Sie mir. Einem Menschen, der Ereignisse vorausweiß. Das ist so, als hätte man richtig schlimme Akne. Was ich auch schon hatte. Wahrscheinlich verlangen Sie klinische Tests. *Die Hausse wird enden,* zum Beispiel. Das kann Ihnen jeder Idiot sagen, doch eine überzeugende Demonstration meiner Fähigkeiten erfordert, daß ich klein anfange und mich zu einem spektakulären Schluß steigere. Der Dow wird, obwohl er sich auf Standardwerte gründet, der Talfahrt des NASDAQ folgen. Meine Arbeitgeber werden es mit ein paar üblen Buchhaltungspraktiken zu tun bekommen, die geradewegs zu einem Kader kokainschnupfender, lexusfahrender Spezialisten für Hochtechnologie-Investments führen. Dann werden ein paar richtig faule internationale Kredite platzen. *Mein Gott, gib Kanada einen Kredit oder so was.* Meine Stelle hier im Kleinhandelsressort, wo ich nicht sehr wohlgelitten bin, wird zu den ersten gehören, die man bei der Fusion für überflüssig erklären wird. Man wird es mir gleich Montag früh eröffnen, nachdem ich drei Nächte hintereinander wach gelegen und mich um das Kind meines Bruders gesorgt habe, das Leukämie hat.

Wenn ich meiner Frau solche Sachen sage, glaubt sie mir nicht.

Hier ein historischer Bericht von der allerersten öffentlichen Demonstration meiner Fähigkeiten: Ich sagte Bobby Ehrlich, er würde bei einem Motorradunfall gelähmt werden. Das war 1977. Ehrlich hatte nichts übrig für Motorräder oder technischen Kram irgendwelcher Art. Auch den Naturwissenschaften näherte er sich nur zögernd, obwohl wir kraft des Ratschlusses der Schulverwaltungsbehörde des Staates New York ebendorthin, nämlich in die Chemie, gesteckt worden waren. Die Labortische bestanden immer aus Marmorimitat, waren immer schwarz und von gefährlichen Ablagerungen gereinigt. Singvögel in unserer Stadt, New Rochelle, sangen simple Lieder, Jingles, Anspruchsloses. Die Fenster waren offen. Es war Spätherbst. Die Chemielehrerin, Miß Rydell, sagte: *Bobby, du arbeitest mit Everett hier.* Niemand sonst wollte mit mir arbeiten. Nicht mal die beiden Latinos. Es hatten sich Paare zusammengefunden, Jungen von unglaublicher Schönheit mit Mädchen so vollkommen wie auf Bildern der alten Meister. Was hatte ich verbrochen? Bobby Ehrlich, dieser Blonde, sagte nichts, nahm ein Becherglas von Miß Rydell entgegen und drängelte sich an mir vorbei zum Laborplatz. Zu Beginn des Experiments, Natrium und Wasser zu gleichen Teilen, lächelte ich Bobby freundlich an und bedankte mich dafür, daß er mit mir arbeitete, aber das war vorgetäuscht, denn als er weiterhin stumm blieb, jede Zusammenarbeit verweigerte, mir Bechergläser wegnahm, blieb mir keine andere Wahl, als ihm sein Schicksal zu verkünden, das mir mit einer Art unheimlichem Zittern offenbar wurde, wie man es mit dem Anfangsstadium eines Fiebers in Verbindung bringt, als ob ein Blick in die Zukunft und Gürtelrose oder Windpocken das gleiche wären: *Du wirst bei einem schrecklichen Motorradunfall verstümmelt werden. Und richtig weh tun wird es auch. Jedenfalls dort, wo du noch was spürst. Vergiß nie, daß wir dieses Gespräch geführt haben.*

Weißt du was, Bennett? sagte Ehrlich, *ich habe dich schon immer für einen Blödmann gehalten. Und damit hatte ich auch recht.*

Dies war der gesamte Wortwechsel. Zwei Zeilen. Hätte ich gewußt, was passieren würde, hätte ich eine

Krankheit vorgetäuscht, mein Ringbuch, meinen unbenutzten Baseballhandschuh und die Reste meines Schulfrühstücks zu einem Stadtbus geschleppt und wäre nach Hause gefahren. Was sollte ich mir über Bobby Ehrlichs Meinung Gedanken machen? Ich hätte genausogut etwas Höfliches sagen können. Dennoch verlief der Unterricht trotz der Disharmonie der Laborpartner ohne Zwischenfälle fast so, wie er sollte. Miß Rydell summte vor sich hin, während sie von Laborplatz zu Laborplatz die Runde machte. Wir führten das Experiment durch, ich stellte in meinem Laborheft die Gleichung auf – Ehrlich wußte nicht, wie das geht –, ich gab unsere Ergebnisse nach vorn. Wir bekamen für unsere Arbeit ein Sehr gut, und danach ging mir Bobby wenn möglich aus dem Weg, besonders im Chemieunterricht. Auf den Korridoren aus Hohlblocksteinen sah ich nur immer seine Kehrseite, einen verblichenen roten Rucksack, der sich entfernte.

Irgendwann stellte sich heraus, daß Ehrlich, nun ja, *schwul* war, wobei die bevorzugten umgangssprachlichen Ausdrücke seinerzeit *warmer Bruder, Homo, Tunte, Schwuchtel* und so weiter waren. Ein Vorauswissen seiner zum Durchbruch kommenden Veranlagung wäre zwar auch im Rahmen meiner Prognosen möglich gewesen, aber in Wirklichkeit hatte ich eine Grundlage für meine Vermutungen, nämlich die Tatsache, daß Ehrlich von den *gehirnamputierten Sportstudenten* an meiner High School mehrfach verprügelt und gequält worden war, von Leuten, die mittlerweile größtenteils Installateure sind, die sich das Innere ihrer Kastenwagen mit kinderpornographischen Sammlungen tapeziert haben – so zumindest mein Eindruck auf unserem zwanzigjährigen Klassentreffen, das erst kürzlich stattgefunden hat. Jedenfalls sagte ich Ehrlich nicht, daß er *schwul* war, sondern nur, daß er bei einem Motorradunfall verstümmelt werden würde, und das Jahr verging und ich war jedesmal dankbar, wenn ich Bobbys Rucksack entschwinden sah, sei's daß er auf dem Weg zur Probe der Musikkapelle war, in der er die erste Flöte spielte, sei's daß er zu einem seiner geliebten High-School-Dramen in die Garderobe des Grünen Saals schlüpfte. (Ich war in jenem Jahr Requisiteur für mehrere Aufführungen.) Ich freute mich, daß Bobby wohlauf war.

Dann waren wir siebzehn (genau wie alle anderen in unserer Klasse, ausgenommen die bereits erwähnten *gehirnamputierten Sportstudenten*). Eine Zeit der Verheißungen, eine Zeit der Abenteuer, der Räusche, der Epiphanien. Bobby Ehrlich, der Siebzehnjährige, hatte derweil, so ging das Gerücht, eine *generationenüberschreitende Romanze* und saß eines Abends auf dem Beifahrersitz eines Olds Cutlass Supreme, neben einem dienstfreien Polizeibeamten aus unserer Stadt, Officer Meineke, einem Polizeibeamten mit Frau und Kindern, der gleichwohl ganz hin und weg war von einem flötespielenden, theaterbesessenen Jungen aus der Unterstufe der hiesigen High School. Ich verschmelze hier Figuren und Ereignisse miteinander, verstehen Sie, um bestimmten Personen Peinlichkeiten zu ersparen. Es regnete. Es war Juni. Die Kreuzung bei Four Corners war und ist noch immer berüchtigt für Verkehrssünder, die versuchen, es zum Bahnhof zu schaffen, ehe der Nahverkehrszug abfährt. Bobby und sein Polizist hielten sich gerade zu einem Kuß umschlungen, einem alles verschlingenden Kuß, und ich glaube schon, daß ich Ihnen diesen Kuß trotz meiner robusten Heterosexualität schildern könnte. Der Augenblick ließ all die Jahre von Bobbys trauriger Jugend verblassen. Er war *interstellar.* Er war *pantheistisch.* Bobby wollte Meinekes Spind auf dem Polizeirevier sehen. Er wollte ein eselsohriges Foto von Meineke als kleinem Jungen.

Doch während sie sich gerade aus dieser Umarmung lösten und sich zu einer Wiederholung anschickten, versuchte Joey Kayes Vater, der, leicht beeinträchtigt, auf dem Heimweg von einer nahe gelegenen Kneipe war, bei Gelb über die Kreuzung zu kommen. Joeys Dad: *mit siebzig Stundenkilometern auf einer Straße, wo fünfzig vorgeschrieben waren.* In einem Honda Civic. Er rammte die Beifahrerseite von Meinekes Olds und blieb, weil betrunken, unverletzt. Auch Meineke blieb, von ein paar Hämatomen und seinem guten Ruf abgesehen, unversehrt. Anders Bobby. Viele Zeugen könnten diesen Bericht bestätigen. Melissa Abdow zum Beispiel stand an der Ecke und aß Pfefferminzschokoladenstreusel aus einer Zuckertüte (es tropfte heftig). Sie erzählte es mir am nächsten Tag. In Mathe. In ihrem Gehirn, sagte sie, sei eine Abfolge von Bildern haften geblieben, wie Beweisfotos: *Bobby lächelnd auf dem Vordersitz des Wagens, Bobby um den zerquetschten Motor des Olds drapiert, der sich auf den Vordersitz des andern Wagens geschoben hatte. Dann der Rettungsspreizer.*

Ich besuchte ihn nicht im Krankenhaus, da er mich wie gesagt nicht leiden konnte. Aber ich hätte ihn besuchen sollen, da ich mich wochenlang in meinem Zimmer verkroch und mir heftige Gewissensbisse machte. Ich lag nachts wach und debattierte mit den toten weißen Männern der Philosophie über meine *Prophezeiung.* Konnte sie wahr sein? Führte die Sprache, wenn man sie um etwas ersuchte, Katastrophen wie Bobbys Unfall herbei? Entriß der Quatsch, den man an einem schlechten Tag im Chemieunterricht vor sich hin murmelte, einer Familie einen Polizisten, *der zufällig auf Jungen stand*, aber seiner Frau noch nichts davon erzählt hatte und dann unverdientermaßen weitgehend unverletzt aus dem Wrack seines Wagen gezogen wurde, zusammen mit dem gelähmten Körper eines minderjährigen Flötenspielers? Hatte ich das alles herbeigeführt? Es sollte ein *Scherz* sein! Und außerdem hatte ich von *Motorradunfall* gesprochen! Wenn ich doch nur Football gespielt hätte, wenn ich doch nur Schulterschützer getragen, die Kriegsbemalung von Footballspielern getragen hätte, wenn doch bloß irgendein bulliger, seine Frau prügelnder Alkoholiker in der Pop Warner League sich genügend für mich interessiert hätte, um mir das Gefühl zu vermitteln, daß ich in der New Rochelle High nicht bloß geduldet war, dann hätte ich nicht tun müssen, was ich getan habe; wenn ich doch bloß Football gespielt und im Gedränge das Knirschen gehört hätte, *mit dem mein Hals sich bog*, mit dem der Äther über mir zurückwich und die Singvögel für jetzt und immerdar das Spiel totpfiffen, wenn ich doch nur die heiseren Kommandos der Krankenträger gehört hätte.

Einmal erzählte ich meiner Mutter, sie würde von einer Tante in Litauen viel Geld erben. Was wußte meine Mutter von Litauen? Sie wuchs in New Jersey auf und hatte einen irischen Nachnamen. Vielleicht versuchte ich, *Aufmerksamkeit* zu erregen, wie Familienberater das damals nannten. Vielleicht hatte ich eine *lebhafte Phantasie*. Vielleicht versuchte ich, meinen charmanten, gutaussehenden Bruder in der Konkurrenz um ihre Zuneigung zu schlagen. Vielleicht lag es daran, daß Dad sich bei der ersten Gelegenheit davongemacht hatte, damals, als ich noch unter zehn war. Natürlich war mir dank meiner Gabe der Vorausschau klar, daß mein alter Herr anderswo, in Moline, Illinois, eine andere Frau und Kinder hatte, falls es Sie interessiert. Ich sah ihre Sträucher und einjährigen Pflanzen, ihre Siamkatzen, ihre zuckerigen Frühstücksflocken vor mir, *es dämmerte mir einfach*. Ich hatte es gewußt, so wie ich auch gewußt hatte, daß die Mets 1974 nicht mehr als achtzig Spiele gewinnen würden. An manchen Tagen in meinem Zimmer, wenn ich einen Stapel Heftchen gelesen hatte und der Spielfilm um halb fünf eine romantische Komödie war, die mir nicht zusagte, hatte ich das Gefühl, ich könnte, nun ja, über außersinnliche Wahrnehmung mit meinem Vater in Kontakt treten. *Dad,* sagte ich dann etwa, *hier ist dein Sohn Everett, wärst du bereit, Vorwürfe entgegenzunehmen? Mittlerweile hast du nach meiner Schätzung siebenmal meinen Geburtstag verschwitzt und ich finde, falls du dir darüber Gedanken machst, könntest du einen Teil des Geburtstagsgeldes auf ein, ähm, zinsbringendes Konto für mein Studium am CCNY einzahlen, das wahrscheinlich in etwa sechzehn Monaten beginnen wird. Ich bestätige dir gern den Empfang eines Schecks oder einer Zahlungsanweisung. Wenn du wissen willst, was ich davon halte, daß du sieben meiner Geburtstage verschwitzt hast, würde ich sagen, es ist ein bißchen verantwortungslos, und ich frage mich, ob dir das auch passieren mußte, ob dein Dad deine kindliche Umwelt in tausend Stücke schlagen mußte, damit du die Sorte Mensch wirst, die es fertigbringt, auf eine siebenjährige Geschäftsreise zu gehen und das Schreiben zu vergessen. Das wär's auch schon für heute, bitte nimm möglichst bald Verbindung mit mir auf.*

Meine Mutter hatte überhaupt keine Tante in Litauen und auch sonst keinerlei Verwandten, außer im alten Hibernien, und die waren größtenteils tot, und wenn ich sie wegen der Erbschaft, die sie machen würde, anlog, dann in Wahrheit wohl deshalb, weil ich mir um meine Mutter Sorgen machte. Wenn sie jeden Abend von dem Genesungsheim nach Hause kam, in dem sie als Buchhalterin arbeitete, war sie ungefähr so munter wie ein Vinylschemel. Und sie mußte bei den Prügeleien zwischen mir und meinem Bruder schlichten. *Ich wollte, daß sie etwas hatte, worauf sie sich freuen konnte.* Sie spielte in der Lotterie, als die Lotterie staatlich gefördert wurde, und ich sah sie immer im Gemischtwarenladen. Dort zählte sie die schmierigen Eindollarscheine hin, die sie in einer Küchenschublade aufbewahrte. Sie kritzelte Nummern hin, die auf sentimentalen Erinnerungen beruhten. Gelegentlich brachte sie kleine Gewinne nach Hause. Hier kommt es lediglich darauf an, daß meine prophetische Gabe irgendwie ungenau ist und man eine Art *metaphorisch-analytisches* Verfahren anwenden muß (es steht in dem Lehrhandbuch für den Kleinhandel hier auf meinem Schreibtisch), um genau zu verstehen, wie sie ihre Wunder wirkt.

Ein paar aktuelle Vorhersagen. Cher wird sich eine schwere Immunschwäche unbekannten Ursprungs zuziehen, bis sie verrät, welcher Art von Voodoo sie den Erhalt ihres Äußeren verdankt. Diese Aussage habe ich übrigens gerade eben Mrs. Rona Peregrina aus Bensonhurst gegenüber gemacht, während ich eine nachdrückliche Verkaufsempfehlung im E-Merchandising-Sektor aussprach. Die Farbe *Gelb* wird die Farbe werden, in der man *sich zeigen muß*. In Big Apple, Gotham City, südlich der 14th Street, wird jeder anfangen, sie zu tragen: zitronengelb, senfgelb, maisgelb, currygelb, goldrutengelb, ringelblumengelb, sonnenblumengelb, ockergelb. Ganze Diskotheken, Orte, die ich nie betreten werde, gelb, drinnen wie draußen, das Gelb von Schlechtwetterkleidung, das Gelb von Hepatitis. Was noch? Bücher, anscheinend nutzlose Gegenstände meiner Kindheit – Briefbeschwerer, Regalschmuck – Bücher werden selten werden. Sie kennen doch den Band über die sexuellen Phantasien der Frauen, der Ihnen so peinlich ist, oder das Science-fiction-Werk über *Computertelepathie unter Venusbewohnern*? Die werden Sie wegschmeißen oder der Bücherei schenken, und Sie werden diese Bücher niemals ersetzen. Ihre Kinder werden Bildschirme lesen; ihre Kontaktlinsen werden mit ihren Augen verschmelzen. Und die wilde Sprache, die Sie in Büchern *oder auf Steinen* zu finden pflegten, die Sprache der Prophezeiung, wenn zum Beispiel jemand aus seiner Wildnis in Schroon Lake, New York, oder Cowan, Tennessee, wissen will, wie obskure, aus ägyptischen Gräbern geborgene Texte zu deuten sind, Texte, in denen von *unserem Ende* die Rede ist, diese Sprache wird statt dessen dazu verwendet werden, zornige Briefe an Besitzer von Fernsehsendern zu schreiben, die Zirkonringe an Mindestlohnverdiener im ganzen Land verkaufen. Diese Briefe werden niemals während der Sendung verlesen werden, wenn sie überhaupt irgendwer liest. Noch mehr gefällig? Jede Beziehung, die Sie in Ihrem ganzen Leben haben, wird in Krankheit enden. Kommt Ihnen das weit hergeholt vor? Ist es aber nicht. Heute essen Sie Überbackenes auf Siebenkornbrot, morgen halten Sie sich den Bauch, und der Tumor wird lokalisiert. Man wird Hunde mit Schafen kreuzen, weil das die Wolle verbilligt. Den meisten Leuten wird diese Begründung einleuchten. Melvin Cushman, Vorstandsvorsitzender von Vortex Solutions, dieser ungeheuer dynamischen Risikokapitalfirma, wird sich unter Verwendung von Techniken, die in Amerika ausgebildete, nigerianische Ärzte perfektioniert haben, als Geschenk für seine Frau Wilhelmina in dreißig Jahre jüngerer Ausführung klonen lassen. *Ich liebe die kleine Lady hier nun mal, und ich habe keine Lust, sie zu verlieren, bloß weil meine Bauchspeicheldrüse schlappmacht.*

Der Sohn meines Bruders, der mit der Leukämie, wird noch kranker werden.

Hier noch eine Geschichte. Ich habe meine Frau in der U-Bahn kennengelernt. Ich war auf dem Weg zu einem Basketballspiel, als Bobby Ehrlich, der Paraplegiker, in den *U-Bahnwaggon gerollt kam und seine amputierten Gliedmaßen zur Schau stellte.* Okay, nicht direkt. Aber oft hörte ich die Tür am Ende des Waggons aufgehen und dachte: *Da kommt Ehrlich*. Jede unglückliche Lebensform, die diesen Raum betrat: *N'Abend, meine Damen und Herren, tut mir leid, wenn ich störe, nichts für ungut, aber ich bin obdachlos und versuche, Geld für meine drei Kinder aufzutreiben. Zur Zeit wohne ich mit meiner Familie hier in der U-Bahn*. Jeder Unglückliche war der Bote eines himmlischen Gerichts über meine Wenigkeit, *So gehe denn in dich*. Verstehen Sie, was ich meine? An diesem Abend passierte noch Schlimmeres. Ich war am Times Square in die Seventh-Avenue-Linie umgestiegen und wartete gewohnheitsmäßig am Ende des Zuges, *dem leeren Waggon*; falls Sie jemals erfahren, daß die sichtbare Erde nur einen Bruchteil der mystischen Geschehnisse darstellt, die sich um Sie herum entfalten, rechnen Sie mit dem letzten Waggon. Ich setzte mich auf die leere Bank am vorderen Ende des letzten Waggons, und zwar mit einem Buch, wahrscheinlich irgendeiner Lektüre für einen Kurs am Queen's College, sagen wir Platons Apologie, *Und nun, ihr Menschen, die ihr mich verdammt habt, will ich euch weissagen; denn ich bin im Begriff zu sterben, und in der Stunde des Todes ist den Menschen die Gabe der Prophetie gegeben*. Außerdem legt sich kein Mensch mit einem an, wenn man die Klassiker liest. Ich hatte es mir gerade auf dieser Bank bequem gemacht und schlug mein Buch auf, da hörte ich diesen Kerl mit viel Lärm die Treppe herunterkommen: *Nicht wegfahren! Nicht wegfahren!* Damen schossen unter seinem Ansturm zur Seite. Kennen Sie die Treppe dort am Ende des Bahnsteigs? Wissen Sie, wie viele Oberschenkelknochen auf dieser Treppe zu Knochenmehl geworden sind? Wie viele künstliche Hüftgelenke deswegen fällig wurden?

Nicht wegfahren. Ich konnte das Gesicht des Zuspätkommenden ausmachen, während es klingelte und die

Türen sich zuschoben. Er lächelte. Das war der Zug, den er erwischen mußte. Das war sein Ziel. Ungeachtet dessen, daß sich Hindernisse ergaben, daß die Tür geschlossen wurde, der Fahrdienstleiter seine Fensterklappe zumachte, der Zug anfuhr: *Nicht wegfahren*. Ich wünschte, er hätte etwas Zwingenderes gesagt, zum Beispiel: *Siehe, der Herr macht das Land leer und wüste und wirft um, was drinnen ist und zerstreuet seine Einwohner.*

Ich blickte von der Apologie auf, sah ihn lächeln. Ich wußte es sofort. Ich wollte es nicht wissen. Aber, wie ich Ihnen schon zu erklären versuchte, mein Herz war von *Narben des Vorauswissens* kreneliert. Er steuerte auf die Stelle zu, wo die Puffer der beiden Waggons aneinanderstießen. Eine Doppelkette, um die Tollkühnen abzuhalten. Der Zug schob sich vorwärts, ich sah *den Lächler* aus dem Bereich meiner peripheren Sicht verschwinden wie einen abhebenden Vogel der Lüfte. Er hatte ein Lächeln im Gesicht, er packte die Kette, bekam ein Bein hoch, seine Einkaufstasche sackte ab, ein stummes Sich-Abmühen, er grabschte nach der zwischen den Waggons herunterrutschenden Tasche, da war eine Spanne von Schwärze, da war die Stromschiene, und dann stürzte er seinen Besitztümern hinterher *nach unten*. Zwischen Bahnsteig und Zug. Du lieber Himmel. Die Apologie fiel mir aus den Händen. *Wenn meine Söhne erwachsen sind, möchte ich euch, o meine Freunde, bitten, sie zu bestrafen.* Als ich ihn aus den Winkeln meiner schwachen Augen wie bei der Falknerei abheben sah, sprang ich auch schon auf, ein Rucken ging durch den Zug, dann kam jenes schreckliche hydraulische Ausatmen, das bedeutet, daß *dieses Beförderungsmittel auf absehbare Zeit nicht weiterfährt*, daß dieser Zug *durch ein Hindernis auf den Gleisen aufgehalten* wird. Das gesamte U-Bahnsystem, sämtliche Hunderte von Meilen, ganz Gotham wußte sofort, was es getan hatte; wieder gehörte zu seinen täglichen Phantasmen Knorpel, Sehne, Mark, Plasma. Es hatte einen *Zwischenfall* gegeben.

Da ich ein strammer junger Mann von gut über zweihundert Pfund war – oder eher zweihundertfünfzig, um ehrlich zu sein –, glich ich, als der Zug bremste, einem vorwärts geschleuderten Geschoß, das so gut wie alles und jeden zu zermalmen drohte. Ich stürzte über die zweisitzige Bank dort *auf den Schoß einer Frau*. Sie war zunächst irritiert, wußte nicht, wo wir waren, wo in dem Schmerz und Verstümmelung vorbehaltenen Schöpfungskreis, dem Reich der abgetrennten Gliedmaßen, der Triage, und stemmte sich gegen meine massige Gestalt, *Weg da, verdammt*. Ich sagte: *Hey, Entschuldigung, tut mir wirklich leid, verflucht*. Dann rief die Frau, in deren Schoß ich mein ausladendes, weiches Hinterteil geparkt hatte, einem Bahnangestellten, der sich, machtlos, in unserem Waggon befand und in der Nähe herumstand, mit schwacher Stimme zu: *Ist jemand auf den Gleisen?* Die ältere Frau starrte durch den Wagen auf die Versammlung offizieller Persönlichkeiten draußen, auf die Menschenmenge, die sich um unseren Waggon zu scharen begann. *Ich wußte, daß es passieren würde*. Ein kleiner Latino fragte, die Hand seiner Mutter umklammernd: *Was ist passiert? Was ist passiert? Was ist passiert?* Seine Mutter schüttelte den Kopf.

Nicht enden wollende zwei, drei Minuten lang waren wir in unserem stehenden U-Bahnwaggon eingesperrt. Von außen drückten sich Gesichter dagegen, eine Mauer von Gesichtern, und die Leute spähten in jenen Raum unter dem Zug und waren erst zufrieden, wenn sie das *Warum* wahrgenommen hatten, und dann verkrampften sich ihre Gesichter unbehaglich ob der Information, die sie nun besaßen. Ich beschloß, daß ich nicht zu diesen Leuten gehören würde, zu denen, die *es sehen mußten*. Als endlich ein Mann in Sicherheitskleidung vom Bahnsteig aus die Tür am Ende des Waggons öffnete, gingen die Leute nacheinander hinaus, und das Lautsprechersystem begann periodisch die Mitteilung zu wiederholen: *Damundherrnumaufmerksamkeitfürnedurchsage* … Welch eine Prozession wir bildeten, *Vor ihm her ging Pestilenz, und Plage ging aus, wo er hintrat*, und das erhabene Schicksal fügte es, daß die Frau, die ich beinahe zerquetscht hatte und die sich nun in der Schlange neben mir befand, mich am Arm berührte, *Meinen Sie, er wird wieder?*

Da ich das Trauma als Konvulsion der Vorstellungskraft erlebt hatte, dachte ich: *Wer ist seine Mutter und was hat er zu Mittag gegessen und ist er je mit einem Tragflügelboot gefahren, und hat er je einen Delphin gefüttert und wie alt war er, als er seine Jungfräulichkeit verloren hat und hat er den Unterschied zwischen einem Nadel- und einem Laubbaum gekannt, und wer war bei den Yankees sein Lieblingsspieler, und hat er das Periodensystem gekannt, und wie viele Frauen hat er geliebt, und wer waren sie alle, und sind sie alle glücklich, und haben sie das getan, was sie tun wollten, und hatte er einen kleinen Bruder, und hat er je ein Musikinstrument gespielt, und was denkt die Frau, mit der er sich treffen wollte, im Moment, und was denkt seine Mutter, und hat es ihm den Kopf vom Rumpf getrennt oder das Bein von der Hüfte und kleben seine inneren Organe wie Ragout am Fahrgestell des Expreß?* Natürlich kannte ich die Antworten auf diese Fragen und auch die Antworten auf andere aufgrund meines hochentwickelten Vorauswissens, auch wenn mein Schritt unsicher war und ich mich fühlte, als würde ich gleich umkippen. Ich gab der Frau Antwort; ich sagte poetische Worte, die mir erst kürzlich eingefallen waren: *Ich habe zwei Karten für die Knicks, sie werden gegen Philadelphia verlieren, aber das Ergebnis verrate ich Ihnen nicht. Eine der Karten wollte ich so-*

wieso verkaufen. Machen wir das Beste aus etwas Schlimmem. Bis dahin hatte ich keine Frau auch nur gefragt, ob sie mit mir ausgehen wolle.

Der Sicherheitsmensch an der Tür meinte: *Bißchen Beeilung, wenn's recht ist, wir haben hier einen Notfall.*

Meine Frau, denn das war sie, mein Trost, mein Schicksal, meine Atempause, denn darauf läuft es im wesentlichen hinaus, was ich Ihnen erzähle, *stieg aus*, erstarrte jedoch, mit plötzlich bebenden Schultern auf dem Bahnsteig und hielt sich dabei ein zerknülltes Papiertuch an die Nase, und uns umgaben Menschenmassen, eine Ansammlung verstimmter New Yorker, die spät vom Büro nach Hause kamen oder spät nach Hause zu kommen versuchten, während die Sanitäter mit ihren Tragen die Treppe herunterkamen. In jedem Teil dieser Geschichte treten irgendwann die Krankenträger auf. Zu meiner Frau sagte ich: *Macht nichts, wenn es zu plötzlich kommt. Ich verstehe das. Mir geht es heute abend bloß nicht besonders gut. Ich habe keine Lust, allein zu sein.*

Was für eine Frau war sie? Was für eine Frau war das, die mich infolge jener Katastrophe auf der Seventh-Avenue-Linie ansprach? Was für eine Frau liebe ich jetzt, mit einer Treue, die erst enden wird, wenn meine verschlossenen Arterien ihre Klümpchen in das schwammige Innere meines Schädels schicken werden, so daß ich verstumme und erschlaffe? Ich liebe eine Frau, deren Haar auf nicht unbedingt schmeichelhafte Weise ergraut ist, die nicht einmal merkt, daß sie ständig *größere Jeans* kaufen muß, die große Autos mag, weil sie es nicht gern *unbequem* hat. Ich liebe diese Frau, weil sie eine erstaunliche Vorausahnung besitzt: Ganz gleich wie unsicher, wie niedergeschlagen, wie verloren sich ihr Gefährte fühlt, sie sagt gleichwohl voraus, daß *alles bestens laufen wird.*

Sie gab mir ihre Telefonnummer. Am vierzigsten Tag unserer Bekanntschaft machte ich ihr einen Heiratsantrag.

Bald wohnte ich nahe am Wasser in der Bronx. Nicht weit von City Island. An diesem Teil der Welt gefiel mir, daß die Sümpfe noch lange, nachdem die Stadtplaner versucht hatten, sie zu beseitigen, fortbestanden. Aus den Sümpfen erhoben sich Co-op City, die Rohrkolben und der Müll, der Bruckner Expreßway, und Kinder versuchten, in den Flüssen zu angeln – unbekümmert um Hepatitis, unbekümmert um PCB. Alte, wackelige Landestege, leckende Skiffs, eine Ballung von Motorbooten, alles im Schatten billiger Wohnungen. Frisch verheiratet, wohnten meine Frau und ich in unserem Häuschen mit der fliegengitterverkleideten hinteren Veranda und dem Viertelmorgen Grundstück, und ich hatte gerade den Job im Kleinhandelsressort bekommen, wo ich versuche, Normalverbraucher dazu zu überreden, ihre mageren Ersparnisse zu verzocken. Seit meiner Ausbildung wußte ich jeden Tag, daß ich meinen Job verlieren würde, und manchmal ließ ich mich wochenlang nicht von meiner Frau anfassen, so sehr war ich davon angewidert, wer ich war, von meinen nutzlosen Fleischwülsten, meinen ekelhaften Brüsten, meinen freudlosen Voraussagen.

Sie fragen sich vielleicht, warum mein Bruder bis jetzt noch nicht in diesen Prophezeiungen vorgekommen ist. Haben Sie eine Ahnung, wie es ist, als der biedere große Bruder des begabtesten, des talentiertesten, des verehrtesten Jungen in Ihrer Straße großzuwerden? Eine Ahnung, wie es ist, den Basketballkorb in der Einfahrt zu betrachten und vor sich zu sehen, wie ihr Bruder, ein unbeschreibliches Grinsen im Gesicht, in Zeitlupe daran vorbeischwebt, mit der linken Hand den Ball einnetzt, eine Limo austrinkt, einen Knallfrosch anzündet, alles gleichzeitig, während die Cosa-Nostra-Kids von weiter vorn in der Straße leise fluchen, weil sie beim Zwei-gegen-einen schon wieder verloren haben? Eine Ahnung, wie es ist, wenn Ihr eigener Bruder *Sie bei einem Rauschgift-Deal* reinlegt, bei dem er Ihnen eine Mischung aus Oregano und frischem Basilikum verkauft und dann, um seiner Verkaufsmasche Glaubwürdigkeit zu verleihen, etwas davon mit Ihnen raucht und sich über die Stärke des Zeugs ausläßt?

Mein Bruder Jack weigerte sich, auf den Fluren der New Rochelle High mit mir zu reden, es sei denn, diese Flure waren leer, es sei denn, wir waren allein, und selbst dann antwortete er nur mit *ja* oder *nein* auf Fragen, die damit zu tun hatten, um welche Zeit wir abgeholt wurden oder wann ein bestimmter Zahnarzttermin war. Mein Bruder nahm überallhin einen *Golfschläger* mit, ein siebener Eisen, und schlug damit nach mir. Mein Bruder klaute meiner Mutter zwanzig Dollar aus dem Geldbeutel, um beim Pferderennen zu wetten, brachte vierzig Dollar von der O.T.B. mit, steckte ihr die zwanzig wieder in den Geldbeutel, ließ am Sonntag in der Messe einen Zehner auf dem Opferteller liegen. Mein Bruder mochte mich überhaupt nicht, genausowenig wie er amerikanische Autos, schwarze Jeans, Reformkost, Mädchen ohne Make-up mochte. Mein Bruder Jack mochte es überhaupt nicht, über Dinge zu reden, die nicht nach seinem Kopf gingen, oder über unseren Vater oder über mein *zweites Gesicht*. Er sah gut aus. Er mochte maßgeschneiderte Anzüge. Er mochte es gern, daß seine Socken zu seinem Hemd paßten.

Ich bin sehr zufrieden mit meinen beiden Söhnen, sagte meine Mom müde, wenn wir beide uns stritten, wie zum Beispiel damals, als ich ihn mit einer Axt durchs ganze Haus jagte, Drohungen ausstieß, ihn verfluchte, die Axt schwang: *Ich hau dir das Ding in den Schädel und dann schau ich zu, wie dir das Hirn rausläuft, und dann eß ich das Hirn*. Er schloß sich im Badezimmer ein, und ich hämmerte mit der stumpfen Seite der Axt gegen die Tür, bis ich es geschafft hatte, die Axt *durch* die Tür zu treiben; und er schrie: *Mein Gott, er ist durchgedreht, Mom, hol ihn doch da weg*; meine Mutter wartete geduldig, bis mein Schwung nachließ, meine Kraft erlahmte und ich mich ihr zuwandte: *Warum hat er es immer so leicht gehabt?*

Wie von mir zutreffend vorausgesagt, stritten mein Bruder und ich uns die ganzen nächsten zehn Jahre, mein Bruder Jack und ich, gebrüllte Drohungen an Feiertagen, noch nachdem ich meine Frau kennengelernt hatte, noch nach meiner Hochzeit (mein Trauzeuge war Joey Kaye, der Bursche, dessen Dad Bobby Ehrlich für den Rest seines Lebens in den Rollstuhl befördert hat). Mein Bruder verschwitzte meine Hochzeit, weil er in einem Klub im Village mit Namen Silver Screen gewesen war, wo er das Erforderliche sagte, um eine gewiße Elise, eine Alkoholikerin, dazu zu bringen, daß sie mit ihm in ein Hotel in Yonkers gingen, wo er sich mit ihr von einem Taschenspiegel Lines reinzog und Motel-Pornographie anschaute, den geschwungenen Bogen vergrößerter Brüste, eine abwechselnd verschwimmende und wieder scharf werdende Brustwarze, simuliertes Lustgejaule. Er hatte noch nie eine Frau mit so großen Tätowierungen, und an so ungewöhnlichen Stellen, gesehen. War sie oder die Schauspielerin auf der Mattscheibe so stimmgewaltig? Elise wollte Schauspielerin werden, und ihr Onkel hatte sie *mißbraucht*, aber sie machte Jack, und er sie, zwei Stunden lang phänomenal glücklich, bis ihnen der Talkumpuder ausging, und als sie am Morgen erwachte, war mein Bruder wieder beim Autovertragshändler, bewegte in einem doppelreihigen Armani-Anzug die *Flitzer*, wie er das nannte, und hatte völlig vergessen, daß er auf meiner Hochzeit sein müßte. Ich weiß das alles.

Eines Tages, ein paar Jahre später, klopfte niemand anders als mein Bruder Jack an meine Hintertür, in Kleidern, die auf unheimliche Weise der Kluft der Detektive einer damals sehr beliebten Fernsehserie ähnelte: einem blaßblauen Designeranzug und einem altrosa Polyesterhemd. Er stand vor meiner Hintertür, verstehen Sie, während meine Frau und ich scharfgewürzte Eier mit Petersilie aßen; da stand er in Pastelfarben und lächelte auf eine Weise, die *nichts Gutes* verhieß.

Was hat er hier verloren? fragte meine Frau so laut, daß er die Worte nicht mißverstehen konnte. Sie hatte ihm niemals verziehen, daß er die Hochzeit verschwitzt und uns als Geschenk einen Satz Nistschalen aus Plastik geschenkt hatte, und sie stand, die grüne Papierserviette noch in den Ausschnitt gesteckt, vom Tisch auf der Veranda auf und hastete ins Haus, wo sie irgendwelche Opernmusik auflegte, und zwar laut.

Er klopfte gegen die Aluminiumverkleidung, obwohl ich keinen Meter von ihm entfernt saß. Wir konnten einander deutlich sehen.

Was meinst du wohl, wer da ist?

Oh, hey. Ein verlorengeglaubter Verwandter. Ein gutaussehender Kerl mit einem fadenscheinigen Vorwand.

Ich dachte, ich schau mal vorbei.

Das hast du ja nun.

Was soll das eigentlich? versuchte er's. *Ich wollte sagen, daß mir so einiges leid tut, verstehst du? Mir tut einiges leid, und das will ich klären. Ich dachte, ich komme rüber, und wir reden mal ein paar Takte. Wir könnten das alles klären und ein paar Bier miteinander heben. Über alles reden.*

Er stand immer noch draußen auf der Treppe und beschattete mit der Hand die Augen, obwohl er eine Sonnenbrille trug. Er hatte eine Schramme auf der Wange. Seine Vortäuschungen hatten etwas Ernsthaftes.

Das wäre prima, sagte ich, *aber Tanya und ich haben schon was vor, wenn du's genau wissen willst, deshalb habe ich nur ein paar Minuten Zeit.*

Was habt ihr denn vor?

Schmuck und Edelsteine. Die Ausstellung im Coliseum. Wird ganz schön viel los sein am ersten Tag.

So ging es weiter, jeder von uns suchte Halt zu finden. Kaum vertut sich der eine, grabscht der andere nach dem Halt, drängt sich vor. Bald kam mein Bruder Jack auf sein eigentliches Motiv zu sprechen. Er war schon immer jemand, der nicht lange stillsitzen konnte.

Komm doch mal eben raus, sagte Jack. *Ich will dir was zeigen.*

Die Fliegentür schlug gegen den Rahmen. Ich dachte, ich bringe es hinter mich. Wir gingen durch den schmalen Durchgang zwischen Fratellis Haus und unserem. Fratellis Gartenschlauch lag zusammengerollt am Rand seines Rasens. Fratellis außerordentlich gesunde Floribunda, an der Seitenwand unseres Hauses ein Hahn, der immer noch tropfte, obwohl ich erst vor einer Woche einen neuen Dichtungsring eingesetzt hatte. Ich wollte ein Leben mit einem Minimum an Ärger. *Wehe denen, die sich klug dünken.*

Es war ein goldener Porsche.

Die Fusionen in der Automobilbranche werden sich zügig fortsetzen, und bald wird General Motors Bentleys herstellen, und die gleichen, kaum funktionierenden Motoren, die amerikanische Wagen unter der Haube haben, werden sich bald auch unter den Hauben schicker ausländischer Modelle befinden, und das wird sich günstig auf die Aktienkurse und sogar auf das Bruttosozialprodukt, nicht aber günstig auf die Autos auswirken. Damit erschöpft sich mein Interesse an dem

Thema auch schon. Was, meine lieben Landsleute, ist ein Auto anderes als ein Beförderungsmittel, wie ich erst neulich Sasha Levon aus Forest Hills erzählte, ehe sie Zeit hatte, sich über ihr schwächelndes Portefeuille zu beschweren; ich kaufe mir irgendein Auto, einen Reliant K, einen Breeze, einen Cavalier, das ist mir ziemlich egal, genau wie Tanya, und wir neigen dazu, leere Flaschen auf dem Boden vor dem Rücksitz herumliegen zu lassen, in dem Raum also, den eigentlich Kinder hätten einnehmen müssen. Für mich war ein Porsche einfach nur ein Auto, und ich sah dahinter hauptsächlich irgendeinen Gangster oder Junk-Bond-Händler, der zu dicht auf einen auffuhr und mit einem Handy telefonierte, während er einem den Vogel zeigte. Mit Porsches, Jaguars oder Corvettes hatte ich nichts im Sinn. Ich drehte mich nach meinem Haus um. In einem Fenster im ersten Stock sah ich meine Frau Tanya. Ein Vorhang fiel über ihr Gesicht.

Ist das nicht eine Schönheit?, fragte mein Bruder hastig. Er meinte den Wagen.

Was soll das eigentlich, mir den Porsche da zu zeigen? Bringen wir die Sache hinter uns, okay?

Was hast du's denn so eilig?

Der Wagen war verbeult. Und zwar auf eine Weise, die mir exakt einen früheren Unfall und ein früheres Opfer ins Gedächtnis zurückrief, das heißt, die Beifahrerseite war eingedrückt, ein Scheinwerfer völlig hinüber, und ich bin mir ziemlich sicher, daß die Achse verzogen war und den vorderen Kotflügel so verbogen hatte, daß er an der Ölwanne scheuerte. In meine Einfahrt lief irgendeine irisierende Schmiere.

Gerade habe ich die Einfahrt abgespritzt.

Hey, tut mir leid, sagte Jack. *Hör zu, ich will bloß wissen, ob ich die Karre ein paar Tage in deiner Garage unterstellen kann.*

Ich sah auf meine Timex mit imitiertem Cordovan-Armband und fragte mich, *wieso er achtzehn Minuten* für diese Bitte brauchte. Er hatte seinen Vertragshändler, bei dem er arbeitete, er hatte seine Mechaniker, die ein paar Dellen heraushämmern würden, ohne Fragen zu stellen, und er hatte immer damit geprahlt, daß er mir *ohne weiteres* einen TÜV-Aufkleber besorgen könnte. Sie ließ nichts Gutes ahnen, seine Bitte, und ich fragte, weshalb ich den Wagen bei mir unterstellen müsse, und er sagte, er habe ihn ganz in der Nähe kaputtgefahren, auf der Straße am Fluß, und er habe einiges zu erledigen, außerdem schon Punkte auf seinem Konto, und wolle es bloß ein paar Tage dalassen, das würde überhaupt keine Umstände machen, und er würde mir als Gegenleistung einen Kasten Bier oder so was spendieren.

Und in diesem Moment bemerkte ich das Blut im Wageninneren. Das Innere des Porsches war mit Leder verkleidet, rotem Leder, und auf dem Armaturenbrett, auf der Schaumform, wo später der Airbag hingekommen wäre, war Blut, ein getrockneter Blutfleck, wo eine Stirn gegen die Windschutzscheibe geprallt war, und ich beäugte ihn kritisch, die Unvermeidlichkeit, mit der ein weiteres Leben zu Ende gegangen war, sein Scheitern, das Scheitern eines auf das Leder verrinnenden Lebens.

Ist das Blut da im Wagen?

Was redest du denn da? antwortete mein Bruder.

Ich habe gefragt, ob das Blut ist.

Im Wagen ist kein Blut. Ich weiß gar nicht, wovon du redest.

Warum war vergossenes Blut stets ein Emblem meines beschwerlichen Gangs durch die Welt, warum diese Körperteile, dieser Regen von Stückchen körperlicher Substanz, warum dieses unterm Knie gezackt gebrochene Stück Schienbein, an dem noch Muskelfetzen hingen, warum, in meinen Träumen, die Krankenträger, warum die toten Jungen, die wuchtigen Kollisionen, wieder und wieder, warum das Schauspiel, wie junge Männer gegen feste Objekte prallten, warum der Laternenpfahl mit dem darumgewickelten Wagen des Betrunkenen, eine Hand vom Gelenk getrennt und fünfzehn Meter weit weggeschleudert, Wirbel wie Popcorn über die Schalensitze verstreut?

Ich sagte: *Schaff deine Karre hier weg, und zwar sofort, was denkst du dir eigentlich, das Ding hierherzubringen? Ist in dem Wagen jemand umgekommen? Willst du mich zum Komplizen bei dem ganzen Mist machen, den du da baust? Als hätte ich nicht schon genug am Hals! Was hast du hier zu suchen? Ich bin nicht mit dir verwandt, ich habe nicht einen Charakterzug mit dir gemeinsam.* Zunächst war ich laut, zugegeben, aber dann wurde ich leiser, weil ich *wußte,* mitten in meiner Tirade plötzlich wußte, daß dieser fragmentarische Haufen Leute, diese Ansammlung verlorener Seelen, meine Familie, daß sie nun weiter davonschossen, wie ein ferner, sich rasend schnell entfernender Rand des negativ sphärischen Universums, daß sie während dieses Gesprächs weiter weg waren und, wenn dieses Gespräch vorbei war, *unmöglich weit weg* sein würden – Cousins und Cousinen, Tanten, Onkel aus dem alten, zweipoligen Irland, mein Vater, und daß nur noch der Tod meiner Mutter zu überleben blieb, meiner Mutter, die allein in ihrem kleinen Haus in New Rochelle saß, einen Block neben einer verrammelten Main Street, und wenn mein Bruder in seinen Porsche stieg – der, wie ich nun sah, vorne links einen Platten hatte –, dann würde auch der letzte, ungewisse Rest meiner Zukunft gewiß sein.

Mit einem Schlenker seiner Hand, an deren kleinem Finger ein Ring saß, versuchte mein Bruder mich zu beschwichtigen. *Ich bin weg, so schnell kannst du gar nicht gucken. Mann, da komme ich extra her und singe Liebeslieder, und du schmeißt mich trotzdem raus.*

Es folgte der Rückzug meines Bruders Jack, blonder Händler mit Hochleistungsautos, künftiger Besitzer einer Vertragswerkstatt. Ich wartete auf die Sprache der Drohungen, doch sein Abgang erfolgte in augenblicklichem Schweigen. *Nicht will ich strafen eure Söhne, daß sie Unzucht treiben.* Ich wußte es. Ich wußte es. Ich wußte, wo die Polizei die Leiche der armen Elise aus dem Klub mit Namen Silver Screen finden würde, nämlich draußen im Wald am Rand des Golfplatzes in Pelham. Am Rand dieses Golfplatzes gibt es immer Ärger, wissen Sie, weil es der Rand von New York City ist, der Beginn der Vorstadt, und jede Schwelle braucht ihre Dunkelheit, und deshalb wurde Elise, die als junges Mädchen mißbraucht worden war, an den Rand dieses Waldes gefahren, wo sie mit meinem Bruder Wein trank, und sie küßten sich, sie tollten herum, sie lebten ein Leben, wie sie es noch nie gelebt hatten, und dann nahmen sie eine unbefestigte Straße dort, am Rande des Kanals, wo es nur ausgebrannte Autowracks gab, bis auf das qualmende äußere Chassis geplündert, Steuersäule, Stoßdämpfer, Scheibenbremsen, Polster, alles weg, und mein Bruder fuhr auf dieser Straße, wo vierzig vorgeschrieben waren, mit sechzig gegen einen Baum, der Aufprall machte Elise bewußtlos, er warf sie aus dem Wagen, schmiß ihren Ehering weg, ließ dann, nach dem Besuch bei mir, den gestohlenen Wagen stehen, den Wagen, mit dem er in die Stadt gekommen war, um sie oder jemanden wie sie zu beeindrucken, und er watete direkt hinter dem Wald in den leblosen Fluß, tauchte in seinem Armani-Anzug darin ein und trieb in narzißtischer Träumerei stromabwärts. Hinterließ keine Spur.

Erinnern Sie sich noch an Melissa Abdow? Das Mädchen, das Bobby Ehrlichs Unfall beobachtet hat? Etwas

Erstaunliches ist passiert. Sie hat letzte Woche angerufen, auf der Arbeit. (Sämtliche Flächen in meinem Kabuff sind entsetzlich nackt. Mein Rolodex ist leer. Das da ist ein Foto von Tanya in einem gelben Kleid.) Sie wollte einen kleinen Rat zur Umkehrung der Renditekurve, *Wie wird sich das auf Schatzbriefe als eine konservative Geldanlage auswirken?* Sie und ihr Mann wollten für das Collegestudium ihres Kindes ein bißchen was auf die Seite legen. Und sie hat meine Nummer von jemandem bekommen, der sie von jemand anderem hat. Die Recherche hatte an diesem Morgen mit ein paar enttäuschenden Neuigkeiten von den Märkten aufgewartet. Gerade lief es auch über meinen Computerbildschirm. *Der Segen des Himmelreichs* für Händler mit festverzinslichen Wertpapieren, *der Reiter erhebet sein glänzendes Schwert.* Die Erstausgabe von Anteilen für das neue Web-Portal wird schnell verkauft sein. Melissa erkundigte sich nach meinem Bruder. *Wie geht's eigentlich Jack?* Irgend etwas in meinem Tonfall veranlaßte sie zu der Frage, das wußte ich, und dennoch konnte ich mich nicht bremsen. Falls eine Stimme Sorgenfalten haben kann, dann hatte die von Melissa welche, als sie mich fragte. *Meinem Bruder? Meinem Bruder, Melissa?* Ich fing an und konnte nicht mehr aufhören. Ich gab zu, daß ich meinen Bruder seit Jahren, seit sieben Jahren nicht mehr gesehen hatte, daß er eine nette Frau namens Elise geheiratet hatte und ich nicht bei seiner Hochzeit gewesen war, weißt du, *Denn ich plagt euch mit Dürre und Brandkorn,* weil ich mich schämte; er hatte nicht lange vor der Hochzeit den Porsche von Elises Bruder kaputtgefahren, sich dabei ziemlich schlimme Schnittwunden zugezogen, und er kam hilfe- und ratsuchend zu mir, und ich habe ihm die Tür gewiesen, *und du weißt ja, wie es mit Brüdern ist, Melissa, du weißt ja, wie es ist.*

Meine Frau ruft immer wieder die Kellertreppe hinunter, wo ich sitze, in Dunkel gehüllt, und Holzschrauben an einem kleinen Rennwagen festziehe, den ich für meinen Neffen Danny gebaut habe. Ich habe ihm viele Spielzeuge gebastelt. *Ein Tag voll Dunkelheit, ein Tag voll Wolken und tiefer Dunkelheit, da der Morgen sich über die Berge breitet,* mit dem Ungeziefer ist es ziemlich schlimm hier unten, *Nimm mich und wirf mich ins Meer.* Dieser Keller mit seinen Hohlblocksteinen und der nackten Glühbirne, der gefällt mir. Sieben Jahre mittlerweile, eine biblische Spanne, und es war nur eine Kleinigkeit. Ich war wohl ein nervöser, ängstlicher Mensch, mit dem schwer auszukommen war; erstaunlich, daß ich meinen Job so lange behalten habe, wo ich doch nicht zu trösten bin. Es ging doch bloß um ein Auto, das ich nicht in meiner Garage haben wollte, man sollte doch meinen, daß es nun reicht, daß es sich vergessen ließe. Dabei habe ich den Sohn meines Bruders noch nicht ein einziges Mal zu Gesicht bekommen, außer auf der Weihnachtskarte, die letztes Jahr gekommen ist (sein Haar gleicht einer Krone aus Goldrute), und dann ist da Elise mit den rotblonden Lichtreflexen, ich bekomme nicht allzu viele Karten, nun mache ich mir hier schon fast seit einer Woche Sorgen um den Jungen und warte auf den Anruf meines Bruders, unser Chevy ist vollgetankt und bereit. Es gab einmal eine Zeit, da jeder die Zukunft kannte, doch ein paar kluge Typen beschloßen *zu vergessen, was kommen würde,* so wie wir alle irgendwann beschließen, die Vergangenheit zu vergessen. Vergesser zogen viele Kinder groß und verfertigten Loblieder, *Ich hebe meine Augen auf zu den Bergen, von welchen mir Hilfe kommt.* Bitte mach, daß ich wieder Unrecht habe. Was diesen kranken Jungen angeht. Mach, daß ich Unrecht habe.

Hawaiische Nacht

Am Eingang zum Badehaus eine Limbo-Bar mit Girlanden aus Luftschlangen. Thunfisch auf Schisch Kebab und Ananasscheiben in Servierbehältern aus rostfreiem Stahl, zu einem Büffet angerichtet. Am Rand der Snackbar der Student, der Golfunterricht gab, mit Kochmütze und Blumenkranz beim Zerteilen eines Spanferkels. Vom begehbaren Küchenkühlschrank aus hatte der Rumpf das Personal *über fünf Tage lang* bedroht. Der kleine Olson, von seinen Eltern flankiert, wie er die Frage stellte, ob sie *das Ferkel, na ja, am Spieß gebraten* hätten. Naheliegende Frage unter den gegebenen Umständen, der Hawaiischen Nacht. Von einem Spieß allerdings weit und breit nichts zu sehen. Durch den Patio wehten, aus einem verborgenen Lautsprecher, die Klänge einer polynesischen Slide Guitar. Don Ho.

Lena Beechwood, an Tisch Nummer eins (meinem Tisch, obwohl sie nicht mit mir verwandt war), sorgte sich laut über ihre Crew für die Round-Island-Regatta und spickte ihre Sätze mit feinen Spitzen: *Pete Evans hat mitten in der Memorial Day Regatta seinen Klüver verheddert, hat einfach die Schot losgelassen.* Sie hatten den zweiten Platz belegt, dabei hätten sie ohne weiteres gewinnen können, und deshalb *ist er nicht zu gebrauchen, einfach nicht zu gebrauchen, man kann sich einfach nicht auf ihn verlassen.* Sie könnten Evans' Frau Hunter nehmen, aber die sei von der Geburt der Zwillinge noch etwas schwerfällig und habe vielleicht nicht die Energie und die Reflexe. Der zweite Platz geht an die Müden, die Trägen.

Die nordöstliche Sonne glitt, eine pinkfarbene Hutschachtel, in einen Dunststreifen, während die Kinder

der Hawaiischen Nacht ihre vorgeschriebenen Jacketts und Krawatten oder Strickjacken und flachen Schuhe ablegten und auf dem Rasen herumzutollen begannen. Die Costellos, Dan, Pete und Gretchen; der entsetzlich kluge Sam Harvey, der die Flachsköpfe aller anderen einschüchterte; der kleine René Hennessy mit dem platinblonden Bürstenschnitt und dem französischen Akzent – seine Eltern waren in die Pariser Niederlassung versetzt worden, aber für August über den großen Teich zurückgekommen; Marilyn Wendell, die fast sicher ebenso füllig wie ihre Mutter werden und sich, wie ihre Mutter, *bis zu dem bewußten Tag* mit sämtlichen einheimischen Jungs einlassen würde. Insgesamt vielleicht zwei Dutzend Kinder, austauschbar kraft ihrer langjährigen Bekanntschaft; austauschbar kraft ihrer äußerlichen Ähnlichkeiten untereinander; austauschbar kraft der im Lauf der Jahre entstandenen, verborgenen Verwicklungen ihrer Eltern oder kraft der Zeiten. Vielleicht lag es einfach nur daran, daß alle Kinder ein Stamm, ein Reich, eine Spezies waren, ein einziger vibrierender, pulsierender Korpus aus Geschwindigkeit, Sprache und Begeisterung.

Andrew Grimms Sohn und Tochter tollten ausgelassen herum, obwohl Andrews Frau vergangenen Sommer gestorben war. Zusammen mit Ellen Moss und einem Cocktailshaker waren die Grimms in der Abenddämmerung mit dem Rennboot losgefahren, um Hausgäste abzuholen, die die letzte Fähre verpaßt hatten. Im Zuge einer kleinen Demonstration für Ellen, wie schnell die *Pretty Young Thing* sein konnte – sie am Ruder, er am Gas, Andys Frau Debby als entspannte Zuschauerin des Ganzen –, hatten sie ein breites Kielwasser gequert. Ein Motor fiel aus, das Boot hob sich in die Luft und sie flogen in einer Spirale nach Backbord und wurden in die herrliche Bucht geschleudert. Außenborder frei liegend in den Schatten über den dreien. Es folgte eine Tragödie. Während Andy, Debby und Ellen, anfangs unter nervösem Lachen, im Wasser schaukelten, untertauchten, brustschwammen, schwenkte das unbemannte Boot unheimlicherweise nach links auf seinen repetitiven, kreisförmigen Kurs ein, schlug einen Bogen und hielt auf die drei Schwimmer zu, die es mit seinen neunzig Stundenkilometern (zweiundneunzig, wenn man die Motoren leicht kippte) nicht aufnehmen und ihm nicht ausweichen konnten. Das Boot rammte Andys Frau und zerschmetterte eine Vielzahl von Wirbeln. Andy Grimm fungierte als verzweifelter Zeuge, während das Boot seinen unheilvollen Kreis zwischen ihm und der verletzten Frau hindurchzog. Ellen Moss war gerade hinter den Perimeter der konzentrischen Ringe geschwommen, die die *Pretty Young Thing* klatschend und gischtverspritzend beschrieb, und rief übers Wasser hinweg Debby an. *Rühr dich nicht!* Dann riskierte Ellen Moss von Foyle, Decker, Greenwood und Peacock, Unternehmensberatung, Ellen Moss mit den Tennisröcken Größe vier, mit der Sammlung antiker Porzellanminiaturen, riskierte diese Ellen Moss Leib und Leben, beides hoch versichert, indem sie zu Debby Grimm schwamm, um sie vor weiterem Schaden zu bewahren, sie in den Armen zu halten, während sie das Bewußtsein verlor, ihr, so gut es ging, liebe Worte zuzuflüstern: *Nur einen Moment, ja?*, während Andy, von der Bedrohlichkeit der Ereignisse gelähmt, zusah. Endlich warf ein vorbeikommendes Rennboot seine Leinen aus und fischte die Schwimmenden aus dem Meer, und dann ging der Ärger erst richtig los. Debbys Puls fibrillierte und setzte dann ganz aus. Die Küstenwache versuchte mehrere Stunden lang dahinterzukommen, wie den zirkulären Imperativen der mit neunzig Stundenkilometern erfolgenden ewigen Wiederkehr der *Pretty Young Thing* Einhalt zu gebieten wäre. Dann blockierte man die Schraube mit einem Treibnetz.

Doch hier waren Debbys Kinder bei den anderen auf dem Rasen, und damit war bewiesen, daß man sich eines Sommers aus dieser schönen, bunten Existenz verabschieden konnte und die Hawaiische Nacht im nächsten Sommer reibungslos über die Bühne ging, genau wie die Tanzveranstaltungen dienstagabends, die jährlichen Beschwerden über die Klubbeiträge und so weiter. Die Tennislehrerin, Marla, scheuchte Robby Pigeon aus der Schlange vor dem Eiswagen, wo er einen Portionierer stibitzt hatte und ihn nun ausschlabberte, seine Erdbeerwonnen auskostete, den Eisbecherbereiter des Klubs mit seinen kindlichen Keimen verunreinigte, dicht gefolgt von den Grimm-Kindern, die kicherten. Marla, so schien es, trug grüne Plastikpalmwedel, ein Südpazifikgefieder, über dem vom Tennisverband empfohlenen Weiß, während sie die Kinder am Getränketisch vorbeijagte.

Als nächstes erahnten sämtliche Kinder der Hawaiischen Nacht auf einmal, daß sich die Blumenkränze, die auf einem Fließband in Edison, New Jersey, gebunden, gefaltet und gerafft worden waren, entflechten, strecken und umfunktionieren ließen, so daß sie altem Fernschreiberband ähnelten, und sich auf eine Länge von über fünf Metern ausdehnten, was in etwa der Gesamtlänge von Lena Beechwoods kleinem, schlankem Segelboot zur Inselumrundung entsprach. Andy Grimm, den man zuletzt in Khakihose, blauweißgestreiftem Oxfordhemd mit Button-down-Kragen, beigefarbenem Kordjackett und weißen Tennisschuhen gesehen hatte, tauchte, nur noch mit seiner Hose bekleidet, aus einer wachsenden Population von Kindern auf, in der Hand das orangefarbene Band, das seins gewesen war, wie ein Banner, mit dem er diesen Klub, diesen Rasen, diesen Abend, diese Lebensweise zu seinem eigen proklamierte, wo ihn noch vor Minuten nur die Gegenwart beschäftigt hatte, als er vom Ende von *Platz Nummer drei* zu den Adirondack-Stühlen am Swimmingpool hinübergerast und so seinen Anspruch auf den mit *Flachwasser, Springen verboten* gekennzeichneten Teil angemeldet hatte. Ich muß gestehen, ich hielt den Atem an, während ich durch besorgte Beschwörung eine weitere Grimmsche Katastrophe abzuwehren suchte, bei der der kleine Drew über die Adirondack-Stühle stolperte, kurz in der Luft schwebte, Schwere gewann, die Wasseroberfläche der flachen Seite des Pools durchstieß, auf dem Boden aufschlug, sich den Schädel brach und dann tot in der Untiefe dümpelte, dieweil Andrew Grimm, Manager einer Versicherungsgesellschaft, seinen nächsten Klagegesang anstimmte. Aber nichts würde in dieser ausschweifenden Hawaiischen Nacht geschehen, da fünf, zehn, zwölf, fünfzehn Kinder einander mit tropischen Dekorationen in der windigen, feuchten Vorphase eines Spätsommersturms jagten.

Durch den Einbruch der Dämmerung schalteten sich die automatischen Sprenger ein, die die Har-Tru-Plätze wässerten.

Die Kinder begannen sich naß zu machen.

Geisterhaft erschien ein Großvater aus einem vernachlässigten Kreis von Großvätern oben an der Treppe, wo ich mit einer Kamera saß, die ich nie aus ihrem Futteral nehmen würde. Wessen Großvater, weiß ich nicht, obwohl es nicht schwer gewesen wäre, in dem salz- und pfefferfarbenen Gefranse im Nacken und an den Seiten, der aufrechten Haltung, den fehlenden Socken, dem *franconiagrünen,* aus einem der größeren Kataloge bestellten Zopfmusterpullover Überzeugungen, familiäre Wesenszüge, Ähnlichkeiten wahrzunehmen. Ich erkannte ihn natürlich, denn es war noch keine Woche her, da hatte ich ihn auf dem ersten Fairway mitten in einem

Übungsschwung erspäht, als es gerade seine ganze obere Brücke herausschleuderte, so daß Golfball und falsche Zähne, in unterschiedlichen Richtungen, in jenem großen, vertrackten Sandbunker knapp hinter der Hügelkuppe landeten.

Nun sieh sie dir an, sagte der Großvater mit oratorischer Autorität. Während die Kinder unter Tennisplatzfontänen herumtobten. *Nun sieh sie dir an. Für gar nichts dankbar, nicht für die Sprenger, nicht für den Mond, nicht für den salzigen Wind, der durch den Nebel bläst, nicht dafür, daß solche Ereignisse stattfinden. Als ich in dem Alter war, hatte ich in der Schule eine Lehrerin, an deren Wagen der Kotflügel verrostet und abgefallen war. Hab sie damit immer zur Schule kommen und nach Hause fahren sehen. Sie hat immer gewunken, war immer fröhlich, aber es war klar, daß sie sich keinen neuen Kotflügel für ihren Wagen leisten konnte, weiß der Teufel warum. Ich glaube, es war ein Pontiac. Also machte ich folgendes: Ich veranstaltete eine Sammlung unter meinen Klassenkameraden. Es war nicht Weihnachten oder Sei-nett-zu-deinem-Lehrer-Tag oder so was, und ich wollte damit auch nicht einer Bestrafung entgehen oder mich bei meiner Lehrerin beliebt machen oder irgendwas in der Art. Jeder steuerte einen Dollar bei, oder vielleicht steuerten auch die Eltern einen Dollar bei, soviel eben nötig war. Mein Vater kannte einen guten Mechaniker, der seinerseits einen guten Ersatzteil-Menschen kannte, eins führte zum anderen, und am nächsten Tag überreichten wir Mrs. Pendleton in der Schule einen neuen Kotflügel für ihren Pontiac. Damals war ich genauso alt wie die Kinder da draußen, keinen Tag älter. Ich habe selber reichlich schwere Zeiten durchgemacht, Zeiten, in denen bei uns zu Hause öfter rote als schwarze Zahlen geschrieben wurden, so alt bin ich schon, aber ich konnte es mir trotzdem leisten, Mrs. Pendleton zu helfen, als ich so alt wie die Kinder da war.*

Ein Hurrikan kam die Küste herauf. Das stand jetzt praktisch fest. In den kommenden Stunden würden wir unsere großen Fenster vernageln und unsere Motorboote sichern. Immerzu schien in diesem Spätsommermoment Debby Grimm zart aus dem Himmel im Westen, irgendwo zwischen hier und dem Festland, zu fallen und die *Pretty Young Thing* ihr nachzustürzen, und wir fühlten, was wir zu fühlen ertragen konnten, suchten Zuflucht in unseren Gärten oder Patios, entzündeten Gasgrills, marinierten Rippchen, schälten genetisch veränderte Maishybriden. Die *Pretty Young Thing* erschien aus dem Nebel, und ich vermerkte ihre Bahn – wie sie sich nach Backbord aus dem Wasser hob, auf den Strandkies schlitterte, sich überschlug und in Flammen aufging.

Ich verspürte das starke Bedürfnis, den Küchenchef in die Enge zu treiben, ehe ich mich zu irgendeiner *Limbo-Unterhaltung* begab. Wie lautete das Rezept für diese Calamari? Während ich mich dem Ballsaal des Klubs entgegenstahl, kam schweigend Andy Grimm persönlich vorbei, in seinem Kielwasser die unverkennbare Schärfe von *Reue und Überleben.* Gleich darauf bemerkte ich das Folgende, katalogisiert auf dem schwarzen Brett neben dem Trinkbrunnen: *Eric Pigeon, U-14-Tennis, goldenes Band. Handmaid's Shoppe, Designerstücke bis zum Kolumbustag 50% reduziert. Verloren: Männerehering, Nick Fox anrufen.*

Wer würde dem Boden am nächsten kommen, während afrokubanischer Jazz dank seiner Vertrautheiten alle meine früheren Sommer wie auch die letzten Tage des Batista-Regimes wiederaufleben ließ, Glücksspiel, Prostitution, katholische Häresien. Familien versammelten sich, Mütter legten ihren Söhnen die Arme auf die Schultern, feuchte Kleinkinder spielten unter einem alten

Konzertflügel, den man in eine Ecke hinter Vorhänge geschoben hatte. Sterling McGeeney, die sich in zehn Tagen in Yale immatrikulieren würde, wie schon ihr alter Herr und dessen alter Herr, wiegte sich, die Ellbogen an die Hüften gedrückt, wie eine Ekstatikerin und schlüpfte unter der Stange durch. Verheiratete Männer wandten die Blicke ab. Sterlings Schwester Eveline blieb mit einem bauschigen Ärmel an der Stange hängen, riß sie herunter und wurde disqualifiziert. Alice Pigeon, ihr Partykleid so feucht, daß es praktisch durchsichtig war, schob sich darunter durch. Man hörte Gewieher von Holzblasinstrumenten. Der Klubmanager zog Pflöcke heraus, legte die Stange tiefer. Sie lag nun so dicht über dem staubigen Tanzsaalboden, daß sie keinen Durchgang auf *die andere Seite* gewährte, in das Lagerhaus der unendlichen Kindheiten. Claire Barnaby, eine Sonnenblume von einem Mädchen in unaufdringlichem Flanellrock und Pullover, fest entschlossen, darunter durchzukommen, scheiterte. Sterling McGeeney hatte trotz früherer Erfolge nun ebenfalls Pech. Die Limbostange vibrierte, die Nadel wurde von dem alten Plattenspieler gehoben und Dave, der Golfmanager, heuchelte gutmütige Enttäuschung. Die nächste Teilnehmerin war Celine, die melancholische Tochter der Grimms.

Muß ich eigens darauf hinweisen, daß ich selbst keine Kinder hatte, daß ich mich den Kindern auf jener Seite des Tanzsaals nicht mehr zugehörig fühlte? Gut zwanzig Jahre Unterricht in Etikette und Racketsportarten, gut zwanzig Jahre des Werbens um die Zuneigung von Cary Evans und Nina Oxford, gut zwanzig Jahre gestohlener Drinks, Hirnhautentzündungen und Blechschäden, das lag alles hinter mir, obwohl ich noch immer versuchte, mich zu den lateinamerikanischen Rhythmen, die diesen Abend begleiteten, über die Tanzfläche zu schieben. Auch gehörte ich nicht zu den Vätern und Müttern, deren Freizeit von den Privatschulbewerbungen ihrer Kinder, Hypotheken mit variablem Zins, Schlupflöchern bei der Kapitalertragssteuer oder den Entbehrungen langjähriger Ehen beansprucht wurde.

Meine Rolle war die eines Beobachters. Darin war ich nicht schlecht.

Celine Grimm, lachend, an der Schwelle. Wenn sie darunter durchkam, ihren Körper schmaler machte als einen Erste-Klasse-Umschlag, gefüllt mit schlechten Nachrichten, würde sie vielleicht in einen Schwarm Möwen oder Kormorane gerissen, und das wäre dann das letzte, was wir von ihr sähen, während sie einer Erste-Klasse-Kabine im Himmel entgegenflog. Deshalb freute ich mich, als auch sie, wie schon ihr Bruder und wie wir alle *zu unserer Zeit*, die Limbostange berührte. Es gab keinen Gewinner. Die Hawaiische Nacht strebte zügig der Ruhe entgegen. Wir vom Nordostatlantik gaben den Inselbewohnern des Pazifik ihr paradiesisches Erbe zurück, gaben ihnen die Bilderwelt der Reiseprospekte zurück. War ich von einem simplen Sturz in Dunkelheit je so übersättigt gewesen? Wir sammelten verirrte Kinder ein, wir suchten nach herrenlosen Kleidungsstücken, ein blaues, über das Netz von *Platz Nummer drei* drapiertes Band, ein paar voneinander getrennte Joggingschuhe, wir legten die Strandbälle in den Schrank im Klubhaus zurück, hoben die Puppe auf, die auf dem gekiesten Parkplatz hinter dem Pool lümmelte. Irgend jemandes Cockerspaniel apportierte einen moosigen Tennisball, legte ihn mir zu Füßen und ließ sich nicht besänftigen, bis ich ihn erneut warf. Nur Augenblicke später war der Hund wieder da.

Schublade

Sie nannte das Ding *Armoire,* und genau das war das Problem, genau deshalb hatte er es auf den Strand hinter dem Haus geschleppt und über eine Woche hinweg seine Weiterentwicklung verfolgt: wie die Elemente in all ihren Spielarten auf *ihren Armoire* eindrangen, das Drama der Erosion auf *ihrem Armoire,* ein Winter stetigen Regens, und wäre sie bereit gewesen, den *Armoire* wie jeder andere *Kommode* zu nennen, wären sie vielleicht nie zu diesem Moment gelangt oder wäre vielleicht *er* nie zu diesem Moment gelangt, hätte sich nicht auf dem Sonnendeck wiedergefunden, im Regen, wie er auf den Strand hinausblickte, auf den *Armoire* hinausblickte, der bis zur untersten Schublade im Sand vergraben war (das Werk der Gezeiten), Seetangstränge wie Accessoires drumherum arrangiert, graues Treibholz, Lobsterbojen, eine Cloroxflasche, eine rote Plastikschaufel, der rosige, abgetrennte Arm einer pummeligen Puppe, das Gezwitscher von Regenpfeifern, allein auf dem nassen Sonnendeck, mit einem harten Drink, obwohl der Tag noch ganz neu war, mit einem De-Luxe-Brecheisen von Sears mit lebenslanger Garantie, das er an dem *Armoire* auszuprobieren gedachte, wenn Sie's ganz genau wissen wollen, speziell an der obersten Schublade des *Armoire,* die nun verschlossen war, wie sie in seiner Gegenwart stets verschlossen gewesen war, obwohl es ihn damals, als sie den *Armoire im Sheraton-Stil des achzehnten Jahrhunderts* auf einem Flohmarkt in der Stadt gekauft hatten, nicht gestört hatte, daß die Schublade verschlossen war und sie den kleinen antiken Schlüssel mit den zwei Zähnen an sich genommen hatte, *eigentlich hätte jeder imstande sein müssen, dieses verfluchte Schloß zu knacken,* die Schublade aufzukriegen, doch er hatte sie trotz all seiner Leistungen in der Welt des *Franchise-Merchandising* nicht aufgekriegt, oder vielleicht hatte er sie ja doch aufgekriegt und es bloß vergessen, zu vergessen gab es einiges in den letzten paar Tagen, vielleicht hatte er die Jungs mit der Kühlbox und der Frisbeescheibe gefragt, die zufällig am Ufer entlanggekommen waren, vielleicht hatte er sie gefragt, ob sie ihm helfen könnten, diesen *Armoire* aufzukriegen, sogar ihr Wort hatte er benutzt, als er fragte, doch die Jungs waren zurückgewichen, höflich zunächst, dann vehement, in eine vorübergehend strahlende Dämmerung, noch nachdem er ihnen nachgerufen hatte: *Nun seid doch mal ein bißchen nett zu einem Nachbarn! Ich kenne tausendundeinen Witz!* Hatte ihn anfangs überhaupt nicht gestört, daß er keinen Schlüssel zu ihrem *Armoire* hatte, keine Sprache, um das Wort mit ihr zu teilen, die Sprache, die einen *Armoire* einen *Armoire* nennt, nicht *Kommode,* nicht *Kasten,* wie sein Vater und dessen Vater dazu gesagt hatten, hatte ihn nicht gestört, daß der *Armoire* beim Umzug ans Meer beschädigt wurde, *bloß eine kleine Macke an der Seite, bloß eine Kerbe,* aber sie war an die Decke gegangen, sie hatte Fotos von dem *Armoire* gemacht, schlecht ausgeleuchtete Polaroidbilder, sie hatte den Disponenten der Spedition angerufen und *Entschädigung verlangt,* obwohl sie hundert andere Möbelstücke hatten, Liegestühle, Himmelbetten und ein *gemeinsames Konto,* und sie hatte ihr eigenes Zimmer, in dem sie arbeiten konnte (in einem erdrückenden Blau gestrichen), und er hatte sie zufrieden gelassen, war Schlaflieder pfeifend am Strand entlang gegangen, aber er hatte nie gelernt, wie man das Wort *Armoire* halbwegs überzeugend sagt, dabei hätte er auch noch *Demitasse, Taffeta, Lüster, Menuett* gesagt, ja er wäre grau geworden bei dem Versuch, alle diese Worte zu lernen, er wäre zum *alten, unbelehrbaren Hund* geworden bei dem Versuch zu lernen, wie man derlei sagt, vermutlich auch wie man *Ich liebe dich* sagt, zum einsamen Hinterhofhund auf bloßen Füßen auf dem Küstensand, das stattliche Gewicht einer Brechstange und die Art und Weise, wie Holz unter einem solchen Angriff nachgibt, er würde das verdammte Ding Brett für Brett verbrennen und das Haus mit ihrer Vergangenheit heizen, würde ihre Tagebücher verbrennen, Blatt für Blatt, in dem *alten spitzbäuchigen Ofen,* Wetterbeschreibungen, locker-flockige Schilderungen gesellschaftlicher Ereignisse, er würde ihre Verschlossenheit verzehren und ihre Geheimnisse, die so verborgen waren, daß sie sogar ihr selbst verborgen blieben, Herrgott, diese Leute, von denen man nie auch nur das geringste bekam.

Pans holde Scharen

Holdseligster Monarch unseres Reiches, *großer König,* erwecke in mir, einem niedrigen Häutegerber, ein rechtschaffen Lied, da ich mich anschicke, die Geschichte deiner Herkunft zu erzählen, für Stadtbewohner die Legenden der Provinz auszuspinnen, von wannen du gekommen, jener wilden nördlichen Provinz der Straßenräuber, die sich Reisenden mit stumpfen, ummantelten Blechen nähern, welche daselbst *Gummiwischer* geheißen, oder wie du seinerzeit von den fruchtbaren Landgütern von *Jersey* kamst, um über dieses Fürstentum von Skribenten und etlichen Musikanten zu herrschen, und wie du Schurken von händelsüchtigem Schlage Redlichkeit eingebleut. Leite mich, wie du andere geleitet hast, ewiger Administrator, *mache deine Zunge zu der meinen,* da meine Inschriften diesen Stein bedecken und ich den in der Krippe Liegenden und denen, so auf dem Krankenlager ranzen und stinken, von deiner Herrschaft erzähle; laß mich, den Gerber, derjenige sein, der deine Meisterstücke malt, in Menschenzungen deine Porträts malt, als wären Geschichten Altarbilder historischer Kirchen, laß mich gleich einem Schmetterling mit deinen Pinseln sein, derweil du *von deinem Klappstuhl herabsteigst.*

Es war einmal ein Bursche, geboren im ersten Drittel unseres Jahrhunderts, ein frühkluger Grünschnabel, welcher sehr dem Träumen und Schweigen zugetan. In seiner Schlafkammer brütete er über mathematischen und geometrischen Rätseln und wagte sich niemals aus dem Haus, selbst wenn er auf dem Dorfanger vor seinen Doppelfenstern zufällig eine schöne Jungfer tanzen sah. Nicht achtete er ihrer lustigen Zöpfe noch ihrer wilden

Sprünge noch des Bruders dieser Maid, eines kummerhaftigen Prinzen (denn in dem Blutvergießen und der Wirrsal unseres *Interregnums* war jeder anmutige Jüngling ein möglicher Herrscher), dessen heftige Melancholie, so hieß es, seiner Angst vor der Thronbesteigung geschuldet war. Nein, unser künftiger König sonderte sich in seiner mit Tierhäuten ausgeschlagenen Kammer ab und studierte Zaubereien und Trünke, durch welche er das Los von Feldarbeitern, Ladenhaltern und Kleinkrämern von Lebensmitteln und eingeweckten Gemüsen verbessern könnte. Die Formel des Jünglings für den rechtschaffen lobwerten Heldenmut besagter Kleinkrämer, so hieß es, ward die *Formel vom Mehrwert* genannt und von ihm mit Gänsekiel auf Ziegenlederpergament niedergelegt, beim Scheine einer Kerze, welche dank Hexenwerk niemals herunterbrannte.

Eines Tages nun verwandelte unser künftiger Monarch und Hauptakteur, von der Einwirkung eines dickflüssigen türkischen Trunkes mit Namen *Espressokaffee* emporgehoben, und infolge einer ganz leichten Ungenauigkeit der Sprache, welche in kurzem das gehörige Aufsagen von Zaubersprüchen verhinderte, den anmutigen, nervösen Prinzen – Maxwell Hennesy Charming, Bruder der vorerwähnten *wohlgebildeten Jungfer* – in einen dressierten Affen oder Hanuman. Es war dies, wie gesagt, ein Versehen. Der junge Naturgelehrte hatte wollen für seinen Trunk ein *cremiges Destillat* zusammenbrauen und in eine Formel fassen. Nichtsdestoweniger ward Prinz Maxwell, wo er sich, mit modisch opiatumflortem Blick und knolligen Wangenknochen, in lange fließende Gewänder gekleidet hatte, welche im unruhigen Gezappel des Träumers ebensogut Frauenkleider hätten gewesen sein können, nun, als Hanuman, zum *Dandy.* Die Hose von schmutzigem Rosa, dazu eine blaue Weste, ganz und gar mit Diamanten, Rubinen und anderen Steinen besetzt, die heutigen Tages *Rheinkiesel* heißen, so daß er schimmerte, wenn er auf allen vieren kroch oder an seinem gewundenen Schwanze von einem Ast hing. Wo man es erlebt hatte, daß Prinz Maxwell einer blinden Frau aus unserem Dorfe, Miß Hogg, vor den Kutschen, welche auf öffentlicher Straße vorbeidonnerten, hinübergeholfen hatte, nur um sich nach sicherer Überführung derselben als *schändlicher Bube* beschimpft zu sehen, so war der Prinz als Hanuman ein Wüstling und Schwerenöter, der ebenso umstandslos eine Jungfer mit seinem männlichen Gewaffen heimzusuchen pflegte, wie er zur Belohnung für seine Alfanzereien eine Banane verschlang.

Die Familie Charming, ein hochherrschaftlicher Haufen von Rechtsanwälten und Advokaten, erhob Klage wider unseren jungen Helden, weil er Prinz Maxwell in einen *Baumaffen* verwandelt hatte, und der Kasus wurde an einem Tage, der im Zeichen heftigen Hagelschlags stand, gehöriger Weise verhandelt. *Unserem Dorfe steht noch in deutlicher Erinnerung,* wie wir vor einstürzenden Strohdächern, dem erbarmungslosen Herabregnen göttlichen Mißfallens fliehen mußten, wohingegen man noch nie ein so erstaunliches Bauwerk wie das Gerichtsgebäude gesehen, mit Stufen, verfertigt aus *dem gleichen rosenfarbigen Marmor, wie man ihn für stattliche Büroangestelltentürme verwendet*, und einem Dach, das jeglichem Ansturm standhielt. Die Kutschen, in denen die Advokaten eintrafen, fuhren rasch am Bordstein vor, um die Hauptakteure dieser Geschichte auszuspeien, und die hohen Herren hasteten ins Haus. Zwei, drei Fußsoldaten wurden noch von den Hagelkörnern erschlagen, so daß ihr Gehirn auf die Straße rann, *ein jeder von ihnen, o Tag des Jammers, Sohn einer Mutter.* Ich freilich hatte unter den Stadtbewohnern das Glück, dem Gerichtsprozeß in einem Teil des Raumes, der den Gemeinen vorbehalten war, beiwohnen zu können. Eine tollwütige Petze hielt uns in Schach, indem sie unablässig nach uns schnappte, wenn einer von uns auch nur leise Atem holte.

Der Höfling Ebenezer Sloane amtierte als Rechtsbeistand des Klägers, und sein unsteter Knickerblick war solcher Art, daß alle Anwesenden sich darin einig waren, er würde, wenn es die Umstände erlaubten, die Unterröcke seiner Mutter verschachern. Von solchem *Leibesumfang* war er, daß sich der gekräuselte Kragen kaum um seinen Hals schließen wollte und aus seinen Fleischwülsten nur der Rest eines Kinns ragte. Wenn er ernsthaft nachdachte – was nicht oft geschah –, bewegten und wölbten sich Hautfalten an Ebenezers Stirne, als ob der Fluß der Säfte zum Gehirn dies erforderte.

Der König natürlich war, da noch ungekrönt, nichts weiter als ein junger Ritter, der einsamen und religiösen Beschäftigungen oblag, und besaß unter Zeugen und Advokaten nichts von dem Glanz, den wir in jüngster Zeit mit seiner Person verbinden. Die Anklage gegen ihn wurde von einer Dame in Diensten des Richters verlesen – wiewohl manche behaupten, *es sei mehr als ein Dienst* und daß in ihrem Falle eher Lüsternheit maßgeblich sein dürfte. Ich spreche von Lady Calderon, der Herzogin von Fidget, die als nächste sprach: *Höret, höret, unwürdige Steuerzahler der Hintergassen und Fundamente dieses garstig riechenden Dunghaufens, wir haben uns hier versammelt, um das Schicksal dieses jungen Zauberers, dieses Wichts mit den schmierigen Pockennarben und den ungewaschenen Körperteilen, zu beraten und in aller Strenge zu verurteilen, was die Ordnung unserer hiesigen Natur schlechthin in Verwirrung gestürzt, eine unwiderlegliche Kränkung wider die Familie der Charmings, bestehend aus Maxwell Charming, nunmehr abgeschieden oder in einen Primaten aus Kleinasien verwandelt, seiner Schwester, der lieblichen Andalucia*

Charming, einem Vater, Hochwohlgeb. Lancer Charming und dessen Ehefrau Lady Charming, allesamt hier erschienen, um Genugtuung dafür zu fordern, daß dieser junge Mann von undurchsichtiger, niedriger Herkunft sich wider ihren Adel und ihre Stellung vergangen.

Die Herzogin, diese *Sau* – mit schwarzgelockter Mähne, die Augen gelbsüchtig vom Fleischfressen, *acht Tage die Woche;* einem Busen, welchen ihr Abendgewand kaum zu bändigen vermochte; Perlen, die einem profanen Rosenkranz gleich ihren fleckigen Hals umschifften, die Lippen schrecklich aufgeworfen. Schon die ersten Silben ihres Vortrags offenbarten, daß *in dieser tragischen Angelegenheit nicht notwendig eine himmlische Muse der Gerechtigkeit urteilen würde.* Und doch erhob sich ob der *beklagenswerten Anschuldigungen* ein ungeheurer Tumult unter den Busenfreunden der Charmings. Kerkermeister drohten in der Ecke des Saals mit rasselnden Ketten. Hunde fletschten die Zähne und vergossen ihren fauligen Geifer um uns herum. Es war ein treffliches Spektakel. Der König lief denn auch blauer an, als es seiner konstitutionell imperialen Farbe entsprach, denn es schien, als sollte es ihm nun an den Kragen gehen und ihm drohe, wenn nicht die Todesstrafe, so doch die Folter als *Gebranntwerden mit feurigem Eisen, Augenausstechen mit hölzernen Löffeln, Beinabfressen von ausgehungertem Keiler.* Dennoch war der König bereit, sein bejammernswertes Schicksal ohne Klage zu ertragen: Er ergab sich in Demut seinen Verfolgern.

In diesem Moment nahm die Königin – *Schweig stille, Herz! Ich habe einen Teil vom Ausgang der Geschichte preisgegeben! Mögen meine Zuhörer mir verzeihen!* – oder vielmehr die junge Andalucia Charming den Zeugenstuhl vor unserem Magistrat ein, welcher so taub und blind war, daß es hieß, er habe noch Tage im Gerichtsgebäude verweilt, obgleich dasselbe längst geräumt worden, und sie wurde *wie unter Zauber* vereidigt, denn was sie sagte, dergleichen ward weder davor noch danach je in einem Gerichtssaal vernommen: *Euer Ehren, verehrungswürdige Bürger, ich empfinde nichts als Liebe für diesen Verdammten, mein Herz pocht, wenn ich sein schönes männliches Antlitz gewahr werde, ich würde mich der Fesseln von Rang und Vorrecht entledigen und als seine Liebste mit ihm leben, auf Winden des Gefühls segeln, ich würde keine Standesunterschiede mehr machen, ich erkenne sie nicht an, es sei nur noch Liebe!* Bestürzung im Gerichtssaal. In späteren Zeiten hieß es, dieser Zauber sei nicht vom König ausgegangen, doch was immer sein Ursprung, seine verheerendste Magie traf *gerade den König selbst,* der Andalucia sogleich und von diesem Moment an liebte, dieweil ein tiefes Leuchten sie umschwebte. Ihre Zöpfe, ihre fröhlichen Lippen, ihre niedergeschlagenen Augen. Wer würde die Königin nicht lieben? Wer nicht vor ihr niederknien, um sich zu erklären?

Sodann erhob sich der König zu seiner Verteidigungsrede, ohne Hilfe von Advokaten.

Ich bin ein bescheidener Erfinder von Zauberwerk und alchimistischen Wickeln, hob er an, *mit keinem hier auf dieser* terra firma *verwandt noch bekannt, und ich stehe hier aus keinem anderen Grunde als dem, daß ich das hiesige Affenvolk um ein Mitglied vermehrt habe, eine Tat, welche die Welt weder eines Lebenwesens beraubt, noch sich, wie Milady sagt, am göttlichen Aspekt der Natur vergeht, denn wohin ich mich auch gerade drehe, ist Natur, und das nämliche gilt für Euch, denn was ist der Mensch anderes als der Natur lustigstes Spielzeug, und ich würde meinen Zauber nicht rückgängig machen, sondern eher mein Schicksal hinnehmen, würde dieses junge Weib nicht an schwerem Kummer über den Verlust ihres Bruders, eines Prinzen, vergehen, und so gelobe ich aus Achtung vor ihrem Liebreiz, den Fluch von Hanuman zu nehmen und diesen Wilden in Prinz Charming zurückzuverwandeln, zugleich indes für die Bewahrung einiger Eigenschaften seines früheren äffischen Zustandes Gewähr zu leisten,* item *ein robustes, unterhaltsames Benehmen, auf daß er mit dem schöneren Geschlechte und mit Passanten auf der Straße frei parlieren kann. Wenn mein Schicksal bis heute bei Einbruch der Nacht sich wendet, so will ich die Zahlen berechnen und die für diesen Zauber erforderlichen Tinkturen zusammentun.*

Der König war, da er keinen klaren Begriff davon hatte, *wie* er den Prinzen überhaupt zum Affen gemacht – hatte er doch, ähnliches Malheur, eine Aufwärterin in einen Igel verwandelt und sie bei dem Versuche, ihr ihre frühere Gestalt wiederzugeben, statt dessen *in eine große, gewundene Schreibtischlampe* verzaubert –, beunruhigt ob der Aussichten für seine nächste Formel, wußte jedoch, daß seine leidenschaftliche Anziehungskraft hinreichte, ihn aus dem Gerichtsgebäude zu befreien, wie sich denn auch eine *Hofdame* mit sonnenscheingleichen Löckchen, in der Hand ein Accessoire aus Sammet, welches etliche Goldstücke beherbergte, in Ansehung seiner feinen Redekünste aus dem Publikum erhob und ausrief: *Dieser Mann soll König sein!* (Denn es hatte geheißen, daß der gerechteste und unternehmungslustigste unserer vielen Prinzen *den Thron besteigen* werde.) Dieses freilich war eine Prophezeiung, welche zu wiederholen ihr jegliche Berufung fehlte, denn ich habe gehört, daß ebendiese kräftig geschminkte und gezupfte Dame vom Hofe späterhin verarmt sei, indem sie *Wetten auf Sport zwischen Geflügel abgeschlossen.* Als nächstes schritt Mudge, das hiesige Klatschmaul, geschlagen mit einem Augenleiden, welches bei Chirurgen *Starrblick* heißt, wie auch mit einem zusätzlichen Paar scharfer, doppelspitziger Backenzähne, schritt dieser Mudge recht sehr aufgeplustert, wie wenn der Pfau im heftigsten Liebesrasen einen Eindruck auf sein Gemahl zu machen sucht, auf die Straße und schrie allen, die es hören wollten zu: *Neuer Regent, Romantiker oder Nekromant? Neuer Regent erwählt bezaubernde Braut und verblüfft alle!* Wir, die wir gleichfalls dort versammelt waren, strömten hinaus in einen triefenden Seiber aus Hagelkörnern und machte sodann mit fröhlichem Tanz einen rechten Aufruhr.

Der König war, da der Sonnenuntergang rasch nahte, natürlich außerstande, eine Beschwörung zu finden, welche den Hanuman wiederherstellen würde – er hatte denselben in seiner Schlafkammer eingesperrt, so daß er unter der Arbeit einem Sturzbach von Schmähungen in ungemein ausgeschmückter Wortfülle ausgesetzt ward: *He, holdseliger Stinkbock, ich mag nicht wieder der verdammte Prinz sein! Ich bin glücklich, so wie ich bin! Lieber gebe ich den Hanswurst vor deinem endlosen Zuge königlicher Bälger, als wieder dieser Hundsfott zu sein!* Überdem machte das Tier vermittels einer Taktik perkussiven Schnatterns und Gegen-die-Gitterstäbe-Trommelns den König so reizbar, daß Seine Lordschaft die Eidechsenteile und das Erbrochene von kleinen Vögeln immerzu *falsch* zusammentat, mit der Folge, daß sein Hausrat, seine orientalischen Teppiche und französischen Chaisen, auf wundersame Weise einer Reihe *ausgestopfter Antilopen* Platz machte. Eingedenk dessen sah der König keine andere Zuflucht, als eine Zusammenkunft *mit dem gefürchtetsten und meistgeschmähten Bürger unseres Dorfes festzusetzen,* dem pickeligen Hexer, der hierorts als Levi der Abfertiger bekannt ist.

Der Abfertiger war, wie jeder hier mir zustimmen wird, nicht durch Suchen zu finden, denn gräuliche und schwarze Orte wie die, an denen er sich absonderte, waren den einen Tag an verwahrlosten Durchfahrtstraßen sichtbar und den nächsten vollständig verschwunden. Nur verzweifelte Gebete in Verbindung mit dem Vorzeigen von Dukaten und anderen Goldraritäten brachten den schrecklichen Troll von einem Menschen zum Vorschein. So durchstreifte der König, noch nicht im Schmucke seiner Krone, in Lumpen die Straßen und murmelte mit leiser Stimme: *O du guter Christenmensch Levi, ich will dir, sollte ich je zu Herrscherwürden aufsteigen, den zehnten Teil meines Schatzes geben, wenn du mir nur aus dieser infernalischen Quacksalberei heraushilfst, auf die ich mich da eingelassen habe.* Worauf zuletzt, wie Blitzschlag über einer Wiese, der böse Hexer einem höchst pompösen Gefährt mit Namen *Sportwagen* entstieg und den jungen Monarchen, während er sich Verkrustungen aus der Nase bohrte, also anredete: *Wartet, laßt mich ein Rätsellöser sein. Irgendwo ist ein neurasthenischer Bursche in einen Schimpansen verwandelt, und der Tolpatsch, der diesen Zauber gewirkt hat, kommt hierher, um ihn wiederherstellen zu lassen. Und der Fortgang dieses Dramas? Das kostet Euch ein hübsches Sümmchen, Euer Lordschaft, wie Ihr wohl wißt.*

Des Königs Taschen waren leider geräumig, ja recht sehr *durchlüftet*, und deshalb stimmte er einer speziellen Übereinkunft mit Namen *Gewinnbeteiligung* zu (ich besitze nur eine flüchtige Kenntnis von dem Geschäft), und nach Abschluß dieser Übereinkunft erhob sich der Hexer, die roten Locken gleich einem Heiligenschein aus Leuchtpetroleum, über die Straßen, um die folgenden Verse zu deklamieren, welche fraglos von ihm selbst in einer heiteren Pause verfaßt worden: *O Prinz, o Prinz, einst so galant, dein Possenspiel wird ennuyant, drum wird dir alles aberkannt, was dich dem Affenstand ver-*

band, worauf sogleich, zahlreichen Zeugen zufolge, ein lustiger Prince Charming plötzlich auf den Avenuen unserer schönen Stadt erschien, breit lächelte und *übelbeleumdeten Weibern* Segnungen erwies, während hier in unserer Geschichte dem Hexer ein dämonisches Lachen entfuhr, er eine Reihe Purzelbäume vollführte, vor dem König auf den Boden stürzte und also sprach: *Es ist getan, es ist getan, und nun verlange ich von Euch ein Zeichen Eurer Wertschätzung.* Worauf der König ihm eine stumpfe Klinge durch den Leib rannte. Männliche Tat eines männlichen Königs.

Und der König kniete nieder und betete zu den Göttern, für welche wir zu Recht nur Schachfiguren sind, und erwies ihnen Dank. Nach seiner Rückkehr an den Hof bestieg er ungesäumt den Thron und ward ungesäumt der Königin angelobt – bis zu jenem Glückstage, der Andalucia Charming heißt –, und ebenso ungesäumt brachten sie eine liebreizende Tochter hervor, die jagende Prinzessin mit Namen Diana, die blaue Gewänder und rote Bögen trug und einen Hofmusikanten heiratete. Einige Jahre stand im Königreich alles zum Besten.

Auf einen Augenblick, geneigter Zuhörer, schenk mir Vergebung, denn ich scheine einen Teil von der Geschichte verlegt zu haben, eine dermaßen große Portion sogar, daß ohne weiteres von einem *zweiten Gang* die Rede sein kann. Innigste Entschuldigungen. Ich ersuche dich, zu dem *Zauber im Gerichtsgebäude* zurückzukehren, von dem ich zuvor gesprochen und welcher mit der plötzlichen, leidenschaftlichen Erklärung der Königin für den König zu tun hat, obgleich er der Mann gewesen, der ihren Bruder in einen Zirkusaffen verwandelte, und so weiter und so fort. Dieser vergessene Abschnitt der Geschichte, den ich hier anhänge, konzentriert sich auf den Urheber dieses speziellen Zaubers, nämlich den

Riesen von Sandy Spit, welcher bei Nachbarn und Klägern als Maurice bekannt.

Er trug, gleich zuvor sei's mit Überlegung bemerkt, *stinkende Koller an Stelle richtiger Kleider,* Hemden, die viele Wochen oder gar Monde lang mit unschönen Ausdünstungen durchschwitzt worden waren; er war fett, er war von solchem Leibesumfang, daß *sein eigenes Haus,* wenn er zuviel aß, an den Fugen aufplatzte; sein Atem roch nach Ziegenmilch, die in der heißen Sonne stehengeblieben ist und Klumpen von käsiger Ranzigkeit gebildet hat, und auch nur benetzen tat er sich selten noch applizierte er ein der Nase gefälliges kölnisches Wasser. Zu Mauricens elnder Lage trug bei, daß er allein drei Nachkommen großzog, ein Mädchen in mittleren Jahren, flachsblond wie er selbst, mit Namen Kurt, ferner ein zweitgeborenes Mädchen und einen Knaben, beide mit finsteren Mienen wie die vor vielen Jahren abgeschiedene Frau des Riesen. Sie hießen Elsa und Stibb.

Fast jeder naseweise Spitzbube, der solche Geschichten hört, verlangt hinreichende Auskunft über *die genaue Größe des Riesen,* und so versuche ich mich hier, zu Nutzen und Frommen von alt und jung, an der Lösung des Rätsels: *Wie groß war der Riese?* Da ich selbst nur seine Kinder gesehen habe, teile ich Mutmaßungen mit, denen Berichte von Reisenden in ferne Bezirke zum Grunde liegen, die von ihm sagen: *größer als Kirchtürme, größer als die größten Eichen, größer als die Klippen bei Mahon, so groß, daß er nach dem grünen Käse am Nachthimmel langen und sich einen gärenden Kanten stibitzen konnte, so gewaltig, daß er sich an der Morgensonne seine Pfeife entzünden, so riesig, daß er die Ozeane gleichwie Fußbäder gebrauchen konnte.*

Sintemalen der Riese ihr Vater war, Vorsteher des Herdes, Herbeischaffer vielfältiger Schweinefleischerzeugnisse als Schweinslenden, Schweinslippen und Würsten, blieb seinen drei Kindern keine andere Wahl als ihn zu lieben, obgleich sie seit einigen Menschenaltern bemerkten, daß er *über alle Maßen traurig* war und zu Anfällen heftigen Schluchzens und An-die-Brust-Schlagens neigte, welche in den Flußbetten unseres Landes Überflutungen hervorriefen, eine Melancholie, die natürlich auf das Hinscheiden seiner guten Frau zurückging; seit vielen Jahren war er bis in die finstere Nacht hinein hellwach geblieben und hatte gemurmelt: *Die Liebe ist ein allen bekanntes Wort, warum also muß ich bis in alle Zukunft so einsam sein, bloß meine kleinen Kinder, aber keine Frau, die mich trotz meines verfluchten Äußeren liebt und umsorgt? Warum ist es mir beschieden, daß ich allein meiner Wege gehe und alle Menschen meinen Schritt fliehen?* Wenn sie ihn des Morgens unausgeschlafen und verdrießlich betrafen, verabredeten die Kinder vielerlei Listen und Ränke, um den Riesen von seinem Leid abzulenken, darunter das Einträufeln von Elixieren wie *Johanniswurz* in seinen Tee, den Maurice so stark liebte, daß man's schon erlebt hatte, daß das Gebräu eiserne Kessel zerfraß. Leider aber verschlug keine dieser Listen, so daß der Riese von Sandy Spit auf der Höhe seines Fiebers plündernd durch die Lande zu ziehen pflegte, Vieh verschlang und die Vornehmen mit allerlei Greueln heimsuchte. In derart grimmiger Laune erspähte der Riese eines Tages vor sich auf der Straße, wie eine giftige Ameise, die man zerquetschen muß, ehe der Ablauf des Tages weitergehen kann, eine kleine fliehende Gestalt, nämlich *die einstige und künftige Andalucia Charming*, nun Königin unserer Domäne, die in einem kleinen, klaren See, einem von geschmeidigen Getreideschnittern und Erntern anderer Gemüse vielbesuchten Reservoir wohlschmeckenden Trinkwassers, gebadet und den Nachmittag damit verbracht hatte, einen der Burschen mit Beeren zu füttern, angetan nur mit einem Frauenunterkleid – da sich boshafte Halbwüchsige mit ihrer übrigen Gewandung davongemacht –; sie floh, die Königin Andalucia, nun nach Hause, in der Hoffnung, vor ihrer vortrefflichen Mutter dort anzulangen und sich den Bedienten angemessen erkenntlich zu zeigen, auf daß dieselben ihrer Erzeugerin diesen schmachvollen Zustand *verschwiegen.*

Donner über dem Land. Des Riesen Blick fiel auf die kleine, wohlgerundete und vollkommene Königin, und er hob sie alsbald mit seinen plumpen Händen hoch und hielt sie sich, da er stark unter Kurzsichtigkeit litt, vor die Augen, worauf er sogleich zum Argument ihrer Schönheit konvertierte. Sie glich einem Rauchkristall mit seinen wechselnden Lichtern, sie glich den stattlichen Porträts, die in Häusern hingen, worin seine Eltern dereinst um Almosen gebettelt, sie war die Lilie des Feldes, der Vogel der Lüfte, sie hätte können *Wölfe zum Kräuteressen und Madrigales-Singen bekehren. Bei meiner Ehre,* rief Maurice, und natürlich waren die Laute im ganzen Lande zu hören, als hätte ein schurkischer Stadtstaat *infernalische Geschosse und Pfeile* nach unserer Stadt geschleudert, *ich glaube, eine Göttin hat sich in meine Wildnis verirrt, und ich muß mich hinfort und für alle Zeiten ihrem Dienste weihen.* Die Königin setzte natürlich zu einer Erwiderung an, doch Maurice drückte sie so fest in seiner Faust, daß sie in tiefe Ohnmacht sank und keine vernehmbare Antwort gab.

Wohl weiß euer Geschichtenerzähler, daß er bei diesem Lied von Beschwörung und Mutmaßungen abhängig ist, doch Eleganz und göttliches Ebenmaß verlangen, daß er einräumt, daß der Riese als nächstes so verfuhr, wie es jeder Mann von Ehre unter ähnlichen Umständen getan haben würde, d. h., auch er leistete einen Eid *von teufli-*

schem Gepräge. Also nämlich sprach er, über dem schlafenden Leib der Königin, die nun an einem zerfurchten, gewundenen Pfad lag, der sich in die Stadt schlängelte – und hier muß ich abermals erklären, daß das Gedicht von ihm selbst stammt, da ich für meine Person den reimlosen Vers bevorzuge: *Ihr Hexen, Nachtgeschöpfe, macht, daß diese Schläferin erwacht und daß im Herzen sie behält, auf wen zuerst ihr Auge fällt.* Und damit streckte er sich neben ihr aus, um ihr Erwachen und ihre nachfolgende Verehrung seiner selbst abzuwarten. Indes, er hatte sie so fest gedrückt, daß sie nicht aufwachte *und nicht aufwachte und nicht aufwachte und nicht aufwachte.* Tage begannen Wochen und diese bald Jahreszeiten zu ähneln, und sie wachte nicht auf, und kein Reisender wagte die Wache des Riesen zu stören. Neue Straßen wurden angelegt, um seine Wache zu umgehen, bis er endlich zu der Überzeugung kam, er habe *seine schöne Liebste getötet,* seine zweite Liebe, er sei kraft des Wirkens von Göttern und Sternen *unrettbar verloren* und, ein Verwaister, dazu verdammt, auf der Erde umherzuziehen oder zuviel Zeit in Betrachtung zotiger Masken und Schauspiele zuzubringen. Und so marschierte er im Winter los, um sich diesem erbärmlichen Schicksal zu überlassen.

Hernach wurde die Königin, von braven Berittenen ausfindig gemacht, auf eine kastanienbraune Stute gehoben und *zu einem großen Gerichtsprozeß* in die Stadt gebracht, nämlich dem Verfahren gegen den vordem vielerwähnten Jüngling, der in kurzem König sein würde. Schlafend wurde sie von den Herren transportiert und schlafend ihren prächtigen Eltern übergeben und sie erwachte nicht, bis sie, *von einem Hagelkorn getroffen,* die Augen aufschlug, um den nächsten König unseres Landes zu erspähen, welcher gerade die Treppe erstieg, seinem Schicksal entgegenstieg, will sagen, *sie öffnete die Augen dem Glück der Liebe.*

Nun *lief der Riese Amok im Lande,* liebe Freunde, riß in seinem Toben Eichen- und Birkengehölze aus und schleuderte sie hierhin und dorthin, und eine Blindheit befiel ihn gleich einem Fieber, und ein schreckliches Klingen wie von tausend Glocken dröhnte ihm in den Ohren, und er wußte, er war an einer Weggabelung in den öden Niederlanden jenseits aller unserer Karten angelangt. Nicht länger wohnten dort Wölfe, Bären oder Leoparden und gingen müßig, in Erwartung eines Vorbeikommenden, den sie schlagen könnten, nein, alles Leben war geflohen, und nur der Riese Maurice nannte es Zuhause, dieses vollendete Gegenteil des Lichts, an dessen Rand seine einsame Brut, Kurt, Elsa und Stibb, vor lauter Flehen heisere Stimmen bekam. Er verließ sie. Und doch fiel in seine einsame Knechtschaft *gleichwohl ein Strahl der Besserung,* obschon nicht Spitzfindigkeit noch Taschenspielerei noch geistliches Gepolter ihn von der Stelle bewegten, denn mit einemmal begriff er, was der Einsame stets verstehen muß, *daß er nur ein Schlaftraum* und seine Frist glücklicherweise kurz und unbedeutend ist; somit war der Riese ein Traum, und mit ihm so treffliche Traumgestalten wie Rapunzel und Schneewittchen, Truggebilde sie alle, der tapfere Prinz mit Namen Eisenherz, neben dem Riesen aufgestellt, ein jeder mit einer Schilderung seiner heroischen Pilgerreise, ohne Unterschied zwischen der einen und der anderen, denn alle Geschichten gehen von einem Ursprung, einem Mahlstrom, *dem Demiurgen Pan* aus; alles wird von seiner finsteren, unversöhnlichen Stirn verfertigt; und das ist das Verzwickte, Mitbürger, denn ich habe mich selbst als den Traum erkannt, den der Riese hatte, der Riese träumt von mir, und ich träume von dem besorgten König, der weiß, daß seine Herrschaft eines Tages enden muß, ein jeder von uns etwas Leidenschaftliches im Traum des anderen, *es gibt keinen Geschichtenerzähler,* keinen Protagonisten, nur das Innere einer Porträtmalerin in unserem Dorf, die in den Stunden, ehe sie die Staffelei ihrer Mühen abdeckt, ehe sie schläft, ihrer Tochter *Es war einmal* erzählt.

Für Elena Sisto

Die karnevalistische Tradition

1

Das Ganze spielte sich vor fünfzehn Jahren in Hoboken ab. Die Ladenfrontwohnung in der Madison Street. Die Stufe vor ihrer Eingangstür diente als Landeplatz für örtliche Streuner.

Ein Streuner war eine Schäferhund-Labrador-Mischung, einer war eine Labrador-Schäferhund-Mischung und einer war eine Mischung aus so vielen Rassen, daß man nicht sagen konnte, aus welchen. Einer der Hunde war nervös, übermütig, neigte zu Aggressivität; die anderen beiden waren lieb, freundlich und voller Flöhe. Na ja, voller Flöhe waren sie eigentlich alle. Sie wußte nie, welcher von den dreien der Ungebärdige war. Wenn sie nach Hause kam und einen dösen sah, wußte sie nie, ob sie sich Sorgen machen, ob sie den Streuner mit einem liebevollen, wenn auch vorsichtigen Streicheln über den schräg abfallenden Hundeschädel begrüßen oder gemäß dem vorsintflutlichen Sprichwort über Hunde um ihn herumsteuern sollte. Immer vergaß sie die Zeichnung des ungebärdigen Tiers. Wie sehr dieser ängstliche, panische Hund vermutlich in den Treffs der finsteren politischen Aktionsgruppen von Hoboken gelitten hatte, wo sie ihn in den Wochen vor *den wichtigen Schulausschußwahlen* getreten oder mit ihren Revolvern mit Perlmuttgriff auf ihn geschossen hatten? Welcher populäre örtliche Geschäftsinhaber hatte diesen Hund mit einem Montiereisen verscheucht, als der hinter seiner Karosseriewerkstatt herumstromerte?

Und waren es wirklich drei Streuner? Vielleicht waren es nur zwei. Vielleicht waren die Schäferhund-Labrador-

Mischung und die Labrador-Schäferhund-Mischung in Wirklichkeit *ein und derselbe Hund*, und sie hatte bloß nicht auf die Färbung geachtet, hatte ihn nicht aus sämtlichen Blickrichtungen gesehen, hatte ihn nicht jederzeit und überall, beim Herumtollen, beim Urinieren gesehen. So wie die Hunde in der Nachmittagssonne auf der Stufe ruhten, waren sie schwer auseinanderzuhalten – einer streckte sich ausgiebig, wie darauf gefaßt, an einem südostasiatischen Spieß gebraten zu werden, ein anderer rollte sich zusammen wie eine weiche Brezel und knabberte an abgeschürften Gliedmaßen. Manchmal hatte die Labrador-Schäferhund-Mischung eine schwarz versengte, in einem Hennaton flaumig überwachsene Stelle entlang der Wirbelsäule, dann wieder war sie eher flachsfarben, die Farbe, die auf amerikanischen Frühstücksflockenschachteln zu sehen ist. Die Schnauze dagegen hatte schwarze Flecken. M.J. Powell war sich beinahe sicher, daß es einer der beiden Schäferhunde war, der ihr zum gelegentlichen Gegner wurde – Schäferhunde hatten jedenfalls diesen Ruf, zumindest war es in ihrer Kindheit so gewesen.

Sie war auf dem Nachhauseweg von der New York University, wo sie an der Tisch School of the Arts an einem Programm für Studenten mit abgeschlossenem Studium teilnahm. Sie war Blondine, und sie war Tänzerin; sie schwebte mehrere Zentimeter über einem Teakholzboden; sie trug manchmal wochenlang Legwarmer und Trikots, kannte die Verkäuferinnen bei Capezio, hatte die blutigen Spitzenschuhe der Kinderballerina getragen; sie hatte Strawinsky im Kopf, Passagen aus Nijinskis Tagebüchern, sie hatte gelernt, komplizierte Taktvorzeichnungen, Siebener und Neuner, zu lesen; die Kirche, die sie besuchte, die Kirche, durch die sie lebte und atmete, war die Judson Church, wo alles, was man tun konnte, Ausdruck des Tanzes war, die schönen und schlichten, gleichermaßen ausdrucksvollen Mäander von Körpern im Raum. Sie war eine Tänzerin. Vor der Probe fuhr sie sich in der Damengarderobe im vierten Stock mit dem Finger über den Hals. Erst neulich. Sie hatte sich in dem Bemühen, bei schnellenden Bewegungen nicht von ihrer eigenen Hand behindert zu werden, an Backen- und Schneidezähnen die Fingerknöchel aufgerissen. Sie war nicht versichert. Sie wand ihr Haar mühsam zu einem Knoten. Ihre Zehennägel waren bis aufs Fleisch abgeschnitten. Ihre Auswärtsdrehungen waren ausgezeichnet. Sie war eine Tänzerin, die mit einer schwarzen Ledertasche von Coach über der linken Schulter die Straße entlangkam, und unter dem Riemen der Tasche löste sich der Träger ihrer weißen Seidenbluse; was die Bluse, das Befestigen und Sich-Lösen, anging, konnte sie nichts machen, weil sie außerdem noch eine Kiste mit zwölf Plastikliterflaschen Limonade unterschiedlicher Marken und Sorten trug, und sie war kurz davor, sie fallen zu lassen, die zwölf Plastikflaschen; sie konnte spüren, wie sie abzusacken begannen; sie konnte die Muskeln spüren, die ihren Arm mit ihrer Schulter verbanden, *und die spezielle Hypertrophie dieser Muskeln, winzige Bündel von Myofilamenten, ineinandergreifende Reihen, die das Muskelprotein Aktin enthielten,* und sie wußte das alles, weil ihr demnächst in einem Kurs in *Bewegungslehre* eine Klausur darüber bevorstand, und wenn sie, was ihr lieber gewesen wäre, getanzt anstatt studiert hätte, wäre es vielleicht gar nicht dazu gekommen, zu dieser schmerzhaften Hypertrophie *im Bereich der Clavicula,* wenn sie getanzt hätte, bestimmte Hardcore-Bänder aus dem Mittelwesten in ihren ramponierten tragbaren Kasettenrecorder geschoben, sich an die Stange gestellt und versucht hätte, den Flug des Kurvenballs von Ron Darling (einem Werfer, den sie mochte) zu versinnbildlichen, das Ganze mit bestimmten Wiederholungen von Lucinda Childs vermischt hätte, Sufi-Mystizismen, Stillephasen und Pausen, die im Moment keine besondere Bedeutung hatten, später jedoch wahrscheinlich viel bedeuten würden, *wenn das alles so wäre, dann wäre die ganze Geschichte wahrscheinlich anders ausgegangen.*

Die Straße war leer, das Straßenstück der Madison zwischen Fifth und Sixth, ein Stück mit vorwiegend gewerblichen Gebäuden, Laderampen, an denen nichts mehr verladen wurde. Die Kiste, die sie trug, mit Limonade unterschiedlicher Marken und Sorten, war kaum noch zu bewältigen, und obwohl ihr die Sonnenbrille die Nase hinunterrutschte und weder Ellbogen noch Finger zur Verfügung standen, um sie auf den vollkommenen Sattel zurückzuschieben, konnte sie sehen, daß weiter vorn, wie stets, tatsächlich einer der Hunde auf der Stufe lag. Aber welcher? Und warum konnte man bei der Frage, wo man seine Stereoanlage, seinen Schmuck, seine Taschenbücher und seine geerbten Lampen unterbrachte, nicht routinemäßig auf Sicherheit achten? Näher gekommen, konnte sie ausmachen, daß es entweder die Labrador-Schäferhund-Mischung oder die Schäferhund-Labrador-Mischung war, womöglich derjenige, der ihr ein Stück aus der ungeschützten Wade herausbeißen würde, so daß sie nie wieder tanzen und eine gräßliche, entstellende Narbe davontragen würde. Wie in jener Nacht, als sie ein wenig beschwipst gewesen war und zum erstenmal ihren Freund nach Hause mitgebracht hatte, okay, mehr als ein wenig beschwipst, eher vom zu vielen Trinken absolut legasthenisch, und sie waren auf die Stufe zugekommen, und sie hatte zu ihm gesagt: *Kümmere dich einfach nicht um den Hund,* und dann hatte der Hund, auf der bröckeligen Stufe zum Flur zu knurren angefangen, und als sie mutig versuchte, über ihn zu springen, als gliche das Übersteigen des Hundes dem Überschreiten der ehelichen Schwelle, hatte der Hund nach ihr geschnappt. Sie hatte eine Luftbewegung gespürt. Sie war gesprungen. Sie war dafür bekannt, wie gut sie springen, wie gut sie den *entrechat* und den *grand jeté* ausführen konnte, und es handelte sich daher um einen professionellen Sprung. Wohlgemerkt, der Hund bekam sie nicht zu fassen, aber er schnappte nach ihr; und dann schrie ihr künftiger Freund den Hund an und fuchtelte mit den Armen, bis das Tier die Treppe hinunterschlich und eine Zeitlang in der leeren Weite der Madison Street wartete. Und knurrte. Jawohl, sie war sich sicher, es war der Hund mit dem Einschlag von *Schäferhund,* im Gegensatz zu dem Hund mit dem Einschlag von *Labrador,* ein unausgeglichener Hund, ein Hund aus irgendeinem tiefen, unruhigen Hundereich, der nicht erkannte, daß er eine gesellig lebende Spezies war, die Menschen von jeher beschützte und bewunderte; er hatte einen Einschlag von amerikanischem Timberwolf, und er beabsichtigte, ihre Achillessehne glatt durchzubeißen und sie zur Behinderten zu machen; er hatte seine Domestizierung abgelegt. Seine Bewegungen, wenn er sich denn bewegte, hatten etwas Verzweifeltes, eine Verzweiflung von der Art, wie sie Tierpsychologen als *Freiheitshysterie* bezeichnen. Er pflegte die Straße auf und ab zu rennen, hierhin und dahin, ohne es zu wissen, ängstlich, der strategischen Beschränkung eines Zuhauses beraubt.

Natürlich begann der Hund, *als sie die drei Stufen hinaufstieg, die zur Haustür führten,* in den Händen einen Karton mit zwölf Flaschen Limonade unterschiedlicher Marken, wieder zu knurren. Und die Straße war leer, sie war allein, und sie hatte die Party heute abend vorzubereiten. Das war es nämlich, in weniger als anderthalb Stunden fand eine Party statt, sie hatte zu tun, sie hatte keine Zeit für den Hund auf der Stufe, und sie war ein wenig in Panik, wenn auch wild entschlossen, und der Hund spürte das (sie können Angst riechen) und begann sich aufzuregen, knurrte zuerst leise und bellte dann unaufhörlich, und sie beide, sie und der Hund, verfielen gemeinsam in die Weigerung nachzugeben, die Weigerung, vorwärts zu gehen, sie ging nicht vorwärts die Treppe hinauf, sie hatte Angst, und auch der Hund rührte sich nicht, wurde zwar nicht aggressiv, rührte sich aber auch nicht von der Stelle. So starrten sie einander an, der Hund bleckte seine faulen Zähne. Sie versuchte, ihren Griff an dem billigen Wellpappkarton zu erneuern, der die Limonade beherbergte (eine untaugliche Kiste, die sie in dem Discount-Getränkeladen bekommen hatte). Dann, nach einer jener längeren, kinohaften Pausen, die viel mit dem Einschuß der entsprechenden Chemikalien in die Viadukte des Kreislaufs zu tun hatten, einem längeren, kinohaften Augenblick, der Erinnerungen an den deutschen Schäferhund heraufbeschwor, der in Wilton ein Stück die Straße hinauf lebte, machte der Streuner *einen Satz,* und der Pappkarton *gab nach,* was, wie sie augenblicklich gewahr wurde, so vorgesehen war, und Flaschen kullerten auf die Straße hinaus; hier entlang ein paar Diät-Cokes; da entlang eine einsame Flasche Orangenlimonade, die sie erst gar nicht hätte kaufen sollen. Wer trank überhaupt Orangenlimonade? Sie strauchelte, fiel rückwärts die Treppe hinunter, *auf den Hintern,* riß sich ein großes Loch in ihre schwarzen Nylons, machte sich ihren Minirock mit Ruß schmutzig, und der Hund verharrte an der Kante der oberen Stufe, wild, hartnäkkig, Herr der Lage.

Hinter dem benachbarten Hügelkamm, auf dem Union City lag, ging die Sonne unter und tauchte die Fassaden der Madison Street jäh in schattiges Düster. Limonadenflaschen eilten weiter fort. Ein grauer Honda Civic überfuhr mit einem Knall wie von einer billigen

Schußwaffe eines der Diät-Cokes. Sie begann, den Hund in der eindringlichsten Sprache zu mahnen: *Du blöder Hund, ich habe jede Menge zu tun, okay? Hau ab!*, doch ihr Kontrahent bellte trotzdem weiter. Erinnerst du dich noch an den Hund, den euer Nachbar in jenem Sommer hatte, als ihr am Jersey Shore oder am Cape oder in Southampton ein Haus gemietet hattet, der Nachbar, der selten vor die Tür ging, außer um mit den Kindern zu schimpfen oder den Rasensprenger auf seinem allmählich zur Wüste werdenden Rasen anzustellen? Erinnerst du dich noch an seinen Rottweiler, diesen elenden Rottweiler in dem schmutzigen Zwinger draußen bei den Mülltonnen, der, wenn sein Besitzer die örtlichen Kneipen aufsuchte, in schmerzhaft unvorhersagbaren Abständen, vier, fünf Stunden am Stück, bellte, ein trauriges, verzweifeltes Bellen? Daran, daß du jedes Mal, wenn du versucht hast, mit ein paar Hundekuchen oder einem Napf Kal-Kan Abhilfe zu schaffen, feststellen mußtest, daß seine Einsamkeit nichts war im Vergleich mit seinem Verlangen, sämtliche Eindringlinge oder Vorbeikommenden und deshalb auch dich zu verschlingen? Die Szene hier war ähnlich.

Sie errötete. Sie bot, im tiefen Register, ihre tapferste und festeste Stimme auf: *Verschwinde, los, wirklich, geh in C-town in die Fleischabteilung oder so was, ich hab keine Zeit.* Irgendeine Entschlossenheit ihrer Jugend war versiegt, und sie fühlte sich plötzlich hilflos. Der Hund weigerte sich nachzugeben. Sie machte sich bereit, ihn mit ihrer Handtasche zu schlagen, die keinen einzigen stumpfen Gegenstand enthielt (*Anna Karenina*, eine Halbliter-Plastikflasche Wasser, drei Lippenstifte, eine Brieftasche, einen Behälter für Tampons, eine Haarbürste, mehrere Sorten Pfefferminzbonbons, zwei Kugelschreiber, ein Adreßbuch, einen Notizblock mit Spiralbindung), die aber dennoch als Instrument einer

Erdrosselung nützlich sein würde, obwohl sie vielleicht auch diverse Limonadenflaschen als Wurfgeschosse verwenden könnte, die, unter dem Druck der Versetzung mit Kohlensäure, dem Hund einen Heidenschreck einjagen würden. Doch ehe sie den Plan in die Tat umsetzen konnte, kamen die beiden anderen Hunde in weitem Bogen um die Ecke Madison und Sixth gefegt, von ihrer *Freiheitshysterie* gehetzt, einem Orientierungssinn folgend, der für *homo sapiens sapiens* unsichtbar war; bald gingen sie an ihrer bröckeligen Stufe in Position. Vielleicht waren sie auf ein anderes Ziel erpicht gewesen. Nicht aber jetzt. Es war eine Frage des Reviers. Die drei waren versammelt, die streunenden Hunde ihres Viertels, alle auf Streit aus, jeder auf die Vorherrschaft über ihre Stufe, deren Aussicht, deren Erhabenheit bedacht. Einer der beiden am Fuß der Stufe sprang die Schäferhund-Labrador-Mischung an, *es war die Schnauze,* und es gab ein richtiges Spektakel. Irgendeinem würde der Hals aufgerissen werden. So schlimm war die Auseinandersetzung, daß sie einen Nachbarn auf der anderen Straßenseite bewog, sich aus dem Fenster zu lehnen, um sich zu beschweren.

»Was soll denn das? Wir haben hier ein Unternehmen. Wir können bei dem Krach nicht arbeiten. Schluß damit.«

»Dann helfen Sie mir gefälligst«, rief sie zurück. »Sonst geht das den ganzen Tag und die ganze Nacht so, und wir werden noch alle verrückt.«

Das Fenster ging zu.

»Rufen Sie wenigstens die Polizei«, sagte sie. »Oder die Feuerwehr. Oder wer sonst zuständig ist, wenn man eine Rauferei zwischen Straßenkötern am Hals hat. Das ist doch wohl nicht zuviel verlangt.«

»Du Arschloch«, fügte sie melodisch hinzu.

Das Fenster, entworfen und gebaut in einer Zeit, da Industriebetriebe noch Fenster hatten, da Büros noch

Fenster hatten, da das Wort *Fenster* soviel wie *Zugang zu frischer, nicht rezirkulierter Luft* im Gegensatz zu wasserhemmenden Scheiben von doppelter Dicke bedeutete, deren Öffnung Versicherungsgesellschaften nicht zulassen, damit nicht irgendein Angestellter so klug ist, sich in den Tod zu stürzen, und dabei auf dem Dach eines El Dorado landet, nach links abprallt und eine begabte junge slowakische Flötistin erschlägt, die zum erstenmal die Vereinigten Staaten von Amerika besucht, *dieses Fenster also ging auf*, und es lehnte sich erneut der bereits erwähnte Kleingewerbetreibende von der Hoboken Tool and Die Corporation heraus.

»Sie sind hier in *dieser* Straße, Schätzchen. Das ist meine Straße. Ich habe schon in dieser Straße gearbeitet, da waren Sie noch nicht mal ein Schimmer im Auge Ihrer Eltern. Verstehen Sie, was ich meine? Ich bin hier aufgewachsen. Ich bin nicht hierhergezogen, weil es billiger als Greenwich Village ist, aber eine gute Anbindung an die Stadt hat. Kapiert?«

Das Fenster ging zu, die Hunde rauften sich weiter. Kurz darauf allerdings schwang ominöserweise das große graue Stahltor mit den zahlreichen Schlössern am Verladeeingang der Hoboken Tool and Die auf, und heraus kam der Generaldirektor und Hauptanteilseigner der Firma, Anthony Soundso, um die Leibesmitte ziemlich schlaff, okay, er war *fett*, in einem verbilligten Van-Heusen-Hemd, das er in Secaucus direkt ab Fabrik gekauft hatte, blauer Flanellhose, die in der Taille (sei's oben oder unten) zu positionieren ihm Schwierigkeiten bereitete. Die Arme verschränkt. Desgleichen erschien am Schauplatz ein Stadtbus, der zwischen Fifth und Sixth quietschend zum Stehen kam, während sich Anthony mit seinen schlimmen Knien dem Bordstein entgegenmühte. Diese beiden Ereignisse gleichzeitig. Anthony lieferte keine Begründung dafür, daß er ihr zu

Hilfe kam. Schulkinder an den Fenstern des Busses deuteten auf die Hunde, von denen einer einem anderen mittlerweile eine blutige Verletzung zugefügt hatte. *Fünf Mäuse auf den Schäferhund!* Derweil versuchte, am vorgesehenen Haltepunkt, eine ältere Frau mit Gehgestell, die sich eine Ziploc-Tüte über die gräulichen Haare gezogen hatte, um ihre Frisur vor Feuchtigkeit zu schützen, dem Bus zu entsteigen. Stille in der Madison Street. Die Seniorin nicht imstande auszusteigen. Der Bus im Leerlauf. Im Bus Kinderstimmen.

»Haben Sie ein Problem, junge Frau?« rief Anthony von seiner Straßenseite aus.

Als ob das nicht überdeutlich wäre. Da war zum Beispiel diese Party, und die Party sollte die *Galerie* bekanntmachen, die sie mit ihrem Freund eröffnen wollte, nur daß sie nicht recht wußte, ob ihr Freund noch ihr Freund war, weil es da zum Beispiel semantische Schwierigkeiten gab, wie *definierte* man Freund, denn daß er ihr Freund war, kam ihr nur noch auf Partys so vor; es war eine Verbindung, die nur in der schändlichen Atmosphäre von Partys sinnvoll war; außerhalb von Partys herrschten Schweigen, Entfremdung, Distanz; wenn sie versuchte, dem Schweigen abzuhelfen, indem sie sich etwa bemühte, dahinterzukommen, was ihr Freund vielleicht von ihr erwartete, bestimmte Klamotten, bestimmte Haltungen (eine Verdammung der Populärkultur), stellte sie fest, daß er nicht wollte, daß sie versuchte, es ihm recht zu machen, daß er aber auch nicht wollte, daß sie das alles *nicht* wollte – als sie ihn zum Beispiel *Arsch* nannte, weil er bei einem Essen mit Maria geflirtet hatte, gefiel ihm das gar nicht und er redete drei Tage lang nicht mit ihr, aber es hätte ihm noch viel weniger gefallen, wenn sie die ganze Sache, das Geflirte, ignoriert hätte, wozu sie eigentlich neigte; eine Woche liebte er sie, und in der nächsten merkte sie, daß ihr Körper ihn anwiderte, obwohl ihr Körper vollkommen war, zumindest nach den Maßstäben eines Lincoln Kirstein oder eines George Balanchine; und sie hatte noch heute morgen den Kopf über die Toilettenschüssel gehalten und den Schwall Raisin Bran und frische Pfirsichscheiben wie unter dem Druck eines Feuerwehrschlauchs in sich aufsteigen spüren, worauf sie sich abtrocknete, Handlotion auftrug, gurgelte, dies alles, während sie darauf wartete, daß er zur Arbeit ging, *Gott, als du die Überfülle reicher schöpferischer Freiheit empfandest, hast du den Körper einer Tänzerin erdacht;* ihr Körper würde binnen fünf Jahren, vielleicht auch schon eher, verbraucht und versehrt, Knorpelmasse aus beiden Knien entfernt sein; und überhaupt war diese Art von abstraktem Sich-in-Pose-Werfen und Psychologisieren über Beziehungen im Grunde langweilig, ermüdete sie; wenn Frauen sich einbildeten, sie müßten über *Beziehungen* reden, merkte man ihnen an, daß sie sich unwohl fühlten, daß sie ausmanövriert und darauf bedacht waren, sich vor männlicher *Freiheitshysterie* zu schützen; im Grunde war es eine andere Äußerungsform von *Angst;* aber solange sie Probleme aufzählte, es gab zum Beispiel Kokainprobleme; da war dieser Typ, der an ihre Adresse lieferte, ein ganz vernünftiger Typ aus dem Mittleren Osten, der einmal sogar angeboten hatte, sie mit einem Kunden von ihm, der als Psychotherapeut arbeitete, in Verbindung zu bringen; dieser Dealer kam in der Madison Street vorbei und klingelte an der launischen Klingel, es gab eine Zeit, in der mußte der Typ sie beide jeden Abend aufsuchen, und es war unangenehm, daß er ihnen sagte, ihre Platten seien Scheiße, und ihr Sofa sei Scheiße, es ging nicht um die Kosten des Kokains, denn ihre Eltern hatten etwas Geld, das sie ihr gaben, es ging darum, *daß ihr Freund nie etwas davon kaufte;* überhaupt schien er nicht sehr tüchtig darin, sein eigenes Geld zu verdienen, und so ergab sich das Problem, daß er ihr Geld für das Kokain und auch ganz allgemein Geld schuldete, so daß sie ab und zu über genauen Zahlen von Verschuldung brütete. Selbst schöne Momente, zum Beispiel als sie ein Auto mieteten, den Hudson hinauffuhren, am Stand eines Bauern Kürbisse kauften, in einem Obstgarten zum Selberpflücken standen und wenig gekonnt Gedichte rezitierten, *Die Zeit des Jahres kannst du an mir sehn,* selbst in schönen Momenten berechnete sie Schulden, *Ich glaube ehrlich nicht, daß du mir den anteiligen Betrag zurückgezahlt hast, und selbst wenn Geld irrelevant ist und ich genug habe, um einen größeren Mietanteil zu bezahlen, heißt das noch lange nicht, daß ich bis in alle Ewigkeit vergessen kann, daß ich mehr als du ausgegeben habe, auch wenn ich sage, daß ich dich liebe,* oder sie dachte an den Moment, als sie einmal mitten in der Nacht aufgestanden war, um Orangensaft zu trinken, und ihn in der Küche, am anderen Ende des merkwürdigen Gewerberaums, der ihre Wohnung war, mit einem zusammengerollten Geldschein, einem Spiegel und Lines gesehen und so getan hatte, als sähe sie nichts.

Ihr Freund hatte das »I« von dem Schild im Schaufenster gekratzt, wo sie jetzt zusammen wohnten, so daß nicht wie früher *Madison Electric,* sondern *Mad Son Electric darauf* stand, und das war der Name ihrer Galerie, und sie hatten eine Pressemitteilung verfaßt, durchsetzt mit kunstkritischem Jargon, den sich ihr Freund im Laufe seiner knapp an der Dissertation vorbeischrammenden Karriere als analytischer Philosoph irgendwie angeeignet hatte; die Pressemitteilung sprach von *Liminalität* und *Numinosität* und *Dialektik,* und sie erging sich über *taktische Strategien der Subjektivität in der Postmoderne,* und der *Hoboken Reporter* hatte die ganze Sache aufgegriffen, auf der Seite gegenüber dem Polizeibericht, wo das Blatt genüßlich über den jüngsten Anstieg von Festnahmen wegen Urinierens in der Öffentlichkeit berichtete, das auf all die neuen Restaurants in den Innenstadt zurückzuführen sei, und auf der gegenüberliegenden Seite dann: *Neue Galerie bringt einen Hauch von Village nach Midtown,* mit einem Foto: *M.J. Powell und Gerry Abramowitz vor der ehemaligen Madison St. Electrical Corp.* (Er hatte sich in einen Billigmantel eingemummelt; seine schwarzen, selbstgeschnittenen Haare standen aufrecht.) Es würden Gäste kommen, es würde Drinks geben, es würde wild werden. Keine Zeit zu verschwenden.

»Ich kriege diesen Kerl und seine Freunde nicht von meiner Treppe, ich habe meine Getränkekiste fallen lassen«, rief sie Anthony Soundso auf der anderen Seite der Madison zu. »In einer Stunde fängt hier bei mir eine Party an.«

»Kein Problem«, sagte Anthony. »Paar Hunde, stimmt's? 'ne hübsche Frau wie Sie. Könnte schlimmer sein. Zum Beispiel Ratten.«

Anthony trat vom Bordstein. Als träte er über den Hudson River selbst, der diese Seite Jerseys von jener Seite von New York City trennt, doch im Moment dieser historischen Reise vom Bordstein kam es, leider, zu einem *Zusammentreffen von Mißgeschicken.* Zwei junge Burschen in Sweatshirts, die einen vermutlich gestohlenen Camaro fuhren, bremsten ab, der Fahrer dieses Fahrzeugs winkte Anthony Soundso zu, Anthony winkte zurück, einer der Hunde schoß auf M.J.s Seite zwischen geparkten Autos hervor, und alles war in diesem Moment möglich, die Bewegungen der *dramatis personae,* Tänzer auf einer Vorbühne, fügten sich zusammen, eine weitere Limonadenflasche platzte, der Camaro machte einen Schlenker, *rammte den Stadtbus,* und Mrs. John J. Vincenzo aus der Adams Street wurde von ihrer erhöhten Position auf den Stufen des Stadtbusses *über ihr Gehgestell* auf das Pflaster, auf Ansammlungen von Automobilglas geschleudert, und von ihr kam ein erstickter Schrei, dann quietschten Reifen, der Camaro, ein 84er Modell, knitterte wie ein teurer Anzug nach einem Abend voller Umarmungen, und Anthony Soundso, der auf die Straße zu waten versuchte, um angesichts einer gefährlichen Zusammenrottung von Hunden seine Bürgerpflicht zu tun, fiel auf den Bordstein, griff sich ans Bein, so daß M.J. das quer über seinen Schädel gekämmte Haar sehen konnte. Zuerst dachte sie, Anthonys Verletzung sei ein Bluff, eine Methode, inmitten des Aufruhrs seine Hilfe zu verweigern. Aber Anthony war zwischen Hyundai und Ford Escort hervorgetaumelt, *Verflucht noch mal!*, und auf dem Boden zusammengesackt, hatte sofort blaue Flanellhosenbeine hochgezogen und marineblaue Socken von der Art enthüllt, wie man sie vielleicht bei einem Herrenausstatter am Union Square bekam, wo ein Typ auf einer Trittleiter als Discount-Polizist fungierte. Anthony begann sich unter leisem Fluchen den Knöchel zu reiben.

M.J. überschritt hinter einem näher kommenden Polizeiwagen die große Schwelle der Madison. »Sind Sie in Ordnung?«

Offenbar kannte Anthony von der Straße die Jungs, die den Camaro fuhren, der den Stadtbus gerammt hatte, dem Mrs. Vincenzo entstiegen war, den Bus, in dem zuvor zwölf Privatschulkinder von der katholischen Schule im Norden der Stadt gesessen hatten, *Joey, ist das der Wagen von deinem Bruder, weiß er, daß du einfach so mit seinem Wagen losgefahren bist, daß du eine Spritztour machst, hast du den Wagen von deinem Bruder kaputtgefahren?* Es war außerdem ein individuell aufgemachter Wagen, und Joey war der jüngere Bruder des Typs vom Lebensmittelgeschäft an der Ecke ganz in der Nähe, der jüngere Bruder des Typs, dem das Lebensmittelgeschäft gehörte und der nicht mehr viel mit M.J. redete, weil, so ihre Vermutung, sie sich Pakete von Versandhäusern an die Adresse des Ladens schicken ließ. Eines Tages, als sie hereinkam, um sich eine Tasse Linsensuppe zu kaufen, riefen der Typ und seine Frau ihr hinter einer Mauer aus Wellpappkartons von J. Crew and Tweeds hervor zu: *Miß Powell, könnten Sie bitte ein paar von den Kisten zu sich nach Hause schaffen, wir können uns nämlich hier im Laden bald nicht mehr rühren.* Blusen, Pullover, Leinenjacketts, schwarze Trikots, Jeans, Badeanzüge und Hüte. Der jüngere Bruder, der in einem Gang in der Nähe der Konserven herumgelungert hatte, hatte sich erboten, ihr tragen zu helfen. Joey. Und Joey und sein Kumpel Mike waren inzwischen aus dem Wagen gestiegen (in der Nähe einer auf dem Bauch liegenden Mrs. Vincenzo), inspizierten die Karosserie und wiederholten unter nervösem Hin-und-Hergehen ihre eigenen, der Situation angemessenen Obszönitäten.

Die Idee zu der Galerie kam Gerry in einer bestimmten Bar in der Second Avenue. In Manhattan. Sie gingen immer nach Dissertationsvorträgen an der Tisch School dorthin. Die Darbietung einer jungen Frau hatte mit der Beziehung zu *schmutziger Wäsche* zu tun; sie hatte einen Wäschesack mitgebracht, legte ein Band von einem Song mit jämmerlich gluckernden Synthesizern auf und verstreute unter kinästhetischen Kombinationen, die dem Vorgang des Gebärens ähnelten, Wäsche auf der Bühne, rückenfreie Oberteile, Unterwäsche, Strumpfhosen. Keine chemisch zu reinigenden Teile. Und nach diesem Stück kam Gerry die Idee. Wahrscheinlich bald danach. Er war bei ihr eingezogen, sie hatte ihn gerade aufgefordert, einzuziehen, und er meinte, die Galerienszene in East Village sei *unverzichtbar* gewesen, und wo jetzt so viele Musiker in Hoboken wohnten, so viele Künstler, gebe es eine echte Szene, es gebe das Maxwell's, es gebe diese ganzen Bands, es sei wirklich einiges im Gange, es sei der richtige Zeitpunkt für eine Galerie, so eine *Samisdat*-Geschichte, in der sich die hiesigen Künstler wiederfänden, es gebe nämlich ganz sicher ein paar große Künstler dort, und reichlich Lofts gebe es auch, sie könnten als eine Art Zentrum dienen, vielleicht bilde sich ja sogar ein Hoboken-Stil heraus, so wie es einen Southwestern-Stil gebe. M.J. hatte an ihrem Institut ein paar Kurse in Kunstgeschichte belegt; sie hatte diesen einen Kurs belegt, wo sie bei der Abschlußprüfung Piet Mondrians Reduktion des Vokabulars der klassischen Malerei *mit der Art und Weise verglichen hatte, wie ein Student bei einer Abschlußprüfung versucht, Bewegung und Vokabular der Arbeit des Semesters auf eine einzige Prüfungsfrage zu reduzieren,* und sie hatte ein Sehr gut für das Referat und somit auch für das Quartal bekommen. Sie hatte dann, ein Semester später, beschlossen, die Idee für die Halbjahresarbeit über die *Abstrakten Expressionisten und ihre Zeit* noch einmal zu verwenden, und ein Ausreichend bekommen. Wo zum Teufel war eigentlich Gerry, während Polizisten um Mrs. Vincenzo herumstanden wie das Volk auf Gemälden von der Kreuzabnahme; während Joey und Mike mit dem Fahrer des Stadtbusses stritten; während die Kinder, die im Bus gesessen hatten, auf die Straße herauströmten: *Fünf Dollar auf den schwarzen Labrador! Das ist kein Labrador!* Gerry kannte nicht allzu viele Künstler. Er hatte sich mal mit einer Frau aus Barnard getroffen, die im Stil höfischer Gemälde des fünfzehnten und sechzehnten Jahrhunderts Porträts der Mitglieder ihrer wohlhabenden Familie malte, und sie wegen der *Mad Son Electric Eröffnungsgala* angesprochen. M.J.s Cousin Nicky, der auf das Cooper Union gegangen war und sich auf Skulpturen spezialisiert hatte, die *Ballons mit Smileygesichtern* verwendeten – Röhren, Leitungen und Verbindungsschläuche beherbergten Ballons, die sich in einer Art Kreislauf aufpumpten und entleerten – hatte ebenfalls abgelehnt. Die Künstler, die sie vor Jahren gekannt hatte, waren keine Künstler mehr. Sie waren Grafikdesigner. *Was war die Kunst anderes als etwas, das man in der Schalterhalle einer Bank aufhängen konnte oder das eine große Anwaltskanzlei oder ein Maklerbüro für Ramschanleihen über ein Komitee für Innenraumgestaltung ankaufte und später mit Gewinn wieder abstieß*; oder, wie Nijinski sagte: *Ich empfand Ekel und konnte das Ballet deshalb nicht beenden.* Beim *Hoboken Reporter* hatte die *Mad Son Electric Gallery* im Sinne der *Medienpenetration* größere Fortschritte gemacht als bei den Künstlern, die ihre Wände zieren könnten. Gerry hatte angefangen, hektisch in der Stadt herumzutelefonieren und zu fragen, ob überhaupt irgendwer irgendwelche Künstler kannte, die in Hoboken arbeiteten, irgendwelche Künstler, die in den Lofts drüben in der Midtown von Hoboken, in der Nähe der Sozialwohnungsblocks, arbeiteten, und manchmal wanderte er in der Abenddämmerung durch die Straßen und starrte in Fenster.

Nun aber war M.J. dank ihrer Studien in Physiognomik und Sportmedizin und dank der Alexander-Technik die ideale Diagnostikerin für Anthony Soundsos verstauchten Knöchel. Sein kräftiger, unscheinbarer Knöchel lag auf ihrem Oberschenkel und sie untersuchte ihn durch sanftes Betasten. Anthonys Augen: traurig, als wäre er, und das sein Leben lang, von irgendeinem Jungenspiel ausgeschlossen worden und sähe mit kurzsichtigem Blick aus der Entfernung zu, während Jungen riefen: *Nix für fette Kinder.*

»Eine Verstauchung ist letztlich eine gezerrte Sehne. Der Befund ergibt sich aus der Vorgeschichte. Haben Sie ihn sich schon mal verstaucht? Ruhe, Eis, ein Druckverband und Hochlegen. So erholen Sie sich am besten.

Wenn die Schwellung nach ein paar Tagen zurückgegangen ist, sollten Sie den Knöchel vorsichtig belasten, indem Sie zum Beispiel nur auf dem betroffenen Bein stehen. Oder Sie könnten versuchen, Buchstaben damit zu zeichnen, zuerst einfache. *H.* Oder *L.* So vermeiden Sie eine Gelenksinstabilität.«

»Wenn Sie mir vielleicht einfach hochhelfen könnten«, sagte Anthony.

Er klang besorgt, distanziert.

»Ich weiß nicht recht, ob Sie damit laufen sollten. Das habe ich doch gerade erklärt«, sagte M.J. »Gebrochen ist wahrscheinlich nichts, das würde man nämlich sehen. Ich habe mal gesehen, wie sich ein Mädchen das Bein gebrochen hat.«

Anthony wand seinen Fuß aus ihrem Griff. Er begann sich hochzurappeln.

»Joey, mach, daß du herkommst«, rief Anthony.

»Der 80er-Camaro kommt nie und nimmer an den 70er ran«, murmelte Joey gerade.

»Oder wie wär's mit dem 67er? Mit acht Zylindern und fünfeinhalbtausend Kubik«, bemerkte Mike, sein Freund. »Find ich super.«

»Ersatzteile. Das ist das ganze Problem.«

»Wenn irgendwas kaputtgeht.«

»Guck mal, da tropft was.«

»Die Ölwanne. Eindeutig.«

»Joey!«

Von der Stelle, wo Mrs. Vincenzo auf einer Bahre aus zersplittertem Glas lag, kam ein Polizist herübergeschlendert; die Sonne sank unter den Rand von Union City; M.J. pflückte sich die Sonnenbrille von der Nase; Lichtgirlanden, blinkende Lichtgirlanden, die Gerry mühevoll im Schaufenster der *Mad Son Electric Gallery* aufgehängt hatte, gingen dank eines Zeitschalters an, und in diesem Licht *wurde ersichtlich, daß die Hunde verschwunden, geflohen waren;* damit war der Weg zur Galerie frei, und die von Hunden verursachte wechselseitige Durchdringung all dieser Ereignisse und Menschen schien im Augenblick nur ein Interpretationsfehler zu sein, nichts weiter. Sie konnte jetzt einfach hineingehen und sich mit dem Anrichten der alkoholfreien Getränke (die Kiste mit Wein war schon drin) und der Käsehäppchen befassen, und vielleicht würden die Stürze dieses Nachmittags in die Berichterstattung über die *Mad Son Electric Eröffnungsgala* eingehen: eine alte Frau mit Gehgestell, die platt auf der Madison Street lag und sich mit erboster Stimme über das Thema *Ischias* verbreitete, ein Auto mit Totalschaden am Heck des Stadtbusses, Kids, die mit einem tragbaren Radio, das einen Song über Baseballsneakers plärrte, auf dem Bürgersteig saßen; Latinos, die aus Autos stiegen, die in dem Chaos weiter vorn steckengeblieben waren, Hupen wie königliche Fanfaren, *und alles wegen Hunden.* Joey und Mike, in schwarzen Tour-T-Shirts, jeder mit einem langen, schmalen Pferdeschwanz, der sich den Nacken hinabschlängelte, hievten Anthony hoch. M.J. mußte nur noch die Haustür öffnen. Sie war müde. Ein Krankenwagen kam aus der falschen Richtung die Straße entlang. Seine gedämpfte Sirene. Und vor ihr auf der Straße lag eine noch unberührte Flasche Orangenlimonade. Sie hob sie auf und ging zu Anthony zurück, um sie ihm zu schenken.

»Tut mir leid, daß Sie soviel Ärger hatten.«

Als wäre er ihr nie begegnet.

»Danke.« Er schraubte rasch den Deckel auf. Orangenlimonade sprudelte über. Er wischte einen Spritzer von sich ab.

»Wir haben nachher eine kleine Vernissage. Kommen Sie doch vorbei.«

»Äh, hab schon was vor.«

Hinten auf ihrer Straßenseite setzte sich ein Typ vor ihrem Haus auf die Haube eines Kombis. Auch er trank ihre Limonade. Ihr Diät-Coke. *Was'n das für'n Laden hier, ey?* Er deutete auf die Galerie. Sie ignorierte das alles, hielt auf die Tür zu, und die drei Stufen kamen ihr steiler, anstrengender vor, als gehörte das zu ihrer Darbietung und das Publikum hinter ihr sähe zu. Sie liebte ihren Freund, im Moment jedenfalls liebte sie ihn, auch wenn er anscheinend nicht viele Freunde hatte, auch wenn es Abende gab, an denen sie von der Akademie nach Hause kam und ihn allein im Haus antraf, bei eingeschaltetem Videorecorder, und daneben eine Reihe von Horrorfilmen, die er seit seiner Kindheit liebte. *Wen laden wir zur Galerieeröffnung ein?* fragte sie. *Mach dir darüber keine Gedanken. Das ist noch die leichteste Übung.* Sie hatten ein paar Einladungen verschickt, insgesamt vielleicht dreißig, aber würde auch jemand von diesen Leuten kommen? Ein paar Leute kannte er über seinen Tagesjob in der Stadt, als Bibliograph für die *Encyclopedia of the History of Religions.* Dort kriegte er jeweils ein Dutzend Karteikarten mit Namen wie Mercia Eliade oder Reinhold Niebuhr, stieg damit in das Magazinlabyrinth der Columbia hinab und sah zu, was er auftreiben konnte, irgendeine in Den Haag erschienene Festschrift, ein paar alte Ausgaben des *Religious Anthropology Quarterly.* Echnatons oder Moses' Vorstellung von Monotheismus. Wenn er pro Stunde genügend von diesen Karten abarbeitete, brachte ihm das genügend Geld ein, um eine Zeitlang die Ferngespräche zu bezahlen, mit denen er Freunde aus Austin oder Burlington einlud, zu der Ausstellung nach Hoboken zu kommen. Sie wühlte in den tiefsten Tiefen ihrer Handtasche. Nein, nicht da in der Vordertasche, vielleicht in der Reißverschlußtasche vorn, und okay, wenn nicht da, keine Panik, dann in der hinteren Tasche, sie steckte sie nie in die hintere Tasche, *Okay, Scheiße, wo sind die Schlüssel?*, an ihrem Rock hatte sie natürlich keine Tasche, von Frauen wurde nicht erwartet, daß sie Taschen hatten, aber sie überprüfte es trotzdem, klopfte sich absurderweise vorn und hinten ab, als wären da Taschen, dann noch mal von vorn, die ganze Leier, Vordertasche, Hintertasche, Innentasche, ein flüchtiger Blick auf das Chaos in der Madison Street, *Wo zum Teufel blieb eigentlich Gerry?*, und wieso waren ihre Schlüssel nicht da drin? In Gedanken ging sie hastig die letzte halbe Stunde durch. Als sie sich mit *den Hunden* kabbelte, hatte sie sie da gehabt? Waren die Schlüssel herausgefallen, als sie auf den Bürgersteig gestolpert war? Gab es in ihrer Erinnerung einen Schnappschuß von einer umgestülpten Handtasche, dem Schimmer ihres silbernen Schlüsselanhängers auf dem Bürgersteig? Sie versuchte den Knauf zu drehen, ein rostiges altes Ding an der Metalltür. Er rührte sich nicht.

Auf der anderen Straßenseite Joey und Mike, die Anthony den Bürgersteig entlanghalfen.

Ein Obdachloser aus einem Unterschlupf in einem der nahe gelegenen Industriegebäude war aufgetaucht. *Die Obdachlosensituation hier in Hoboken verschlimmerte sich immer mehr,* glaubte M.J.; früher hatte es unten am Terminal diese Hotels gegeben, das Hotel Viktor zum Beispiel, ein Hotel, das als Satellitengeschäft für die irischen Bars existierte, Pinten, wo Schicksen und Säufer, die den Wochenlohn bei den Hunderennen verloren hatten, einander trösteten und ärgerten. Das waren die Hotels, in denen diese Männer wohnten, neben Immigrantinnen und ihren Kindern; jedenfalls, als nebenan dieses grelle Restaurant aufmachte, der Laden mit dem lauten Audiosystem und den Kellnerinnen mit Silikonimplantaten, tja, da mußten die Hotels schließen, konnten sich die nach oben angepaßten Mieten nicht mehr leisten, diese Leute konnten es sich nicht mehr leisten, da wohnen zu bleiben, wo sie immer gewohnt hatten, und deshalb mußten sie gehen. Irgendein mittelloser Abenteurer hatte die Sprache des Protests auf die Tür des Hotel Victor gesprayt: *Wo sollen die Leute hin?* Und in der Stadt tauchten bunte T-Shirts mit diesem Spruch auf, mit der schmutzigen Fassade des Hotels und dessen Schild, und darunter: *Wo sollen die Leute hin?* Doch selbst der Abenteurer, der das Hotel besprayt hatte, wurde zermürbt von der Sinnlosigkeit politischen Widerstandes in der mittelalterlichen Stadt, die ganz und gar von der Vetternwirtschaft bestimmt war, wegen der schlechtesten Schulen im Staat Gegenstand einer Untersuchung der Bundesbehörden, und die Leute, die im Hotel Victor wohnten, wurden auf die Straße gesetzt, und ungefähr zu dieser Zeit fiel ihr einer der regelmäßig in Erscheinung tretenden Obdachlosen von Midtown auf, Aaron hieß er, jedenfalls nannten ihn die Leute so, erzählte ihr der Besitzer eines Feinkostgeschäfts, und Aaron, das Interessante an Aaron war, neben der Tatsache, daß er normalerweise einen Hockeyhelm trug, der dazu diente, *sein Gehirn drin zu halten,* das Ungewöhnliche also war, daß es sich bei ihm, nach ihrer Überzeugung, um *einen schwulen Obdachlosen* handelte, was einem nicht alle Tage unterkam, obwohl sie vermutete, daß Geisteskrankheiten wohl in sämtlichen demographischen Kategorien zu gleichen Prozentsätzen auftraten. Unter dem Dreck, dem rötlich blonden Bart und dem Hockeyhelm wirkte Aaron zart, zerbrechlich, schwach, eine Vogelscheuche, und seine Gesten waren balletthaft, wie bei den Tänzern, die sie kannte. *Ich will Gedichte schreiben, ich will Ballette komponieren. Ich bin Gott,* wie Nijinski sagte. Sie konnte sich vorstellen, ein Tanzstück für Aaron zu entwerfen, und es enthielte eine Menge von Nijinskis Wortassoziationen, die Aaron beim Tanzen rezitieren müßte. Aaron flitzte häufig um Busstationen herum, deutete hektisch auf Gegenstände und Menschen, die nicht unmittelbar zu sehen waren, und schwenkte dazu eine halbleere Flasche Miller Genuine Draft. Es gab natürlich auch geistig völlig gesunde Obdachlose und unglückliche obdachlose Familien, aber zu denen gehörte Aaron nicht. Er war ein aus einer Anstalt entlassener Obdachloser. Es wäre schwierig, ihn dazu zu bringen, Kombinationen richtig auszuführen, aber man könnte ihn vielleicht, Phrase nach Phrase, auf Video aufnehmen, wie bei den abstrakten Videos von Cunningham, die M.J. mochte; und was hatte er hier, am Kopfende von Mrs. Vincenzos ausgestrecktem Körper, zu suchen, während sie die Sanitäter mit Geschichten ergötzte?

»Der eine junge Mann, der das Restaurant in der Washington Street eröffnet hat. Den habe ich schon als kleinen Jungen gekannt. Seine Eltern sind sehr stolz auf ihn. Sehr stolz. Hat mir gesagt, das Essen von Sandwiches drüben in Jersey hätte ihn auf die Idee gebracht. Das liegt schon eine ganze Weile zurück. Mein eigener Junge war damals beim Militär.«

»Mrs. Vincenzo, Sie sollten nicht reden.«

»Ich rede, wann ich Lust dazu habe.«

»Gehen Sie doch mal ein Stück zur Seite, Kumpel, daß die Dame ein bißchen frische Luft kriegt«, sagte einer der Sanitäter zu Aaron, über dessen Gesicht in diesem Moment eine dunkle Wolke der Ablehnung strich. Unterdessen, direkt daneben, der Fahrer des Stadtbusses, über Funk: »Kleinerer Blechschaden. 'n Platter. Junge Dame war so nett, was von ihren Getränken herzugeben, und die Kinder? Trinken alle Limonade. Paar spielen auch Karten.«

»Soll ich Ihnen die aufmachen?« erbot sich der Typ auf der Haube des Kombis und deutete dabei auf M.J.s

Haustür. »Krieg ich ohne weiteres auf. Brauch bloß 'ne Kreditkarte oder so was. Mach ich gern.«

Jede Stadt im Nordosten hatte ihren Exzentriker mit *künstlicher Bräune.* Viele dieser Figuren hatten ihre Bräune von örtlichen Bräunungsstudios, und Hoboken hatte auch ein Bräunungsstudio, aber das befand sich am Nordende der Stadt, wo M.J. selten hinkam, und sie war ohnehin überzeugt, daß *Bräunungsstudios mit Strahlung verbunden waren.* Hellhäutig wie sämtliche Mitglieder ihrer Familie, entstammte sie einer langen Ahnenreihe von Elfenbein, das im Winter zart und im Sommer ungesund aussah, *Menschen aus dem Eis,* diese Ahnenreihe von Anglo- und Irisch-Amerikanern, die kraft Geburtsrecht nicht in Städten leben mußten, die, wie Hoboken, auf Sümpfen errichtet waren, *sie war weiß,* und der Herr da auf der Haube des Kombis war aufgrund irgendwelcher Mittel gebräunt, aufgrund der Anwendung eines Safts, eines ägyptischen Hennas oder dergleichen, das er im Schutz der Nacht, in grellem Badezimmerlicht, gleichmäßig auf sich zu verteilen versuchte.

»In weniger als einer Stunde soll hier eine Party steigen. Die Gäste kommen schon sehr bald. Wo ist nur mein Freund? Er müßte eigentlich hiersein.«

»Sie brauchen bloß 'ne Kreditkarte, das ist alles.«

Seine Hilfsbereitschaft entlarvte sich somit als Versuch, an ihre Kreditkarten heranzukommen, die ohnedies Kreditkarten ihrer Eltern waren, nämlich eine von der Bank ihrer Eltern ausgestellte Visa und eine American Express Platinum. Das ganze Geld oder Bitten um Geld floß zurück zu jenem Urstamm, so wie das ganze Geld ihrer Eltern zu der Zentralbank und ihrer Gründungsurkunde zurückfloß, für die Washington als Präsident im Jahre 1791 gestimmt hatte. Alles Geld bezog sich auf das ursprüngliche Geld britischer Feudalherren, das, transferiert und ergänzt durch Plastikkarten, Karat,

Dukaten, Goldnuggets, Aktienzertifikate, Anleihen, Computerausdrucke von Investmentfonds der Open-end-Kategorie, nichtsdestoweniger lediglich eine Anerkennung des Ursprungs des Geldes war, vertreten von Menschen, die nur schwer Bräune annahmen und es nicht nötig hatten, sich Säfte auf ihre fahle Fassade zu streichen. Überdies vermutete sie, daß alles ursprüngliche Geld *von Männern* verwaltet wurde, weil Frauen als vergeßlich und launisch galten und ohnehin dazu neigten, die Kontrolle über Geld anderen zu überlassen, die Taschen hatten. Die Männer saßen alle irgendwo in einer Bar, in Selbsthaß versunken, schmeichelnde Kurtisanen, die am Morgen gräßlich aussehen würden, grübelten sie über die Kassenerfolge eines bestimmten österreichischen Bodybuilders nach, der sich dank seines Akzents auf verblüffende Weise wie ein Faschist anhörte; es war praktisch unmöglich, sich *nicht* vorzustellen, daß dieser Österreicher, der womöglich Säfte benutzt hatte, um seine Fassade zu bräunen, Faschist war. Sie pflegte nachts nach Hause zu kommen, und Gerry saß, das örtliche Telefonbuch aufgeschlagen vor sich, am Küchentisch, und sie fragte, was er da mache, und er sagte, *er lese das Telefonbuch.* Sie fragte, warum er das Telefonbuch lese. Er gab keine Erklärung, er lese einfach, und dann, als sie überlegten, wen sie zur *Mad Son Electric Eröffnungsgala* einladen könnten, war er dazu übergegangen, die weißen Seiten zu lesen, außerstande, auf eine Weise mit ihr zu kommunizieren, die einen von beiden zufriedenstellte, ja sogar unsicher, was es hieß, zu kommunizieren; Gerry improvisierte: *Ich suche nach Rockstars,* da gebe es doch diese Hoboken-Bands, die wohnten alle ein Stück weiter die Straße rauf, hätten alle Tagesjobs, einer lektoriere für einen der größeren Verlage, man sehe sie immer in den Bussen zum Port Authority, und er denke daran, diese Berühmtheiten zur *Mad Son Electric*

Eröffnungsgala einzuladen, aber er tat es nie, es wurde nichts daraus.

»Haben Sie denn keine Kreditkarte?« fragte M.J. »Ich weiß nämlich nicht recht, ob ich eine meiner Kreditkarten für ein Schloß opfern soll. Eigentlich gehören sie sowieso nicht mir. Sie sind nur für den Notfall, und wenn ich eine verlieren würde, müßte ich die Bank verständigen.«

»Ganz wie Sie meinen«, sagte der *Gebräunte.*

»Es ist mir völlig egal, ob er der größte Sänger des Jahrhunderts war!« brüllte Mrs. Vincenzo. Neben ihr wiegte sich Aaron in Anerkennung ihrer Redekunst. »Ich sage, er müßte herkommen und die Stadt besuchen, in der er großgeworden ist. Ich versteh das nicht. Mein Junge hat hier in der Stadt Ärger gehabt, bevor er zum Militär gegangen ist, und ich habe trotzdem weiter hier bei den Nachbarn und Freunden gelebt, die gesehen haben, was ich durchgemacht habe. Die haben meine Probleme verstanden. Ich bin von hier. Ich laß mich nirgendwo anders hinverpflanzen.«

»Mrs. Vincenzo«, sagte einer der Sanitäter, »wären Sie jetzt bereit, in den Krankenwagen zu steigen?«

Zwischen den Kids, die Karten spielten, kam es zu einem Streit, zwischen einem schwarzen und einem weißen Jungen, und bald hatten sich mehrere andere eingemischt, sie hielten den weißen Jungen unten und zogen ihm die Sneakers aus, kosteten wahrscheinlich 37 Dollar 50 pro Stück, banden zwei Schnürsenkel zusammen, der Junge schrie: *Nein! Nein!,* aber sie hielten ihn unten. Nun bemerkte M.J. die Ernte von Schuhen, die über den Stromleitungen hing. Die Anstifter schleuderten die Schuhe hoch, damit sie sich über die Stromleitungen hängten. *Bitte nicht, die sind ganz neu!* Sie nannten ihn *Schwuler,* denn wie sonst nannte man einen Jungen, man nannte ihn *Schwuler,* das war das Schlimmste, was man sein konnte. Sie blickte zu Aaron hin, um festzustellen, ob er das registriert hatte, ob die Tatsache, daß man ein Leben lang von seinesgleichen hauptsächlich gehaßt wird, zwangsläufig auf späteren Wahnsinn und Alkoholismus schließen läßt, aber Aaron war zu dem Bus hinübergebummelt und stritt sich mit dem Fahrer über dessen Route.

»Fahren wohl nicht sehr oft mit dem Stadtbus«, sagte der Fahrer, »der Bus hier fährt nämlich schon seit ein paar Jahren die Madison runter. 'n *anderer* Bus fährt die Washington runter, deswegen haben die Leute auf dieser Seite der Stadt es jetzt nicht mehr so weit zu laufen wie die Leute auf der anderen Seite, sie müssen jetzt größtenteils nicht mehr so weit laufen.«

»Vielleicht ist es ja gar nicht Ihr Haus«, meinte der Kerl vom Kombi.

»Was haben Sie gesagt?« fragte M.J.

»Vielleicht versuchen Sie ja bloß, mich dazu zu bringen, daß ich in ein Haus einbreche, das gar nicht Ihnen gehört.«

»Wollen Sie meinen Führerschein sehen?«

»Vielleicht wohnen Sie ja nicht mal in der Straße hier. Vielleicht wohnt ja jemand anders hier. Führerschein? He, die Dinger können Sie *kaufen.*«

»Das ist ja wirklich unverschämt. Was Sie sagen, ist einfach unverschämt.«

Das Gesicht des *Gebräunten* (mittlerweile nahm sie an, daß er *Norbert* hieß) deutete auf eine erhebliche, bislang verborgen gebliebene Grausamkeit hin. Sie wußte, daß er ihr *in ihrer Stunde der Not* keine Hilfe sein würde. Unterdessen wild hupende Autos auf der Straße. Krankenwagen und Bus nebeneinander geparkt. Polizei neben Sanitätern. Ein Feuerwehrmann lief herum und fragte, ob er gebraucht werde. An der Ecke hatte ein Verkehrspolizist, der erschienen war, um den Berufsverkehr auf die Seventh Street umzuleiten, unter den Versammelten einen Freund erkannt. Er verließ die Kreuzung, um mit diesem Kloß im Trainingsanzug zu plaudern. Der Verkehr floß zäh. Als nächstes tauchte ein Straßenhändler auf, einer von Hobokens Eisverkäufern, mit einem Karren und einem Dutzend Flaschen, der mit seinem Eispickel drauflloshackte und auf alles Himbeersirup kippte; um ihn herum spielten drei, vier Freunde mit purpurroten Würfeln und unterhielten sich in einem raschen Schwall von Spanisch und Englisch: Ergebnisse der ersten Spiele der Footballsaison, Eheprobleme, *wie ein paar Anglos im falschen Viertel die Mieten hochtreiben,* diese Stadt, wo sie den Fährterminal schon zur Hälfte abgerissen hatten, damit sie dort *lukrative Bauten, wie zum Beispiel Spielhallen, Einkaufszentren, Luxuswohnungen* hochziehen konnten, man konnte am Terminal weder eine Fähre nehmen noch irgendwas anderes mit dem Standort anfangen; das Komitee für ein schöneres Uferviertel stand gegen die Leute, die schon seit ihrer Kindheit hier wohnten, auf der Asphaltstraße drüben am Observer Highway Stockball gespielt hatten; die Leute, die hier wohnten, waren größtenteils *für* Entwicklung, auch wenn ihnen das nichts anderes einbrachte als Abrißbirnen und Schnellimbisse; und ebendieses Thema war nun aufgekommen, vor den blinkenden Lichterketten der *Mad Son Electric Gallery* von Hoboken, worauf ein BMW-Besitzer mit Ray-Ban-Sonnenbrille und grellgelber Krawatte aus seinem Cabrio stieg und sich mit den Männern bei dem Straßenhändler anlegte, und dennoch stimmten alle überein, alles stimmte überein, *Sie halten es also für schlecht, wenn da unten ein paar architektonisch schöne Gebäude und ein paar Läden hinkommen, genau gegenüber vom Empire State Building?* Die Männer in ihren Basketballtrikots und abgetragenen Baseballmützen, Jeans und Arbeitsstiefeln, wortlos. *Das ist eine gute Sache,* fuhr der Yuppie fort, *die den Immobilienwert hier in der Gegend verbessern wird. Für die Steuerbemessungsgrundlage ist es auch besser. Und es werden Arbeitsplätze geschaffen.* Schnallte sich, mit der Stadtplanung zufrieden, wieder in seinem Wagen an, und dort saß er dann, im Verkehr zur Bewegungslosigkeit verurteilt.

»Nur über meine Leiche kommt da unten am Wasser ein Haufen Bäume hin! Nur über meine Leiche! Wir brauchen keine Parks mehr! Wir haben schon mehr als genug Parks! Das gibt doch nur Dreck von Tauben und Ratten! Wir brauchen Steuereinnahmen!« meinte Mrs. Vincenzo.

Herbst, *Jahrmarkt der Töne.* Menschen kamen aus Betrieben, aus Mietshäusern auf die Treppen. Auf Monate das letzte Mal, daß sie das tun konnten. Laub verstopfte die Straßen, die Abflußrinnen. Wo kam das Laub her? Man war hier drei Straßen vom nächsten Baum entfernt. Früher waren, wie um diese Jahreszeit üblich, Nordoststürme durchgebraust, und was an Ästen in der Mile-Square City blieb, wurde kahlgerupft; jede neue Bö bestäubte gelbe Symbole des Niedergangs. Es war eindeutig nicht nur M.J., die eine Poesie, eine Weltsicht aus einem Temperaturabfall und einer Verminderung des Lichts machte. *Ich zittere wie Espenlaub,* sagte Nijinski. Das Haus ihrer Eltern sah wunderschöne Herbste. Bei gutem Wetter trainierte sie draußen auf dem Rasen, während der Mann von nebenan verblichene Blüten von seinen einst leuchtenden Hortensien schnitt. Über den klaren Linien einer strenggeschnittenen Hecke bewegte sie sich auf und ab, perfektionierte, *vor Hunger schwach,* Sprünge. Sie hatte ständig Hunger. Sie fror ständig.

Der aufdringliche Goldbraune mit der Einbruchsmasche, Norbert, akzeptierte eine von ihr angebotene, lebenslang gültige Mitgliedskarte der *Major Video, Inc.*

und begann sich mit dem Schloß zu beschäftigen, was offenbar zur Folge hatte, daß er mit der Kante der Plastiklaminierung den Anstrich des Türrahmens zerkratzte. Gerry Abramowitz hatte seine eigene Major-Video-Karte. Diese hier ließ sich opfern. Von verzweifelten Videoausleihtouren kehrte Gerry auf seine übliche nervöse Art zurück, unsicher und schweigsam, mit einem Privatfestival von Science-fiction-Filmen und Teenagersexkomödien. *Red ein bißchen mit mir,* bat sie. Er hatte gelacht. Er blieb auf und sah sich Filme an, nachdem sie zu Bett gegangen war, und ging mit seinem Stapel bibliographischer Karteikarten früh aus dem Haus. M.J.s Ad-hoc-Schlosser klingelte bei den Mietern im ersten Stock. Er bog die Video-Mitgliedskarte, bis sie einen haarfeinen Knick zeigte. M.J. war sich im Licht der Straßenlaternen beinahe sicher, daß schon Partygäste eingetroffen waren. Da war ein Paar in Bowlingschuhen und Hawaiihemden im Partnerlook, die Haare angeklatscht mit der damals modernen Pomade, Tenax oder Vaseline; da war ein Typ mit wuchtiger Schildpattbrille und einem Madrasjackett aus zweiter Hand. Alle am Flachsen. M.J. würde ihre Gäste nicht auf der Eingangstreppe empfangen, aus ihrer Wohnung ausgeschlossen, nachdem sie Diät-Coke und Orangenlimonade verschenkt hatte. Das war erniedrigend.

»Die karnevalistische Tradition, von Bachtin«, sagte das Madrasjackett.

»Ich dachte, das wäre Bakunin«, sagte die Frau.

»Das ist der mit der Anarchie.«

»Ich weiß, was Anarchie ist. Sie haben die Bs durcheinandergebracht.«

»Wir könnten auch in dieses orientalische Lokal gehen.«

»Äh, keine Zivilisation hat ohne zeitweilige Aufhebung der Regeln der Zivilisation Bestand.«

»Warten wir noch ein paar Minuten.«

»Hast du eine Zigarette?«

Worauf die Tür des Gebäudes neben dem von M.J., nämlich 619 Madison, aufging, Polizeikreisen zufolge ein *bekannter Drogenumschlagplatz,* bekannt für seine *starke, rauchbare Form von Kokain.* Die nebenan, von dem *bekannten Drogenumschlagplatz,* hatten ihr nie irgendwelchen Ärger gemacht. Es waren vitale, beherzte amerikanische Unternehmer. Die Tür, ein wenig solides altes Ding aus Verbundplatten, in das billiges Buntglas von Sears eingesetzt worden war, schwang auf, und heraus kam der Traum in diesem Traum, ein Cherub, ein Teenager von nebenan, ein junger Latino, ein Edgardo, José oder Miguel vielleicht, einer, der mit Usern der *starken, rauchbaren Form von Kokain* zu tun, aber etwas vollkommen latinohaft Himmlisches an sich hatte, das er, Angel, besitzen würde, bis er älter war, ein paar Pfund zugenommen hatte, ein Malocher geworden war, Schönheit gegen Würde eingetauscht hatte; im Augenblick so vollkommen, wie es ein Junge in Hoboken nur sein konnte in gebügelten Jeans, schwarzen Arbeitsschuhen, James-Dean-Windjacke, gekonnt zerzaustem, schwarzem Haar, wie einem Krimi entsprungen, in den Händen einen Plattenspieler, *sie konnte nicht umhin zu denken, daß er dabei war, den Plattenspieler zu stehlen,* und als er die Menschenmenge vor der Eingangstür sah, machte er kehrt, wie um den Plan zu überdenken, sich ins Haus abzusetzen, weg von den Behörden. Kaufte überhaupt noch irgendwer LPs? Sogar der Laden unten am PATH-Terminal, wo der bärbeißige Kiffer mit den Koteletten und dem Pferdeschwanz wortlos obskuren Rock and Roll auf Vinyl verschacherte – Syd Barrett, Lothar and the Hand People, the Nazz –, selbst dieser Laden war am Eingehen; warum also sollte Angel, der Latino-Cherub, *einen Plattenspieler stehlen?*

Sie ging die Treppe hinunter auf ihn zu.

»Ich habe mich ausgesperrt. Nebenan. Und ich erwarte einen Haufen Leute, die sich unsere neue Galerie hier ansehen wollen, und ich habe mir überlegt, ob Sie vielleicht jemanden hier im Gebäude kennen, oder vielleicht ...«

Affektiertes Zurkenntnisnehmen von seiten Edgardos oder Miguels.

»Ich muß das Ding da zu meinem Freund rüberschaffen.«

»Nun seien Sie nicht so.«

Der Plattenspieler balancierte auf dem schmiedeeisernen Geländer.

»Kann ich auf dem Dach rübergehen?« fragte M.J.

Vielleicht überzeugte ihn die Unbesonnenheit des Vorschlags, seine Meinung zu ändern. Welche junge weiße Frau aus der Vorstadt würde vorschlagen, *übers Dach zu gehen?* Ein verschwörerisches Grinsen legte sich über sein makelloses Gesicht.

»Klar, das Dach. Sie können auf dem Dach rübergehen.«

Sie fragte, ob er es ihr zeigen würde, ungeachtet der politischen Implikationen ihres Wunsches, *etwas gezeigt zu bekommen,* einer Situation, in der eine Frau einen Mann um Unterweisung bat, wegen des stilisierten Austauschs von Informationen, der sich daraus ergeben könnte, Unwissenheit vortäuschte; es gefiel ihr immer noch, wenn ein Kerl *ihr etwas zeigte,* ob es nun darum ging, wie man bestimmte technische Geräte, die Kaffeemaschine, die Stereoanlage, programmierte, wie man mit einer Handsäge umging oder eine Rückhand schlug, und vielleicht wäre es auch mit Gerry so gewesen, wenn er sich *mit irgend etwas ausgekannt* hätte, aber er wußte nicht viel, ein paar Knoten von damals, als er in der Vorstadt Segelunterricht genommen hatte, aber er konnte nichts reparieren, und einmal, vor ein paar Wochen, war sie dazugekommen, wie er unerklärlicherweise eine Schließe an die Fensterbank gehalten hatte, als ob sich das eine am anderen verwenden ließe, *Was hast du denn mit der Schließe da vor?* Er wußte über Frege, Austin, Kuhn Bescheid, aber seine Drückebergerei in punkto Reparaturen im Haushalt war entsetzlich. *Können wir nicht jemand holen, der das repariert?* Auf der Eingangstreppe des Gebäudes blähte sie diesen Sachverhalt zu einem Notationssystem des Romantischen auf: Der Liebste und man selbst zeigten sich gegenseitig anhand von Diagrammen, *wie etwas ging,* und wenn man dann wußte, *wie es ging,* wechselte man zum nächsten Menschen über, damit der einem zeigte, *wie es ging.* Sobald ein bestimmter Gegenstand repariert war, mußte er wieder kaputtgehen oder ersetzt werden, *und zwar schnell.* Und die Frage, die sich ihr nun, zur Erinnerung, stellte, lautete: *Wie schlich sich eine Frau auf das Dach des Gebäudes, in dem sie wohnte?*

»Muß das eben in den Keller tragen«, sagte Angel. »Warten Sie.«

Dann kam er wieder. Gemeinsam nahmen sie die ausgetretene Treppe in Angriff. Hohlblocksteine. Nackte Glühbirnen, die an ausgefransten Kabeln von der Decke baumelten. Von abgewetzten Wänden abblätternde Anstriche auf Bleibasis. Sie folgte ihm. Mit jeder Treppe steigerte sich ihr Tempo, ihr Gekeuche und Geschnaufe, ihre Erwartungen, und sie schaffte es nicht nur mitzuhalten, sondern Angel noch heftiger anzutreiben, obwohl sie, seit ihr das Frühstück hochgekommen war, nichts als eine Reiswaffel gegessen hatte. Endlich packten sie beide das Geländer der roten *Notleiter;* sie hievten sich hoch; endlich klappten sie eine alte verrottende Falltür zurück; endlich hörten sie Taubengetrippel. Sie waren auf dem Dach.

Nacht hatte sich über die Landschaft gesenkt. Auf dramatische Weise. Hinter dem grünen Klümpchen in der Ferne, das das Stevens Institute of Technology war, Nacht über dem World Trade Center, Nacht über den Hochhäusern von Hoboken, Nacht über dem Spektakel von New York City, Nacht über dem Hudson, Nacht über den Schiffen auf dem Hudson, Nacht über den Müllkähnen und ihrem Gesprenkel aus Windeln und Getränkehaltern, Nacht über Geschichte und Politik der Dreistaatenregion, Nacht über der Newport Mall von Jersey City, Nacht über dem Liberty State Park, Nacht über Edgewater, Nacht über Fort Lee, Nacht über der George Washington Bridge, Nacht über großen und kleinen Verkehrsadern, Nacht über Sümpfen, Asphaltstraßen, Güterbahnhöfen, Baseballfeldern und Umspannwerken. Wer konnte sich davon abwenden? Wer konnte sie außer acht lassen? Die Nacht war gekommen, noch während die Stadt darunter vor Streit und Überschwang wogte.

Sagte sie die nächsten Worte, ehe sie auf dem Dach, im frischen Mondlicht, handelte, Worte, die damit zu tun hatten, daß sie auf dem Dach eines *bekannten Drogenumschlagplatzes* einen Wildfremden *aus einer anderen ökonomischen Schicht und von anderer ethnischer Herkunft* küßte, während sich die Gäste ihrer Party versammelten, oder küßten sie sich zuerst, und die Worte ergaben sich wie spontane, rückwirkende Heraufbeschwörungen der Kabbelung subkutaner Wünsche? Woher kam der Gedanke in diesem Schmelzofen der Erinnerung? Was brachte sie dazu, so unglaublich dumme Dinge zu tun? Daß sie draußen, vor dem Gebäude, so lang aufgehalten worden und nun einfach froh darüber war, *endlich drin zu sein?* Oder war es irgendeine Eigenschaft von Angel selbst? Gab es denn keinen Moment, in dem sie darüber nachgedacht und sich bewußt gemacht hatte, daß das vielleicht nicht die klügste Entscheidung war, die sie je getroffen hatte? Nein. Alles hing miteinander zusammen, war miteinander verbunden. Es gab keinen Angelpunkt, von dem aus es sich auseinanderdividieren ließ. Das hier war Teil dessen, was vorausgegangen war. Wie wohltuend, keine bestimmte Entscheidung treffen zu müssen, sondern dem nachzugeben, was schon so deutlich auf der Hand lag, als wäre es mit physikalischen Lehrsätzen untermauert. Sie dachte, oder sagte laut: *Laß mich deine sagenhafte Caravaggio-Visage küssen,* und sie wußte, daß auch er wußte daß sie sich küssen würden, wie Kandidaten fürs Durchbrennen; der Kuß war unklar als romantische Geste, doch eindringlich als Kommentar zu Art und Dauer des Oktobers und was das Ende des Oktobers bedeutete: das Hereinbrechen des Ferienwahnsinns, gemischte Niederschläge, Verrücktheit auf der Straße, *Wir sind jung! Wir sind schön! Wir dürfen knutschen!* Er hielt sie von sich ab. *Klettern wir über den Zaun da.*

Stacheldraht, rostig von Alter und Emissionen von Schwefelverbindungen, trennte M.J.s Gebäude von dem *bekannten Drogenumschlagplatz.* Über den bündigen Gebäudekanten ausgerollt und in Zement verankert. Durch die Probleme von Stacheldraht implizierte, schwere Gewissensbisse. Doch diese Gewissensbisse hielten nicht sehr lange an. Angel (richtiger Name Mike) machte natürlich den Eindruck, als wäre er wie dafür geschaffen, Stacheldraht zu überwinden, was von seiten M.J.s eine Verallgemeinerung von Sachverhalten war, von denen sie nichts verstand, wozu Leute, die viel hatten, im Hinblick auf Leute neigten, die nicht soviel hatten. Nichtsdestoweniger fand Angel einfach eine Stelle, die viel begangen war, zog ein Paar schwere Arbeitshandschuhe aus den Taschen seiner Windjacke, legte sie hin, zog seine Windjacke aus, warf sie wie den sprichwörtlichen Mantel über den Zaun, packte den Zaun mit Arbeitshandschuhen, flankte darüber. Pflückte die Jacke von den Stacheln. Nun trennte der Zaun die beiden.

»Da komm ich nicht drüber«, sagte M.J.

Und die Party? Und die Leute, die draußen auf der Straße versammelt waren? Und ihre Karriere als Tänzerin? Wollte sie heiraten? Wollte sie sich fortpflanzen? War sie ihren guten Freunden eine gute Freundin gewesen? Hatte sie sich bemüht, die Freundlichkeit ihrer Eltern zu vergelten, deren einziges Kind sie war? Hatte sie herrenlose Tiere aufgenommen? Für wohltätige Zwecke gespendet? Das Gute in anderen wahrgenommen?

»Ich hebe Sie rüber«, sagte Angel.

»Sie wiegen ungefähr zehn Pfund mehr als ich.«

»*Kein Problem.*«

»Das schaffen Sie nicht.«

Er stand an der Stelle, wo er selbst drübergeklettert war. Die Stacheln waren mit Blutströpfchen gesprenkelt. Vielleicht war es auch das Licht. Blut der steuerlich Belasteten, Blut von Arbeitern, Blut von leidenden Süchtigen, die zu dem *bekannten Drogenumschlagplatz* strömten. Während ihre Frauen oder Eltern schliefen, niemand auf sie achtete, kamen sie die Madison Street herauf, unter Stoßgebeten, verstohlen, verschwitzt, verzweifelt, zur Nummer 619. Sie hämmerten an die Tür. Sie besaßen nicht genug Kleidungsstücke, um die Kälte abzuhalten. Es war kein modisches Statement. Angel streckte die Arme aus. Sie hatte nicht viel Vertrauen. Sie stieg auf das Sims, das die beiden Gebäude voneinander trennte, und landete mit ausdrucksvoller *saltation,* mit *frisson* in seinen Armen, die Arme um seinen Hals geschlungen; jetzt konnte sie ihn riechen, und er roch kräftig, wie ein Mensch, und so aus der Nähe konnte sie die Oberflächen seiner Wangen sehen, haarlos und jungenhaft. Es stimmte. Er konnte sie hochheben. Sie war Luft, sie hatte die Absichten des universalen Choreographen vervollkommnet, ihren Körper gewichtslos gemacht wie den eines Vogels: *Ein Vogel ist ein Todesbote für Menschen, die kein Gefühl haben.* Es hätten noch mehr tolle Hebefiguren und Umarmungen kommen sollen, doch statt dessen fand die Sequenz ihr absehbares Ende. Das heißt, ihr schwarzer Minirock blieb an Stacheln hängen, Stoff gab nach und riß, ein Fetzen ihres Minirocks und auch ihrer Strumpfhose, und dann spürte sie sein, des Stachels, Stechen und dachte an ihre Unanständigkeit, ihre Entblößtheit, an Tetanus. *Dieser Rock war teuer.* Er setzte sie ab, sie faßte sich an den Oberschenkel, mit der Scheu, die Anthony angesichts der Wahrnehmung seines verstauchten Knöchels überwältigt hatte, *Was machte sie eigentlich hier?* Sie erkannte, auf dem Dach ihres Hauses, eine trostlose Anordnung von bräunlichen Grünlilien und eingegangenen Geranien, die von der Katzennärrin aus dem dritten Stock halbherzig versorgt wurden. M.J. blutete.

Und plötzlich stürzte er sich auf sie. Seine brutalen Hände liebkosend auf ihr. Es kamen zärtliche Worte: *Du bist das hübscheste Mädchen, das ich je gesehen habe. Hab noch nie so eine hübsche Blondine geküßt.* Seine Hände wie Sandpapier, wie eine *Schließe.* Das Übermaß der Skyline von Manhattan auf diese Entfernung wie ein unvorstellbar lang zurückliegender Urknall; eine Decke war über etwas Vollkommeneres geworfen worden, wovon die Sterne nur eine Andeutung waren, Perforationen der Nacht. *Was machte Gerry eigentlich so liebenswert für sie,* damals, als er sich noch darum bemüht hatte, und warum waren zärtliche Worte von Menschen, die sie liebte, so unerreichbar? Immer mußten Gegenstände für das Fehlende herhalten, ein Nagellack in einem ganz bestimmten nuttigen Ton, den er ihr einmal zum Passahfest geschenkt und den sie nie getragen hatte, aber stets in

Reichweite aufbewahrte. Gegenstände glichen orangefarbenen Pylonen auf der rechten Bankette des Highways der intimen Beziehungen. Deswegen war sie hier auf dem Dach, mit einem knapp zwanzigjährigen Latino, der auf eine Weise ihren Hals küßte, die unangenehm war, wenn sie es sich recht überlegte. Es ging alles zu hastig, anders als die langen, langsamen, behutsamen Tupfer, die Gerry bevorzugte.

»Hey«, sagte sie. »Mal langsam, ja?«

Er schob den Träger ihrer Seidenbluse herunter, versuchte, an ihre Brüste zu kommen. Vielleicht war es romantisch, und vielleicht war das Romantische genau wie *der Tanz,* vielleicht waren seine Gesten genauso vertraut, genauso unveränderlich, auch wenn alle meinten, sie gelangten durch ihr eigenes impulsives Umherstreifen zu diesen Gesten. Vielleicht ließen sich die *arabesques,* die *fouettes,* die *pliés* des Tanzes der Liebe überstülpen; vielleicht waren diese Gesten des Tanzens bloß Liebe in einem säkularisierten Raum. Wie ein bestimmtes Hinwegstreichen von Lippen über eine Wange zu einem Zusammenprall von Lippenpaaren führte, wie sich die Lippen dann auf eine Brustwarze zubewegten, das war so verläßlich wie die Bewegungen der *Ballets Russes.* Sie versuchte sich mit Begriffen aus ihrer Kindheitserziehung abzulenken, *maître de ballet, port de bras.* Sie versuchte, sich andere mögliche Interpretationen von Brutalität einfallen zu lassen, bis eine *panische Angst* in M.J. Powell anzuschwellen begann. Sie begann klein, als Unbehagen, schwoll zu Widerwillen an und gewann dann das *eigentliche Ausmaß* von Angst, die immer eine Nummer größer ist als ihr Gefäß. Vielleicht wohnt allen anonymen sexuellen Begegnungen Angst inne. Vielleicht ist das das Gute an diesen Begegnungen, vielleicht machte das die Erniedrigung, wenn einvernehmlich, so wirkungsvoll. Doch sie verspürte Übelkeit, eine Schwäche. Er drehte sie ein paarmal herum, als wäre das ein Kinderspiel. In welche Richtung schaute sie? Es war feucht auf dem Dach; vom letzten Unwetter waren noch Pfützen da. Es roch nach feuchten Handtüchern.

»Nicht hier, *bitte,* hör auf.«

Das Kreisen seiner Hände auf ihr wurde drängender. Hier, auf ihrer entblößten Schulter, widmete er sich einem bestimmten Muttermal. Ihre Brustwarze, auf der Kuppe einer ganz leichten Wölbung, war mittlerweile der Luft ausgesetzt. Seine Hüften drückten sich fest an ihre.

»Ich will dir unsere Wohnung zeigen. Ich will dir unsere Galerie zeigen«, sagte sie, *um eine Folge von Worten bemüht, die dem Ganzen ein Ende machen könnten.* Nichts deutete darauf hin, daß er das durch *unsere* implizierte *wir* verstand, jene Redewendung, durch die Paare ihre Herrschaft über alleinstehende Menschen festigen.

»*Hör auf*«, sagte sie.

Sie schubste ihn. Er hielt dagegen. Sie schubste kräftiger. Er schubste zurück. Sie versuchte, sich loszureißen. Er hielt fest. Sie schubste erneut. Er wich zurück, hielt fest. Er schubste zurück. Sie versuchte, sich loszureißen. Er hielt fest. Sie schubste. Er hielt dagegen. Er schubste. Sie bedeckte sich. Sie versuchte, sich loszureißen. Sie wechselte die Richtung. Er hielt fest. Sie schubste ihn. Er hielt dagegen. Sie schubste. Er hielt dagegen. Sie schubste, er hielt dagegen. Und plötzlich stemmte er, wütend, die Schulter, den ganzen Oberkörper gegen sie, und sie war frei, *und ihre Freiheit war trügerisch.* Sie flitzte auf die Tür am anderen Ende des Daches zu. Doch ehe sie sie erreichte, kam es hinter ihr zu einer heftigen Bewegung. Eine vernachlässigte Dachkammer der Erinnerung ging auf, hervor kam das Bild einer Decke, übriggebliebenen von einem Picknick oben im Norden, bei einem Sommerausflug in die Green Mountains, einer Decke in der Abenddämmerung, nachts zum Lüften an die Leine gehängt und von kräftigem Wind geschüttelt. M.J. war mit einer Freundin im Freien, und hinter sich sahen sie sie, die Decke, und ihr *Animus* wurde von der Bö ausgedrückt, ein übelwollender Geist, der sie beide, als Mädchen, heulend in die Speisekammer scheuchte, untröstlich. Sie war hinter ihr, ebendiese *Wesenheit,* griff sie nun an, und sie lag auf dem Rücken. Wie schrecklich die Worte in dem Moment, in dem sie ihr in den Sinn kamen: *Du liegst auf dem Rücken,* während ein anderer Teil von ihr das Mauerwerk an der Gebäudekante wahrnahm. Es war reparaturbedürftig. Und von fern hörte man Autohupen; ihre Hand tauchte in den Halbmond einer Pfütze ein; ihre Hyperventilation, Sechzehntelnoten, bemerkenswert regelmäßig. Das Ganze war einfach eine Anordnung von Körpern, die sie schon einmal bei einem Vortanzen erlebt hatte, und gerade als ihre Trauer ihre Angst zu begleiten begann, gerade als sie sich zu fragen begann, welche Drohung fallen würde, um Stillschweigen zu gewährleisten, flüsterte er: *Ich tu dir nicht weh,* und sie stellte statt dessen fest, daß er sich auf sie wälzte, sie hochhob, sie drehte sich auf die rechte Seite, dann *auf ihn,* sie war oben, und als erstes schlug sie ihm kräftig ins Gesicht, *Du hast mir schon weh getan, du Arsch,* sagte sie, und er tat gar nichts, lächelte nicht, sagte nichts, und dann nahm er ihre Hände, zeitgleich, wie ihr auffiel, mit dem Gefunkel einer Infrastruktur von Scheinwerfern am Himmel über der Manhattanseite der Stadt, in der Nähe der Maxwell-House-Fabrik, wo früher jeden Tag, zu jeder Zeit, ein kräftiger, *durch nichts zu vertreibender* Nebel geherrscht hatte; er nahm ihre Hände; er *legte sie sich um den Hals,* verstärkte seinen Griff um ihre Hände um seinen Hals; da war kein Hüftschwenken, kein Sich-an-ihr-Reiben, kein Erkennen, überhaupt nichts Sexuelles; nur Hände um ihre Hände und der stärker werdende Druck um seinen Hals. Sie mühte sich, von seinem Griff loszukommen: *Was machst du denn da?* Er mühte sich, ihre Hände um seinen Hals festzuhalten, und er begann schwer zu atmen, wenn sie in dem trüben Licht auf dem Dach nur besser sehen könnte, sie war dabei, ihn zu ermorden, sein Leben schwand dahin, und dennoch verstärkte er seinen Griff, *Laß mich los,* sie schob sich von ihm herunter, versuchte erneut, sich loszureißen, *Spinnst du?* Ein leidender Blick zu ihr auf. Erstickung der Erde, Verwesung des Landes, Fauligkeit der Sümpfe, Röhricht, Reiher, Bisamratten und Barsche, allesamt ersetzt durch den noch übleren *Rattus norvegicus,* um diese Stadt Hoboken entstehen zu lassen, damit Autos gestohlen, minderwertige Gebäude errichtet, Schmiergelder gezahlt, Säufer vertrieben werden konnten, damit Wertpapierhändler ihre Eigentumswohnungen kaufen konnten. Dann war sie *weg,* rannte auf die Tür zu, raste auf die Tür zu, rechnete damit, daß er ihr im Treppenhaus den Rest geben, daß er sie durchs Herz mit der Diamantnadel seines gestohlenen Plattenspielers aufspießen, ihr das Explosivgeschoß seines Klassenkrieges in die Schädelbasis feuern würde. Doch als sie seinen Verbleib festzustellen versuchte, *war er fort,* bis auf seine Stimme: *Das ist jetzt eure Stadt,* rief er ihr nach, *jetzt eure Stadt.*

Die Eingangstür zur *Mad Son Electric Gallery* ging fast pünktlich um sieben Uhr an diesem Oktoberabend zur Eröffnungsgala auf, und die Gäste draußen, deren Zahl sich auf genau sieben belief, merkten gar nicht, daß es so etwas wie eine Verzögerung gegeben hatte. M.J. Powell, die zeitweise schluchzende Gastgeberin, konnte auf der anderen Seite der Tür Gideon Katz hören, den Freund von Lori Fine und ihren Tänzerfreund von der NYU; Gideon war Mathematiker, extrem redselig, und seine Spezialität waren *Knoten,* und Gerry Abramowitz war begeistert von ihm, rundum begeistert von ihm und seinen Knoten, wie schön sie beim Erzählen anmuteten, ohne daß ihnen irgend etwas Symbolisches anhaftete, es waren bloß Knoten mit Zahlen, die sie beschrieben: *Eine Konstante, weißt du, das ist irgendeine Zahl, die du einem Knoten zuordnen kannst, der sich nicht verändert, wenn du ihn drehst oder daran ziehst, wenn du zum Beispiel ein Stück Seil um ein Geländer wickelst, ohne es festzuknoten, und einfach an einem Ende ziehst, löst es sich vom Geländer, nur daß sie nicht um irgendwas geknotet sind. Sie sind einfach. Das Beispiel zählt also nicht. Wenn du dagegen zwei Enden vor dir hast, legst du das eine über das andere, eine Richtung wäre die positive Richtung, und der kannst du dann eine Zahl eins zuordnen, der rechte Strang kommt über den linken, eine positive Kreuzung, verstehst du, und die andere Richtung wäre negativ. Jeder Knoten hat also eine algebraische Länge, verstehst du? Das Minimum ist, wenn du dran ziehst, um die Schleifen loszuwerden, und so weiter.* Mußte Gerry sein, auf den Gideon da einredete. Wer sonst? Wer sonst würde eine Abhandlung über Knoten über sich ergehen lassen? *Kein geknoteter Knoten hat eine Kreuzungszahl, die unter drei liegt, verstehst du, aber leider ist es auch so, daß es Knoten gibt, die dieselbe Konstante haben, aber trotzdem nicht gleich sind, deshalb wird es ein bißchen kompliziert.* Vielleicht hatte Gerry auch seinen Schlüssel verloren. Einmal hatte er seinen Schlüssel in der Bibliothek oben in der Columbia liegenlassen, in der Bibliothek für asiatische Sprachen, wo sie einmal zusammen hingegangen waren, um sich zu küssen, weil es ihm dort so gefiel, in den düsteren, verwahrlosten Magazinen. Bücher und Küssen hatten irgendwie miteinander zu tun. Als sie vor den sieben aufgeregten Gästen auf der Schwelle erschien, sah sie, daß Gerry nicht darunter war. Wie enttäuschend. Auch sie war für die Versammelten eine komplizierte Figur, und anstatt sich ihnen sofort zu widmen, sah sie zu, wie weiter weg ein Schemen, der einen sperrigen Gegenstand trug, die Straße hinauf davoneilte. *Wenn du eine Schleife mit zwei Kreuzungen hast, kannst du sie mit einer Schleife ohne Knoten zuziehen, umdrehen und verdrehen.*

»Ist irgendwas?« fragte Lori. M.J. sah sich so, wie sie vermutlich wirkte, zerrissener Rock, zerrissene Strümpfe, das Gesicht naß, das Haar verfilzt, am Oberschenkel ein offener Schnitt.

»Eine lange Geschichte« sagte sie. »Kommt rein.«

Was jetzt kam, hätte Gerry begeistert, weil er es selbst konzipiert hatte. Er fertigte häufig Skizzen von Dingen an, auf Schmierpapier, nicht sehr gekonnte Skizzen, aber immerhin Skizzen. Eines Tages hatte sie die Pläne für die Galerie, als Kritzelei in diesem Stil, auf dem Couchtisch gefunden. Sie lagen einfach da. Für sie. Dann ging sie daran, dieses Interieur für die *Mad Son Electric Gallery* gemäß seiner Vision zu verwirklichen; seit Tom Sawyer wurde Tünche nicht derart methodisch aufgetragen. Sie hatten das ganze Wochenende dafür gebraucht, und während sie schufteten, schufteten sie *gemeinsam.* Das brachte es mit sich, daß sie das alte Sofa, aus dem die Polsterung herausquoll, auf die Straße stellten, wo es sofort verschwand. Was sie noch an Einrichtungsgegenständen besaßen, wurde unter weißen Laken versteckt, so daß sich insgesamt ein Effekt wie von einer vollkommenen Eierschale, einer unbeschriebenen Tafel, eines ungenutzten Potentials ergab, wie in den großen Galerien. All die Jahre später, fünfzehn Jahre später, erinnerte sie sich an die traurigen Elemente der Geschichte, aber auch an die guten, so wie man an die Jugend denkt, wenn sie vorüber ist, an ein Lachen, eine Dummheit, eine Schwelgerei, daß man schlechte Entscheidungen, noch schlechtere Entscheidungen, fürchterliche Entscheidungen getroffen hat, *ein Quaalude geraucht hat*, mit einem Jungen geschlafen hat, der Psychopharmaka nahm, ein Auto zu Schrott gefahren hat, dreizehn Sonnenaufgänge in dreizehn Städten gesehen hat, Leute geliebt hat, die schon vergeben waren, eine Lebensgeschichte geschrieben hat, sie weggeschmissen hat, das Geld zum Fenster hinausgeworfen hat, einen Hund zum Tierschutzverein gebracht hat, weil er gebellt hat, mit einem Kerl und seinen Freunden zu reden aufgehört hat, *das Tanzen aufgegeben hat*, vor allem *das Tanzen aufgegeben hat.* Sich bei Arnie Zane und Bill T. Jones versucht hat, sich die Nächte um die Ohren geschlagen hat, den Job nicht gekriegt hat, und dann die Knieprobleme und dann die Ausbildung zur Sozialarbeiterin, worauf sie irgendwen heiratete, jemand anderen. Lohnte sich nicht, näher darauf einzugehen. Was anziehend war, wurde abstoßend, diese spezielle Gewohnheit, diese spezielle Hemmung bei dem Geliebten, man war verheiratet, und das Herz befand sich *in der Tiefkühltruhe im Keller.* Doch das ganze Wochenende, an dem sie das Innere der Galerie strichen, sie und Gerry, war ein gutes Wochenende. Nie störten die späteren Enttäuschungen die Erinnerung an das Auswaschen von Pinseln und Rollen mit Gerry, und wie sie unterm Hahn seine Hände gehalten hatte. Seine Hände: lang und schmal, die Fingernägel unglaublich kurz, die Haare auf seinen Händen rötlich-blond. Das alles, seine Hände unter dem Hahn, die große weiche Stelle an seiner Daumenwurzel. Wenn sie diese Hände fünfzehn Jahre später in ihren Händen halten würde, wenn sie ihre Jugend zurück hätte, dann, das wüßte sie, würde sie das alles auf eine Weise hochschätzen, wie sie es damals nicht getan hatte.

Die Ausstellung? Die Eröffnung?

Es dauerte ein paar Augenblicke, bis sie es registrierte. Sie standen in der Tür zusammengedrängt, im Gleißen der Innenbeleuchtung, ihre Gäste. Zwei, drei quetschten sich zur Tür herein wie Keystone Kops, die in ein komisches Interieur hasteten. Der Anstrich war seidenmatt. Die helle Beleuchtung der Stromschienenleuchten und der Spots, die Gerry entlang den Kabeln an der Decke befestigt hatte, prallte förmlich von den kahlen Wänden ab. Durch den Raum, in Ecken, zurück in den Raum ihr Gleißen. Kahle Wände. Ganz und gar kahl. Völlig kahl. Ohne Unterbrechung kahl. Die ersten beiden Gäste schoben sich in den Raum, weitere folgten knapp dahinter, drängten nach. Nicht daß jede Ecke ausgefegt worden wäre. M.J. konnte die Kolonie von Staubflusen sehen, die wie immer von der Heizungsanzeige im Fenstererker in die Raummitte vordrang. Aber es waren die Wände, die alle in ihren Bann schlugen. Weißheit der weißen Wände, absolute Leere des Dargebotenen, darin enthaltene, absolute Ideenarmut, M.J. konnte ihn sogar dort, wo sie stand, spüren, den Moment, da die Gäste einzuschätzen versuchten, ob sie sich von der Galerie *verarscht* fühlen sollten. Von der impliziten Entbehrung des Raums. Es gab keine Ausstellung. Oder wenigstens: *keine Kunst.* Die Kunst in der *Mad Son Electric Gallery war die Galerie,* war die Tatsache ihrer Präsentation, war ihr Konzept, war ihre Erscheinung, war ihre Geschichte, war ihre Ambition. Entmutigendes Schweigen trat ein, während jeder von ihnen sich an den Raumteilern vorbeischob, die den Ausstellungsraum abteilten, genau hinsah und sich vergewisserte, daß sich nicht irgendwo eine winzige, briefmarkengroße *Aussage* verbarg, die erklären könnte, was sie *nicht* sahen.

Gideon kapierte als erster. Indem er die Rechte ausübte, die ihm als Doktor der Philosophie in Mathematik verliehen waren, stellte er fest, daß das Kunstwerk, das ihn am meisten faszinierte, der Tisch war, auf dem, noch im Karton, die Kiste Wein stand. Zwei Sägeböcke mit einer darauf gelegten Tür, ein Laken über das Ganze geworfen, obendrauf Wein in Flaschen. *Bedeutung ist schließlich Gebrauch, oder? Die Interpretation einer Galerie, nicht eine Galerie selbst. Man grenzt sie mit Seilen ab, aber die Seile selbst sind das Kunstwerk. So was in der Art. Ich steig schon noch dahinter. Trinken wir was.* Jedenfalls eine gute vorläufige Theorie, bis die in der Galerie enthaltenen Leute die Ausstellung waren, ein Häuflein junger Leute aus der Mile Square City Hoboken, New Jersey, die auf sich schneidenden Routen gekommen waren, um hier zu sein, in diesem Moment der Enttäuschung. M.J. stand am Spiegel neben der Eingangstür, versuchte ihr Make-up in Ordnung zu bringen. Da waren Gideon und Lori und die drei Hiesigen – Musiker, von denen einer mal Baß für Yo La Tengo gespielt hatte. Da war ihr Cousin Nicky Jarrett, der den Mund nicht aufkriegte, und seine Freundin der Woche mit Namen Annabelle. Sie machten es sich alle bequem. Aus einer Karaffe floß *der alte ausgepreßte Traubensaft.* Gideon fungierte bei dem Ereignis als Kellner, trug die erste, zweite und dritte Flasche herum, goß ihren Inhalt ein, wischte das Verschüttete auf.

Später, als alles lachend und aus Plastikbechern trinkend auf dem Boden fläzte, wanderte sie hinaus auf die Treppe. Dort waren jetzt zwei Streuner. Einer davon war Gerry.

2

In jeder denkbaren Hinsicht zu spät. Zu spät zu wichtigen und unwichtigen Terminen; zu spät, wenn es darauf ankam, pünktlich zu sein; zu spät, wenn es egal war; zu spät, wenn es eindeutig seine Schuld war; zu spät, wenn er auf andere angewiesen war; morgens zu spät (weil er verschlafen hatte); abends zu spät (weil er lange aufgeblieben war); zu spät zur Geburt seiner Enkel; zu spät zum World-Series-Spiel, *dem Oktoberklassiker;* zu spät zum Kino, trotz der Vorschau; zu spät zum Theater; zu spät zu Einstellungsgesprächen; zu spät zu Arzt und Zahnarzt; zu spät zu Rendezvous und romantischen Eskapaden; zu spät, wenn wegen Verspätung zerknirscht; zu spät, wenn unbekümmert; zu spät, wenn glücklich, zu spät, wenn traurig oder von Gefühlen unberührt, in zunehmendem Maße zu spät, und das war schon immer so gewesen. Immer stand seinetwegen jemand mit verschränkten Armen, erbost, in einer Eingangshalle oder an einer Straßenecke. Sogar mit seinem *Unfall,* jener Leichtfertigkeit von Kids in den Zwanzigern, war er zu spät dran. Er hatte bis später, ein Jahrzehnt später, nachdem er New Jersey schon abgeschrieben hatte, gewartet, ehe er sich an einem regnerischen Herbstnachmittag, in der Dämmerung, auf einem Stück Interstate zwischen Brattleboro und Northampton wiederfand. *Getrunken hatte er auch.* Sein Auto konnte fliegen. Er war auf die Bankette abgeschwenkt, Getrommel von Kies unter seinen Profilen, und dann hatte das Auto abgehoben, und es folgte ein herrlicher, zu kurzer Moment des Fliegens. Die Vorderreifen kamen auf dem Boden auf, und sein Wagen raste in die Felder von New England, überschlug sich seitlich wie ein Pferd, das sich im Matsch wälzt, drei oder vier dieser turnerischen Übungen. Drinnen, allein, mit dem Kopf nach unten, rechts herum, *ein Spiel.* Ihm blieb keine Zeit, an seinen Tod zu denken, obwohl der Tod durchaus eine Möglichkeit war. Wie erklärten sich die Fahrer hinter ihm diese Abfolge von Ereignissen, bei der ein Mietwagen von der Straße in eine Wiese stürzte? Was dachten sie, während sich der Mietwagen rasch einer majestätischen amerikanischen Linde bei einigen Kühen näherte? War es nicht klar, daß er nun frontal gegen die amerikanische Linde prallen und die Kühe in die Flucht schlagen würde, und was dachten die Fahrer auf der Interstate? Ihm blieb gar nichts anderes übrig, als gegen den Baum zu prallen. Sein Alleinsein war später sehr schmerzlich für ihn. Wenn keiner der Fahrer auf der Interstate auf die Bankette abschwenkte, um zu helfen, dann würde niemand dasein, der sein *Ende* registrierte; für Mutmaßungen blieb kaum Zeit, da der Baum das Auto knautschte und sein Arm, sein linker Arm, der Arm, mit dem er Tagebucheinträge kritzelte und Kringel malte, die irgendein dubioser Therapeut einmal als *Zeichen für einen klugen, forschenden Verstand* bezeichnet hatte, sein linker Arm wurde vom Motor eingeklemmt, als der Motor sich auf den Vordersitz des Mietwagens schob, zwischen Lenkrad und Motor eingeklemmt, da der Airbag sich nicht aufblies. Er brach sich den Arm an so vielen Stellen, daß selbst ein halbes Dutzend Eingriffe eifriger Chirurgen seine Leiden nicht lindern konnten. *Wir können die Bewegungsfähigkeit zu neunzig Prozent wiederherstellen, ganz bestimmt.* Sie war zu fünfzig Prozent wiederhergestellt. Und da drin steckten jetzt aeronautisch perfektionierte Metallstücke. Er hatte einen Ellbogen aus Plastik, einen Oberarmknochen aus Titan, Knochentransplantate in Elle und Speiche und *den ganzen Tag Schmerzen.* Morgens Schmerzen, abends Schmerzen, Schmerzen, wenn er schlief. Er hatte keine Ahnung von Schmerzen gehabt, bis ihn ein Polizist mit einem infernalischen Gerät aus dem Wrack zog. Der Arm hing seitlich an ihm herunter, als wäre es der *rechte* Arm und er hätte sich, den rechten Arm an der linken Seite befestigt, falsch zusammengebaut. Es begannen die Schmerzen. Es begann die Medikation (Percocet, Percodan, Dilaudid). Nun gab es in seinem Leben zwei Dinge, die chronisch waren, nämlich das Zuspätkommen und die Schmerzen.

Es war keine Geschichte, die er *erzählte.* Tasächlich machte der Unfall ihn wütend, zumal in der Nacherzählung. Die Notwendigkeit der Einnahme von Medikamenten machte ihn wütend. Das matte Mitgefühl von Bekannten machte ihn wütend, ihre problematischen Fälle von Tennisellbogen, ihre gelegentlichen Arthroskopien.

Andererseits gab es Geschichten aus der Vergangenheit, die der Erinnerung wert waren. In der Erinnerung lag vielerlei Trost. Es gab Erzählungen von Verlorenem. Die Party im Haus der Fosters beispielsweise. In Darien. *Haus?* Von wegen Haus. Das war eine *Villa,* und die Fosters konnten – obwohl man es Nick Foster nicht ansah, dessen einziger hervorstechender Charakterzug die Neigung war, Dinge in Brand zu stecken – ihre Geschichte bis zu den Anfängen Amerikas zurückverfolgen; es gab einen Foster, der Sozius von Button Gwinnett oder Roger Williams war; es gab einen Foster auf der Brücke in der Schlacht um Concord und Lexington. Und Nick Fosters Großvater hatte einen Haufen Geld im Putzmacherhandwerk, der Hydroelektrik, der Spionage, jedwedem bedeutenden amerikanischen Gewerbe gemacht. Er hatte einen Haufen Geld gemacht, und sie hatten diese Villa, mit Nebengebäuden für den Butler, den Koch, die Dienstmädchen, den Gärtner. Sie hatten einen Wasserlauf, der sich durch ihren Garten schlängelte. *Bach* war der zutreffendere Begriff, vielleicht sogar *Flüßchen.* Das Flüßchen hatte einen Wasserfall. Damals, als Teenager, konnte er es nicht fassen, daß jemand so viel Geld hatte, daß er *einen Wasserfall besitzen* durfte, außerdem Pferde und meilenlange Wanderwege. So lange Wanderwege, daß dort immer irgendwelche Kids herumwanderten. Er hatte Lynn Skeele auf den Besitz der Fosters mitgenommen, um ihr den Hof zu machen, obwohl dann nichts in dieser Richtung stattfand; statt dessen tauschten sie Geschichten aus der Vergangenheit aus, jenes Rohmaterial aller gegenwärtigen Verbindungen, Lügen über die Vergangenheit, Hyperbeln, Konzentrationen von Reue. Unglücklich beging er Wanderwege mit Lynn Skeele und prahlte damit, daß er mit einer 22er schon alles mögliche geschossen hatte. Als ob eine 22er Lynn beeindrucken könnte. Ganz im Gegenteil, Lynn wußte, was alle Anwohner in Gerrys Viertel wußten: Sein Nachname lautete Abramowitz. In einer Stadt, in der es von Burns', Sutherlands, Talmadges, Griswolds wimmelte. Er war Abramowitz. Er war väterlicherseits Jude, und er trug keine *Jarmulke,* aber eben auch keine Lacoste-Hemden oder L.L. Bean. Lynn Skeele wollte nichts davon hören, von dem Zeug, mit dem man in Romanen für junge Erwachsene Freunde gewann. Er wuchs als Skeptiker auf. Seine Skepsis war ein Sämling in dem alten Wald hinter der Villa der Fosters, und Lynn Skeele und die anderen hätten diesen Sämling mit ein bißchen Freundlichkeit ausreißen können, doch statt dessen hegten und begossen sie ihn. Er war Abramowitz.

Daß er zu Fosters Halloweenparty eingeladen wurde, war keine besondere Ehre. Es war kein Beleg für Vielfalt, was Einladungen betraf. Foster lud sämtliche Schüler ihres Jahrgangs ein. Sämtliche Schüler des zweiten und des vorletzten Studienjahrs an der Tagesschule. Und er lud die Kids aus seiner Straße, der Brookside, ein. Die meisten Kids aus der Schule hatten keine Lust, zu einer Halloweenparty nach Darien zu kommen. Viele davon kamen aus der Nachbarstadt. In ihren Vierteln ging es auch hoch her. Sie schmierten bei sich zu Hause die Krankenhausfenster mit Seife ein.

Gerry Abramowitz' Mutter hatte bestimmte Theorien über Halloween. Ihr Mädchenname lautete Callahan. Sie war Psychologin. Sie behauptete, Halloween sei, neueren Darstellungen zufolge, eine kontraproduktive amerikanische Feiertagstradition, die sich von den Druiden und anderen präzivilisierten Gruppen herleite, eine Tradition, die bei Kindern der oberen Mittelschicht *Freiheitshysterie* fördere (der Begriff entstammte natürlich dem *Diagnostic and Statistical Manual,* dritte Auflage), einen gefährlichen Zustand von Regellosigkeit, der für Kinder schwer zu verkraften sei, auch wenn sie ihn verlockend fänden. *Freiheit und Geborgenheit stehen an entgegengesetzten Enden eines ganz wesentlichen Kontinuums, und Geborgenheit ist so wichtig für die Ich-Ausbildung eines Kindes, daß die Freiheit stark begrenzt werden sollte, um Gefühle von Geborgenheit zu schaffen und zu nähren.* Die eigentlichen Schauergestalten, die in Halloweenverkleidungen, in Masken, dargestellt würden, behauptete seine Mutter, seien die Schauergestalten der Regellosigkeit, die jungen Leuten selbst innewohnten. Wenn sie sich mit Drogen, Sprengstoffen, Brandmitteln, Flachmännern, vorehelichem Sex konfrontiert sähen, tja, dann gerieten Kinder aus den Vorstädten in Panik, bäten um Regeln, *um die Zubilligung maximaler Fernsehzeiten, um Ausgehverbote und so weiter.* Seine Mutter ging noch weiter. Das beliebteste Kostüm in der Gegend von Connecticut sei der *Landstreicher.* Der *Penner,* wie die jungen Leute diese sinistre Gestalt nannten. Und wer sei dieser Archetyp? Er sei natürlich die an sich selbst und an ihrem Platz in der Überflußgesellschaft verzweifelnden Kinder. Er sei ihre nicht zu mißdeutenden Gefühle der Heimat- und Wurzellosigkeit. Die Fenster, die eingeseift würden, die Rasiercreme in den Briefkästen, Toilettenpapier in sämtlichen Bäumen, *Freiheitshysterie,* eine Eskalation der Schicht der destruktiven Phantasie, die in einer demokratischen Gesellschaft, wenn diese sicher, gerecht und friedlich funktionieren wolle, unterdrückt werden müsse. Gerrys

Mutter kam daher zu dem Schluß, daß die Party der Fosters einen Affront gegen die Maßstäbe der Allgemeinheit darstelle. Gerry habe dort überhaupt nichts verloren, aber sein Vater hatte das letzte Wort.

Party, beseligendes Wort, beseligender Zustand, dem Himmel sei Dank für Partys, für grammweise Dope, für härteres Zeug. Diese Hippiescheiße, diese rudimentäre »*Tune in, turn on, drop out*«-Geschichte, die sich im wesentlichen darin ausdrückte, daß man vor Plattenläden übernachtete, bis Konzertkarten verkauft wurden – das war Scheiß. Doch *Partyfeiern* war etwas Heiliges. Es überstand sogar eine Streiterei über Musik. Ein bißchen Streiterei auf einer Party war etwas Gutes. Eine Keilerei um einen *Billardtisch, nach einem Mädchen geschmissene Drinks, ein geklautes Auto, mit Körperflüssigkeiten von Teenagern besudelte Elternbetten.* Die Rauschmittel zusammensuchen! Die Nacht war angebrochen! Und so liehen Gerrys Eltern ihm ihren Jeep, weil andere Eltern das auch taten, und er fuhr damit zum Haus der Fosters hinüber, obwohl er hätte zu Fuß gehen können; das war der Kompromiß, den seine Mutter ausgehandelt hatte: *Ich will nicht, daß du in einer solchen Nacht meilenweit durch Dunkelheit und Kälte gehst.* Endlich intervenierte sein Vater, *Laß den Jungen machen, was er will. Ich könnte schwören, du warst auch mal jung.* Vom aktivsten Handel des Tages aufblickend. Gerry nutzte dieses Auseinanderklaffen von Meinungen, organisierte die Schlüssel, fuhr.

Einen Jungen gab es, den er auf der Party gut kennen würde, nämlich Julian Peltz. Peltz gehörte ebenfalls dem verfolgten Glauben an, da war sich Gerry sicher. Er gehörte zu den ewig auf Erden Umherwandernden. Doch Peltz beantwortete niemals Fragen zu diesem Thema. Über sein Gesicht legte sich ein Schatten, wenn Gerry fragte: *Kommt deine Familie aus Deutschland oder aus*

Polen oder was? Peltz war in keiner Hinsicht bemerkenswert. Er war nicht gut in der Schule, war nicht gut im Sport, nahm nicht an außerschulischen Aktivitäten teil, spielte nicht Schach, besaß nur eine Schallplatte: ein zerkratztes Exemplar von *Klassische Musik für junge Leute,* dirigiert von Leonard Bernstein. In der Schule war er nicht unbeliebt, aber die Leute unterhielten sich nur mit ihm, wenn sie sich unbeobachtet wähnten. Über ein Thema allerdings wußte Peltz richtig gut Bescheid, nämlich über die *menschliche Sexualität,* und deshalb mochte ihn Gerry auch. Da seine Mutter sich von Berufs wegen mit geistiger Gesundheit beschäftigte und jede Diskussion zu jedem Thema mit wissenschaftlichen Enthüllungen befrachtet war, konnte es Gerry nicht ertragen, mit ihr über Sex zu reden, *Schatz, ich weiß, daß du dein Bedürfnis nach Individuation ausdrückst, aber es ist wichtig, daß du meine Autorität begreifst und mir Zugang zu deinem Bett und deiner Unterwäsche gewährst, wenn ich dabei bin, in deinem Zimmer sauberzumachen. Und außerdem, Gerry, muß ich wissen, wie viele Informationen du in deinem sozialen Netzwerk zu Fragen des Geschlechtstriebs gesammelt hast. Können wir darüber ein ehrliches Gespräch führen?*

Sein soziales Netzwerk bestand hauptsächlich aus Julian Peltz. Beim Mittagessen in der Schule ersann Peltz Quizfragen. *Du weißt doch, was Frottage ist, oder? Das ist wirklich cool. Du bist zum Beispiel in einem Bus, okay? Du bist in einem Bus, und es ist richtig voll, sagen wir, voller Mädchen. Und es gibt keinen Sitzplatz mehr. Du bist unterwegs zu dem großen Spiel, und du bist in diesem Bus, mit diesen ganzen Mädchen, und du weißt, du könntest dich irgendwie an einem dieser Mädchen reiben, während sie da steht, du reibst dich an ihr, und du benutzt den unteren Teil deines Körpers als Zielmechanismus, okay? Und dann verzieht sich alles aus diesem*

Ende des Busses, und schon hast du einen Platz. Es ist ganz einfach! Gerry erwiderte antiphonisch: *Du bist total versaut.* Trotzdem hatte er ein Alibi, wenn seine Mutter ihn in die Enge trieb und wissen wollte, ob er wußte, was man unter *Schutz* verstand oder wie der Monatszyklus eines Mädchens funktionierte oder wo genau sich die Klitoris befand. Im Laufe der Jahre hatte Peltz ihm das alles erklärt, ihm ein Päckchen Gummis geschenkt. Außerdem waren sie von Mr. Smith, dem Schulpsychologen, unterwiesen worden, von dem jeder behauptete, *er berühre Schüler unsittlich.* (Peltz: *Ich würde praktisch jemanden dafür bezahlen, daß er mich unsittlich berührt. Wieso werde ich eigentlich immer übergangen, wenn es ans unsittliche Berühren geht?)* Mr. Smith hatte erst kürzlich in der zehnten Klasse einen Gummi über eine Banane gestreift. Über Schutz wußte Gerry Bescheid. Gerry hatte bestimmte Vorstellungen von Liebe. Deshalb konnte Gerry die theoretischen Annäherungsversuche seiner Mutter zurückweisen. Derweil Peltz: *Heute erzähle ich dir etwas über eine bestimmte Neigung von manchen Typen, nämlich daß sie es ihren Frauen mit dem Mund machen, und zwar zu der Zeit des Monats, in der ...* Dann wieder ging es um Nekrophilie, und Peltz meinte, Nekrophilie sei eine absolut vernünftige *Lebensstilentscheidung,* zumal da sie nur der Zustimmung eines einzigen Erwachsenen bedürfe, was sei also dabei? *Ein Verbrechen ohne Opfer!*

Oft, wenn Gerry verspätet in der Schule erschien, lungerten draußen vor dem Eingang Kids herum, die sich anschickten, in ihre erste Unterrichtsstunde zu gehen, und dann sah er hundert Meter weiter Peltz, wie er mit einem Baum, einem Hund oder einem Eichhörnchen redete, wahrscheinlich über Themen wie die zweistellige Inflationsrate oder Jimmy Carters *geistigen Ehebruch.* Niemand nahm Peltz' Einsamkeit wahr. Peltz hätte wochenlang nicht in die Schule kommen können, ehe irgendwer sich erkundigt hätte. Er war zwar Bibliothekshelfer, und wahrscheinlich hätten die Leute irgendwann Schwierigkeiten gehabt, Bücher zu entleihen, aber zugleich war er von so kleinem Wuchs, daß er hinter dem Schalter in der Bibliothek fast verschwand, und Gerry war sich nicht sicher, ob überhaupt irgendwer wußte, daß Peltz da war. Wahrscheinlich glaubten alle, die Entleihprozedur wäre automatisiert. Es käme zu einem Stau, wenn er verschwände, Leute würden Ausgaben von *Ich habe dir nie einen Rosengarten versprochen* und *A Separate Peace* verlangen, und es würden Beschwerden über die Bibliothek eingehen, weil Peltz tot war.

Aus dem Haus der Fosters drang laute Popmusik. Das kalifornische Idiom, *Softrock,* wie ein parfümierter Knäuel benutztes Toilettenpapier oder eine Auswahl nachgemachter amerikanischer Käseprodukte oder fleischloses Chili. Er mochte das krasse Zeug, das aus England und New York City kam, wo die Leute ihre Instrumente nicht richtig spielen konnten. Aber *Softrock* war hier keine Überraschung. Peltz stand am Rand der Auffahrt und stocherte mit einem Stock in verdorrtem Laub herum. Seine absurden Ringellöckchen, über die er sich ständig beklagte, waren von keinem Kamm zu bändigen. Er hatte an, was er immer anhatte, nämlich die vorgeschriebene *unauffällige Kordhose nebst blauem Pullover.* Soviel zum Thema Kostüme für eine Halloweenparty. Gerry achtete darauf, die Türen des Jeeps abzuschließen. Irgendein Auto würde weggeschoben werden, ehe die Nacht vorbei war. Das Verdeck würde beschädigt werden. Und zuzulassen, daß das Auto seiner Eltern beschädigt wurde, wäre ein Zeichen von *adoleszentem Fehlverhalten,* und er bekäme Hausarrest, bis sein erster Sozialhilfescheck einging.

»Du kommst zu spät«, sagte Peltz.

»Nettes Kostüm.«

»Ich gehe als weißer, angelsächsischer Protestant«, erwiderte Peltz.

»Steckt ja 'ne Menge Überlegung drin.«

»Als was gehst du?«

Auch Gerry trug eine *unauffällige Kordhose* mit dazu passendem blauen Rollkragenpullover.

»Als einer, der unter Lupus leidet.«

Peltz dachte darüber nach.

»Die sehen genauso aus wie alle anderen«, sagte Gerry.

»Und was ist mit den Hautproblemen?«

»Der Rollkragenpullover verdeckt meinen Ausschlag. Ich sage dir, wir haben die gleichen Hoffnungen und Ängste wie ihr.«

Ein weiteres Auto fuhr vor. Parkte auf dem Rasen. Heraus kam eine Prozession attraktiver Mädchen, mehr Mädchen, als eigentlich in einen Honda Civic passen dürften. Erstaunlicherweise trugen diese Klassenkameradinnen ebenfalls *unauffällige Kordhosen.* Allerdings zu Rüschenblusen. Sie beachteten die beiden Jungen nicht, diese Eindringlinge osteuropäischer Herkunft, die sich in den schattigen Hain des Fosterschen Gartens abgesondert hatten. Die Mädchen selbst tauchten auf ihrem Weg über den riesigen Rasen immer wieder in Eichen- und Ahornschatten ein. Als wären diese Sylphen die Musen seiner Phantasien und Tagträume, verkündete Peltz, er habe einen Plan für den Abend. *Um mehr Schwung in die Party zu bringen. Mehrfacheroberungen,* erläuterte er. *Siehst du zum Beispiel die Wagenladung Mädchen, die gerade hier ausgestiegen sind, tja, da ist Nancy Van Ingen, Erbin des Weyerhauser-Papiervermögens, jedenfalls glaub ich, daß ihr Dad irgendwas mit diesen Papierprodukten, Papierhandtüchern zu tun hat, und neben ihr, das ist Bernie Cooper, eine Rockefeller über irgendeine Tante, ihre Familie geht bis auf den*

Anbeginn der Zeit zurück, auf damals, als ihre Familie den Platz an Höhlenwänden an die Typen vermietet hat, die die Höhlenmalereien gemacht haben. Die sind schon damals nach Frankreich in Urlaub gefahren und haben den Markt in Höhlenwänden monopolisiert. Das neben ihr ist Annie Winningham. Annies Ur-Urgroßtante hat das Boot gehört, auf dem die Boston Tea Party stattgefunden hat, in Wirklichkeit hat sie den Demonstranten zu einem satten Aufpreis Tee verkauft, und das ist noch nicht alles. Drinnen sind noch jede Menge, Erbinnen, Frauen, die die Welt beherrschen werden, Gerry, sie werden die Welt beherrschen. Sie sind mit den Königen sämtlicher Länder verwandt, sie sind mit dem König von Monaco, von Estland, von Mazedonien und Bhutan verwandt, eine ist sogar die Gottkönigin von Krakatau, ohne Scheiß, diese Mädchen, die kommen in der Erwartung auf diese Party, daß etwas Denkwürdiges passiert, daß es eine Überraschung gibt, weil Halloween ist, und obwohl diese Frauen später wahrscheinlich dahinterkommen werden, daß sie lieber mit anderen Erbinnen *zusammen wären als mit den Typen, die sie heiraten sollen, werden sie irgendwann doch heiraten, damit ihr Vermögen an Kinder anstatt an wohltätige Stiftungen geht. Wir müssen trotzdem bereit sein, ihnen das Zeug zu bieten, das sie brauchen, Gerry, wir müssen ihnen sagen können, hör zu, wir haben Pot, wir haben was zu saufen, und wir können dir was beibringen, was dir die Frühzünder im Football-Team nicht beibringen können, erleb es, spür alles, spür das Gefühl, das Liebe heißt. Genau dazu müssen wir imstande sein. Wir wissen alles, was es über die Liebe zu wissen gibt. Wir wissen alles. Das ist meine Meinung, Gerry. Die Erbinnen von Fairfield County, die sind für uns da.*

Gerry glaubte kein Wort von dieser Rede, aber sie wirkte durch den Anblick der Fosterschen Villa, die in einiger Entfernung aufragte, um so beeindruckender. Jenseits des sanft gewellten Hügels unmittelbar vor ihnen lag der Sandbunker, wo der Familienpatriarch einst seine Chips und Putts trainiert hatte, damals, vor der Leberkrankheit. Aus schierer Begeisterung für das Rennen in einer Oktobernacht rannte Gerry darauf zu, doch am Rand des Bunkers stolperte er fast über einen *menschlichen Körper.* Sand stob auf. Er stürzte neben das Hindernis. Es war Lyle Hubbell. Natürlich in der obligatorischen *unauffälligen Kordhose,* der ein paar Flicken angeheftet waren, außerdem in T-Shirt und Jeansjacke. Lyle Hubbell, vollkommen bewußtlos. Instinktiv entfuhren Gerry Entsetzenslaute angesichts der Schändung der Leiche. Dabei paßte es zu Hubbells Charakter, daß er hier war. Hubbell fiel durch sämtliche Prüfungen menschlicher Gesellschaft. Und er *klaute ständig Bier.* Es hieß, die Diätlimonadeflaschen, die Hubbell häufig in die Schule mitbrachte, enthielten in Wirklichkeit Rauschmittel. Es ging sogar das Gerücht, er habe seine eigene Brennerei draußen im Wald, bei dem Altersheim neben der Schule. Da auf diesem Tableau ein Sechserpack Millers in Hubbells linker Hand und ein paar leere Dosen nahebei lagen, waren Vorurteile im Hinblick auf seinen Zustand gerechtfertigt.

»Ein gutes Zeichen«, bemerkte Peltz.

»Ich hätte ihm fast gegen den Kopf getreten. Weißt du, Kopfverletzungen führen zu lebenslangen Problemen mit der Affektkontrolle.«

»Wir könnten ein Schild aufstellen. *Teenager auf der Flucht vor Gefühlen der Isolation, bitte Vorsicht.* Dann würden die Leute ausweichen.«

Als nächstes an dem landschaftsarchitektonisch gestalteten Gehweg lag der Goldfischteich, von Unterwasserlampen hell erleuchtet. Auch für den Teich war jetzt die richtige Zeit, denn die Farbe der Fische, ihr unirdisches Orange, paßte beinahe zu den Kürbissen, den echten wie denen aus Plastik, die großzügig über das Gelände verteilt waren. Die Fische waren dämonisch, wie besessen. Im Gegensatz zu ihrem üblichen lethargischen Verhalten flitzten sie in dem kleinen Teich von einem Ende zu anderen, als würden sie nicht gefüttert oder von einem Druck von außen gestört. Vielleicht lag es daran, daß an einem Ende zwei Teenies im Teich saßen, denen das Wasser ein ganzes Stück weit über die Taille reichte und ihre Kostüme ruinierte. Sie unterhielten sich ganz ruhig miteinander, als wäre es die natürlichste Sache der Welt. Julian Peltz wünschte ihnen mit übertriebener Herzlichkeit einen guten Abend. Sie blickten kurz auf.

»Reden eindeutig über Sex. Er behauptet, daß er sie wirklich innig liebt und daß es wirklich etwas für ihn bedeutet, auf diese besondere Weise die Innigkeit seiner tiefen Liebe für sie zum Ausdruck zu bringen. Und sie ist hin und weg. Wenn überhaupt, dann hat's sie noch mehr erwischt. Damit eins klar ist, Abramowitz: Wenn ein Typ und ein Mädchen aufeinander scharf sind, ist es immer das Mädchen, das zur Raserei getrieben wird. Deswegen brauchen auch all die anderen Mädchen wie Nancy Van Ingen und Polly Firestone, die brauchen Männer wie uns, die ihnen die richtigen Liebeserfahrungen bieten können.«

»Also marschieren wir in verschiedene Richtungen los, jeder mit seinen wirklich schlechten gesellschaftlichen Fertigkeiten, und versuchen diese Mädchen für uns zu interessieren, und später vergleichen wir dann unsere Eindrücke?«

»Brillant.«

»Wenn du meinst.«

Aus dem Obstgarten an der Westseite des Hauptgebäudes kamen Fosters Windhunde hervorgeschossen. Von der Todesspritze ausgenommen, besaßen sie Energiereserven, denen entsprechend sie von der Gartenlaube heranpreschten, wo Nick Foster einmal so getan hatte, als wollte er sich aufhängen. Einer von ihnen hielt bei den geparkten Autos inne, um an einem Mercedes das Bein zu heben. Dann weiter in Richtung Haus. Gerry und Julian hatten keine Zeit, über die unmittelbare Notwendigkeit, vor diesen Räubern Schutz zu suchen, nachzudenken, weil die Hunde sie augenblicklich umzingelten, die Schnauzen tief am Boden, wie davon besessen, ihr mechanisches Urkaninchen wiederzufinden. In Führungspostion schleuderte ein Whippet mit vielfach hervortretenden Rippen Grasbrocken auf den herrlichen Rasen, der vom Regen diesen Monat noch feucht war; in zweiter Position, aber dabei, aufzuholen, da der Whippet müde zu werden schien, ein irischer Wolfshund, ein großes Exemplar seiner Rasse, fast einen Meter zwanzig Stockmaß, ein mächtiges Tier mit grauenerregendem Grinsen, das einen Schlenker um Peltz machte, ehe es in vollem Galopp in der Dunkelheit verschwand; dahinter der exotische Pharaohund der Fosters, eine Rasse, die während der Maurischen Invasion nach Spanien gelangte und später ins Ausland exportiert wurde und von daher so alt war wie die Zivilisation, *an dritter Stelle, jawohl, aber gewaltigen Druck auf die Führenden ausübend!* Wie er dem Wolfshund im Nacken saß! Fast konnte er dessen Schwanzunterseite beschnuppern! *Der Rest des Rudels mehrere Längen zurück, ein Afghane, ein Barsoi, drei herkömmliche angelsächsische Windhunde. In Schräglage hetzten sie, durch Dunstschwaden tollend, um die Hausecke herum der Zielgeraden entgegen!*

Wahrscheinlich waren sie unterwegs zum Nachbaranwesen, das kein Privathaus, sondern vielmehr das Grundstück der Cherry Lawn School war. Eine *alternative Schule,* erwähnenswert wegen ihrer Ansammlung von Jungen mit langen, ungewaschenen Haaren und

Akne, die zigarettenrauchend die Eingangstreppe des Verwaltungsgebäudes bevölkerten. Gerrys Mutter fand die Schule *sagenhaft,* weil sie so große Ähnlichkeit mit liberalem Strafvollzug hatte, aber sie verdiente augenscheinlich kein Geld und war von daher dem Untergang geweiht. Außerdem war die Cherry Lawn School ein *Drogenalptraum,* und sie lieferte *bekannten Rauschgiftsüchtigen* eine Adresse, an die sie sich *verschreibungspflichtige Substanzen* schicken lassen konnten, die sie dann an *leicht zu beeindruckende junge Menschen aus Darien* weitergaben. Vor der Cherry Lawn School gab es einen Tennisplatz, auf dem Gerrys Wissens nach kein Mensch jemals einen einzigen Satz Tennis gespielt hatte. Es gab einen Tetherball-Platz, durch dessen Asphaltbelag das Gras durchkam. Die jungen Männer von der Cherry Lawn glichen den Windhund-Hungerleidern des Fosterschen Besitzes, und sie fütterten die Tiere mit dem, was die Cherry Lawn School an Anstaltskost zu bieten hatte: schwedische Fleischklößchen, Hacksteak, Teriyaki-Huhn, Pizzaecken, Thunfischragout, Minutenreis. Einer der Windhunde hieß *Warren G. Harding;* einer hieß *Zachary Taylor,* einer *Franklin Pierce.* Gerry war sich ziemlich sicher, daß es auch einen *William Henry Harrison* und einen *Millard Filmore* gab. Auf diese Weise erfuhren die jungen Männer von der Cherry Lawn von den weniger bekannten Präsidenten, denn diese Präsidenten interessierten die Fosters am meisten, eine Familie, die darauf versessen war, eine komplette Reihe präsidentialer Hunde zusammenzubekommen. Welche Rasse würde man für James Earl Carter aussuchen? Zwergschnauzer?

Gerry und Julian langten am Haus selbst an. Wie bekannt, beschreibt George Sheldon, Historiker und Populärwissenschaftler, das Haus in seinem Buch *Bedeutende Landsitze* und behandelt dabei recht ausführlich den *Effekt von Länge und Flachheit; die in uralter Kiefer ausgeführte, große Eingangshalle. Neben quergeteilten Türen an der Südseite finden sich im Untergeschoß englische Fenster mit Oberlicht. Den Kaminsims krönt ein großer Abzug, gehalten von vier Kragsteinen, deren Zwischenräume jeweils einen triumphierenden Löwen in Reliefarbeit zeigen,* und so weiter. 1885 von Lamb und Rich im Shingle Style entworfen, nicht lange nachdem sie den Hinckley-Auftrag auf Long Island abgeschlossen hatten. Das Haus der Fosters verriet dessen Einfluß. Der Haupteingang am Ende des Fußweges war über eine luxuriöse Veranda zu erreichen, die das Haus an drei Seiten umschloß: das Arbeitszimmer, das Eßzimmer, die Eingangshalle, den Salon und die Speisekammer, wo die schönste Seite der Veranda, ausgestattet mit unvermeidlichen Rattanmöbeln, einen Blick auf den illyrischen Wasserfall der Fosters bot. Hier jedoch, wo Gerry jetzt stand, auf der Vorderseite, war der offizielle Eingang. Allerdings öffnete niemand, als die beiden sich an der Eingangstür bemerkbar machten. Von fern hörte man das Geträller eines konvexen Stücks Vinyl, Linda Ronstadt. Sie stießen die Tür auf und gingen ins Haus. Das Fliegengitter schlug hinter ihnen zu, wie aus der Geisterwelt gesteuert. Die Eingangshalle war nur von Kerzen beleuchtet, aber nicht die Sorte, die man in einer Zwölferschachtel im Kaufhaus bekam. Es waren Altarkerzen aus protestantischen Kirchen des Nordostens, wo Gerry als Junge gelegentlich gewesen war, während der Zeit, als seine Mutter versucht hatte, ihm *eine gewisse Bandbreite konfessioneller Erfahrungen* zu vermitteln, damit er *die soziale Ideologie* seiner Altersgenossen besser verstand und später im Leben eine bessere Entscheidungsgrundlage im Hinblick auf den *umstrittenen Raum amerikanischer spiritueller Erfahrungen* hatte. In dieser Zeit fand er heraus, daß ihm die Vertreibung des amerikanischen

Judentums im Blut lag. Er war ein jüdischer Junge. Er hing der Religion eines Volkes an, das nirgendwohin gehörte, sofern man die Verheißungen auf irgendeiner mystischen Schriftrolle nicht zählte. Gerrys Vereinigte Staaten von Amerika waren ein jüdisches Land, denn sie waren eine Nation weitverstreuter Menschen, gleich in den Wind gesäter Samenkapseln einer furchteinflößenden Pflanzung.

Er gewöhnte sich an das Kerzenlicht, an die Stille der Haupteingangshalle, an das gleichfalls tanzende Geflakker in dem begehbaren Kamin dort, und ihm fiel auf, daß *im Foyer ein Mann ohne Kopf* stand. Ein Mann, der seinen eigenen Kopf hielt. Ein Mann, der die Kleidung eines Geistlichen puritanischen Glaubens trug und einen blutigen Kopf mit Halsstumpf unter einem Arm hatte. Ein Gespenst, das nun mit unheimlicher, vertrauter Stimme das Schweigen brach und die beiden anredete.

»Ihr seid auch nicht verkleidet? Wieso ist eigentlich niemand verkleidet? Es ist Halloween. Amüsiert ihr euch nicht? Das ist doch der ganze Witz an Halloween, daß man sich verkleidet.«

Der Gärtner. Gerry kannte seinen Sohn. Der Junge war ein Athlet, das platonische Ideal eines solchen, ein Halfback mit dem starken Bedürfnis, andere anzugreifen. Der Junge hatte nur ein Auge. Nate, so hieß er, zeigte einem auch seine Augenhöhle, nagelte einen auf irgendeinem Flur fest, wenn er einen so richtig einschüchtern wollte. Gerry hatte er schon ein paarmal einschüchtern wollen, deshalb wußte Gerry ganz genau, wie eine Augenhöhle aussah: die Oberfläche des Mars, rosagelb mit roten Kanälen, reich geschmückt mit Verkrustungen und grünem Schleim. Die Information wurde bestätigt vom Freund eines Freundes eines Freundes, der sie ebenfalls gesehen hatte. Alles redete von Nates Augenhöhle. Und vielleicht wollte sein Dad mit dem abgetrennten, über und über mit falschem Blut verschmierten Kopf, den er an diesem Abend unter dem Arm trug, die Erinnerung an jenen Tag wachrufen, an dem er nachmittags nach Hause gekommen war und feststellen mußte, daß sich der Junge beim Spielen mit einem von einem Frühstücksflockenhersteller bestellten Plastikschwert *ein blaues Auge durchbohrt hatte.* Vielleicht lag es aber auch nur daran, daß der alte Foster es gern sah, wenn sein Gärtner an Halloween ein lächerliches Kostüm trug, um so auf den Klassenunterschied hinzuweisen, obwohl Nick Foster überhaupt kein Interesse an Kostümen hatte und ihm überhaupt nichts an Kostümfesten lag. Mr. McGloon, der Gärtner, hatte sich den Talar bis über seinen *eigentlichen* Kopf hochgezogen und lugte daher durch den Zwischenraum zwischen den Knopflöchern hervor:

»Eure Freunde sind schon am Gehen, glaube ich.«

»Wir haben keinen gehen sehen. Wir haben ein paar Mädchen *kommen* sehen«, sagte Peltz. Julian widersprach häufig Autoritätspersonen, auch wenn es nicht ratsam war. Manchmal weckte das in Gerry den Wunsch, so schnell wie möglich von ihm wegzukommen.

Der kopflose Kleriker sank, müde von den Anstrengungen, auf den Diwan neben dem Kamin. Er deutete wortlos auf die drei Porzellanschüsseln, die, mit einem Gazetuch abgedeckt, auf einer Anrichte standen. Obwohl in der Haupthalle auffallend wenig Aktivität herrschte, bemerkte Gerry gleichwohl den Rückzug eines Paars Spitzenschuhe nahe dem oberen Absatz der großen Treppe. Aufs neue zitterten Kerzen. Im Hintergrund des fernen Linda-Ronstadt-Albums wimmerte eine Hawaiigitarre.

»Jetzt kommt der Teil, wo wir die kalte Pasta anrühren und sie sich wie Hirn anfühlen soll«, sagte Julian. »Oder ist es Pasta, die sich wie Innereien anfühlen soll? Oder Wackelpudding, der sich wie eine Leber anfühlen soll, stimmt's? Ich kann mich nicht erinnern. Jedenfalls sind es Gerichte, die du überall findest. Du sollst glauben, daß es Gedärme sind.«

»Geht einfach rein«, sagte McGloon müde zu Peltz. Nun schob sich die gerötete Visage des Gärtners aus der Halsöffnung seines Gewandes. Er hatte den Blick von den Jungen abgewandt und schaute zum Fenster neben dem Diwan hinaus. Über eine von Säulen gestützte Veranda.

Peltz nickte herablassend. Und dann äußerte er die Worte, die für jede sich in der Lebensmitte einstellende Erinnerung an die Halloweenparty der Fosters zentral werden sollten. »Ich bin gleich wieder da. *Muß mal eben.*«

Er deutete in Richtung einer theoretisch unter der Treppe vorhandenen Toilette, als sei ihm der Grundriß bereits bekannt. Im sinistren Kandelaberlicht lagen Raum und Anlage im Auge des Betrachters. Klar gab es neben dem *Geheimgang* dort ein Badezimmer. Und vielleicht führte die Tür da rechts zum Speisezimmer, aber vielleicht auch nicht. Er würde dort auf Peltz warten. War das also der eigentliche Ort der Party? Würde dort ihr Epizentrum liegen? Das war eine Frage, die sich die feine Gesellschaft im Laufe der letzten Jahrzehnte mit zunehmender Vehemenz gestellt hatte. Partys mußten, den meisten Feiernden zufolge, jenseits und außerhalb der *Macken und Abfuhren,* die eine Party stets bedrohten, eine innerste Emanation, einen Punkt vollkommenen Feierns haben. Eine weitverbreitete Theorie besagte, daß das Zentrum der Party stets mit einer bestimmten Person identisch war – Danny Henderson zum Beispiel, der Typ, der ein Stück die Straße hinauf wohnte und niemals irgend etwas ernst nahm. Niemals. Nie hatte man es erlebt, daß Henderson eine Äußerung getan hätte, die nicht auf Kosten irgendeines armen Klassenkameraden gegangen wäre. Wenn man mit ihm zusammen war, nahm man am besten auch nichts ernst. Um diese Zeit hatte Henderson die vorgeschriebene Kluft bestimmt schon abgelegt; bestimmt trug er nur noch den Bärenfellvorleger aus dem Salon nebenan, wie Marianne Faithful bei der Festnahme der Stones. Bestimmt war er dabei, Kids vom Debattierklub *den Blanken zu zeigen.* Deshalb war, dieser ersten Theorie zufolge, *das Zentrum der Party eine bestimmte Person,* und sie setzte alles Amüsement ins Werk, wie der Puppenspieler die Schnüre der Marionette bedient. Eine Konkurrenztheorie behauptete, *Zentrum der Party sei stets ein Raum.* Der Raum zum Beispiel, in dem zwei Typen ganze Schallplatten einer bestimmten improvisierenden britischen Komikertruppe rezitierten. Und dabei einen Joint hin- und hergehen ließen. Alles lachte. *Das ist keine Diskussion! Das ist Mißhandlung!* Oder vielleicht der Raum, in dem sich weiße Mädchen in gewundener Linie zu der Linda-Ronstadt-Platte oder deren Nachfolgern an einer Version eines Tanzes mit Namen Bus Stop versuchten. Jeder Raum in Grasslands, wie der Name des Fosterschen Anwesens lautete (es gab ein paar gute Witze darüber!) konnte zum Zentrum der Party werden, denn es waren alles eindrucksvolle Räume. Laut einer wiederum anderen Theorie allerdings (sie stammte von einem unbedeutenden Autor der Prager Schule) wohnte das Zentrum der Party weder einer Person, noch einem Ort inne, sondern war vielmehr in der *Stimmung* zu lokalisieren. Zufälligerweise war die Stimmung häufig die *des Rausches,* der Auslöschung der Alltagssorgen im Hier und Jetzt des Trinkens. In einem zusätzlichen Kühlschrank im Keller, neben dem Billardtisch, waren Genuine Miller Drafts gestapelt. Dort lungerten Kinder herum. Man stelle sich das Gefühl eines Dreizehnjährigen vor, dem seine verklemmten Eltern verboten haben, derlei vergorene Getränke zu konsumieren, während er nach seiner ersten Dose in den Kühlschrank greift. Und an alles andere als an den Unterschied zwischen *Kompliment* und *Komplement* denkt. An alles andere als die Proklamation zur Befreiung der Sklaven denkt. Er war im Zentrum der Party, weil er *berauscht* war. Und das war gut.

Die vierte und letzte Theorie der *Partytopographie* dagegen behauptete, das Zentrum des Ereignisses sei *instabil,* befinde sich stets *an einem anderen Ort als man selbst,* unabhängig von Raum, Stimmung und Gesellschaft. Wer nach dem Zentrum der Party suchte, befand sich dieser Theorie zufolge per definitionem niemals selbst im Zentrum der Party, und alle Partygänger waren per definitionem Partysucher. Das Wesen der Party sei *migratorisch, unbeständig, provisorisch.* Man hatte das Gefühl, man war *da,* auf der Party, man hatte ein frisch gefülltes Glas, und genau auf der anderen Seite der wogenden See von Anwesenden sah man ein Mädchen, mit dem einem, wie man wußte, vom Schicksal die herrlichste Liebesgeschichte zugedacht war – ihr Eyeliner glich den Linien einer Picassozeichnung, ebenso sicher, ebenso beständig –, doch noch während man in der Gewißheit, daß dies der richtige Ort und die richtige Zeit war, den Raum zu durchqueren begann, spürte man, wie das Zentrum der Party wegtrudelte. Die Party kreuzte gegen den Wind, wendete. Plötzlich fand man sich nicht mehr zurecht. Plötzlich war man mit Glen Dunbar in ein Gespräch über standardisierte Tests verwickelt. *Wie geht man bei einem standardisierten Test am besten vor? Meinst du, es ist das beste, eine der Fragen eindeutig auszuschließen, und wenn ja, zu welchem Zeitpunkt? Oder sollte man wirklich versuchen, auf jede Antwort zu kommen, ehe man bei einer bestimmten Frage aufgibt?*

Aber Gerry war allein und von daher sicher, daß er verpaßte, was immer er eigentlich erleben müßte. Er befand sich im Speisezimmer der Fosters. Der mit einem Tischtuch aus weißer Seide bedeckte Tisch war mit Konfekt überhäuft. Nicht mit einzeln verpackten Tootsie Rolls oder Zweierpackungen Devil Dogs oder Twinkies, Schachteln mit Dots, Urlaubsportionen Jujyfruits, M&Ms, Marsriegeln, Snickers, Three Musketeers, Charleston Chews und Bazooka-Joe-Kaugummi. Nein der Tisch war beladen mit *Gebackenem,* mit Eclairs, Küchlein und Tollhouse-Plätzchen. Widerlich. Wer hatte schon Lust auf *selbstgemachten* Scheiß? Wahrscheinlich hatte Nick Foster Klümpchen rhinoviraler Substanz in den Teig gekrümelt und gelacht, ehe er kräftig umrührte. Auf einem Silbertablett allerdings fand Gerry eine einzelne Flasche importiertes deutsches Bier. *Wie war es hierhergekommen, dieses deutsche Bier, das hier illegalerweise Minderjährigen angeboten wurde, und warum kam es ihm wie die Lösung der Schwierigkeiten vor, die der Fosterschen Party eigen waren?* Man hatte die Stühle vom Tisch entfernt, um den Partybesuchern das Herumgehen zu ermöglichen, aber es waren keine Partybesucher da. Zumindest, bis Dinah Polanski betrunken unter dem Tisch hervorkroch.

Dinah Polanski. Sie trug schon jetzt eine Bifokalbrille. Hinter dieser Brille, deren Gläser schußsicherem Plexiglas ähnelten, irrten ihre Augen in entgegengesetzte Richtungen. Doch selbst die glasäugige Dinah trug die obligatorische *unauffällige Kordhose,* zusammen mit einer grauen Strickjacke aus dem Land's End Katalog. Bei ihr war dieser Look eine *modische Scheußlichkeit.* Dinah hatte sich offensichtlich in Nachahmung von Nancy Van Ingen und deren Clique dafür entschieden. Sie war nicht durch das Abenteuer persönlichen Ausdrucks zu ihrer Kluft gelangt. Vielleicht lag es daran, daß Dinah zusätzliche acht bis zehn Pfund mit sich herumschleppte und graubraune Locken hatte, die den Effekt ihrer verläßlichen, unaufdringlichen Klamotten ruinierten. Und von dem Modeproblem abgesehen, war da zusätzlich die tiefe historische Schmach, daß Dinah Gerry durch Fairfield County folgte und so regelmäßig wie ein Connecticut-Waschbär auftauchte, seit die beiden sechs waren. Aus irgendeinem Grunde hatte sie ihn selbst dann auf sich aufmerksam zu machen versucht, wenn es wegen der konsequenten Nichtbeachtung von seiner Seite selbstzerstörerisch war. Ihre Beweggründe waren unklar. Im letzten Jahr indes hatten sich ihre Bemühungen fast ausschließlich darauf konzentriert, für Gerry die Verwickelungen eines bestimmten Science-fiction-Romans mit dem Titel *Dune* nachzuerzählen. Da hinein stürzte sich Dinah im gegenwärtigen Augenblick nach allerkürzester Einleitung –

»Ich war nebenan, und da ist mir aufgefallen, daß die alle Bücher von H.P. Lovecraft haben. Und Edgar Allan Poe. Geschichten von Edgar Allan Poe und die Werke von H.G. Wells. Mir gefallen diese ganzen Bücher. Einfach toll, weißt du? Dann hab ich gesehen, daß sie auch eine Ausgabe von *Dune* haben.«

Dinahs Gesicht glühte und war dem seinen ganz nahe, während er versuchte, seinem importierten deutschen Bier mit einem überdimensionierten Kirchenschlüssel beizukommen. Gerry ging rückwärts, um die erforderlichen sechzig Zentimeter Gesprächsabstand zu Dinahs verschnupftem Gesicht zu gewinnen und so zu verhindern, daß Speicheltröpfchen auf ihn regneten, aber sie folgte seinem Rückzug und näherte sich immer wieder auf eine Spanne von dreißig bis fündunddreißig Zentimetern, eine Entfernung, die man häufiger mit Gesprächsformen mediterraner Völker assoziiert. Er konnte eine von Dermatitis befallene Stelle an ihrer Stirn sehen. Sie brauchte irgendeine Creme.

»*Jenseits eines kritischen Punktes innerhalb eines endlichen Raums verringert sich die Freiheit mit zunehmender Anzahl.* Das sagt Pardot Kynes, der erste Planetologe des Planeten mit Namen Arrakis... Er stirbt bei einem Erdrutsch. Also, das Haus Atreides, weißt du, kommt auf so einen Wüstenplaneten, und dort gibt es nur so Würmer, riesige Würmer, Meilen lang, und so Schmuggler und ihr Gewürz. Das Gewürz heißt *Melange.* Und dann gibt's da noch so einen Tyrannen. Baron Harkonnen.«

Gerry sah sich gegen die Ostwand des Eßzimmers gedrängt, gegen den *Thron,* den Lamb und Rich hilfsbereiterweise für Nicky Fosters Urgroßvater gebaut hatten und auf dem dieser bei Tisch gesessen hatte, und Gerry kletterte sogar auf diesen *hohen Sitz,* wie er in den Plänen für das Haus bezeichnet wird. Er wiederholte Worte, die er schon einmal benutzt hatte: *Klar, ja, klasse, ich les es ganz bestimmt,* während er Dinah seitlich zu umgehen und die Tür anzusteuern plante, doch dann kam ihm ein wirklich schrecklicher Gedanke. Da Dinah das erste Mädchen war, mit dem er hier auf der Party gesprochen hatte, und da er sich mit Peltz auf einen Wettbewerb geeinigt hatte, bei dem es um die Eroberung von möglichst vielen Mädchen ging, *hieß das doch wohl, daß er versuchen mußte, Dinah Polanski auf irgendeine Weise zu verführen.*

Nun ist eine Aufzählung der Freundinnen von Gerald Callahan Abramowitz bis zu diesem Zeitpunkt erforderlich. Diese Chronik ist glücklicherweise kurz, denn Gerry hatte, obwohl er als liebenswürdig galt, nur wenig Erfahrung mit dem schönen Geschlecht. Ginny Williams zum Beispiel, die ein Stück weit die Straße hoch wohnte, konnte richtig gut weben. Das behauptete seine

Mutter, *Ginny Williams ist wirklich lieb. Ihre Mom sagt, sie webt furchtbar gern.* Außerdem zeichnete Ginny Bilder von Insekten. Die beiden hatten keinerlei Gesprächsthema, obwohl sie oft miteinander zur Schule fuhren. Sie hatte noch kein einziges Mal ein Baseballspiel gesehen. Sie war wegen Skoliose vom Sportunterricht befreit. Sie hatte ein Kaninchen. Gerry hatte noch nie Ginnys Hals gesehen. Er war noch nie entblößt gewesen. Vielleicht litt sie unter Lupus. Ihre Handgelenke allerdings waren schön. Wie Elfenbeischnitzereien. Jedenfalls hatte er sie mit dreizehn gefragt, ob sie mit ihm *ausgehen* wolle, weil er von älteren männlichen Heranwachsenden gehört hatte, daß man das tun mußte. Man mußte Mädchen diese spezielle Frage stellen, obwohl er keine Ahnung hatte, *wo er mit Ginny hingehen würde,* wenn sie ja sagte. Er war sehr nervös, als er die Frage stellte. Sie auch. Sie standen vor dem Briefkasten ihrer Eltern. Ginny Williams mit ihrem schönen kupferroten Haar riß den Deckel des Briefkastens auf und sah hinein. Klappte ihn zu. Riß ihn auf. Sie brauche Zeit, um über die Frage nachzudenken, sagte sie ihm. Ihn überraschte die Wärme, die der kurze Wortwechsel in ihm erzeugte. Dann fing sie an zu weinen. *Warum weinst du?* fragte er. *Ich hätte nie erwartet, daß irgendeiner fragt,* sagte sie. Sie zog sich ins Haus zurück. Und gab nie eine Antwort.

Später war da Lisa Talmadge. Er hatte Lisa Talmadge gern beim Fußballspielen zugesehen, sie aber nie so richtig kennengelernt. Von Lynn Skeele bekam er einen Korb, wie oben geschildert. Susie Harris war bei den Proben der Kapelle nett zu ihm. Sie bot ihm in den Pausen Zigaretten an. Er spielte, ziemlich schlecht, akustischen Baß. Sie spielte Posaune. Im Frühjahr löste sich die Kapelle auf. Sie hatte darauf gedrängt, daß sie die Instrumente tauschten. Aber er hatte kein Mundstück. Später, auf einer Jamaikareise mit seinen Eltern, hatte Gerry am Pool ein Mädchen kennengelernt. Wenn man ein Einzelkind ist, lernt man am Pool andere Kids kennen. Jeden Tag war sie da, am Pool, in einem grünen französischen Bikini. Anne, Nachname unbekannt. Sie war nicht nur schön, sondern auch unglaublich klug. Sie wohnte in Scarsdale, was mit einem Zehngangrad ein weiter Weg ist. Seine Begegnungen mit diesen Schulkameradinnen hatten etwas gemeinsam. Er vermutete, daß es mit seinem Aschkenasim-Genpool zu tun hatte. Er vermutete das spät in der Nacht, obwohl sein Vater ihm gegenteilige Vorträge hielt: *Mein Sohn läßt sich von diesem Zeug nicht unterkriegen, richtig? Mein Sohn hält durch.*

»Die Fremen beherrschten eine Fähigkeit, die die Alten ›Spannungsbogen‹ nannten, sagt Muad'Dib. Das ist so ein Typ... Er heißt Paul. Am Anfang der Geschichte ist er noch ein Junge, aber dann wird er auserwählt, weißt du. Als erstes wird er Herzog des Hauses Atreides, als sein Vater stirbt, und dann, na ja, dann bemüht er sich irgendwie um die Stelle als Kaiser des, na ja, Universums.«

»Hast du das ganze Buch auswendig gelernt?«

»Ich habe es ein paarmal gelesen.«

Oben kam Linda Ronstadt zum Ende und wurde durch die Eagles ersetzt. »Desperado, when will you come to your senses?« Ein entsetzlich blondes Mädchen, das Gerry noch nie gesehen hatte, lugte so flüchtig ins Eßzimmer, daß es in der Erinnerung noch am ehesten so schien, als wäre ein Kopf in den Raum geschwebt. Trug sie ein Tutu? Oder trog ihn seine Erinnerung?

»Dinah, könntest du ein Stück zurücktreten?«

Dinah Polanski errötete schrecklich, als wäre er auf einen *Kerndefekt* in ihrem kurzem Leben gestoßen und sondierte ihn hartherzig, ohne Respekt. Doch sie nahm endlich nordamerikanischen Gesprächsabstand ein. Welche Erleichterung.

»Frank Herbert hat in der Gegend von Oregon gelebt«, sagte sie, »und als Zeitungsreporter gearbeitet, und er hat so eine Vorstellung gehabt, wie die Menschen wären, wenn die Alte Erde, das sind wir hier, weißt du, mit unserer Energiekrise, ins All abfliegen würde. Muß wirklich toll gewesen sein. Die eine Nacht hat er Werbetexte für Damenhüte geschrieben, und in der nächsten Nacht hat er Arrakis, das Wüstenland, im Kopf gehabt. Ich finde das irgendwie romantisch. Da wohnst du auf dem Planeten Erde, dieser kleinen Müllkippe, und stellst dir deine künftige Heimat, einen Wüstenplaneten, draußen im All vor. Das ist romantisch.«

Gerry war sich unsicher, ob diese Bemerkung von Dinah in der Abgeschiedenheit des Speisezimmers ein Zufall war – *zwei Teenager in einem Zimmer werden zwangsläufig von Liebe und ihren Idiomen zu reden beginnen, und zwar unabhängig vom manifesten Inhalt ihres Gesprächs.* Versuchte sie insgeheim, endlich, ihm etwas mitzuteilen, irgendwelche latenten Möglichkeiten an die Oberfläche zu kitzeln? Vielleicht führte ja die Stelle unter dem Tisch, wo sie sich versteckt hatte, irgendwohin, zu einer Matratze. Da Julian Peltz, nachdem er sich davongemacht hatte, um *seine Asche loszuwerden,* nicht wieder auftauchte, blieb Gerry nichts anderes übrig, als so zu tun, als wäre *das Romantische* Ziel der Halloweenparty. Schließlich war die Liebe etwas ungeheuer Beängstigendes. Sie war die unheimliche Kraft, vor der die Leute an Halloween zurückschauderten. Sie stellten diese Kostüme her, um Menschen und Dinge abzuwehren, die ihnen mit den Verantwortlichkeiten der Liebe kamen. Also ergriff Gerry die Initiative. *Was machte es schon, daß Dinah richtig dicke Brillengläser hatte, denn wenn sie lächelte, vermittelte sie tatsächlich, na ja, Begeisterung, was ziemlich selten war, und mit Kontaktlinsen sähe sie vielleicht sogar ganz gut aus, vor allem, wenn sie von etwas redete, was sie richtig interessierte.*

»Dinah, willst du mich küssen?«

Ein ewiger, unerträglicher Augenblick dehnte sich zwischen ihnen.

»Du willst mich wohl veräppeln, Gerry Abramowitz? Ich bin nämlich nicht wie die ganzen anderen auf deinen Faßbierpartys und deinen Footballspielen.«

»Ich wollte ...«

»Auch wenn ich dir in der Grundschule nachgelaufen bin, heißt das mittlerweile überhaupt nichts mehr, weil wir älter sind und vielleicht an andere Sachen denken müssen, zum Beispiel daran, an ein gutes College zu kommen. Ich werde jedenfalls keine wertvolle Zeit für bedeutungslose Begegnungen mit Jungs verschwenden. Ich denke lieber über frühzeitige Bewerbungen bei den Big Three nach.«

Gerry begann sich zu entschuldigen, doch mitten in dieser Apologie ging, wie nach Plan, die Schiebetür zur Bibliothek in der Nordwand des Speisezimmers auf und mit dieser zufälligen Öffnung wallten lebhafte Gefühle der Erleichterung in ihm auf. Und Dinah sagte: *Ich will dir zeigen, wie das Buch aussieht,* und Gerry begriff jetzt, daß *das Buch* in diesem Falle eine ideelle Kategorie war. Nicht der spezielle Roman von Frank Herbert, sondern *das Buch* als solches, die Vorstellung der Aufbewahrung vergangener Eindrücke, das Buch als Bundeslade. Er konnte nicht in die Richtung zurückkehren, aus der er gekommen war. Das war feige. Er mußte damit fortfahren, das Wesen der Party durch das Haus zu verfolgen, und es war okay, sein importiertes deutsches Bier mitzunehmen. Es war daher die Bibliothek, in die er als nächstes kam, und wenn man bedachte, daß Fosters alter Herr irgendeine Zeitschrift herausgab, die ausführliche Kommentare zur korrupten Arbeiterbewegung und zum moralischen Bankrott der Linken brachte, war es erstaunlich, daß die gesamte Bibliothek aus handlichen Spionageromanen bestand. Krimis. Ab und zu vielleicht ein Titel zur Theorie des Backgammon. Es mußten Hunderte von diesen Taschenbüchern dasein. Vielleicht sogar Tausende. Mit Dinah als Begleiterin überschritt Gerry die Schwelle, und sofort konnte er Fosters Dad hören, wie er sich über Themen verbreitete wie etwa: *Die Schande, daß wir den Schah in der Stunde der Not im Stich gelassen haben, desgleichen die Unfähigkeit des amerikanischen Volkes, die Ziele unseres Engagements in Asien zu begreifen, die unbedingte Notwendigkeit, sich den finsteren Absichten des Ostblocks entgegenzustellen, wo immer sie sich bemerkbar machen.* Er hatte einen Drink in der Hand, Fosters alter Herr, und er trug ein Tweedjackett, Khakihosen, ein weißes Hemd und eine türkisch gemusterte Fliege. Er gestikulierte mit einer jener *extralangen Zigaretten,* deren Aschekegel im Begriff stand, auf dem Teppich zu landen. Gerry rechnete damit, daß der alte Foster seine politische Doktrin des Kalten Krieges vor erwachsenem Publikum darlegte, aber es waren keine Erwachsenen im Raum. Statt dessen redete Fosters Dad auf zwei Typen ein, die *Pong* spielten, jenes Videospiel aus der Steinzeit. In einer Ecke des Raums stand ein riesiger Fernseher, und die beiden Teens waren so tief in die Couch dort eingesunken, daß sie wie in die Polsterung eingearbeitet wirkten. Frei bewegen konnten sie nur die Arme, die mit Fernbedienungen hantierten.

Wer nicht das Glück gehabt hat, dieses altehrwürdige Konzept häuslicher Unterhaltung selbst zu erleben, dem sei gesagt, daß es auf eine *reductio ad absurdum* alles dessen hinauslief, woran man beim heutigen Videozeitalter denkt. Jeder der beiden Spieler kontrollierte ein kleines, weißes, längliches Parallelogramm auf einer senkrechten Achse des schwarzen Bildschirms. Jeder versuchte, mit seinem vertikal beweglichen Parallelogramm ein kleines weißes Quadrat zu treffen, so daß es zu dem Mitspieler zurückprallte. Traf ein Spieler nicht, und das Quadrat gelangte zum Rand des Bildschirms, hatte er verloren. Ganz einfach. Diese spezielle Partie, die zwischen den beiden stummen Typen auf der Couch stattfand, war schon sehr lang im Gange, vielleicht schon seit der Pubertät. Das Quadrat, der metaphorische Tennisball, ging zwischen den beiden Typen auf der Couch hin und her, und keiner von ihnen beachtete den anderen, keiner von ihnen beachtete Fosters alten Herrn, während dieser sich in Hypothesen erging: *Die Entscheidung, den ehemaligen Präsidenten zu begnadigen, war eine dramatische Fehlentscheidung, denn der ehemalige Präsident hätte bleiben und sich gegen die Anschuldigungen zur Wehr setzen müssen, um den Widerstand unserer amerikanischen Jugend zu überwinden:* Die zirkulären Imperative von Mr. Fosters Monolog wurden geordnet und ratifiziert von der Bewegung des Quadrats, hin und her und hin und her und hin und her und hin und her und hin und her und hin und her.

»Mr. Foster, haben Sie zufällig Julian Peltz hier durchkommen sehen?«

Gerry hatte Autos vor dem Haus gesehen. Er wußte, daß hier *irgendwo* Leute sein mußten. Er wußte, da waren junge Leute, *die sich amüsierten,* und er wußte, es herrschte eine Leichtigkeit des Gesprächs, *die schlagfertige Antwort, die Erwiderung, der Einzeiler, die breitgewalzte Geschichte,* die Verstrickungen des Flirtens, die mit Gesprächen einhergingen. Überall um ihn herum, überall da, wo er, der jüdische Junge, nicht war.

»Die jungen Frauen sind oben. Und die jungen Männer sind nicht weit davon. Bitte unterbrich mich jetzt nicht.«

»Entschuldigung, Mr. Foster.«

Er umging Fosters Dad, als wäre der alte Herr ein Einrichtungsgegenstand. Eine Anzahl von Taschenbüchern waren dort gestapelt und purzelten zu Boden. Frühe Le-Carré-Romane umquollen die Füße des alten Herrn. Mr. Foster hob einen davon auf und schleuderte ihn zielsicher in den Kamin, der schon jetzt, während Gerry zusah, reichlich mit Trevanian und Robert Ludlum beschickt zu sein schien. Am anderen Ende des Raums befand sich ein zweiter, aus rosa Marmor gehauener und in eine Nische eingebauter Diwan, auf dem, während die gegenwärtigen Geschehnisse abliefen, reglos zwei Mädchen aus der Schule schliefen. Für Gerry war es wesentlich, dem Phänomen auf den Grund zu gehen. Wer genau waren die Mädchen und würde es in der Liste der Eroberungen zählen, wenn er eines davon auf die Lippen küßte?

»Gerry. Warte mal. Willst du's denn nicht sehen?«

Dinah Polanski. Das Buch. Fast hätte er es vergessen. *Wie rasch sich Bindungen ergaben und wieder lösten.* Dinah hatte auf der Suche nach ihrem Titel die Ostwand des Raums, eine kleine Abteilung mit gebundenen Büchern, abgesucht. Nun hatte sie ihn gefunden. Sie schwenkte ihn, als handelte es sich um einen erleuchteten spirituellen Text. Sie würde *den Menschen die Botschaft* bringen, obwohl die Menschen gezeigt hatten, daß sie sich viel mehr für Hefe, Gärung, Hammelfleischbrocken, Schwerter interessierten.

»Moment noch, Dinah!«

Er beugte sich über die schlafende Gestalt von Sally Burns, deren Identität nun offenkundig war, Sally, die eine *unauffällige Kordhose und einen pinkfarbenen Rollkragenpullover trug.* Sie war blond. Brachten die Angelsachsen eigentlich keine Mädchen hervor, die nicht blond waren? Ein winziger Speichelfaden hing an ihren

Lippen wie eine synthetische Faser frisch aus dem Bottich der Kunststoffe. Mit dem Zeigefinger unterbrach Gerry diesen Sabberkreislauf, der Lippe und chintzbezogenes Sofakissen verband, so daß sich die Flüssigkeit statt dessen um seinen Zeigefinger wickelte. Er führte den Finger an seine Lippen, und nun war der Likör von Sally Burns' Mund an seinem eigenen. Ihr Speichel schmeckte nach Kaugummi. Und Sellerie. Er verfaßte folgendes lyrische Gedicht: *Ich fand dich immer richtig gut in diesem Streitgespräch, das wir in der Schule zum Thema Abtreibung geführt haben, und ich war stolz darauf, daß du das Recht der Frau auf was auch immer es war, wofür du eingetreten bist, verteidigt hast, aber ich habe dir das nie gesagt, weil ich bloß irgendein Kerl bin. Ich habe nicht das Recht, eine Entscheidung zu treffen. Ich trete für das Recht eines Kerls ein, gefälligst nicht im Weg zu stehen, wenn ein Mädchen eine Entscheidung treffen will. Es war nett von dir, daß du mich diesen Neuntkläßler hast ins Kreuzverhör nehmen lassen, und es war toll, als er so frustriert war, daß er rot wurde. Falls du je aufwachst, dann denke bitte daran, daß ich alle diese positiven Gedanken über dich gehabt habe.* Sally Burns' Freundin Dee Maguire lag parallel zu ihr, in entgegengesetzter Richtung, den Kopf an Sallys Füßen, eine Hand auf Sallys Hüfte ruhend. Gerry hatte noch nie im Leben etwas so Schönes gesehen, doch bei der Betrachtung kam er sich plötzlich wie ein Ladendieb vor, und so ging er um das Ende des Diwans herum und von dort auf die Tür der Speisekammer zu.

»Gerry!«

»Dieser ganze Unsinn, von wegen wir wären am Ende der Konsumgesellschaft angelangt!« donnerte Mr. Foster. »Die Industrie hat diese große Nation zu dem gemacht, was sie ist. Nehmen wir den Panamakanal, ein gutes Beispiel, und warum wir ...«

Unterdessen ging das weiße Quadrat auf dem Bildschirm in der Bibliothek hin und her und hin und her und hin und her.

Nick Foster hatte wahrscheinlich eine Party vorgeschwebt, bei der jede Menge Schaden zum Nachteil von Nachbarn nah und fern angerichtet werden würde, so daß die männlichen Erwachsenen von Darien in kollektiver Wut auf Trittleitern steigen und den ganzen nächsten Tag lang das Toilettenpapier aus Weiden, Forsythien und Hartriegel klauben würden, während sich ihre Frauen mit einem Eimer Wasser und einer Scheuerbürste über die Außenseiten von Verandatüren hermachten. Doch diese Vorstellung würde nie verwirklicht werden. Das *matériel* für den teuflischen Anschlag auf Normen und Maßstäbe stapelte sich nach wie vor auf Arbeitsplatten in der Speisekammer. Auf dem Boden standen zwei, drei Kartons Toilettenpapier, zwei Dutzend Dosen Noxema-Rasiercreme mit Menthol, eine Schachtel Ivory-Seifenstücke. Außerdem fiel Gerry auf, daß die Fosters mehrere Porzellanservices besaßen, nicht nur eines, sondern zwei oder drei, darunter auch Zeug, das so aussah, als wäre es alt und handbemalt, vielleicht in einem asiatischen Land, wo bis vor kurzem die Volkskunst geblüht hatte.

Dann steckte er den Kopf in die Küche, die aus Porzellan bestand, prachtvoll und makellos war. Eine junge schwarze Frau saß, in einem Hardcover-Band lesend, an einem Frühstückstisch. Sie beachtete Gerry nicht, als wäre es unhöflich, ihn zu beachten, als wäre jede Interaktion unhöflich, und er wußte aus Erfahrung, daß auch von ihm erwartet wurde, daß er diese schwarze Frau, diese *Bedienstete,* ignorierte. Genau so machte man das hier. Genau so *funktionierte das System.* Das erwartete sie, das verlangten ihre Arbeitgeber.

»Wie ist das so, für die Fosters zu arbeiten?«

»'zeihung?«

»Hier zu arbeiten. Für die Fosters.«

»Wovon redest du eigentlich?«

»Ich frag bloß.«

»Kümmere dich lieber um deine eigenen Angelegenheiten.« Ihre Stimme schwand zu einem Flüstern. »Mach dir mal keine Sorgen darum, wie's bei jemand anders zugeht. Du würdest es sowieso nicht verstehen.«

»Nein, ich würd's nicht verstehen.«

Die schwarze Frau scheuchte ihn händewedelnd fort.

»Ich habe keine Zeit für Unsinn.«

Er hätte seine Überzeugungen weiter verfochten, doch jenseits von Ginas, der Köchin, Lehen der Spezialitäten konnte er im Wäschezimmer *jemanden* sehen. Ein Mädchen. Einen verführerischen, wohlgestalteten *Jemand.* Mädchen, aus der Entfernung, und die herzzerreißende Erkenntnis ihrer Überlegenheit gegenüber Jungen, ihrer flüchtigen Vollkommenheit, ihrer Rundungen in Jeans, eines BH-Trägers, der unter einem Pullover mit V-Ausschnitt hervorlugt, verschmierten Eyeliners; es gab nichts Vollkommeneres als jenen Eyeliner-Fleck; ein schluchzendes Mädchen (vielleicht untröstlich angesichts irgendeiner Brutalität der Welt, daß ferne Kinder hungerten, der lokale Sportstar sich den Hals gebrochen hatte); weinende Mädchen; aufgelöste Mädchen; Mädchen in der Dämmerung; Mädchen im Herbst; Mädchen, die rannten; Mädchen, die lachten; Mädchen, die erwachsen wurden. Hier war ein Mädchen, größtenteils von einem Berg weißer, gebleichter und getrockneter Laken verdeckt, Laken, die gerade zusammengelegt wurden. Welch eine Wohltat nach der angespannten Athmosphäre der Küche, nach der viktorianischen Steifheit des Salons. Das Mädchen war damit beschäftigt, übergroße Laken zusammenzulegen, die länger als sie selbst waren und zweimal so breit, wie ihre Arme reichten. Sie trug eine weiße Kordhose und einen Rollkragenpullover aus weißem Velours und war deshalb ein Inbild simulierter Jungfräulichkeit und Frömmigkeit. Polly Firestone. Schon die Silben ihres Namens ließen an Adel denken. Sie konnte sich mehrere Garnituren neuer Laken kaufen, wenn sie wollte. An einem anderen Tag hätte er sich womöglich darüber geärgert, daß der Name Firestone an Adel denken ließ, während der Name Abramowitz nach einem Teppichhersteller klang. Gleichwohl lag in Pollys Mühen im Wäschezimmer ein gewisses Pathos. Obwohl sie mit den übergroßen Laken nicht zurechtkam, wirkte sie keineswegs verärgert. Sie strahlte vielmehr, und ihre ebenmäßigen Wangenknochen wurden auf einer Seite im Profil von Kerzenlicht, einem Paar hutloser Kürbislaternen auf einem Regal bei den Reinigungsmitteln, angeleuchtet. Im schmeichelnden Kerzenlicht ähnelte Polly Firestone den himmlischen Mägden flämischer Malkunst, und jede ihrer Bewegungen ließ an Zithermusik aus einer himmlischen Bank von Kumulonimbuswolken denken. Auf dem Trockner lag ein Stapel von einem Dutzend Laken, die zu einer ganzen Reihe länglicher, unvollkommener Formen zusammengelegt waren. Nun, während Gerry zusah, wandte Polly ihre Aufmerksamkeit jener lästigsten aller Zusammenlegaufgaben, dem Spannbettuch, zu. Ob die junge Erbin der Firestones aus Philadelphia wohl die richtige Art kannte, ein *Spannbettuch* zusammenzulegen? Wäre sie wenigstens imstande, die richtige Strategie für das Falten dieses Lakens zu vertreten, nachdem sie durch irgendein matrilineales Ritual davon erfahren hatte, über das Gerrys Mutter irgendwann für das *Cultural Anthropology Quarterly* schreiben würde, in einer Abhandlung, die eine Anmerkung enthielte, die lautete: *Jane ist nicht der richtige Name der Probandin. Dieser wurde auf Betreiben ihrer Familie geändert.* Würde Polly das Spannbettuch zu einem Knäuel zusammenknüllen, wie es die überwältigende Mehrheit der Amerikaner seit nun mehr fast fünfzig Jahren tat, und damit beweisen, daß die Klassenunterschiede nicht mehr so starr wie früher waren? Nein, Gerry Abramowitz ahnte: Polly kannte die Theorie des Zusammenlegens seit ihrer Geburt.

»Hi«, sagte Polly Firestone, ohne aufzublicken. »Bist du nicht ein bißchen spät dran?«

Er stellte den angemessenen Ennui zur Schau. Jungen aus Darien vermieden es, sich erkennbar um irgend etwas Gedanken zu machen, die Flugbahn der sich drehenden Plastikscheibe, die, von einem Golden Retriever verfolgt, gleich in ihre Hände schweben würde. *Es war Routine.* Alles war Routine. Jungen konnten auf einem Ball quer durch eine mit Girlanden geschmückte Sporthalle gehen und in den Armen eines Mädchens landen, als wäre es das gleiche wie ein Gang zum Briefkasten. Ohne erkennbare Empfindungen. Auch er würde sich an diesen Fertigkeiten versuchen, obwohl sie ihm fremd waren.

»Das sagen alle ständig.«

Er verspürte den starken Drang, nach einem Wäschestift auf dem Bord über ihr zu greifen, um *ihre Sommersprossen miteinander zu verbinden.*

»Wo stecken eigentlich alle?«

»Wenn du früher dagewesen wärst, würdest du nicht fragen.«

Der Wortwechsel hätte, zumindest der Theorie seiner Mutter zufolge – *Mißachtung als komplexe Koitalstrategie* – als Flirt gelten können, aber er kam zu dem Schluß, daß der Ton herzlos *gemeint* war. *Keine Festlichkeit ohne Grausamkeit.* Zusammenkünfte von Kids hatten stets ihre Opfer. Er dachte an Peltz und an das Schwinden seiner eigenen Möglichkeiten auf der Party. Die Zeit verging. Er hatte nicht mal irgendwelche Süßigkeiten vorzuweisen.

»Magst du mich küssen?« fragte er.

»Nein. Wieso sollte ich dich küssen wollen? Wie heißt du überhaupt?«

»Gerry.«

»Ah ja. Hilfst du mir, die ganze Bettwäsche zu tragen?«

»Muß ja 'ne Menge Betten geben.«

»Hast du Kaugummi?«

Er hatte natürlich Kaugummi. Zuckerfreien, gemäß den Empfehlungen von vier von fünf Ärzten. Sie reichte ihm den Stapel konventioneller Laken und machte sich daran, mit deren Gegenstücken fertig zu werden. Und sie hatte wirklich die vollkommensten Absichten, besaß tatsächlich ein komplettes Wissen von Taktik, wenn nicht die totale Beherrschung muskulärer Anpassungen, die für Spannbettücher erforderlich waren. Später im Leben würde sie das Zusammenlegen von Spannbettüchern ebensogut beherrschen wie die deutsche Wehrmacht den Stechschritt, aber sie würde jemanden dafür *bezahlen.* Der Transfer der Laken in seine Arme, ein wichtiger symbolischer Austausch, und der Austausch von Kaugummi, sie beide machten es erforderlich, daß er sein Bier, unausgetrunken, auf einem rüttelnden Maytag-Trockner stehen ließ. Polly ließ geziert ihren Kaugummi knallen, während sie ihm den Korridor an der Rückseite des Hauses entlang voranging. Durch die Speisekammer. Dort stand ein leerer Vierliterbehälter Eiscreme, der seine Überreste abschwitzte und den er vorhin nicht bemerkt hatte. Und an einem Türpfosten, an der hinteren Wand der Speisekammer, befand sich die *genealogische Meßstation* der Fosters. Nick Foster war einmal *der kleine Nicky* gewesen, der verwegen lächelte und die Wellenbewegung am unbelebten Long-Island-

Sund bewunderte. Eine wacklige, mit dem Golfbleistift des alten Foster gezogene Linie markierte *Nicky, Alter 6 J, 6 M* eine weitere *Nicky, 8. Geburtstag,* und so weiter, ebenso für seine kleinen Schwestern, die Nicky bis zur völligen Unterwerfung tyrannisiert hatte und die an diesem Abend nirgendwo zu sehen waren, Annabelle und Grace. Zusammen mit ihrer Mutter waren sie umgezogen, wahrscheinlich in das *Pied à terre* der Fosters in der Gegend der East Fifties. Als nächstes ging rechts, halb im Schatten, die Dienstbotentreppe in den ersten Stock ab. Er schoß diese Hintertreppe hoch, und Polly, die zurückblieb, verstand wahrscheinlich, was diese Nachforschungen implizierten. Jeder, der ins Haus der Fosters kam, mußte dessen kompletten Grundriß kennen, als würde man so die ganze Macht Amerikas verstehen, die ihr innewohnenden Klassengegensätze, ihren dürftigen Brückenkopf gegen die Wildnis, ihren dürftig verhehlten Totalitarismus. Allerdings war Polly ungeduldig. Sie seufzte. Er ließ sich trotzdem nicht von seiner Kinderei abhalten, ohne dabei die Spannbetttücher außer acht zu lassen, nein, die er trug er bei sich. Am oberen Absatz der Dienstbotentreppe brannte nicht genug Licht. Dort gab es niedrige Türen, verwinkelte Konstruktionen, pneumatische Röhren, Botschaften von unten. Überall Spinnen, deren verblüffende Konstruktionen ihm über die Stirn strichen, *Spinnen der Endlichkeit, die jenseits des großen Netzes der Kausalität existierten.* Die Dienstbotenzimmer waren geschlossen, waren mittlerweile Lagerräume, in denen Schachteln mit abgelegten Puppenkleidern und Kadettenuniformen vor sich hin schimmelten. Vor mehreren Jahren hatte eine Tante auf der Suche nach Christbaumschmuck diese Treppe erstiegen und war nie zurückgekehrt. Gerry freilich überlebte diese Abenteuer. Aber er gelangte bald in den geräumigeren Korridor der Schlafräume im ersten Stock. Sie waren nach dem Prinzip zunehmender Größe und Pracht gestaltet. Jedes Bett war überladener als das vorangegangene. Einfache Doppelbetten machten phantastischen Himmelbetten mit zu vielen Kissen Platz. (Ein Thema, über das sich sein Vater erst kürzlich verbreitet hatte: *Innenarchitekten machen ihren Schnitt bei den Kissen. Sie kriegen einen Prozentsatz von dem jeweiligen Stoff, den sie verwenden, und verteilen die verdammten Kissen im ganzen Haus. Jedesmal, wenn du dich hinsetzen willst, verdrängst du Kissen.)* Es gab reine Dekorationen, Draperien, die ebenso kompliziert waren wie der Wasserfall draußen, und es gab Tapeten mit Samtbesatz. Und in jedem Zimmer einen Fernseher, in Gerrys Augen ein ungeheurer Luxus, da die Regeln seiner Mutter ihm erlaubten, zwei Stunden pro Woche fernzusehen. Nicht mehr. Er durfte nichtverbrauchte Zeit aus einer Woche in die nächste mit hinübernehmen, häufiger jedoch vergeudete er sie damit, daß er am Wählknopf drehte.

Sämtliche Geräte in den verschiedenen Zimmern im ersten Stock des Fosterschen Hauses waren auf Horrorfilme eingestellt. Vom Heiligen zum Profanen: *Frankensteins Braut* und *Die Fliege, Plan 9 aus dem Weltraum* und *Die Nacht der lebenden Toten.* In jedem Zimmer ein wirrer Haufen Teenies, wie dort geboren, jeder in seiner platonischen Höhle, in der er die von UHF-Sendern ausgestrahlten Unschärfen wahrnahm. Gerry und seine Laken flitzten an einem Gästezimmer vorbei, wo der Spiegel über dem Frisiertisch seitenverkehrt das Bild auf dem Schirm einfing, Raymond Burr aus dem Original-*Godzilla,* der mit monotoner Stimme etwas von Vernichtung und Verwüstung grollte: *Das ist Tokio. Einst eine Stadt von sechs Millionen Einwohnern. Was hier geschehen ist, wurde von einer Kraft verursacht, die noch bis vor wenigen Tagen vollkommen außerhalb der Reichweite der menschlichen Phantasie lag. Tokio, ein schwelendes Denkmal für das Unbekannte, eines Unbekannten, das im Augenblick noch die Oberhand hat.* Im tiefen Raum des Spiegelbildes nichtssagende Rückseiten von Teenagerköpfen. Eine Sekunde lang schien es, als wären sie die *Gesichter* seiner Bekannten, jedes eine leere Maske. In jedem der sechs Schlafzimmer dieses von Lähmung befallene Tableau. An jedem machte Gerry halt und fragte nach der Handlung:

»Ich war ein Teenager-Werwolf« sagte Margaret Nagle, aus der Narkose erwachend.

»Die Stelle, wo er vor dem Badezimmerspiegel steht?« fragte Gerry. »Du weißt schon, wo ihm frische Haare auf seinem ...«

»So weit sind wir noch nicht.«

»Willst du mich küssen, Margaret?«

Und so weiter. Von einer Gruft der Lethargie zur nächsten. Die Laken in seinen Armen wurden schwer. Wo immer er innehielt, lehnte er sich mit seiner Last an eine Wand. Wie jeder Jugendliche seines Alters, mied er das *Elternschlafzimmer.* Jedermann wußte, daß die Betten von Eltern mit Hexenflüchen belegt waren, und wenn man sie auch nur flüchtig erblickte, zumal ungemachte Betten von Eltern, wurde man in einen *Pädophilen,* einen *Fußfetischisten* oder einen dieser Typen verwandelt, die einem das Wetter am Tag von Lincolns Amtseinführung sagen konnten, aber nicht imstande waren, einen Job zu behalten. Laut dem Grundriß des ersten Stocks befand sich das Elternschlafzimmer unmittelbar zu seiner Linken, hier, am oberen Absatz der Haupttreppe, wo Danny Henderson und Pete Mars, die Clowns der Schule, mit einem makabren Ulk beschäftigt waren. Sie versuchten gerade, einen riesigen Feuerlöscher die Haupttreppe des Fosterschen Hauses hinunterzurollen. Einen chemischen Feuerlöscher. Als Gerry am obersten Absatz der Treppe auf die beiden traf, probierte Henderson, ein geübter

Scherzbold, aufs neue, den Feuerlöscher anzuheben. Das hätte eigentlich möglich sein müssen, da Mars Kapitän der Ringermannschaft war. Aber nein. Es bestand die Gefahr eines Bandscheibenvorfalls. Wieder ließen sie den Feuerlöscher fallen und vermieden es knapp, Mittelfußknochen zu zerschmettern. Der dumpfe Schlag der Stahlflasche auf alte Balken durchbebte das Hauptreppenhaus.

»Darf ich mal durch?« fragte Gerry.

»Hilf uns ja nicht oder so was, Abramowitz. Und wenn das jetzt ein Notfall wäre? Bei so einem Notfall könnte man Laken vielleicht ganz gut gebrauchen. Das weiß man nie.«

»Ich hab versprochen, die Laken Polly Firestone zu bringen.«

Sie ruckten den Feuerlöscher herum, noch eine Drehung, und sein penishafter Schlauch schlenkerte und knallte Gerry von hinten gegen die Oberschenkel, als er vorbeiging. Henderson kicherte, dann mühte er sich, in einem heroischen Versuch, zu verhindern, daß der durchgerostete Boden des Feuerlöschers den kastanienbraunen Teppichboden ruinierte, der das Hauptreppenhaus auf ganzer Länge bedeckte, abermals mit ungeheurer Anstrengung, ihn hochzuheben. Aber da er Pete Mars nicht vorwarnte, ließ er den Feuerlöscher ganz fallen, und nur Petes Körperblock verhinderte, daß alle drei, Danny, Pete und der Feuerlöscher, die Treppe hinunterpurzelten.

»Achtet darauf, daß der Stift noch im Griff steckt«, ließ sich Gerry von einem höhergelegenen Punkt aus vernehmen. »Sonst versprüht ihr überall im Haus chemischen Schaum.«

»Halt die Klappe, Abramowitz«, sagte Mars. »Bist du vielleicht Brandschutzmeister oder so was?«

»Ja«, sagte Henderson, »verzieh dich. Der Feuerlöscher hier ist schon länger in diesem Haus als du in dieser Stadt. Wichser. Wenn wir auf deine Meinung Wert legen würden, würden wir dich foltern.«

Ihre Bemerkungen ermutigten ihn, sich vorbeizuschieben, hinabzusteigen. Seine Verwandten waren in jedem Land Europas unterdrückt worden. Sein Leiden war uralt. Und es blieb keine Zeit, sich bei Kränkungen aufzuhalten, weil Polly Firestone an der Fliegentür wartete, die auf die Veranda und, jenseits der Veranda, in den Wald führte. Sie war ihre Laken schon losgeworden.

»Du bist noch immer zu spät.«

Der Wald hinter ihr, hinter der Veranda. Weißt du noch? In Fairfield County hat es einmal Wald gegeben. Jedenfalls einen kleinen Wald. Spechte, Füchse, Truthähne, Bisamratten, Stinkkohl, Bäume in dichtem Wettstreit, Bäume zum Hinaufklettern. Die Vorstellung des Auf-Bäume-Kletterns überdauerte den Moment, in dem es altersgemäß war, auf Bäume zu klettern, noch weit in die Teeniejahre hinein warst du allein in den Wäldern, in der Dichtheit von Wäldern, du hieltest Ausschau nach der richtigen Anordnung von Ästen, die deine Gewandtheit belohnen würden. Nadelbäume waren besser als Laubbäume. Sie warfen ihre Nadelmatratze unter sich. Hier stand einer, genau an dieser Stelle, und ehe man wegen der damit verbundenen Höhen allzusehr in Panik geraten konnte, war man schon halb hochgeklettert, ungeachtet der Geschichten, die man gehört hatte, von dem Jungen im Rollstuhl, von dem, der bei einem Sturz ums Leben kam, war man schon halb hochgeklettert und hatte eine Aussicht. Genau wie alle diese Immobilienmakler immer sagten. Man hatte eine Aussicht. *Ich bin Herr dessen, was ich sehe, irgendwann gebe ich es zurück, ich werde wieder ein Junge sein, später, ein Junge, der nichts richtig machen kann, nicht das Richtige sagen kann, keinen Satz zusammenkriegt und nicht richtig singen kann, ein Junge, der auf dem Nachhauseweg durch den Wald abkürzt, doch im Augenblick überschaue ich die Weite meines Reiches.* Dieser Wald, an den du dich mit einem Kloß in der Kehle erinnert hast, war seinerseits die Reduktion eines früheren Waldes, eines urzeitlichen Waldes, der großartiger, undurchdringlicher, wilder war als der Wald, an den du dich erinnert hast. Der Moment, in dem du sentimental wurdest, war daher die verwässerte Vorstellung von etwas Authentischerem, das deiner Nostalgie um Jahrhunderte vorausging. So darf in jeder wahren Schilderung eines vorstädtischen Waldes auch der leichtsinnige Jäger nicht fehlen, der auf einem Bett von Kiefernadeln eine selbstgedrehte Zigarette austritt, unter ebendem Baum, den du einst erklettert hast, und das, nachdem er im Suff dreizehnmal auf ein Hirschkalb mit weißem Schwanz geschossen hat, um sicherzugehen, daß es sich nicht mehr rührt, worauf er sich beim Aufbrechen des Tiers übergeben muß. *Es ist nur zum Guten, daß wir heute hier draußen sind und die schwächeren Glieder dieser Herde ausmerzen, denn sonst werden die Tiere in eure Gärten kommen und euch den Bewuchs wegfressen.* Der Jäger tritt auf dem Bett von Kiefernadeln den Zigarettenstummel aus, und der Wald brennt.

Im Falle von Fosters Halloweenparty kam es auf andere Weise zur Entzündung.

Polly führte ihn hinaus, die Treppe hinunter, und dann standen sie am Ufer des Flüßchens. Die ganze Zeit, die Gerry im Haus, in Betrachtung von dessen Innerem, verbracht hatte, erwies sich als vergeudete Zeit. Wenn galt, daß das flüchtige Zentrum der Party gemäß den gängigen Barometern wie *mittlere Gesprächslautstärke, Recycling-Potential, Prozentsatz der Befruchtungen* überall sein konnte, dann mußte es sich hier am Ufer des Fosterschen Flüßchens befinden. Der Wasserfall – knapp vier Meter eiszeitliche Moräne – ergoß sich hier in das Flüßchen, das sich seinerseits in die Stadt, drüben beim Good Wives' Shopping Center (wo *Die Frauen von Stepford* gedreht wurde) und unter der Boston Post Road hindurch in den Five Mile River schlängelte, der in den Sund mündete, der in den Atlantik mündete. In dieser Ecke hatte sich eine ganze Menge der zu Nick Fosters Halloweenfestivität Eingeladenen versammelt. An den Ufern. In einem Fenster oben blieb eine LP am Ende der Rille hängen. Niemand machte sich die Mühe, das zu korrigieren. *Karnevalsdynamik* war die beherrschende Kraft. *Das Zentrum der Party befand sich dort, wo die größte Menge von Rauschmitteln konzentriert war,* und deshalb befand sich das fehlende Fäßchen hier, in den Untiefen des Flußes, wo es kühl war, und eines der Mädchen, das mit Polly Firestone gekommen war, Nancy Van Ingen, stand knietief im Wasser und reichte den Feiernden auf trockenem Land schäumendes Bier. Nancys beigefarbene Kordhose war naß bis über die Knie. Ihre Achtlosigkeit wirkte sonderbar verführerisch. Es lag eine Erwartung in der Luft, erkannte Gerry, und sie hatte nicht nur mit Bier zu tun. Polly Firestone nahm seinen Stapel Laken entgegen.

»Jemand stürzt sich in einem Faß den Wasserfall hinunter.«

»Quatsch, Blödmann.« Ihr Gesicht war von einem Berg Bettwäsche verdeckt.

»Als was gehst du eigentlich?«

»Florence Nightingale«, sagte Polly. »Vielleicht bin ich aber auch ein frischer Tampon. Zieh einfach eins davon an.«

»Ein Laken?«

War das eine *Togafete?* Ein stilisiertes Nachstellen der altgriechischen Kultur? Oder ein Mayaopfer? Ein improvisierter chirurgischer Eingriff am ersten, der sich freiwillig meldete? Oder waren sie Meßgewänder von

Priestern, diese Laken? Nicht daß irgendwer seine *unauffällige Kordhose* ausgezogen hätte, aber sie begannen alle, sich in die Fosterschen Laken zu hüllen, die Doppelbettlaken, die übergroßen, die Königinnen aus den Gästezimmern. Erstaunlich, daß die Kids dermaßen blöd aussahen. Unter Teenagern stellte man das fast nie fest. Dagegen, als junge Republikaner zu gehen, hatten sie vor allem einzuwenden, daß junge Republikaner sich schlecht kleideten. Gerry war sich nicht sicher, ob er es fertigbrachte, ein Laken zu tragen, aber sein Zaudern wurde dadurch unterbrochen, daß Julian Peltz ihn plötzlich hinter einer nicht weit entfernten Fichte hervor anrief. Er konnte eine von Peltz' Händen sehen, fleischig, klein, winkend.

»Bin gleich wieder da«, sagte Gerry zu Polly Firestone, die nicht länger zuhörte. Sie beklagte sich gerade bei Lynn Skeele darüber, daß sie in Englisch Henry James lesen müsse.

Wenn es das letzte gute Gespräch war, das Gerry Abramowitz mit Julian Peltz führte, so war es dennoch eher beunruhigend als gut, wie es Gespräche so an sich hatten, wenn Freundschaften auseinandergingen. Julian ging voran, auf das Winter-Tee des Übungsplatzes des alten Foster zu. Peltz war still, wo er zuvor redselig gewesen war; blaß, wo er rosig gewesen war; unsicher, wo er witzig und selbstsicher gewesen war. Mit dem Mondlicht hatte ihn irgendeine Krise heimgesucht. Obwohl der vordere Garten einer Massenszene aus einem Film geähnelt hatte, war er nun leer. Nur sie beide waren da, die Jungs aus Darien mit den ungewöhnlichen Nachnamen. Der Gärtner hatte die brennenden Kürbisse gelöscht oder abgeschaltet. Es brannten nur noch ein paar Außenlampen. Falls im Hintergarten, der auf das Flüßchen hinausging, die Jugend ihr Crescendo erreichte, so herrschte anderswo in Darien *business as usual.* Zwei

Jungen saßen am Rand eines Tees. Sie hatten kein Fenster mit Seife eingeschmiert, sie hatten an keiner Tür geläutet und waren dann weggelaufen, sie hatten keinen kleineren Jungen verprügelt, sie hatten niemandem die Süßigkeiten geklaut, sie hatten kein Pot geraucht, sie hatten keine Vampire gesehen.

»Zeit zum Zusammenrechnen?« fragte Gerry. Er versuchte, sich gut gelaunt zu geben, obwohl die Umstände das kaum mehr zu rechtfertigen schienen.

»Okay.« Peltz zögerte.

»Mal sehen, ich hatte ein längeres Gespräch mit Dinah Polanski. Über irgendein Buch, das sie gelesen hat.«

»Dinah Polanski?«

»Ich weiß, ich weiß. Vielleicht war heute abend einfach nicht mehr drin. Woher soll ich das wissen? Jedenfalls hab ich die Sache nicht durchgezogen. Sie wollte vom College reden. Ich hab Sally Burns auf einer Chaiselongue schlafen sehen. Sie hat wunderschön ausgesehen. Wahrscheinlich wär's ihr egal gewesen, schließlich hat sie ja geschlafen, aber ich hab Schiß gekriegt und konnte überhaupt nichts machen. Dee Maguire war auch bei ihr. In der Speisekammer hab ich die Köchin der Fosters gesehen. Die wollte nichts mit mir zu tun haben. Wer noch? Polly Firestone. Ich habe meine ganze Überzeugungskraft eingesetzt. Keine Chance. Allerdings ist sie irgendwie nett. Also haben eigentlich nur eine Menge Gespräche stattgefunden.«

Julian blieb stumm. Weil sie eine gemeinsame Geschichte hatten, wußte Gerry intuitiv, daß Julian an diesem Abend mit niemandem geredet, zu keinem von den anderen ein Wort gesagt, mit keinem Mädchen gesprochen, ja nicht einmal an der Party teilgenommen hatte, weil Teilnahme den Austausch von Nettigkeiten zwischen Menschen bedeutete. Peltz, so schien es, hatte schon bei seiner Geburt den Stempel *einsam, egal was passiert,* empfangen, ganz gleich in welcher Gesellschaft er sich bewegte, welchen Geburtstag er feierte. Er war sechzehn, aber er könnte genausogut vierzig, dreiundsechzig oder fünfundachtzig sein. Die Täler seines Charakters waren ausgehöhlt, und er würde von nun an darin wohnen. Gerry verstand, wie es war, einen Freund mit schlechten Aussichten, einen unscheinbaren Freund zu haben. Es hieß nicht, daß man jemanden nicht mochte, bloß weil er linkisch war, schreckliche Akne hatte oder selten aus dem Haus ging. Andererseits war es auch wichtig zu wissen, wann eine Freundschaft an *Reiz* verlor.

Wissen Sie, daß Percocet unter den bedeutenden Schmerzmitteln den Ruf hat, Alpträume zu erzeugen, die Bestandteile von Träumen zu verzerren? Zum Teil haben chronische Schmerzen, wenn man, wie Gerry Abramowitz zur Zeit dieses Erinnerns, darunter leidet, mit *Angst* zu tun, mit schlichter, unerbittlicher Angst, atavistischen Erinnerungen wie: *Man wird mich wegen meiner Behinderung in der Steppe zurücklassen und Wölfe werden mich fressen.* Wenn man, unter dem Einfluß der derzeitigen Medikamente, die Augen schloß, um sich auf jene Familie menschlicher Erfahrungen, die man Erinnerungen nennt, einzulassen, stellte man fest, daß man automatisch dazu neigte, den schmerzlichsten dieser Träumereien nachzuhängen, als könnte Percocet, zumal wenn man es in höherer als der empfohlenen Dosierung nahm, körperliche Schmerzen nur dadurch lindern, daß es deren psychische Entsprechung erzeugte. Als Gerry sich daher, in der Erinnerung, auf diesen Abriß der Fosterschen Halloweenparty einließ, stand das trostlose Ergebnis von vornherein fest.

»Willst du was von dem Bier?« Offensichtlich hatte Julian irgendwo auf seinen Streifzügen eine Dose gefunden. Sie schäumte üppig. Er reichte sie Gerry für einen kurzen Schluck. – Ich denke schon die ganze Zeit über den Plan nach, weißt du, darüber, ob es ein guter Plan ist. Und ich habe für mich entschieden, daß er eigentlich nicht so gut ist. Weißt du, ich hatte schon von Anfang an gewisse Vorbehalte, was die Regeln und Vorschriften angeht. Und das nicht nur, weil ich glaube, daß ich noch nie, weißt du, auch nur ein *Gespräch* mit einem Mädchen hatte. Noch kein einziges Mal. Na ja, vielleicht ein-, zweimal, aber nicht sehr oft. Ich hätte es wissen müssen, aber mir ist ziemlich schnell klargeworden, weißt du, daß ich bei all diesen Erbinnen nicht mal annähernd so weit kommen würde wie du, weil du nämlich ein Naturtalent bist. Du bist ein *Typ*, und alle mögen dich, und wenn du irgendwo reinkommst, freuen sich alle, daß du da bist, auch wenn sie's nicht zeigen, und ich habe darüber nachgedacht, daß der Plan, na ja, daß der etwas hatte, was nicht ganz astrein war. Weißt du, eine Sache daran war nicht ganz ehrlich, und je mehr ich hier draußen darüber nachgedacht habe, desto mehr habe ich gedacht, daß ich ihm vielleicht nicht genau entsprechen kann. Jedenfalls nicht so, wie ich dachte. Weil ich einfach nicht so mit den Leuten reden kann, wie du mit ihnen reden kannst, gerate ich in Panik, und dann mache ich irgendwas Dummes ... Deshalb bin ich zum Badezimmerfenster rausgeklettert. Es war ein kleines Fenster. Draußen waren ein paar Kids, die mich haben rauskommen sehen, weißt du, aus dem Fenster, aber ich wollte nichts erklären. Also bin ich einfach weggelaufen, in den Wald. Ich hab draußen im Wald gesessen und einen richtig feuchten Hintern gekriegt, weil ich auf Baumstümpfen und Stämmen gesessen habe. So war das.«

Sie ließen die Bierdose zwischen sich hin und her gehen.

»Das heißt also, ich habe ein Gespräch mit Dinah Polanski geführt, bei dem ich sie gebeten habe, mich zu küssen ...«

»Du hast sie gebeten, dich zu küssen?«

»...während du zum Badezimmerfenster rausgeklettert bist?«

»Ähm ... ja.«

»Und warum hast du das gemacht?«

An manchen Leuten wurden Grausamkeiten verübt, weil schon früher Grausamkeiten an ihnen verübt worden waren. Diese anfänglichen Grausamkeiten fungierten als Magneten für weitere Grausamkeiten. Man sah die Wunde, man sah, wie das Opfer die Wunde liebte, man sah, wie es sie hegte, wie liebevoll und stolz, und man konnte nichts anderes tun, als die Wunde wieder zu öffnen. Es war sogar beinahe *vergnüglich,* Ursache eines neuerlichen Traumas für diesen Unglücklichen zu sein, denn es war etwas, was das Opfer sehr wohl wußte. Deshalb wirkte man auf das Opfer beruhigend, noch während man Unbehagen bereitete. So war das. Freundschaften verkehrten sich ruckzuck ins Gegenteil. Als Gerry weglief und Julian auf dem Golf-Tee, auf dem Winter-Tee, stehenließ, als Gerry sich der Schar am Fluß anschloß, wußte er, daß er etwas Schreckliches tat, aber am schlimmsten war, daß er keinerlei Reue empfand. Es fehlte ihm völlig an Mitgefühl für Julian. Er konnte sich nicht einmal vorstellen, daß Julian Peltz ein Innenleben hatte; er konnte sich nicht vorstellen, daß Julian Peltz etwas anderes war als ein häßlicher Junge mit Zahnspange, der in der Bibliothek arbeitete und ständig *herumhing.* Erst später schwebte Julians in Schichten von Nacht verschwindendes Gesicht durch das schwere Gewissen von Gerry Abramowitz.

Lakenträger schickten sich zu einer Wanderung durch den Fluß an. Hinab in den Fluß stiegen sie, andersgläubige Teenager, Tücher behaglich um sich geschlungen, um Stein für Stein den Fluß mit Namen Tokenoke zu durchwaten. Welchem Ziel schritten sie entgegen?

Nicky Foster am anderen Ufer entgegen, wo dieser, von Bierkonsum beflügelt, sich anschickte, den Landbesitz seiner Familie anzustecken. In seiner Gesamtheit. Er hatte knapp vier Liter Benzin mit hoher Oktanzahl, er hatte *den Tiger im Tank.* Seine Pyrotechnik würde mit einem Freudenfeuer beginnen, dann würde sie das ganze andere Ufer des Flußes verschlingen. Das Feuer würde fast eine halbe Meile weit wandern müssen, ehe es auf das Haus der Goodells, drüben an der Hamilton, traf, und die freiwillige Feuerwehr würde *lange vorher* dasein. Es gab Stellen, wo ohnehin keine Bäume wuchsen, bloß Unterholz. Nicky würde die Feuerwehr selbst anrufen, da er im Streben nach einem bestimmten Pfadfinderabzeichen sämtliche örtlichen Notrufnummern auswendig gelernt hatte. Es würde weder zu einem Unfall noch zu einer Verletzung kommen. Und sein Publikum, *die Getreuen,* würden von seinem Schauspiel wie gebannt sein. Das erste patschnasse Grüppchen, wovon ein, zwei die schlammige Böschung hinunter- und in den Fluß zurückrutschten, mühte sich nun, Nickys Seite zu erreichen. Sie klammerten sich an Wurzeln und Zweige, zogen sich aus dem Wasser. Wo war Julian Peltz mittlerweile? Irgendwo in jenem Wald, so daß er, der andere jüdische Junge, als angemessenes Opfer für Nicky Fosters Zerstörung von Eigentum dienen konnte? An einen Zuckerahorn gefesselt, um daran zu braten?

Es war, als hätte Gerry ihn dargebracht.

Polly Firestone, ihr Name hinterher ein Emblem für die Exzesse der Fosterschen Party, streckte Nicky Foster die Hand entgegen. Nicky half ihr ans Ufer. Sie wühlte in der Tasche ihrer *unauffälligen Kordhose,* die sie unter einem Doppelbettlaken trug, nach einem Wegwerffeuerzeug, einem, das von einer großen, multinationalen Kunststofffirma hergestellt worden war. Nick nahm das angebotene Feuerzeug, entzündete es auf die übliche

Weise, und ehe die anderen noch am Ufer waren, *erleuchtete das Freudenfeuer jenes Halloween.* Ein Zedernpaar ging in Flammen auf. Ein paar Augenbrauen wurden versengt. Das alles war mehr, als sie in ihrem kurzen, sorglosen Leben je erwartet hatten.

Der Aufsatz seiner Mutter über die Umstände der Party und die Reaktionen darauf in der Lokalpresse, den sie später in der halbjährlich erscheinenden Zeitschrift *Deviant Behaviour* (Band neunzehn, Nummer zwei) veröffentlichte, stellte auf ein Nietzsche-Zitat ab, wie Gerry es in seinen mittleren Jahren interpretierte: *Frohlockende Ungeheuer, welche vielleicht von einer scheußlichen Abfolge von Mord, Niederbrennung, Schändung, Folterung mit einem Übermute und seelischen Gleichgewichte davongehen, wie als ob nur ein Studentenstreich vollbracht sei.* Die Prosa seiner Mutter war zurückhaltend, mit einem leichten Anflug von Wehmut: *Die Lieder der heutigen Jugend feiern imaginäre, Abstraktionen innewohnende Möglichkeiten: Freiheit, Heldentum, Revolution. In der Praxis aber läuft die in diesen Texten gemeinte Freiheit, um das erste Beispiel zu nehmen, auf das Verlassen schwangerer Frauen, den Mißbrauch verschreibungspflichtiger Medikamente, den kein Opfer kennenden Betrug an Banken und Finanzeinrichtungen, Narzißmus, Egoismus und vorzeitigen Tod hinaus. Man kann einen Zusammenhang unterstellen, innerhalb dessen libertäre, antistaatliche Rhetorik unmittelbar zur Zerstörung von Eigentum und zur Gewalttätigkeit gegen Eltern und andere Autoritätspersonen führt (s. dazu unten eidliche Aussagen von Beklagten in dem von mir so genannten Fall Foster). Ich habe die Aussage eines sechzehnjährigen Jungen angefügt, den ich Jim nenne und der versehentlich verletzt wurde, nachdem andere Partybesucher ihn im Wald zurückgelassen hatten. Dies alles läßt den Schluß zu, daß der Jugend, jenem Lebens-*

abschnitt, den ich nur als ethische Lehrzeit bezeichnen kann, ein restriktives Milieu angemessen ist, innerhalb dessen Privilegien wie Entscheidungsfreiheit und Freiheit überhaupt vom Einsetzen der Pubertät an für einen Zeitraum von ungefähr sieben Jahren begrenzt, beschnitten, ja sogar aufgehoben werden und statt dessen ethische und normative Werte vermittelt werden sollten. Aus dieser Perspektive ist Einschränkung aufgeklärt, ist Einschränkung mitfühlend, ist Einschränkung kreativ, heißt Einschränkung eine heitere Zukunft planen.

Gerry Abramowitz, der Rechtshilfe-Anwalt aus Providence, Rhode Island, beharrte auf der Sprache der Identitätspolitik, Percocet hin oder her. Er war *gehandikapt,* nicht *behindert.* Dennoch sah er den verletzten Arm in seinen stillen Stunden nicht als quälendes, aber überwindliches Problem, sondern als *die Klaue.* Schließlich waren alle Orte und Zeiten der Jugend noch einmal überdacht worden, bis sie sich nur noch auf die Klaue bezogen, sie ankündigten oder in einem bestimmten Licht erscheinen ließen. Die nutzlose, vertraute Klaue. Alles war *vor der Klaue* und *nach der Klaue,* und die Orte seiner Erinnerung, die *vor der Klaue* lagen, sie entschwanden mit alarmierender Geschwindigkeit, wie ferne Galaxien, die dem Rand eines Raums entgegensausten, wo sie in blendendem, romantischem Nichts verzerrt gebrochen wurden: Connecticut, die Jahre, als er aufs College ging, das Jahr, als er, in kurzer, quasi ehelicher Seligkeit, in Hoboken wohnte, das folgende Jahr in Jersey City, alles *vor der Klaue,* vor dem Wochenende, an dem er beschloß, sich *Herbstlaub* anzusehen, allein, weil er niemanden fand, der mitfahren wollte. Was für eine blöde Art, ein Wochenende zu verbringen. Wenn er einfach zu Hause geblieben wäre, wenn er in der Stadt ins Kino gegangen wäre, würde er nicht unter Percocet zusammenklappen und sich erinnern. Alles *vor der Klaue* war besser als die Einförmigkeit *nach der Klaue,* in der Zeit *davor* war alles genußvoll und intensiv. Jetzt war das Alltagsleben schal und dünn, eine Dosenbrühe mit wenig Natrium; *nach der Klaue* ging es nur noch ums Überleben, wie bewundernswert es schien, ein weiteres Jahr überlebt zu haben, ein paar Freunde zu haben, die man schon eine Weile kannte. *Nach der Klaue* war das Haarewaschen ein Sieg; *nach der Klaue* war es der Gipfel an Aufmerksamkeit, den Geburtstag von zwei, drei Leuten zu kennen; *nach der Klaue* war es sehr gut, zu dem Typen in der Reinigung ein Stück weit die Straße hoch höflich zu sein; *nach der Klaue* war es bemerkenswert, sich bei einem Busfahrer zu bedanken; *nach der Klaue* war es abenteuerlustig, eine neue Küche auszuprobieren; *nach der Klaue* war es heroisch, daran zu denken, wählen zu gehen; *nach der Klaue* war es verblüffend, Lust zu bekommen, sich in Gegenwart einer Liebsten auszuziehen (fernsehen war leichter); *nach der Klaue* war der Wetterkanal die heiterste und wohltätigste Einrichtung auf Erden; *nach der Klaue* kam es auf die kleinen Dinge an: daß man keinen bösartigen Tumor hatte, daß man keinen Haarausfall von der Chemotherapie hatte, daß man keinen künstlichen Darmausgang hatte; *nach der Klaue* war ein Kind, das nicht schrie, schön, desgleichen eine Geranie, die einmal blühte, ein Kardinalvogel, der auf dem Futterhalter landete, ein Briefkasten ohne einen Brief vom Finanzamt, Frühstücksflocken, die schmeckten, eine Regierung, die etwas gegen die Armut unternahm, ein Nachbar, der einem vor einem Unwetter sagte, man solle die Fenster schließen, ein Freund, der mit einem reden wollte, ein Himmel, der aufklarte. *Nach der Klaue* war alles, was davor gewesen war, besser, als es tatsächlich gewesen war; *nach der Klaue* war alles quälend, geschmälert und traurig, und alles, was *vor der Klaue* war, leuchtend, neu und dahin.

Als die Sirenen losheulten, gab es einen Ansturm auf die in der Einfahrt geparkten Autos. Laken wurden auf dem Rasen zurückgelassen. Das Mädchen, das neben ihm geparkt hatte, kam aus Wilton, wie sich herausstellte. Sie wechselten ein paar rasch hervorgestoßene Worte. Sie war diejenige, die er zuvor *im Kostüm* gesehen hatte, einem Tutu mit Krinoline, in Gold, mit weißen Strumpfhosen. Und sechs Jahre später traf er sie in der Stadt wieder. Dasselbe Mädchen. Dreimal hatte er sie somit idealisiert, einmal, als er noch ein Junge und sie freundlich zu ihm war, einmal mit Mitte Zwanzig, als sie ihn verließ, und einmal in seiner Erinnerung. Doch als der Karneval der Jugend die Stadt verließ und seine zerknüllten Styroporbecher, verstümmelten Kewpiepuppen und Bierkotze zurückblieben, *machte sich der Idealismus per Anhalter auf den Weg,* in seinem Kielwasser nur Symptome von Rückzug. Die Erinnerung war damals ein Schnupfen, die Erinnerung war eine Krankheit, und er hatte eine Gänsehaut, seine Nase lief, seine Augen waren rot, er fühlte sich einfach nicht wohl bei der Temperatur in seiner Wohnung und sich zu schneuzen war wegen seines kaputten Arms unmöglich. Das Mädchen im Tutu fuhr mittleweile einen Volvo und holte ihre Kleine im Tutu von der Ballettschule in Larchmont ab. Und falls sie anrief, unterwarf er sich dem Anrufbeantworter und rief nicht zurück. Es war ein Delirium von Geschichten, in dem sich die Hauptfiguren nie richtig begegneten, nie richtig miteinander sprachen, sich nie richtig liebten, sich nie richtig verließen. Die Stücke paßten nicht und würden nie passen, aber die Stücke waren fast gleich. Das Mädchen im Tutu pirouettierte auf seiner kranken Seite an ihm vorbei und er wußte jetzt zweifelsfrei, daß er älter war.

Wilkie Fahnstock, *Die Collection*

Die bahnbrechende, innovative Sammlung, die Sie hier vor sich haben, stellt einen neuen Meilenstein in der Geschichte von Bankruptcy Records dar, das tiefgreifende Bemühen, die Öffentlichkeit mit einer der repräsentativen Biographien des vergangenen Jahrhunderts bekannt zu machen. Bankruptcy ist bestrebt, Wilkie Ridgeway Fahnstock in einem Format darzustellen, das er selbst zu Lebzeiten bevorzugte, nämlich das der altmodischen magnetischen Tonbandkassette – in diesem Falle eine zehnteilige Anthologie solcher Kassetten, eine für jede wichtige Phase in Fahnstocks Leben, darunter die Jahre in Greenwich, die Zeit in Kingston, Rhode Island, etc. (Auf unserer Website finden Sie mehr Infor-

Kassette eins

(A)
»Im Wohnzimmer war viel Platz zum Tanzen. Meine Schwester hatte einen Hula-Hoop-Reifen und legte immer frühe Stücke von Neil Diamond auf, wie zum Beispiel ›Mother Love's Traveling Salvation Show‹. Heute ist sie Sozialarbeiterin in Sandusky, Ohio, und hat zwei Kinder, Jenny und Mike.«

1. Peter Iljitsch Tschaikowskij (1844–93), Ouvertüre von 1812, Op. 49, *bearb.*
2. The Beatles, »I Saw Her Standing There« (1965).
3. The Beach Boys, »I Get Around« (1965).
4. Byrds, »Turn, Turn, Turn« (1967).
5. Bob Dylan, »Tambourine Man« (1966)
6. Otis Redding, »(Sitting on) The Dock of the Bay« (1968).

mationen über weitere spannende Bankruptcy-Neuheiten, darunter Sammlungen wie die Amateurvideos der Familie McGill aus Poughkeepsie, NY (»Shannons fünfter Geburtstag«, »Die Sommertheater-Produktion UNSERER STADT, 21/6/76) und den ausschließlich auf CD erschienenen Titel MEINE LIEBLINGSFOLGEN VON RAUMSCHIFF ENTERPRISE des Software-Entwicklers Greg Tanizaki aus Rochester, NY.)

Der erdbebenähnliche Kanonendonner von Tschaikowskijs *Ouvertüre von 1812* dient hier gewissermaßen als Fanal zu Wilkie Fahnstocks komplikationsloser Geburt im Jahre 1964 im Mercy Hospital von Greenwich, CT. Seine Mutter Elise Fahnstock (geb. Roosevelt), war und ist ein *Fan* klassischer Musik, und auf dem HiFi-Gerät im

7. Tommy James & the Shondells, »Mony, Mony« (1969).
8. Jimi Hendrix, »The Star-Spangled Banner« (1969)
9. Simon and Garfunkel, »Bridge Over Troubled Water« (1970).

(B)

»Am meisten erfuhr man über Musik aus dem AM-Empfänger im Kombi meiner Mutter. Cousin Brucie, Wolfman Jack, morgens Imus und natürlich Harry Harrison.«

10. Bobby Shermann, »Julie, Do you Love Me?« (1971).
11. Three Dog Night, »Mama Told Me Not to Come« ((1971).
12. Smokey Robinson and the Miracles, »Tears of a Clown« (1970).
13. Jackson Five, »I Want You Back« (1971).
14. Edwin Starr, »War« (1972).
15. Dobie Gray, »Fade Away« (1972).
16. Ohio Players, »Fire« (1972).

Spielzimmer, bei Wilkies Bettchen, liefen häufig Tschaikowskij und andere große Klassiker wie Beethoven und Mozart, besonders in Einspielungen von Arthur Fiedlers Boston Pops. Später, als Wilkie kurzzeitig Violine zu lernen versuchte, spielte er heimlich die Cello-Suiten von Bach (in der Aufnahme von Pablo Casals), um seiner Mutter vorzumachen, er übe.

Zur Tragödie kam es 1970, als Elise Fahnstocks Ehe mit Stannard Buchanan Fahnstock in einer erbittert ausgefochtenen Scheidung endete – zu den Klängen von Simon and Garfunkels *»Bridge over Troubled Water«*. Wilkies Dad zog in eine Wohnung in New York City, um sich einer Folge von Affären mit ketterauchenden Haute-Couture-Models hinzugeben. Armer Wilkie! Arme kleine Schwester Samantha! Plötzlich machten die zärtlichen

17. The Allman Brothers Band, »Ramblin Man« (1972).
18. James Taylor, »Fire and Rain« (1971).
19. Looking Glass, »Brandy (You're a Fine Girl)« (1972).
20. The Brady Bunch Kids, »Candy« (1972).

Kassette zwei
(A)
»Danny Berrys Dad brachte beim Bergsteigen versehentlich jemanden um – das Seil riß, und der Typ segelte in eine Schlucht. Danny mochte richtig düstere Sachen. Er brachte mich auf Pink Floyd. Ich weiß noch, wie ich den Text zu ›Brain Damage‹ las und ihn richtig unheimlich fand.«

1. Gary Glitter, »Rock'n Roll« (1972).
2. Deep Purple, »Smoke on the Water« (1971).
3. Led Zeppelin, »Black Dog« (1971).
4. Focus, »Hocus Pocus« (1972).
5. Traffic, »John Barleycorn Must Die« (1973).

Pop-Klassiker von Mitte und Ende der Sechziger – die sonnigen Harmonien der Beach Boys, das lärmende Vergnügen von Tommy James and the Shondelles – den eher düsteren Stimmungen der »progressiven Rockmusik« der frühen Siebziger Platz. Allein in seinem Zimmer (in häufig wechselnden, verwinkelten Tudor-Häusern im gesamten County Westchester), betrachtete Wilkie Sätze von Rusty-Staub-Baseball-Karten, während die unheilschwangeren Akkorde von Mike Oldfield und Pink Floyd, auf einem Mono-«Plattenspieler« der Marke Zenith, sein depressives Gemüt durchdrangen. Wie bei vielen seiner Altersgenossen, gehörte zu Wilkie Fahnstocks Jugend natürlich auch das ausufernde *Experimentieren mit Drogen,* und auf Kassette zwei (überspielt von einer vergammelnden Neunzig-Minuten-

6. Yes, »Roundabout« (1972).
7. Edgar Winter Group, »Frankenstein« (1973).
8. Elton John, »Philadelphia Freedom« (1973).
9. Alice Cooper, »School's Out« (1972).

(B)

10. Jethro Tull, »Skating Away on the Thin Ice of a New Day« (1974).
11. Emerson, Lake and Palmer, »Hoedown« (1973).
12. Pink Floyd, »Money« (1972).
13. Hot Butter, »Popcorn« (1973).
14. Genesis, »I Know What I Like (In Your Wardrobe)« (1973).
15. Mike Oldfield, »Tubular Bells« (1973).
16. The Who, »Baba O'Riley« (1971).
17. Electric Light Orchestra, »Roll Over Beethoven« (1972).
18. Moody Blues, »Legend of a Mind« (1968).

Memorex-Kassette, die in einem alten Sommerlager-Spind entdeckt wurde) finden wir denn auch zum ersten Mal die »heavy« klingende Musik von bekannten »Drogen«-Bands wie Led Zeppelin, Alice Cooper und den Moody Blues, wobei deren bombastische Klänge noch mit den einfachen, lässigen Kreationen eines Elton John um Wilkies Aufmerksamkeit konkurrierten.

Dann steckten Wilkies Eltern ihn in die Phillips Academy in Andover, Elise Fahnstock – frisch verlobt mit Fred Bolger, dem Kartonagen-Magnaten – begann eine anspruchsvolle Karriere als Dozentin des Metropolitan Museum, Stannard Fahnstock zog mit seiner Consulting-Firma nach Marblehead, Mass., um, und die Kollektion erliegt einer kurzzeitigen Schwärmerei für die blendende Oberflächlichkeit des »Glam«-

Kassette drei

(A)

»Mußte im ersten Semester meine Kiss-LPs vor meinem Mitbewohner verstecken, aber mittlerweile bin ich stolz darauf. Heute klingen Platten von Kiss richtig cool.«

1. The Tubes, »White Punks on Dope« (1975).
2. Kiss, »Rock 'n' Roll All Nite« (1974).
3. Lou Reed, »Sweet Jane« (1973).
4. Roxy Music, »Re-Make, Re-Model« (1972).
5. David Bowie, »Rebel, Rebel« (1973).
6. Queen, »We Will Rock You« und »We Are the Champions« (1976).
7. Ian Hunter, »Once Bitten, Twice Shy« (1976).
8. Sweet, »Fox on the Run« (1976).
9. The Who, »Squeeze Box« (1976).

(B)

»Als ich älter wurde, lernte ich Frisbee und hackey sack zu spielen.«

10. Bruce Springsteen, »Rosalita« (1973).

Rock, wie ihn etwa die aufwendige Kostümierung von Bands wie Kiss und David Bowie kennzeichnen. (Zu diesem Zeitpunkt versuchte Fahnstock, ein paar Schulkameraden für die Gründung einer Band zu interessieren, zu deren Besonderheiten das Feuerschlucken und das Blutspucken zählen sollte, aber angesichts seines Typs – schlechtes Haar in Verbindung mit guten Noten, einer wenig schmeichelhaften Brille und einem armseligen Rhythmusgefühl – war dieses Vorhaben von vornherein zum Scheitern verurteilt.) Auf der B-Seite von Kassette drei jedoch ist eine jähe Hinwendung zur introspektiven, kalifornischen Singer-Songwriter-Machart der Siebziger zu verzeichnen. Wahrscheinlich ist das auf Gruppendruck zurückzuführen. Wahrscheinlich zeigt sich darin der Einfluß seiner Altersgenossen im

11. Grateful Dead, »Truckin'« (1972).
12. Bob Dylan, »Tangled Up in Blue« (1975).
13. Neil Young, »Cortez the Killer« (1975).
14. Joni Mitchell, »For Free« (1972).
15. Fleetwood Mac, »Go Your Own Way« (1975).
16. KC and the Sunshine Band, »Get Down Tonight« (1975).
17. Daryl Hall and John Oates, »She's Gone« (1977).
18. The Eagles, »Hotel California« (1976).

Kassette vier
(A)
»Ich kannte da diesen Typ, Mike Frew – er ist später ein bedeutender Anwalt für Greenpeace geworden –, trug immer Hundehalsbänder und hörte die Stranglers. Der hat den Punkrock in meiner Schule populär gemacht. Im Alleingang. Er hat Feten mit Bee-Gees- und Pistols-LPs veranstaltet.«

1. Peter Gabriel, »Solsbury Hill« (1976).

Internat. Jedenfalls ist es, als komme Fahnstock über den großen Teich mach Hause. Immer mit der Ruhe, Kumpel! Laß die Trigonometrie sausen! Zieh einen durch!

Doch gerade als dieser Nationalismus der leichten Musik Wurzeln schlug, fiel *der Schuß, der in der ganzen Welt zu hören war.* Die Explosion des Punk Rock! Die Revolution! Wow! Sicherheitsnadeln! In einem Zeitraum von wenigen, kurzen Monaten wandte sich Wilkie Fahnstock völlig von den Soft-Rock-Konventionen der mittleren Siebziger ab und machte sich stattdessen die Zelebrationen des Anarchischen zu eigen, die aus Londons King's Road kamen.

Nach Jahren der Einsamkeit und des romantischen Ausgehungertseins in der High School, die lediglich durch eine schlichte

2. Iggy Pop, »Passenger« (1977).
3. Elvis Costello, »Radio, Radio« (1978).
4. Sex Pistols, »Anarchy in the U.K.« (1977).
5. Devo, »Satisfaction« (1978).
6. Stranglers, »Hanging Around« (1977).
7. Blondie, »Hanging on the Telephone« (1977).
8. The Police, »Walking on the Moon« (1979).
9. The Clash, »Safe European Home« (1978).
10. Sid Vicious, »My Way« (1979).
11. The Dickies, »Tra La La (The Banana Splits Theme Song)« (1979).
12. The Vapors, »Turning Japanese« (1980).
13. Plastique Bertrand, »Ca Plane Pour Moi« (1979).

(B)

14. Patti Smith, »Horses« (1976).
15. The Dead Boys, »Sonic Reducer« (1977).
16. Bee Gees, »Stayin' Alive« (1976).
17. Television, »Marquee Moon« (1977).

Kost aus Bier, Speed und geklauten rezeptpflichtigen Medikamenten bereichert wurden, erlangte Wilkie Fahnstock auf dem Campus plötzlich als Spinner Berühmtheit, als *der Typ mit den Devo-Alben* – und das gerade, als er wegen wiederholter Verstöße gegen das Ausgehverbot von Andover verwiesen wurde. So hieß es zurück auf die Mamaroneck High, wo er ohne jede Auszeichnung *in irgendeiner Sportart* die zwölfte Klasse abschloß. (Allerdings kann ich an dieser Stelle berichten, daß Fahnstock es schließlich schaffte, Pauline Vanderbilt aus der Park Ave., NYC, ebenfalls ein Opfer Andovers, »unter die Wäsche zu gehen«, wie er es ausdrückte, während ihr Plattenspieler im Nebenzimmer ein Exemplar von Blondies »Heart of Glass« ruinierte. Es folgten Schwüre ewiger Treue.

18. Richard Hell and the Voidoids, »Blank Generation« (1978).
19. Talking Heads, »Warning Sign« (1978).
20. B-52's, »52 Girls« (1980).
21. Ramones, »Rock and Roll Radio« (1979).
22. Sex Pistols, »God Save the Queen« (1978).

Kassette fünf

(A)

1. Orchestral Manoeuvres in the Dark, »Enola Gay« (1979).
2. Peter Gabriel, »Games Without Frontiers« (1979).
3. The Cure, »Boys Don't Cry« (1980).
4. Patti Smith, »Rock and Roll Nigger« (1979).
5. Modern Lovers, »Road Runner« (1972).
6. M, »Pop Music« (1979).
7. Human Sexual Response, »What Does Sex Mean to Me?« (1980).
8. Klark Kent, »On My Own« (1980).
9. Pretenders, »2000 Miles« (1983).

Zu Hause in Westchester gelang es Fahnstock, aufgrund annehmbarer Bewertungen des Bewerbungsausschusses und indifferenter Empfehlungen Aufnahme an der University of Rhode Island zu finden, einer Hochschule, die (laut Atlanten, die dem Verfasser dieser Zeilen zugänglich waren) nur eine kurze Fahrt von dem exklusiven, rätselhaften Moonstone Beach an der Küste von Rhode Island, einer bekannten Nudistenkolonie, entfernt lag! Dort sah man Fahnstock mit seinem Bierbauch und seiner üppigen Brustbehaarung häufig mit diversen Schwesternschülerinnen *im Adamskostüm* Volleyball spielen! Damals zumindest war die beste Musik für die Freikörperkultur der *Funk,* und der dröhnte denn auch aus der Anlage von Fahnstocks Wagen. Im Handschuhfach seines 82er VW-Käfers mach-

10. dB's, »I Thought You Wanted to Know« (1979).
11. Rockpile, »Teacher, Teacher« (1982).

(B)

»Meine Hauptbeschäftigung im College bestand darin, Bier in der Campus-Bar zu trinken und bei dem netten Mädchen im Secondhandshop in Newport Klamotten zu kaufen.«

12. Funkadelic, »Hardcore Jollies« (1978).
13. Talking Heads, »Once in a Lifetime« (1980)
14. Brian Eno, »Kurt's Rejoinder« (1976).
15. Gang of Four, »Outside the Trains Don't Run on Time« (1980).
16. Public Image Limited, »Poptones« (1981).
17. Pere Ubu, »Dub Housing« (1979).
18. Blondie, »Rapture« (1982)
19. The English Beat, »Ranking Full Stop« (1979).
20. ABC, »The Look of Love« (1982).
21. R.E.M., »Sitting Still« (1983).

ten wir ein ramponiertes Kompendium von Funk- und »New Wave«-Klassikern ausfindig, mit dessen Hilfe wir unsere Auswahl aus dieser Zeit ergänzten.

1984, bei seinen ersten Präsidentschaftswahlen, stimmte Fahnstock entgegen dem Rat seiner liberaleren Freunde und ungeachtet seines gegenkulturellen Habitus *für den ehemaligen kalifornischen Gouverneur Ronald Reagan.* Zwar bewies er damit, daß die Grand Old Party in der Tat vielen eine Heimat bietet, doch von den konservativen »Hair«-Bands jener Zeit – Poison, Ratt, Whitesnake, Loverboy – hielt er nichts. Statt dessen konzentrierte er sich auf die im Entstehen begriffene Popform, die unter dem Namen »Hardcore« bekannt ist: der Klang der leeren Landschaften der amerikanischen Ebenen, ohne Dolby-Rausch-

Kassette sechs

(A)

1. The Replacements, »Unsatisfied« (1984).
2. Hüsker Dü, »Celebrated Summer« (1984).
3. Minutemen, »History of the World, Part II« und »This Ain't No Picnic« (1985).
4. Cocteau Twins, »Lorelei« (1985).
5. Dead Kennedys, »California Über Alles« (1980).
6. Violent Femmes, »Good Feeling« (1984).
7. Black Flag, »Slip It In« (1984).
8. James »Blood« Ulmer, »Are You Happy in America?« (1982).
9. Laurie Anderson, »O Superman« (1982).
10. The Smiths, »What Difference Does It Make?« (1984).

(B)

11. The Beastie Boys, »Cookie Puss« (1982).
12. Run-DMC, »Rock Box« (1983).
13. New Order, »Bizarre Love Triangle« (1984).

reduzierung oder Dynamikregelung. Milchviehhöfe in Zwangsvollstreckung. Permafrost. Eine Minute lange Songs, gespielt mit vierhundert Beats.

Es folgte eine Phase der Einschränkung, in der es zu einem Flirt mit dem lokalen, auf NYC beschränkten Phänomen namens Rap oder Hip Hop kam. Fahnstock erfuhr davon in Klubs, die erst nach der Polizeistunde öffneten und in denen er in jenen Sommern im College viel zu viele Nächte verbrachte. Der Rap machte kurz darauf diversen *Künstlern aus der Vergangenheit* Platz: Velvet Underground, Bruce Springsteen, Bob Dylan. Und diese organische Vergangenheit hielt ihn auch über Land aufrecht, auf dem Weg zur Rehabilitation in Minnesota, wo er, nachdem er weniger als einen Monat nach dem Examen *seine vollständige Niederlage*

14. Echo and the Bunnymen, »Never Stop« (1984).
15. Van Halen, »Panama« (1984).
16. Velvet Underground, »Jesus«, (1970).
17. Bruce Springsteen, »Born in the U.S.A.« (1983).
18. Michael Jackson, »Beat It«, (1983).
19. The Feelies, »The Boy with the Perpetual Nervousness« (1979) und »On the Roof« (1986).

Kassette sieben
(A)
»Fragen Sie mich bloß nicht nach Mitte der Achtziger.«

1. Van Morrison, »Sweet Thing« (1969).
2. Bob Dylan, »Most of the Time« (1986).
3. Big Star, »September Gurls« (1972).
4. Yo La Tengo, »Five Years« (1984).
5. Chris Stamey, »Cara Lee« (1985)
6. They Might Be Giants, »Dead« (1984).
7. Victoria Williams, »The Holy Spirit« (1987).

eingestanden hatte (wie das im Sprachgebrauch von Hazelden hieß), weiblichen Kokainsüchtigen nachstieg und den Glauben an Gott schmähte, bis man ihn ohne viel Federlesen in eine Entziehungsanstalt in Queens verlegte. Danach tauchte er kurzzeitig im Konfirmandenunterricht der Grace Church von Greenwich Village auf.

Einer Serie schlechter Tagesjobs folgte eine Reihe übler *Trockenjobs,* wie das in der Halbwelt der Genesenden heißt, bei einer Reihe von New Yorker Modezeitschriften – zuerst in der Redaktion, dann bei der Recherche. Bei *Self* etwa arbeitete Fahnstock eng mit der Expertin für Schönheitsfragen Denise D'Onofrio zusammen, deren Büro-Ghettoblaster zu Janet Jackson und Paula Abdul tendierte und von deren Gin and Tonic Wilkie bei einer Weihnachtsfeier unab-

8. Robin Holcomb, »Going, Going, Gone« (1988).
9. The Proclaimers, »I'm Going to Be (500 Miles)« (1988).
10. A.C./D.C., »Back in Black« (1988).
11. Hall & Oates, »You Make My Dreams Come True« (1984).

(B)

12. R.E.M., »It's the End of the World As We Know It (And I Feel Fine)« (1987).
13. Elvis Costello, »I Want You« (1987).
14. Prince, »Sign O' the Times« (1986).
15. Captain Beefheart, »Low Yo Yo« (1973).
16. Metallica, »Enter Sandman« (1990).
17. The Cucumbers, »My Town« (1987).
18. Pogues, »Fairytale in New York« (1988).
19. Tom Waits, Ausw. aus RAIN DOGS (1986).
20. The Silos, »Let's Go Get Some Drugs and Drive Around« (1990).

sichtlich trank, was ihn derart in Panik versetzte, daß er mit dem PATH-Zug nach Hause, in seine Wohnung im sechsten Stock in der Innenstadt von Jersey City, floh und sich eine Woche lang nicht nach draußen traute. Als er es dann schließlich doch tat, hatte er einen Rückfall.

Haben wir schon vom Garden State und seinem Einfluß auf Wilkie Fahnstock gesprochen? Von seinem flachen, niederländischen Gepräge? Von den lokalen Bands von Hoboken? Wie Wilkie im Hexenkessel jener alten Stadt am Wasser, wenn auch nur flüchtig, so etwas wie ein Aufblühen von Mitgefühl für seine Mitmenschen erlebte, bezeugt durch seine plötzliche, überstürzte Entscheidung, Kristina Ruiz, eine Bekannte aus der Rehabilitation, die damals vor einem prügelnden Ehemann flüchtete, bei sich aufzunehmen, so

21. The Feelies, »Sooner or Later« (1991).

Kassette acht

(A)

1. Sonic Youth, »Teenage Riot« (1988).
2. Ciccone Youth, Instrumentalstück ohne Titel aus *The Whitey Album* (1988).
3. The Pixies, »Here Comes Your Man« (1990).
4. Jane's Addiction, »Stop« (1991).
5. Sugar »That's a Good Idea« (1992).
6. Pavement, »Summer Babe (Winter Version)« (1992).
7. Syd Barrett, »Golden Hair« (1972).
8. Sebadoh, »Brand New Love« (1992).
9. Television, »Rhyme« (1992).
10. Slint, »Nosferatu Man« (1988).

(B)

»1991 wohnte ich zu Hause im Keller. Ich brachte meiner Mom immer den Müll nach draußen. Ich hatte eine Idee zu einem Theaterstück.

daß die beiden *auf keusche, platonische Weise* den winzigen Raum von Wilkies Wohnung teilten, bis es zu einem Riesenkrach kam, nach dem Wilkie wieder heim nach Westchester schlich.

Unter das Dach seiner Stieffamilie zurückgekehrt, seit zwei Jahren nüchtern, voller Scham, als Arbeitskraft nicht brauchbar, sah Wilkie Fahnstock zum erstenmal auf MTV (er maß seine Wertlosigkeit daran, wie lange er diesen Sender täglich konsumierte) den Videoclip zu einem Song mit dem Titel »Smells Like Teen Spirit.« Es folgte ein weiterer Rückfall. Doch sein schieres Vergnügen an der Bewegung der Rock-and-Roll-Mode – in Richtung der sogenannten *Grunge*-Musik, belebte Wilkie Fahnstock so weit wieder, daß er sich, im wesentlichen finanziert von seinem Stiefvater, dem Kartona-

Ich wollte mir eine Makler-Konzession besorgen.«

11. Nirvana, »Smells Like Teen Spirit« (1991).
12. My Bloody Valentine, »Glider« (1991).
13. Pearl Jam, »Jeremy« (1991)
14. The Pixies, »U.Mass« (1992)
15. P.J. Harvey, »Rub Till It Bleeds« (1992).
16. Liz Phair, »Fuck and Run« (1993).
17. Sebadoh, »Spoiled« (1993).
18. Morphine, »In Spite of Me« (1993).
19. Vic Chestnutt, »West of Rome« (1994).
20. Dog Bowl, »Love Bomb« (1992).
21. Nine Inch Nails, »Head Like a Hole« (1992).

Kassette neun

(A)

1. Nirvana, »Heart-Shaped Box« (1993).
2. Hole, »Doll Parts« (1994)
3. The Breeders, »Cannonball« (1993).
4. Offspring, »Genocide« (1994).

gen-Magnaten – an der juristischen Fakultät bewarb. Das Vorhaben hatte ungefähr ein Jahr lang (1994) Bestand, ebenso wie Wilkies zeitgleiche Ehe mit seiner Kommilitonin Arlene Levy aus Scarsdale. Anläßlich ihres ersten Hochzeitstages teilte Arlene ihren Eltern mit, daß Wilkies Weigerung zu studieren, seine Konzentration auf so unangenehme Krachmacher wie The Shaggs und sein Crackkonsum nicht hinnehmbar seien. Somit bezog Wilkie eine eigene Wohnung in Park Slope, Brooklyn, und begann seinen Schlüsselroman (ohne Titel) zu schreiben, von dem nach sechs Monaten dreizehn Seiten vorlagen. Bewerbungen bei Film- und Literaturförderungsprogrammen städtischer Institutionen blieben erfolglos.

Womit wir bei der Gegenwart angelangt wären. Nämlich der Geschichte eines verwirrten

5. Half Japanese, »Roman Candle« (1989).
6. G. Love and Special Sauce, »Blues Music« (1995).
7. Beck, »Loser« (1995).
8. Guided by Voices, »Goldheart Mountaintop Queen Directory« und »Hot Freaks« (1994).
9. The Shaggs, »Philosophy of the World« (1972).
10. Fly Ashtray, »Barry's Time Machine« (1995).
11. Smashing Pumpkins, »Today« (1995).
12. Stereolab, »Lock Groove Lullaby« (1994).

(B)

13. Soul Coughing, »Screenwriter's Blues« (1994).
14. Bad Religion, »Television« (1995).
15. Rancid, »Roots, Rockers, Radicals« (1995).
16. The Sixths, »San Diego Zoo« (1995).
17. Boss Hog, »Nothing to Lose« (1995).
18. The Innocence Mission, »Happy. The End« (1995).
19. Neil Young, »The Ocean« (1995).

jungen Menschen unserer Zeit, eines von der Öffentlichkeit übersehenen jungen Mannes, eines Menschen, der wenig geleistet hat, eines Menschen von unangenehmem Naturell, *der aber trotzdem eine riesengroße CD-Sammlung hat!* Aus diesem Grund präsentiert Ihnen Bankruptcy Records
die Musik von Wilkie Ridgeway Fahnstock in seinem dreiunddreißigsten Lebensjahr. Der letzte WASP (jedenfalls einer davon), der letzte der kulturell homogenen Nachkommenschaft unseres Landes, der so voller Illusionen steckt, daß er an die Einmaligkeit dieser kulturellen Festlegung glaubt, ein junger Mann, dessen *geliebter Rock and Roll* zuletzt offensichtlich zu einem Phänomen der Vergangenheit geworden ist, einem wunderlichen, gefälligen Lärm aus einer anderen Ära. Wir präsentieren Ihnen, meine

20. Guided by Voices, »Atom Eyes« (1996).
21. Steve Earle, »Ellis Unit One« (1996).
22. Rage Against the Machine, »Bulls on Parade« (1996).
23. White Zombie, »More Human Than Human« (1994).

Kassette zehn

(A)

1. John Cage, »In a Landscape« (1948).
2. Frédéric Chopin, »Nocturne Nr. 1« (1839).
3. U. Srinivas, »Saranambhava Karuna« (1994).
4. Frank Zappa, »Get Whitey« (1995).
5. David Lang, »Face So Pale« (1993).
6. Thurston Moore, aus dem Soundtrack von HEAVY (1996).

(B)

7. Brian Eno, »Ikebura« (1993).
8. J. S. Bach, »Contrapunctus XIV« aus DIE KUNST DER FUGE (1750).

Damen und Herren,
Leben und Musik eines durchschnittlichen Amerikaners!

9. John Coltrane, »Stellar Regions« (1965).
10. Carl Stone, »Banteay Srey« (1992).
11. Aphex Twin, »1« (1994).

Production, Remastering, and Sequencing at Bankruptcy studios by Mike Hubbard.
A&R by Jules Hathaway.
Liner Notes by Rick Moody.
Special thanks to Wilkie Fahnstock, and the Fahnstocks of Mamaroneck, NY, and Marblehead, MA.
http://www.chapter11.com

Jungen

Jungen kommen ins Haus, Jungen kommen ins Haus. Jungen, und mit ihnen Jungenideen (grobschlächtige, reduktive, starre Ideen), kommen ins Haus. Jungen, zwei davon, in Klinikverpackung gewickelt, Jungen mit kahlen Säuglingsköpfen, in Elternarmen liegend, Jungen, die von Brüsten träumen, kommen ins Haus. Zwillinge, Kessel unter Dampf, Jungen in scheußlichen Vinyltragen, die junge Paare aus Edison, NJ, auf der Brust tragen, mit Babyspucke, Staphylokokken und erbrochener Milch überzogene Tragen, kommen ins Haus. Zwei Jungen, von denen der eine den anderen mit einem Plastik-Hotdog schlägt, kommen ins Haus. Zwei Jungen, von denen der eine den anderen mit einer Weidengerte auf Kopf und Schultern schlägt und der andere weint, kommen ins Haus. Jungen kommen ins Haus und reden Unsinn. Jungen kommen ins Haus und rufen nach Mutter. An einem Sonntag im Mai, den man fast als *vollkommen* bezeichnen könnte, fährt ein Eiswagen mit speichelflußanregendem Läuten langsam das Sträßchen entlang, und Kinder laufen ihm nach, und nicht viel später buddeln Jungen ein Loch im Garten und vergraben die Puppen ihrer jüngeren Schwester *zwei Fuß tief,* damit sie diese Puppen nie mehr wiederfindet und diese Puppen *in der Hölle verrotten,* worauf Jungen ins Haus kommen. Jungen, die ihrem Vater hinterherzuckeln, als wäre er der Verdammte Wiederauferstandene Allmächtige Jesus, kommen ins Haus und verfügen sich in den Keller, um Baseball zu gucken. Jungen kommen ins Haus, eine Stätte der Verwüstung, und verfügen sich sofort in die Küche, wo sie Feuerzeugbenzin, Vanillepudding, Rohrreinigungsmittel, Balsamico-Essig, blaue Lebensmittelfarbe, Galmei-Lotion, Hüttenkäse, Ameisen, eine Plastikeidechse, die einer von ihnen in seinem Weihnachtsstrumpf bekommen hat, Reißnägel, einen Kartoffelbreirest, Dosenwurst, tiefgefrorene Limabohnen und Schokoladensirup in einem mittelgroßen Topf vermischen und bei niedriger Hitze einkochen lassen, den Inhalt des Topfes sodann in eine Pyrex-Lasagneform geben und neunzehn Minuten lang im Ofen überbacken, ehe sie ihre kleine Schwester zu überreden versuchen, *die Mischung zu essen;* später machen sie binnen zweieinhalb Stunden drei Familienerbstücke kaputt (das letzte, ein Glasei, *absichtlich),* worauf sie in ihr Zimmer verbannt und dreizehn Minuten später wieder befreit werden. Jungen kommen ins Haus, steif in gebügelten Hemden und Flanellhosen, die *wie wahnsinnig jucken,* frisch vom Sonntagsschulunterricht, die blonden bzw. braunen Locken angeklatscht, aber trotzdem noch mit etlichen seltsam abstehenden Strähnen, niedergeschlagen und gedemütigt, unsicher, ob Jungenhaftes – wie zum Beispiel mit einem Repetierluftgewehr auf den Nachbarshund schießen, den dicken Jungen ein paar Häuser weiter mit einem Halstuch knebeln und ihre schrumpeligen Jungenpenisse ihrer kleinen Schwester zeigen – von dem Gebot ausgenommen ist, *den Herrn deinen Gott mit jeder Faser deines Herzens und mit aller Kraft sowie auch deinen Nachbarn wie dich selbst zu lieben.* Jungen kommen in Baseballkluft ins Haus (nur einer von den Jungen kann schlagen): in ihren Spikes, in ungleichen Stutzen, die nach Stilton-Käse riechen. Jungen kommen in Fußballkluft ins Haus. Jungen kommen mit Skates an den Füßen ins Haus. Jungen kommen mit Lacrosse-Schlägern ins Haus und machen kurz darauf, beim Hin- und Herwerfen eines Lacrosse-Balls im Wohnzimmer, eine Lampe kaputt. Ein Junge kommt in Basketball-Kluft, der andere in Jeans und einem Sweatshirt ins Haus. Ein

Junge kommt heftig blutend ins Haus und wird zum Nähen gefahren, der andere sieht zu. Jungen kommen am Ende des Schuljahrs mit Zeugnissen ins Haus, schleichen wie ausländische Spione im Haus herum und suchen nach einem Platz, wo sie die Zeugnisse vorläufig verstecken können (unter dem Toaster? Im Medizinschränkchen?). Ein Junge kommt mit einem blauen Auge ins Haus, ein Junge ohne. Jungen mit Akne kommen ins Haus und drücken und stochern vor ihrer Schwester an großen Pickeln. Jungen mit versteckt bei sich getragenen Aknemitteln kommen ins Haus. Jungen stehen etwas weiter die Straße hinauf hinter einer Weide im Garten der Elys, rauchen heimlich, wedeln sich den Rauch von ihren Naturfaserklamotten weg, husten fürchterlich, verspüren Übelkeit und kommen dann ins Haus. Jungen nennen einander *Schwachsinniger, Homo, Waschlappen,* später *Blöder Gorilla, Theaterschwuchtel,* und kommen unter Austausch weiterer Epitheta ins Haus. Jungen kommen mit einer Nasenhaarschere ins Haus, jagen ihre Schwester durchs Haus und drohen, ihr die Augenbrauen zu zupfen. Sie weint. Jungen versuchen, Mädchen, mit denen sie noch vor sechs, acht Monaten kein Wort gesprochen hätten, dazu zu bringen, mit ihnen ins Haus zu kommen. Jungen kommen mit aufblühenden, unscheinbaren Mädchen ins Haus und versuchen, sie dazu zu bringen, mit ihnen auf ihr Zimmer zu schleichen, da sie noch immer ein Zimmer miteinander teilen; Mädchen weigern sich. Jungen kommen ins Haus, gehen in getrennte Zimmer. Jungen kommen mit ihrem Vater (der einen Arm um jeden gelegt hat) ins Haus, doch von dem Monolog, der diesem Eintritt vorangeht und folgt, ist keine Silbe überliefert. Jungen kommen ins Haus, nachdem sie an den verschiedensten Örtlichkeiten masturbiert haben. Jungen kommen ins Haus, nachdem sie auf Bahnhofstoiletten, in Wäldern, in

Strandhütten, nachts unter den Sternen auf Football-Tribünen, in Autos (unter einer Decke), unter der Dusche, hinter der Bühne, im Flugzeug masturbiert haben, die Jungen masturbieren ständig, auf gleiche Weise, zuweilen dreimal am Tag, wenn das Verlangen sie wie ein Wahnsinn überkommt, beim bloßen Klang bestimmter Worte, Worte, die wie andere Worte klingen, *Beischlag* erinnert sie an *Beischlaf, Scheibe* an *Scheide, sechs* an *Sex* und so weiter, die Jungen sind noch nicht sehr schlau, und wenn sie ins Haus kommen, schämen sie sich wie immer gewaltig über das Ausmaß dieser *gedanklichen Selbstbefleckung,* wenn sie eine Klassenkameradin sehen, eine Werbeanzeige sehen, einen Hydranten sehen, etwas sehen, das keine Gedanken an Masturbation hervorrufen dürfte (ihre Schwester zum Beispiel), und dann trotzdem an Masturbation denken. Jungen kommen ins Haus, gehen auf ihr jeweiliges Zimmer, entfernen sexuell explizite Zeitschriften aus verborgenen Stapeln, stellen laute Musik an, verspüren Verzweiflung. Jungen kommen voller Sorge ins Haus; sie streiten. Die Jungen sind häßlich, sie sind Versager, niemand wird sie je lieben, sie kommen ins Haus. Jungen kommen ins Haus und küssen ihre Mutter, die sich nun, da sie ihr entwachsen sind, anders fühlt. Jungen kommen ins Haus, küssen ihre Mutter, sie erklärt ihnen, wie ernst der Zustand ihrer Schwester ist, *deren Diagnose.* Jungen kommen ins Haus, nachdem sie, erfolglos, versucht haben, die Stelle im Garten ausfindig zu machen, wo sie acht, neun Jahre zuvor die Puppen vergraben haben; sie gehen ins Zimmer ihrer Schwester, setzen sich an ihr Bett. Jungen kommen ins Haus und erzählen ihrer vollkommen kahlköpfigen Schwester Witze über Kahlköpfigkeit. Jungen halten jeweils eine Hand ihrer Schwester, stellen Differenzen zurück, nachdem sie mit grimmigen Mienen ins Haus getrottet sind. Jungen schwänzen die Schule, kommen ins Haus, halten Wache. Jungen kommen ins Haus, nachdem ihre Eltern beide zur Arbeit gegangen sind, und sitzen bei ihrer Schwester und deren Pflegerin. Jungen kommen, nun sehr besorgt, mit Bierkästen ins Haus, hatten nicht gewußt, daß man sich so sorgen kann. Jungen kommen mit verschreibungspflichtigen Medikamenten ins Haus, und keiner hat dem anderen gesagt, daß er ein verschreibungspflichtiges Medikament bei sich hat, obwohl ein Rauschzustand unter den gegebenen Umständen angemessen erscheint. Jungen kommen *weinend* ins Haus und hören Weinen um sich herum. Jungen kommen verlegen, stumm, verzweifelt, klagend, bedrückt, zornig, kummervoll, *gramgebeugt* ins Haus. Jungen kommen in den Ferien ins Haus, jeder drückt dem anderen mit echter Herzlichkeit die Hand, der eine trägt dunkle Farben und hat sich teilweise den Schädel rasiert, der andere hat sich das Haar ziemlich lang wachsen lassen und trägt, untypischerweise, ein Batikhemd. Jungen kommen in den Ferien ins Haus und streiten heftig über Politik (über andere Themen wird nicht mehr diskutiert), einer unterstützt den maoistischen Aufstand in einem bestimmten südostasiatischen Land, einer glaubt, *daß man das System von innen heraus verändern muß;* einer droht, *dem anderen die Fresse zu polieren,* lehnt Crème brûlée ab, obwohl sie von seiner Mutter eigens gemacht worden ist, um Frieden zu wahren. Ein Junge schreibt nach Hause und kommt somit nur durch den Briefschlitz ins Haus: Er behauptet, der andere Junge sei ein *Kryptofaschist,* der glaube, *der Markt könne sich in Fragen von Ethik und Moral selbst regulieren;* Jungen kommen in den Ferien ins Haus und verkünden künftige Berufe; Jungen kommen in den Ferien ins Haus und überlegen es sich wegen der Berufe anders; Jungen kommen in den Ferien ins Haus, und einer bringt eine *Liebste* mit, bekommt jedoch einen Wutanfall, als man andeutet, die *Liebste* müsse sich zum Schlafen auf das Klappbett im Keller verfügen; der andere Junge, der keine *Liebste* hat, ist in sich gekehrt und abwesend und redet lieber bis spät in die Nacht über Familienmitglieder, die sich aus dieser Welt verabschiedet haben. Jungen kommen im Abstand von mehreren Wochen ins Haus. Jungen kommen an verregneten Tagen ins Haus. Jungen kommen in verschiedenen Kalendermonaten ins Haus und scheinen, wenn sie kommen, nichts anderes zu tun als an Eltern gerichtete Manifeste zu verfassen; sie folgen ihrer Mutter überallhin, nachdem sie ihre Manifeste zur Feier nagelneuer Unabhängigkeit verfertigt haben: *Mom, ich bleibe morgens gern lang im Bett und sehe mir Gameshows an,* oder: *Von jetzt an gehe ich nur noch mit Künstlerinnen, Verrückten, Träumerinnen, Anhängerinnen der schwarzen Magie,* oder: *Man sollte Mortadella essen, in Scheiben geschnittenes Fleisch ist wichtig,* oder: *Ein Amerikaner sollte mindestens einmal im Jahr Bowling spielen,* aber diese Manifeste gelten nur kurzzeitig und werden bald umgekrempelt oder verworfen. Jungen kommen überhaupt nicht mehr ins Haus, außer als geisterhafte Nachbilder ihrer selbst in früheren Jahren; triefnasse Handtücher auf dem Badezimmerboden; wie Nattern verknäuelte Bluejeans in der Trommel der Waschmaschine; Jungen als Abwesenheit von Jungen, eine Wohltat zunächst, man legt etwas an eine bestimmte Stelle, man legt ein Buch hin, kommt später wieder, *und es ist immer noch da;* man kauft eine Schachtel Kekse, ißt drei, später fehlen drei. Trotzdem, als Jungen das nächste Mal ins Haus kommen, was sie schließlich doch müssen, ist es eine Erleichterung, wenn es auch nur zur Vorbereitung von Hochzeiten von Bekannten aus der Kindheit geschieht, ein Junge hat einen ordentlich gestutzten Bart, der andere verwegene Koteletten, ein Junge trägt einen Hut, der andere findet Hüte albern, ein Junge trägt Khakihosen mit Bundfalten, der andere Jeans, aber beide ziehen sich ihren Anzug an (ein Anzug paßt gut, einer sitzt ein bißchen eng), als markierten Anzüge die Schwelle zum Erwachsensein. Jungen kommen nach der Hochzeit ins Haus, und sie klopfen einander auf die Schultern und brüllen jedem, der zuhört, *Tolle Sache!* zu. Ein Junge kommt von Freunden getragen ins Haus, aschgrau im Gesicht, nachdem er (nach der Hochzeit) wegen Trunkenheit am Steuer festgenommen worden ist; der andere Junge versucht, den Mund zu halten: Das Auto liegt im Graben auf der Seite, das Auto hat die abgeknickte obere Hälfte eines Baums auf der Kühlerhaube, das Auto hat ein anderes Auto gerammt, das seinerseits ein drittes gerammt hat, *Jeder wird es gesehen haben.* Einem Jungen fehlt sein Bruder schrecklich, ihm fehlt die Vergangenheit, fehlt eine Zeit, die es wert wäre, sich danach zurückzusehnen, *eine Zeit, die es nie gab,* damals, als sie die Puppenstube ihrer Schwester anzündeten; der andere Junge vermeidet es tunlichst, von jener Zeit zu sprechen; jeder von ihnen ist zugleich der Junge, der allein ins Haus kommt und dem der andere fehlt, jeder ist liebevoll und jeder herzlos, und jeder spielt monatelang am Telefon seine Rolle. Jungen kommen gemäß im voraus getroffenener Vereinbarung über Tag und Uhrzeit, darüber streitend, ob sie *künstliche* oder lebende *Köder* verwenden sollen, mit Angelgerät ins Haus, um ihren Vater zu dem *Angelabenteuer* abzuholen, worauf Jungen, nachdem sie die Frage geklärt haben, praktisch sofort mit Lebendködern wieder ins Haus kommen; Jungen prahlen damit, früher Fische gefangen zu haben, obwohl nie Fische gefangen worden sind: *Weißt du noch, wie die Blaufische angebissen haben?* Jungen kommen ins Haus, tragen ihren zusammengesackten Vater. Alles rasend schnell. Jungen stürzen ins Haus, führen Sanitäter zu der Couch im Wohnzimmer, wo er liegt, Jungen kommen ins Haus, Jungen kommen ins Haus, Jungen kommen ins Haus. Jungen halten die Schwelle frei, die beeindrukkende Schwelle, die sie willkommen hieß, als sie sich selbst nicht willkommen heißen konnten, jene Schwelle, die sie willkommen hieß, wenn sie aufgenommen werden *mußten,* da ist der angelaufene Klopfer, da die wohlklingende Glocke, da die Stelle, wo die Jungen die Tür abschleifen mußten, weil sie nie richtig im Rahmen saß, da die Macken von damals, als Jungen auf der falschen Seite der Tür standen und *forderten,* da die Stelle, wo immer die Zeitung landete, da der Briefschlitz, da die Lampe über der Eingangsstufe, eingeschaltet, da die Stelle, wo die Jungen stehen, während der geliebte Mann hinausgetragen wird. Jungen, die keine Jungen mehr sind, gehen hinaus.

Unausweichliche Modalität des Vaginalen

Ein Streit über Lacans letzte Seminare, über das *petit objet a* oder über die Theorie der *zwei Lippen,* über die Verstoßung von Irigary, ich glaube, das war's, dabei könnte ich wetten, daß die meisten Paare nicht über solche Sachen streiten, jedenfalls nicht nach zwei, drei Margaritas, wahrscheinlich überhaupt nie, aber andererseits haben wir eigentlich gar nicht darüber gestritten, nicht über die französische Psychoanalyse, nicht über das *petit objet a*, nicht über Irigary und jenes *Geschlecht, das nicht eins ist,* sondern über ein ganz anderes Thema, es ist immer etwas anderes, das machte mich auch so traurig, daß es immer um irgendein anderes Thema ging, ein Thema, das weggedrückt wurde, irgendein isoliertes hermeneutisches Problem, das ich in einer Bar in der Upper West Side nicht dingfest machen konnte, während er sein besonders heftiges Jungengesicht aufsetzte, eine Art *phallokratisches* Gesicht oder ein *carnophallogozentrisches* Gesicht, eine *Politik der Gesichtssimulation,* eine phallische Politik der Gesichtsdeformation, es hätte eigentlich um *Finanzen* gehen müssen bei diesem Streit oder um die ökonomische Politik der Sexualität oder um seine Unfähigkeit, in der Debatte die Diskussion der Ehe zuzulassen, von der er immer sagte, es handele sich um *die gesellschaftliche Konstruktion eines Sich-Bindens anstelle eines Sich-Bindens als solchem,* und wenn ich mir die befreiende Theorie der Kontingenz zu eigen machen könnte, *der Kontingenz verbindlicher Beziehungen,* dann würde ich erkennen, daß diese gesellschaftliche Konstruktion des Sich-Bindens irrelevant sei, bloß etwas, das Zeitschriften und Fernsehprogramme mir aufzunötigen versuchten, nicht daß ich da anderer Meinung gewesen wäre, überhaupt nicht, mir war durchaus klar, daß die Ehe feudale Ursprünge hat und *es von daher um bürgerliche Macht und Patrimonium* geht, aber ich widersprach ihm insofern, als wir nie auch nur über das Sich-Binden in der Ehe dikutieren konnten, weil er behauptete, ich verfiele dann immer in eine *faschistische, totalitäre Sprache, eine weibliche Sprache, die dabei sei, zur männlichen, totalitären Sprache zu werden,* und dann fing er an, exzessiv zu trinken und wurde rot im Gesicht, und wir konnten einander eine Woche oder noch länger nicht anfassen, na ja, vielleicht habe ich es ja bei dieser Gelegenheit laut ausgesprochen, immerhin hatte ich auch getrunken, oder ich hatte es einfach nur gründlich satt, vielleicht *bin ich ein bißchen laut geworden,* habe behauptet, daß er ein *Phallokrat* sei, daß ihn trotz seiner Seminare in marxistischer Ästhetik oder was auch immer, Walter Benjamin, Frauen anekelten, daß die Art und Weise, wie er immer das erste und letzte Wort haben müsse, das Alpha und Omega, ein Unterdrückungsinstrument sei, immer das letzte Wort, immer ein abrupter Stopp, worauf er mit irgendeinem Quatsch über Algorithmen des Unbewußten loslegte, über *Borromäische Knoten, jene psychosexuellen und linguistischen Konstrukte, die für die Verbindung von Sprache und Bewußtsein wesentlich sind, der hauchzarte Moment der Ontologie, der Knoten, der bindet, das Erotische, das Weibliche,* ließen sich nicht entwirren, nicht vom weiblichen Bewußtsein trennen und außerhalb davon formulieren, diese Knoten, eine Frauensache, Borromäische Knoten, ich weiß ja nicht, bis dahin hätten wir vielleicht noch den Punkt finden können, an dem wir uns einig gewesen wären, daß wir nicht verschiedener Meinung waren, und vielleicht hätten wir aufzählen können, worin wir uns einig waren, eine Geschichte, die hinter uns lag, wir waren uns einig, daß wir uns in dieser ganz bestimmten Bar in der Upper West Side befanden, und davor waren wir uns über bestimmte Musikbox-Titel einig, Tom Waits oder Leonard Cohen oder Joni Mitchell, falls vorhanden, und davor waren wir uns über eine Folge von Semestern und Ferien, ein Kommen und Gehen, einig und davor waren wir uns einig, zusammenzuziehen, zusammenzuwohnen, und davor waren wir uns über ein bestimmtes Narrativ unserer ersten Begegnung einig, ein Narrativ, dessen Faden sich folgendermaßen entspann: Beide saßen wir eines Abends in der U-Bahn fest, als sie zwischen 96th und 72th Street rumpelnd zum Stehen kam, beide lasen wir, im Stehen, eine Hand an der Halteschlaufe, zufällig *Der Liebhaber* von Marguerite Duras, unterhielten uns kichernd die Viertelstunde, die die zwei im Expresstunnel feststeckte, das Gemeine an U-Bahnpannen, schön war das, und ich fragte nach seiner Nummer, weil er zum Fragen zu schüchtern war, jedenfalls waren wir uns darüber später einig, und in meiner schwarzen Strumpfhose mit dem *aufreizenden stilisierten Riß*, wie er sagte, der eigentlich ein zufälliger Riß am Oberschenkel war, und meinem grauen Minirock, der nur ein bißchen gewagter war als normale Bürokleidung, war ich diejenige, die bereit war, die Initiative zu ergreifen, bereit, mich einem *unterschwelligen Diskurs von romantischer Liebe* hinzugeben, über dieses Narrativ waren wir uns einig und erzählten es regelmäßig nach, überarbeiteten und erweiterten es, *konkretisierten oder reifizierten das Artifizielle daran*, und er baute gelegentlich sogar Passagen aus dem Buch von Duras ein, unverblümte, kurze Sätze, behauptete, die habe er mir damals vorgelesen, sie im U-Bahnschacht laut vorgelesen, während wir uns an den Halteschlaufen festhielten, obwohl da eigentlich gar keine Schlaufen waren (in dem Waggon gab es nur senkrechte und waagrechte Haltestangen) und obwohl ich eigentlich Djuna Barnes las, jedenfalls sagte er später immer, *das Romantische sei eine destruktive Kraft,* schuld an den schlechtesten Gedichten des neunzehnten Jahrhunderts, schuld sogar *an der Theorie des totalen Krieges, denn es lasse sich extrapolieren, daß es ohne das Romantische des Empire, das Romantische des Nationalismus, das Romantische von Reinheitsdoktrinen keinen Krieg gäbe,* er sagte sogar, er möge Duras nicht mehr, ihre Vorstellung von Aufruhr sei *dekadent, von Alkoholismus geprägt,* trotzdem schrieben wir diese Geschichte gemeinsam, führten gemeinsam die Feder, über eine Zeit, als wir unwiderstehlich gewesen waren, als wir in die Wohnung des anderen zu stürmen pflegten, nur darauf bedacht, *Schichten modischer Kleidung* abzuwerfen, als wir aufzuschreien pflegten, jenen der romantischen Mythologie entstammenden Stein der Weisen mit Namen *jouissance* nutzten, ich gebe es zu, diese Zeit war verloren, und wenn wir in den singulären Bezirken unserer getrennten Büros diese Zeit, diese sagenhafte Einheit zu lokalisieren versuchten, war sie eher Teil unserer intimen Folklore der Fülle als Teil *wirklicher Erfahrung,* und vielleicht ging es eigentlich darum bei dem Streit, den wir in der Bar in der Upper West Side nicht führten, vielleicht war das die *steife Brise,* und unsere Beziehung war ein Mylarballon, der der Faust eines Kleinkindes entglitt, in das Anderswo des New Yorker Moschushimmels emportrudelte, in weit zurückliegender Zeit landete, zur Zeit der Sandinistas, zur Zeit von El Salvador, zur Zeit der Iran-Contra-Affäre, im Nebel einer undeutlichen Vergangenheit festgehalten, wir hatten unseren Ballon losgelassen, auch wenn ihn das alles einfach wütend machte, weil er immer sagte, *ich bliebe nie bei einem bestimmten Thema,* das sei das Problem, die Kultur des Weiblichen beanspruche im Hinblick auf Bedeutung ein moralisches Recht auf Verschwommenheit, *Du bist eine schlampige Denkerin!*, ich bin an einen bestimmten Punkt gekommen, sagte er, und zwar aufgrund einer Art labialer Zirkulation, *eines ouikuss der rezierkuhlation,* wie Joyce sagt, was wahrscheinlich sowohl *vitiosus* bedeute als auch mit Vico zu tun habe, vielleicht stecke aber auch viskos darin, wie in labial, viskos, von triefender Menstrualflüssigkeit triefend, *Du bleibst nicht beim Thema, du gehst darüber hinaus und fließt über,* sagte er, in der Bar in der Upper West Side, im siebten Jahr unserer Liaison, unseres Barromäischen Knotens, aber ich beharrte darauf, daß beim Thema zu bleiben seine Methode sei, die Bedingungen der Diskussion zu diktieren, als streite man darüber, ob *ovaler Tisch* oder *viereckiger Tisch* die Vorbedingung von *Détente sei,* und wenn er bereit sei, das Thema im Unbestimmten zu belassen, komme er vielleicht dahinter, *wie es sei, auf meiner Seite des Verhandlungstisches zu sitzen,* ich zu sein, wie ich ihn wahrnahm, *die ich mit triumphierendem Elan alle hemmende Solidarität beiseite fegte, um ihn mit meinem Blick festzuhalten,* wahrnahm, daß er sich nichts mehr aus mir machte, wahrnahm, daß wir einen Zeitpunkt erreicht hatten, an dem es wahrscheinlich das Richtige für mich war, die Dienste eines guten Grundstücksmaklers in Anspruch zu nehmen, *Nein,* sagte er, wir existierten in *Segmentiertheit,* aber ich sagte, wenn er mal vom Thema wegkäme und *meinen Rock trüge,* die Enge von Strumpfhosen zum Zweck professionellen Auftretens spürte, ohne aufreizend zu sein, ein Anhängsel zu sein, ohne eine *kastrierende Möse* zu sein, wie einer von der Abteilung mal eine Kollegin genannt hat, die nicht versuchte, ein bißchen sexy auszusehen, wenn er meinen Rock tragen könnte, würde er verstehen, wie traurig mich das alles machte, und deshalb war ich auch *kurz davor, in Tränen auszubrechen,* in der holzgetäfelten Bar in der Upper West Side, obwohl ich mich weigerte, mich von ihm anfassen zu lassen, als ich weinte, genauso wie ich mich weigerte, Tränen strategisch einzusetzen, sie entsprachen einfach dem, wie ich mich fühlte, und das wollte ich nicht verbergen, klar waren sie *eine Kondensation und Affektverlagerung,* aber sie erforderten kein Handeln, und es stimmte, ich war eine Frau mit einem Doktorgrad, die *gegen alle berechtigten Einwände glaubte, daß die abendländische Tradition der Ehe in irgendeiner Weise gerechtfertigt sein muß,* und die jetzt zufällig gerade weinte und die zufällig meistens traurig war, die zufällig Mascarastreifen auf den Wangen hatte, okay, aber das machte ihn nur noch wütender, und es kam ein ganzer eleganter Sprühregen seiner Logik darüber, wie *die weibliche Sprache die richtige Bedeutung von Wörtern, von Substantiven zunichte macht,* und da sagte ich, *er habe keine Ahnung, wie das sei, würde nie erfahren, wie das sei, alle seine klugen, politisch engagierten, hochqualifizierten Freunde auf dem Weg zum Lehrstuhl würden nie erfahren, wie das sei, eine Frau zu sein, das Vorhandensein von Hüften, zervikale Dilatation, Labia majora und minora, das Gebären, Stillen, Hitzewallungen, prämenstruelles Syndrom, ein Äußeres, das ein Inneres ist, Zirkularität, Aufhebung der Gegensätze, das war etwas, worüber er nie Bescheid wissen würde,* und im Grunde, fuhr ich in meiner Tirade fort, gefalle es ihm insgeheim richtig, wenn ich kochte, das rhythmische Geschepper von Töpfen und Pfannen, das Brüten über alten Texten wie *Freude am Kochen* oder Julia Child, es gefiel ihm, wenn ich so etwas machte, und wenn ich gekocht hatte, kam immer dieser verblüffende Moment, wenn das Essen vorbei war und sich die schmutzigen Teller, Tassen und Untertassen in wackligen Stapeln um uns türmten, in unserer von Schaben wimmelnden Küche, es kam dieser Moment des Innehaltens, wo er einen zerstreuten Gesichtsausdruck vortäuschte, eine gelehrtenhafte Geistesabwesenheit, als ob das Leben des Gelehrten so tiefgründig sei, daß praktische Dinge keinen Eingang darin fänden, und da kapierte ich dann, daß ich den Abwasch selbst machen sollte, daß der Abwasch in meine Zuständigkeit fiel, obwohl ich schon gekocht hatte, das gleiche galt auch an den Tagen, an denen er von seiner *olympischen Frauenhasserwarte* herabstieg und sich herabließ, ein geschmackloses Stück Fisch zu dünsten, irgendein nichtssagendes Filet, das er jedesmal verkochte, auch dann war ich diejenige, die alles andere machen und hinterher den Tisch abwischen mußte, und das Bettenmachen blieb immer an mir hängen, meistens auch die Wäsche, das Waschen seiner miefigen Joggingklamotten, die ich stinkend zum Waschsalon tragen mußte, genau wie seine gestreiften Boxershorts, und ich war diejenige, die immer das Toilettenpapier kaufte, ich war diejenige, die daran dachte, seine Mom an ihrem Geburtstag anzurufen, ich war diejenige, die die Schecks ausschrieb, mit denen die Rechnungen bezahlt wurden, die die Versorgungsbetriebe besänftigten, die dafür sorgten, daß Strom in seinen Computer, seinen Drucker und sein Modem flossen, und ich sagte ihm, ich hätte das früher gemacht, weil ich ihn liebte, und vielleicht liebte ich ihn nun nicht mehr so sehr, ich hätte nämlich nicht gewußt, wie man so grausam sein könne wie er, so grausam, mir das Gefühl zu vermitteln, ich wüßte nicht, was mein Thema sei, oder es komme mir nicht zu, auch nur zu versuchen, ein Thema zu haben, und trotzdem läßt sich, wie Irigary sagt, *das »Anderswo« des Weiblichen nur dadurch finden, daß man über die Schwelle des Spiegels zurückgeht*, und deshalb, bemerkte ich erneut, *wirst du den dunklen Kontinent der gesellschaftlichen Ordnung niemals kennenlernen, wirst die mögliche Welt des möglichen Universums der Weiblichkeit niemals kennenlernen, diesen orientalischen Stadtstaat, der parallel zu deiner eigenen dummen, unerreichbaren männlichen Welt besteht, du willst es irgendwie zähmen, aber das schaffst du nicht, du wirst sterben, ohne es gezähmt zu haben, das Weibliche,* und die Kellnerin kam, und sie trug knallenge Jeans und ein, wie ich feststellte, bei Baby Gap gekauftes T-Shirt, das zu kurz war, so daß ihr gepiercter Nabel uns aufreizend anblinkte, und in einem Moment kalkulierter Einfalt bedachte er sie mit einem taxierenden Blick, hielt dramatisch inne, um sich ihre Brüste, ihre Taille und die Wölbung ihrer Hüften zu begucken, *Noch eine Runde, bitte,* und genau das war die Stoßrichtung seines Arguments, überhaupt hatten seine Argumente immer eine Stoßrichtung, eine verschleierte Entelechie, nämlich daß er über der Häuslichkeit stehe, nichts dafür übrig habe, aber ich hatte mich trotzdem in ihm festgebissen und ließ mich nicht ablenken, sondern würde mein Argument zu Ende bringen und dann mit ihm fertig sein oder sonst eine Auflösung, und sei sie offen, herbeiführen, *Okay, dann beweise mir schlüssig, daß du weißt, wie es ist, eine Frau zu sein und wie unsere Erfahrung hier aussieht, wo der Gesetzgeber darauf besteht, die Kontrolle darüber zu haben, was wir mit unserem Körper machen, beweise mir eine Sekunde lang, daß du eine Vorstellung davon hast, wovon ich rede, denn wir haben einen toten Punkt erreicht, an dem du dich, so wie ich das sehe, entweder auf mich einlassen mußt oder mich verlierst, beweise mir, daß ich nicht Jahre damit vergeudet habe, ein Gespräch mit einem völlig Fremden zu führen,* und an dieser Stelle eines überwältigenden Affektausbruchs, *einer präpersonalen Intensität, die dem Übergang von einem Erfahrungszustand des Körpers zum anderen entspricht,* füllten sich seine Augen unvermittelt mit Tränen, während die nächste Runde Drinks kam, und noch während er zu weinen begann, taxierte er das Hinterteil der Kellnerin, die sich von unserem Tisch entfernte, und begann mit theatralischem Seufzer seine Geschichte, *Es gibt da etwas, was ich dir von mir noch nicht erzählt habe,* und ich sagte, *Du machst wohl Witze, wir leben jetzt nämlich schon lange zusammen, und ich habe deine Steuererklärungen gelesen, ich habe Teile von deiner Dissertation getippt, weil du zu faul warst, sie selber zu tippen, ich habe dir beim Kotzen zugehört und das Badezimmer geputzt, nachdem du gekotzt hattest, und wenn es etwas Intimeres als das gibt, irgendeinen Bereich von Intimität, den ich noch nicht habe durchdringen können, dann ärgert mich das ein bißchen,* mit einem Ausdruck schrecklicher, aber stilisierter Ernsthaftigkeit, die Kopfhaut mit dem Bürstenschnitt von der Braue aufwärts leicht gefurcht, und er meinte, es stimme, es gebe tatsächlich etwas, was er mir noch nicht erzählt habe, ein kohlrabenschwarzes Geheimnis, eine entlaufene Katze an den zerfransten Rändern seiner Psyche, und er sagte, *Denk dir die menschliche Sexualität als ein Kontinuum mit Trägheit am einen und Befriedigung am anderen Ende, zwei Enden, die sich irgendwo treffen, wo wir es nicht sehen können,* bitte jetzt nicht die Sprache des Fakultätsbüros, könnten wir versuchen, das Ganze in der Vulgata abzuhandeln, er ignorierte mich: Er war einfach ein Junge, dürr, unscheinbar, bei Ballspielen jedweder Art nicht zu gebrauchen, der letzte, der gewählt wurde, wenn Mannschaften gewählt wurden, zufällig mit diesem einen Mädchen, der Schönheit der Hauptschule, befreundet, eine Freundschaft der profanen Art, der es bestimmt war, im Zuge der Durchsetzung der gesellschaftlichen Ordnung zugrunde zu gehen, so was in der Art, wenn die Nebel der Kindheit sich ein für allemal hoben, würde sie nichts mehr mit ihm zu tun haben wollen, aber vorderhand aßen die beiden Twinkies in der

Kantine, tauschten Geheimnisse aus, während sämtliche Athleten und Schülerberater vorbeikamen, um mit ihr zu reden, und ihn dabei ignorierten, es sei denn, sie wollten sich nach Aspekten von Algebra oder Geometrie erkundigten, die wahrscheinlich in einer Klassenarbeit oder Prüfung vorkamen, *ob es in Ordnung ginge, daß sie bei ihm abschrieben*, sie kamen vorbeispaziert, um Sapphira mit den Früchten ihrer jungenhaften Männlichkeit zu beeindrucken, vielleicht sagten sie dann hallo zu ihm, und später auf den Fluren war es, als wäre er maskiert, in einen Mantel gehüllt oder sonstwie verborgen, außerhalb der Strahlkraft von Sapphira, nicht mehr ihr Satellit, Mond ihrer großen, jupiterhaften Bedeutung, ihrer aufblühenden Mädchenhaftigkeit, und nach der Busfahrt nach Hause telefonierte sie eine Dreiviertelstunde lang mit ihm und erzählte, wie Kevin oder Tom oder Lenny versucht hätten, sie zu dieser oder jener *häuslichen Brustuntersuchung* oder dergleichen zu überreden, und dann, eines Nachmittags, als ihre Eltern im Urlaub oder geschäftlich verreist waren, im Herbst, das Laub von der Farbe unrestaurierter Fresken, lud ihn Sapphira zu sich ein, vereinbarte in gedämpftem Ton ein Treffen, und sobald er drin war, *Ich habe eine Idee für dich, du bist so wunderbar, du bist meine beste Freundin, du bist mein ein und alles, und ich will, daß du genauso bist wie ich, komm rein, Freundin, Schwester von mir*, und ehe er sich's versah, waren sie in ihrem Zimmer, und sie half ihm aus seinen Jeans, half ihm aus seinem T-Shirt und half ihm *in* ihren weißen Schlüpfer, dann in ihren Sport-BH und dann ihren karierten, gefältelten Hockeyrock, in ihr mit Ösen versehenes Kamisol, und dann waren sie im Schlafzimmer ihrer Eltern mit dem Frisierspiegel, und sie drehte ihn wie auf einer Tischmenage, um ihn von allen Seiten würdigen zu können, und dann breitete sie auf dem Glastisch die Stifte und Pinsel ihres Handwerks aus und *Gott, jetzt kommt der schwierige Teil, ich war so erregt, nie habe ich mich so passiv gefühlt und war so erregt, während sie mir die Augen mit lavendelfarbenem Eyeliner umrandete, während sie das Mascara auftrug, während sie mich mit Rouge schminkte, mein tatsächliches physisches Erröten mit ihrer kulturellen Kabuki-Röte überdeckte, während mich ihre Hände mit zarten Umarmungen umtanzten, es war, als hätte sie hundert Arme, als wäre sie ein Hindu-Bildwerk, nie war ich so geliebt worden, wie ich nun geliebt wurde, da ich ein Mädchen war, nie war ich so geschätzt worden*, und sie hatte sogar eine Perücke, ein Ding mit Schleifchen, wie sie vielleicht ein Cheerleader tragen würde, mit kurzem Pony, und Sapphira war selbst Cheerleader gewesen, also müßte sie es eigentlich gewußt haben, obwohl sie an diesem Nachmittag nur Chinos, Sandalen und ein Sweatshirt trug, *Und sie lackierte mir sogar die Zehennägel in roter Umbra, der Farbe des Monatsflusses, und es stimmte, während ich mit dem Faltenrock auf ihrem Bett lag und sie mich umarmte und mich ihr Püppchen nannte, daß ich mich noch nie so klein und häßlich gefühlt hatte, wie ich mich damals fühlte, und ich wußte, wußte, wußte, wußte, was ich war, so verabscheuenswürdig in meinem übersteigerten Zustand, daß ich ins Badezimmer laufen und mich noch einmal betrachten mußte, und ich spürte ein Rasen in mir, das ich noch nie gespürt hatte, die Teleologie des Begehrens, die verbundene, kauterisierte Stelle des Weiblichen, so war das, und ich schämte mich so, schämte mich so darüber, daß sie es wußte und daß sie wußte, daß ich es wußte, und sie bedachte mich mit einem wissenden Lächeln und es war dieses Lächeln, das den Ausschlag gab, das die sorgfältig aufgebaute Fassade zum Einsturz brachte, und ich forderte, Zieh mir das Zeug aus, Zieh mir das Zeug aus, zumal ich jetzt wußte, was sie für diese Typen war, für Ke-*

vin oder Tom oder Lenny, sie unterschied sich nicht von dem, was ich da war, ich hätte genausogut für die Bedürfnisse dieser Typen sorgen können wie sie, hätte die Trophäe, das Objekt, die Verzückung liefern können, nach denen es sie verlangte, ich war Amerikas entzükkende exotische Puppe geworden; das war ganz bestimmt eine aufrichtige Offenbarung, und es wäre natürlich unhöflich von mir gewesen, dieses schwierige, großmütige Eingeständnis zurückzuweisen, aber ich ärgerte mich immer noch, wissen Sie, ich war immer noch *deterritorialisiert,* und falls er damit sagen wollte, daß dieses Anlegen der Kleider der *Schlampe aus der Nachbarschaft* ihm Zugang zum Weiblichen verschafft habe, würde ich laut werden müssen, würde ich ein Stück von ihm verschlingen, mit meiner Vagina, falls nötig, irgendein Stück Bizeps oder Quadrizeps, *Wer ist also dieser Andere, an den ich stärker gebunden bin als an mich selbst, da es im Kern meiner Zustimmung zu meiner Identität immer noch er ist, der mich umtreibt?,* ich sagte ihm, wir müßten *jetzt gehen,* wir müßten zahlen, verdammt noch mal, denn einmal in unserem Leben würden wir die Rechnung zahlen, ohne darüber zu streiten, wer mit Zahlen dran war, weil wir jetzt gehen müßten, es folgte die kurze Hektik des Zahlens und Trinkgeld-Gebens, seine Hände zitterten angesichts der astronomischen Summe, sein *essentieller Tremor,* und die Wasserstoffblondine mit dem geschmückten Nabel schenkte ihm nicht einmal einen zweiten Blick, als sie die sechs Einer samt Kleingeld in ihre Schürze fegte und die beiden Zwanziger zur Kasse brachte, und wir schoben uns zwischen den leeren Gesprächen in der Bar auf der Upper West Side hindurch, den Diskussionen über Autos und Anteilen an den Hamptons und guten Investmentfonds, und ich in meinem *Aufruhr* bestand auf einem Taxi, obwohl wir schon öfter darüber gestritten hatten, ob Taxis eine Ausgabe waren, die in den äußerst schmalen Etat paßte, an den wir uns zu halten versuchten, und wenn die Wahrheit etwas wäre, was sich durch eine Auseinandersetzung zum Vorschein bringen ließe, wenn die Wahrheit ein System von Schichten wäre, die man abpellen könnte, wenn die eigene Beziehung ihre Dauerform angenommen hat, dann war es so, daß unsere Mittellosigkeit, unsere akademische Armut, umgeben von diesem Rube-Goldberg-Apparat des kosmopolitischen New York, von den Limousinen, den sündhaft teuren Restaurants, der schwindenden Anzahl unserer Klassenkameraden, die das *Leben des Geistes* praktizierten, unseren Kommilitonen, die mittlerweile Psychiater, Anwälte oder Boutiquengeld-Verwalter waren – daß diese akademische Armut an uns zehrte, uns abschliff, uns blank rieb, bis wir wie die Professoren unserer eigenen Jugend nur noch hohle Münder waren, die Dinge rezitierten, die wir nicht mehr empfanden und an denen uns überhaupt nichts mehr lag, wir waren der Kulminationspunkt einer Genealogie von Geistern, Marx, Freud, Derrida, Lacan, Nietzsche, Reich, Syphilitiker, Kokainsüchtige und Steuerhinterzieher, und ich fragte, wo in dieser Reihe Platz sei für das, was ich einmal mit dialektischer, rhizomatischer, interstitieller, trotziger Begeisterung geliebt hatte, die Möglichkeit, daß *Denken* Leben retten kann, wie in dem Moment, als ich ihn zum erstenmal eine Vorlesung halten hörte, damals, als er Assistent für *Einführung in die Filmanalyse* war, als er in jenem Raum abseits der 116th auf dem Podium vor der Tafel hin und her ging, damals, als er rauchte, Kette rauchte, kaum Blickkontakt zu jenen unruhigen Kids aufnahm, wie ich ihn liebte, damals, als er sagte, *Anorexie, der Skorbut auf dem Floß, auf dem ich mich mit den dünnen Jungfrauen einschiffe,* falsch zitiert, wie sich herausstellte, um ein bestimmtes Argument im Hinblick auf Audrey Hepburn in *Früh-*

stück bei Tiffany anzubringen, er wollte einen Unterschied machen, und ich wollte einen Unterschied machen, oder eine *différence,* eine Differenz, eine Verschiebung, eine Entstellung, ich erkannte mein eigenes Bild in den Augen dieses Jungen, der sein Bild in mir erkannte, ein Flackern in Kerzenlicht, Kerzen kurz vor dem Ausgeblasen-Werden im stillen, plötzlichen Innern eines Schlafzimmers, *ein Flackern in der rosigen Nacht jugendlicher Zierden,* das alles war jetzt vorbei, und wir hatten die Fenster des Taxis geöffnet, weil die Luft zum Schneiden dick war, und das Taxi stand im Verkehr auf dem Broadway, meine stoppeligen Beine übereinander geschlagen, ich mußte unbedingt unter die Dusche, ich kam mir widerwärtig und anstößig vor, nicht brauchbar, alt, ich hatte das Gefühl, er würde mich wegen einer Jüngeren wie der Kellnerin verlassen, ein Blutströpfchen im Winkel ihres vollkommenen Mundes, während ich diese Einschätzungen, diese feierlichen Wahrheiten über uns aussprach, *facteur de la vérité,* während das Taxi mit seinem in geometrischer Progression ansteigenden Fahrpreis uns an der 120th absetzte und wir dem Fahrer einen Monatslohn zahlten, und wir gingen vorbei an Grant's Tomb, dem Kromlech, Dolmen, Tumulus in unserer Nekropole, wie war es wohl, in diesem Leben nach dem Tode eine Frau zu sein, beim Von-hinnen-Gehen dessen, was man einmal geliebt hatte, nicht klein beizugeben, er sagte nichts, der Schlüssel drehte sich im Schloß und hob die Zuhaltungen auf, als wäre die Vorstellung des Schlüssels die Vervollkommnung einer alten Ethik, ich konnte es nicht fassen, daß ich würde verlieren müssen, was ich, wie es aussah, demnächst verlieren würde, wo es doch einmal so ausgesehen hatte, als ob ich es vielleicht *immer haben würde,* sämtliche Birnen in unserer Wohnung waren in unserer Abwesenheit durchgebrannt, er ließ immer alle Lichter an, und immer waren alle Birnen durchgebrannt, *Machen wir einen Kompromiß,* sagte er, fuhr sich mit den Händen nervös über seinen kurzen Bürstenschnitt und rückte sich die Brille zurecht, *Ich hab die Streiterei so satt,* und was ich tun würde, wußte ich erst, als ich es tat, obwohl den nächsten Augenblicken eine gewisse Unvermeidlichkeit innewohnte, und ich knallte die Tür zu, zog den Metallklappstuhl unterm Küchentisch hervor, brachte ihn am Ende des Tisches in Position, brachte ihn in Zuschauerposition, *Ich habe eine Vagina,* sagte ich, *ich habe einen Uterus, ich habe eine Cervix,* er nickte müde, und ich sagte, *Das Weibliche des Mannes ist nicht das Weibliche der Frau,* und er nickte müde, und ich sagte ihm, er solle mit Nicken aufhören, und ich fragte ihn, ob er zufällig wisse, wo sein *Schuhlöffel* sei, und er schüttelte den Kopf, nein, und ich sagte, *Natürlich nicht, das ist eine Fangfrage, aber ich weiß, wo dein Schuhlöffel ist, weil ich ihn nämlich bei meinem aufbewahre, wie so viele andere Dinge, mit denen du dich zu beschäftigen keine Lust hast,* und damit ging ich ins Innere der Wohnung, was nicht so weit war, daß er das Ausströmen meines Atems nicht hören konnte, *Hör zu,* sagte er, *ich weiß nicht, wodurch ich so ein Riesenproblem geschaffen habe, aber ich entschuldige mich, ganz ehrlich, lassen wir das Ganze fallen, ich liebe dich,* und ich spürte meinen steilen Abfall nahen, wie wenn ein Tiefdrucksystem kommt und den Sommerdreck vertreibt, doch nachdem ich die Entscheidung getroffen hatte, konnte ich nicht mehr davon lassen, oder vielleicht ist es glaubwürdiger zu sagen, es war offensichtlich, daß ich Lust verspüren konnte, ihn dieser schmerzlichen Musterung zu unterziehen, und zugleich überhaupt keine Lust dazu verspüren konnte: *Ich verlange, daß du mir abschlägst, was ich dir anbiete,* so was in der Art, ein Samstag, ein poststrukturalistischer Samstag, der Abend, an dem ich meinen Lover drängte, auf dem Küchentisch eine Unterleibsuntersuchung bei mir vorzunehmen, was er natürlich verweigerte, *Ach, das alte Argument, von wegen Biologie ist Schicksal, das paßt dir überhaupt nicht, und findest du nicht, du benimmst dich kindisch?*, ja und nein, meiner Ansicht nach, und der Schwall meiner Argumente war eindringlich und war es zugleich nicht, und sie *war und war nicht* erotisch, diese Auseinandersetzung, wie die Auseinandersetzungen, die das alte schöne Gefühl hervorriefen, das uns mittlerweile so fern war, und die Entschlossenheit, schien es mir, würde ephemer sein, würde niemals so sein, wie ich vermutete, und ich machte trotzdem mit der Vorführung weiter, stieg jetzt auf den Küchentisch, in den Händen, neben anderen Requisiten, die beiden Schuhlöffel, der eine aus dem Florsheim in der 8th Street, aus Korduanlederimitat, der andere ein metallisch glänzender Stahlschuhlöffel, eine Gratisgabe, als ich in der Madison Avenue das Paar Sandalen gekauft hatte, das ich gerade trug, und nun streifte ich mir die elfenbeinfarbenen Sandalen ab, riß mir die beigefarbenen Nylonstrümpfe und dann auch meine Unterwäsche, Satin und von Victoria's Secret, herunter, dann zog ich mir den Rock hoch, einen dünnen, sich leicht anschmiegenden Wickelrock aus Viskose mit Blumenmuster, cremefarben mit blauen Blüten drauf, und ich stopfte mir ein Sofakissen unter meine Lumbalregion und lehnte mich dergestalt zurück, daß wir einander zugewandt waren, wenn davon überhaupt die Rede sein kann, denn er wandte das Gesicht mittlerweile ab, ihm dämmerte wohl endlich, was jetzt passierte, und ich hielt meine leicht eingefetteten Schuhlöffel bereit, *Die Dinger sind kalt, sie sind immer kalt, wenn sie dir mit dem Spekulum auf die Pelle rücken, ist es immer kalt,* mit unwirscher Passivität murmelte er, *Brauch ich nicht irgendein Licht,* aber das hatte ich, eine Kugelschreiberlampe, die er selbst benutzte, wenn er spätnachts in unserer winzigen Wohnung Referate korrigierte und mich nicht wecken wollte, und ich begann mit meiner Führung, *Schau her, schau her, schau her, spreize die äußeren Lippen zu beiden Seiten weit auseinander,* und ich half ihm weiter, da er ein wenig unwillig schien, sich darauf einzulassen, *kümmere dich vorläufig nicht um dieses erste Trompe l'œil, diesen kleinen Knubbel, geh weiter rein, wo die Wände rosa sind und geriffelt, wie wenn Sand am Strand von aufeinanderfolgenden Wellen gefurcht wird, was bedeutet, daß Östrogen vorhanden ist, denn wenn die Menopause eintritt, verschwinden die rugae, geradeaus weiter, wenn ich bitten darf, die Cervix hat eine andere Textur, eine Art perliges Pink wie Kaugummi, dicht fibrös, dick, starr, durchschnittlich vier Zentimeter Durchmesser, und das Loch ist ein winziger dunkler Fleck, das Os, wie das Loch in einem Schmalzkringel, das zuzuschwellen droht, bei einer Frau, die noch nicht geboren hat, ist es ein Loch, wenn du schon Kinder gehabt hast, ähnelt es eher den Falten in einem alten, klumpigen Daunenkissen, dann weiter durch haben wir natürlich den Uterus, den kannst du nicht sehen, da oben, das Endometrium, im Augenblick mit Blut und Schleim behaftet, farblich ungefähr wie ein häßlicher Teppichboden aus den Siebzigern, mein Schleim, worauf wir nordwärts in die Gebärmutter gelangen, geformt wie eine Birne mit einer Manschette drum rum, und bei zehn und zwei Uhr in dieser Birne kleine Löcher, Eileiter, und die führen um jeden Eierstock herum wie Violinschlüssel, sie winden sich kursiv um jeden Eierstock, beide Enden befranst, und mitten im Zyklus, beim Eisprung, wird ein Ei freigesetzt und von den Eileitern aus dem Corpus luteum aufgenommen, und dann gibt es da noch die Morgagnihydatide und die Mesosalpinx und das Paraovarium und den Fundus uteri und den äußeren Muttermund, im Grunde offen bis ganz oben, ganz oben, der Annäherung der Chromosomenflotte schutzlos ausgesetzt, den kleinen Navy SEALs, die den Kanal hier raufkommen, obwohl man sich vom evolutionären Standpunkt aus angesichts dieser Tatsache natürlich fragen muß, wie absolute Schutzlosigkeit zur Fortpflanzung einer Art führen kann, es sei denn, das ist letztlich die Ausdrucksform unserer Biologie, unserer Position innerhalb des Gegebenen, oder, um es anders zu formulieren, das Opfer,* in deinem Konstrukt, *der Büßer hat immer die Oberhand, hat immer die Kontrolle, vor dir verborgen, zugleich an- und abwesend;* ja, eine unbequeme Position, so mit den Schuhlöffeln in der Hand über mich selbst gebeugt, während er die Kugelschreiberlampe übernahm, während er versuchte, sich seiner Verantwortung zu entziehen, und ich meine unbequem in mehr als einem Sinne, ich meine, ich wollte seine Reuebekundungen nicht sehen, ich wollte nicht darüber nachdenken, was ich da machte, es ging mir besser, wenn ich zur Stuckdecke sah, ein innenarchitektonisches Stilmerkmal, von dem mir schon immer richtig klaustrophobisch wurde, die leichte Verformbarkeit von Stuck, und wenn die Kugelschreiberlampe an dieser Stelle ihren Zweck nicht erfüllte, nicht erleuchtete, was ging mich das an, jetzt, allein oder verheiratet, fruchtbar oder unfruchtbar, schwanger oder steril, was ging es mich an, daß er gegangen war und mich auf dem Küchentisch zurückgelassen hatte, ins Schlafzimmer gegangen war, jetzt konnte ich ihn wegtapsen hören, bei nur angelehnter Tür, ich konnte die trübe Klemmleuchte an seinem Nachtschränkchen brennen sehen, ich konnte ihn auf die grimmig unversöhnliche Weise, die typisch für ihn war, die Zähne putzen sehen, er sägte an seinem Zahnfleisch, und jetzt las er natürlich, las in Bänden, die keinen Trost mehr spendeten, las, um die Differenzen zu reparieren, was sollte das ganze Gerede, die ganze Prosa, die ganzen Sätze, was sollte das alles, dachte ich, auf dem Küchentisch, zwei Schuhlöffel so in der Hand, daß ich mich der Welt offen darbot, ihre erste Bürgerin, ihre erste Frau, ihre Urfrau, nackt auf dem Küchentisch, wie ein Mahl, ich hörte zu reden auf, meine Empörung schwand, worüber hatten wir eigentlich gestritten, was war die Ursache des Streits und wo hatte er uns hingebracht, *laß mich hier nicht so liegen,* alle deine kaputten Einbände, deine Druckerpressen, deine Geschichte der Geschichten, ich stieg vom Küchentisch und begann aufzuräumen.

Surplus Value Books: Katalog Nr. 13

Vorbemerkung: Morgengrauen in Springfield, wo ich diese Worte schreibe, Morgengrauen, Hafermehlfarbe, Springfield, Stadt früherer industrieller Blüte. Irgend etwas, irgendein Tier, hat die große Aluminiummülltonne umgeworfen, die ich kürzlich bei einem überregionalen Discounter gekauft habe, und den Inhalt zweier unzureichend verschlossener Tüten im Garten verstreut, eine davon gefüllt mit einer Anzahl *sexuell eindeutiger Zeitschriften,* die mir in den vergangenen Jahren als Gefährten dienten. Wie sehr ich mir wünsche, ich würde Kaffee kochen. Vielleicht werde ich Kaffee kochen; ja, vielleicht werde ich mich hiermit an eine Beschreibung meines teuren *Kaffeevollautomaten* von deutschem oder pseudodeutschem Design machen; meine Kaffeemaschine hat eine Zeitschaltuhr und eine Kaffeemühle; ich bekenne, *Bücherliebhaber,* daß mir die Kaffeemaschine häufig als Wecker dient, als mein *carpe diem,* zuerst ein schrilles Kreischen, nicht länger als ein, zwei Sekunden, dann fallen die Bohnen, die ich während des Scotch-Gelages der vergangenen Nacht in das Mahlwerk des Geräts geschaufelt habe, in einer im Uhrzeigersinn verlaufenden Bewegung, nicht unähnlich der Bewegung der Planeten um die Sonne, nicht unähnlich der Bewegung der Sonne um die Galaxie, nicht unähnlich den Galaxien in ihrer Spiralbewegung um das kreisförmige Nichts der *Schöpfung,* fallen diese Bohnen auf Messer, geröstete und ausgereifte Bohnen durchlaufen den Mahlvorgang des deutschen *Kaffeevollautomaten* und gelangen in den Filterbereich, wo ein wiederverwendbarer Mylarfilter mit *Tausenden von winzigen Fasern* dieses Elixier Arabiens einzufangen und zu sammmeln beginnt, damit es maximale Viskosität entwickelt; ungefähr zu dieser Zeit, zu der ich noch auf einer richtig großen Sprungfedermatratze liege, die unerträgliche Rückenschmerzen hervorruft, höre ich das Blubbern des mit Fluor versetzten, hiesigen Leitungswassers im *Röhrenbereich* meines deutschen *Kaffeevollautomaten.* Im Wasser entsteht, im Röhrenbereich, ein elektrisch induzierter Konvektionsstrom, das Wasser erreicht seinen Siedepunkt, ich kann es hören, nachdem das Mahlgeräusch den Diffusionsfilter meiner Enttäuschung durchdrungen hat und ich widerwillig die Augen geöffnet habe und zu dem Schluß gekommen bin, daß ich die Laken waschen muß, eine Aufgabe, der ich bis zum Einbruch der Nacht abgeschworen haben werde; egal, ich kann die lebhaften Umwandlungsvorgänge des deutschen *Kaffeevollautomaten* hören, und nun kann ich es auch riechen, das Getränk, meine Sucht, meine Wonne, meine Nachtigall, meine Gefährtin; er schwebt von der Küche durchs Eßzimmer, über den dicken Teppichboden im Eßzimmer mit den Beaujolaisflecken und den von meiner inkontinenten Abessinierkatze ausgehusteten, wolligen Klumpen, den kleinen Flur entlang, der Duft meines Kaffees, die sichere Basis für jeden Anspruch auf das Göttliche, Kaffee, sämtliche Bohnen, sämtliche Sorten, ich habe mich lange in den Geschäften in Einkaufspassagen herumgedrückt, die seiner Verehrung geweiht waren, eritreische Bohnen mit einem Aroma von Betelsaft, vielleicht auch ein bißchen Mandel oder Absinth, vielleicht etwas Percocet oder Vicodin, um meine koffeinhaltigen Erquickungen noch zu steigern, ein, zwei Bilder meiner verlorenen Kindheit stahlen sich in diesen Geschmack, früher genossene Eiskugeln, doppelte Portionen, meine verlorenen Eltern und die Desserts mit Likör, ich gebe es zu, sogar *Hausmischungen* können mich verführen, sogar

Hausmischungen lassen an die hohe Kunst des Röstens und Duft-Entfaltens denken, sogar Hausmischungen lassen an einen Sonnenaufgang denken, da der nicht gewerkschaftlich organisierte Farmarbeiter im Schattengesprenkel des herrlichen Strauchs hockt und grüne Früchte pflückt, ein Traum, eines siegreichen Eroberers würdig, selbst die Abfassung dieser Kommentare (zu Büchern, die ich in diesem Quartal vorstelle) erfolgte in kaffeebedingter Ekstase. Ich habe in den Besitztürmern von Toten gesucht, von Knausern, Zwangsneurotikern, solchen, die niemals gelesen haben, ich habe in Secondhandläden in Städten wie Rockville und Cincinnati gesucht, und ich habe das alles wegen Kaffee getan, o Kaffee, von dir singe ich, Gewinne, Leben, Lieben, Leidenschaften, all das für dich, o Muse, o Göttin, o Bohne, o Kaffee.

Sämtliche Bücher, soweit nicht anders vermerkt, in gutem Zustand und mit Originalschutzumschlag.

1. (Anthologie). *Leck mich am Arsch, Drecksack, ich jag dein verdammtes Haus in die Luft.* Seattle: Hausbesetzerkollektiv, 1979. Essays zur direkten Aktion, darunter auch ein Beitrag von Tony Puryear, später Schöpfer des Arnold-Schwarzenegger-Films *Eraser,* ferner die allererste Veröffentlichung der National-Book-Award-Gewinnerin Eileen Brennan *(Mehrere Generationen verzweifelter Frauen)* unter ihrem Pseudonym Elsie Tree. Wir hatten das Buch damals, Ende der Siebziger, in unserer Kooperative. Mein Zimmergenosse, der irgendwann Werbespots für Aspirin drehte, beharrte seinerzeit darauf, die Grippe werde von der CIA organisiert und verbreitet, um die amerikanische Gegenkultur auszuschalten. $15

2. (Anthologie). *Prosa von Don.* New York: Unfounded Allegations, 1978. Gebundene Ausgabe dieser Literaturauswahl von Autoren mit dem Vornamen Don, unter anderem Don DeLillo, Donald Antrim, Donald Barthelme, Donald Westlake, Dawn Powell, Donny Osmond, Don Knotts, Donald Sutherland, Don Giovanni, Don Vito Corleone und anderen, darunter auch Auszüge aus der Autobiographie eines Elektrikers ukrainischer Herkunft aus Nutley, New Jersey, mit Namen Don Vyclitl. Leicht stockfleckiger Schutzumschlag, ansonsten guter Zustand. Weitere Titel der Reihe waren etwa *Werke von Zephediah* und *Ein paar unveröffentlichte Schnipsel von Hamilton* (2 Bände in einem). $35

3. (Anthologie), *Worte, Blüten, Autos.* Austin, TX: Cooked Books, 1968. Sämtliche Beiträge sind anonym, stammen allerdings laut Wissenschaftlern wie Tommy McCandless vom Western Kentucky Technical Institute von Autoren wie Frederick Barthelme, der siebzehnjährigen Mary Robison, Rikki Ducornet, Ann Lauterbach und anderen; der Band enthält ferner Auszüge aus Handbüchern darüber, wie man den ersten Ford Mustang auseinandernimmt und wieder zusammenbaut, außerdem mehrere Streitschriften gegen beliebte Abänderungen des *Monopoly*-Bretts sowie einige Gedichte im Stile Mallarmés. Von Barthelme signierte und mit einem Dementi versehene Ausgabe: *Ich weiß nicht, wovon Sie da quatschen, ich hatte mit dem Buch nichts zu tun, aber Ihre Wildlederschuhe gefallen mir. F.B.*

$45

4. Blake, Kenneth M., *Sprechtechnik.* New York: Ticknor and Fields, 1986. Erste amerikanische Ausgabe

des Romans um eine Gruppe von Oxbridge-Gelehrten, die ihre Vermieterin kochen und essen und später, während des Falkland-Krieges, das Kommando über die britischen Streitkräfte übernehmen. Nicht lange danach wurde der Autor selbst verurteilt, weil er seine Vermieterin gekocht und gegessen hatte. Auch diese Ausgabe signiert und als solche eine Rarität: *Bon appétit! K.M.B., 7.7.87.* $50

5. Carrington, Leonora, *Frostbeulen.* Paris: Editions Aveugle, 1921. Wenig bekannter *Schlüsselroman* der bedeutenden Surrealistin. Eine Bibliotheksausgabe, von mir höchstpersönlich gestohlen. Und das kam so: Ich war schwer verliebt in eine Studentin der Kunstgeschichte, Anna Feldman, die Frau mit dem blonden Bubikopf, die mit dem Palindrom als Namen, die mit dem Körperbau einer Ballerina, die mit der tollen Aufmachung, mit den Schleiern und Tüchern, mit dem BMW 2002; nachdem ich sie in einem Fastfood-Laden in der Stadt erspäht hatte (ich arbeitete in einem modernen Antiquariat), hatte ich die Gelegenheit ergriffen, ihr ein paarmal zu folgen, immer in diskretem Abstand, nie auf eine Weise, die aufdringlich gewesen wäre. Ich hatte Carringtons Bücher in der Abgeschiedenheit des Raritätenraums im Widener gelesen: *Denn mein Hunger ist, wie der Leser erkennen wird, gewaltig.* Mich faszinierte die Art und Weise, wie die Heldin von Carringtons Roman sich nach Belieben in das südamerikanische Säugetier mit Namen *nutria* verwandeln kann. Ich war der Überzeugung, daß Anna Feldman speziell dieses Bild und das Buch zu schätzen wüßte. Es an der Reihe von Alarmanlagen im Widener vorbeizuschmuggeln war nicht ohne, das kann ich Ihnen sagen, obwohl die Sicherheitsvorkehrungen in jenen Jahren vergleichsweise

lax waren. Als ich nach monatelanger Planung schließlich versuchte, Anna den Band von Carrington zu schenken, gab sich die künftige Kunsthistorikerin sehr distanziert und wies das Zeichen meiner Zuneigung rundweg zurück. Der Band trägt daher, obwohl es sich um eine Originalausgabe handelt, eine einsame, trübsinnige Randbemerkung in meiner Handschrift, einen Kommentar mit leicht misogynem Einschlag (ein Leiden, von dem ich mich, wie ich Ihnen versichern kann, später erholt habe). Ich biete ihn zu einem Sonderpreis an. $75

6. Dactyl, Veronica (Davis, Lydia), *Wie schreibe ich einen Kriminalroman?* Washington, D.C.: Sun and Moon, 1987. Unter Pseudonym verfaßter Ratgeber der Schriftstellerin und Übersetzerin, die weithin als eine der elegantesten und markantesten amerikanischen Stimmen des zwanzigsten Jahrhunderts gilt. Wie schon häufig bemerkt wurde, *schreibt und produziert Davis langsam,* und hier wird deutlich, warum. Aufgrund von Informationen eines in Katonah, NY, ansässigen Steuerberaters habe ich erfahren, daß es sich bei der schwer faßbaren Schattengestalt der Krimiautorin Veronica Dactyl um niemand anderen als die Stilistin erlesener Luxusprosa höchstpersönlich handelt. Dieser Ratgeber spiegelt Dactyls fünfzehn Jahre als Thrillerautorin wider, die hauptsächlich für den französischen Markt schrieb *(L'Ami, L'Amour, Le Mort* beispielsweise wurde, nachdem der Mickey Rourke-Film herauskam, zum Bestseller) und als solche auf dieser Seite des großen Teich nicht eben erfolgreich war. Nun, da die Verbindung klar ist, wird Dactyl unter Sammlern fraglos stärkere Beachtung finden. Preislich heruntergesetzt, mit handschriftlichem, nicht von der Autorin stammendem Zusatz auf

der Titelseite: *Herzl. Glückwunsch zum Geburtstag B., du solltest immer einen Beruf haben, auf den du zurückgreifen kannst, alles Liebe, Mom.* $100

7. Firth, Desmond, *Der Benzolring.* New York: Linden Press, 1986. Ungeheuer komischer Erstlingsroman über das Verlagsgeschäft. Posthum veröffentlicht. Dabei fällt mir ein: Nach meinen Jahren in dem Buchladen in Cambridge, wo ich Mindestlohn bezog und gewaltige Kreditkarten-Schulden anhäufte, kam ich zu dem Schluß, daß mir kaum eine andere Wahl blieb, als mich in die Haine der akademischen Welt zurückzuziehen, wo ich zwar nie viel Erfolg gehabt, *aber doch immerhin gelernt hatte, Bücher zu respektieren und zu bewundern.* Meine Liste in Frage kommender Institutionen umfaßte mehrere Eliteuniversitäten des Nordostens, wo ich mich sowohl im Fachbereich englische Literatur als auch im Fachbereich Philosophie zu bewerben gedachte. Mich interessierte auch mindestens ein *kunstgeschichtliches Programm,* weil ich so einer bestimmten geliebten Expertin für Fälschungen präkolumbianischer Artefakte, nämlich – natürlich – Anna Feldman, würde näher sein können. Desmond Firth, Freund eines Freundes, hatte an der SUNY in Binghampton studiert, ehe er in der Abteilung für Computerliteratur der New American Library unterkam. Unser gemeinsamer Bekannter, ein Eintrittskartenhändler, Memorabiliensammler und Paraplektiker namens Benny Fontaine, schlug deshalb vor, ich solle Firth anrufen, um mit ihm über den akademischen Betrieb zu reden. Weil ich eine gewisse Abneigung dagegen habe, Anrufe zu tätigen oder zu erwidern, dauerte es länger als erwartet, mich mit Firth in Verbindung zu setzen, obwohl ihm, wie ich hörte, sehr an dem Ge-

spräch mit mir lag. Als ich dann endlich die Geheimnummer seiner Wohnung in Jersey City wählte, hatte er sich bereits vor einen PATH-Zug mit Fahrziel Manhattan geworfen. Zur Hauptverkehrszeit. In der Station Newport Mall. Aus unerklärlichen Gründen. Ich verfolgte mein Ziel ohne Firths Hilfe weiter und bewarb mich bei einigen regionalen Universitäten, darunter auch der UMass, deren Fachbereiche mich jedoch allesamt ablehnten. $15

8. Ford, David. *Ich verlange, daß du mir abschlägst, was ich dir anbiete: Lacan als avancierter Kapitalist im Zeitalter des Post-Poststrukturalismus.* Santa Monica: Danger! Books, 1994. Enthält unter anderem eine Unterweisung in Viatikalen, Topologien, Rhizomen und dem *petit objet a.* $25

Ein faszinierender Brief

9. Gelb, Mortimer, *TLS* von Gelb an Chip Mandible, datiert vom 14. Juli 1973. Eindeutig auf einem Anfangsmodell einer IBM Electric ohne Korrekturtaste getippt. Bei dem Verfasser handelt es sich um einen unbedeutenden Dramatiker (z.B. *Tod auf den hinteren Neun*), der hauptsächlich in der Gegend von Providence bekannt war (unter anderem durch seine katastrophale Spielzeit bei der Trinity Repertory Company). Hier jedoch schreibt er in seiner Eigenschaft als Leiter des Woonsocket Camp for Boys (s. Briefkopf) an den Stiefvater eines Camp-Teilnehmers, der lästige kleptomanische Neigungen zeigte. Gelb beschäftigt sich vom disziplinarischen Standpunkt aus mit einer verschwundenen Sammlung von New York Mets-Baseballkarten von 1969. Die Karte

mit Nolan Ryan fand sich später wieder. Ein schönes Beispiel dafür, wie früh an den Tag gelegte Begehrlichkeit im späteren Leben den Weg für wirksame Geschäftstaktiken ebnen kann. $900

10. Holberg, Susan Emmerich, *Blaue und graue Notizbücher: Ein Roman.* New York: Alfred A. Knopf, 1985. 1985 von der *New York Times* empfohlen. Ich selbst habe es nicht gelesen und muß das auch nicht, aber angesichts einer winzigen Auflage (1500 Exemplare), eines mageren Werbeetats und praktisch nicht vorhandener Promotion weist das Buch sämtliche Merkmale einer Goldgrube in meinem Geschäftszweig auf. Zumal nun, da die Autorin, die sich nackt auf dem Schutzumschlag hat abbilden lassen, eine Sensation ist! Händler haben Holberg auf ihrer Lesereise für ihr neuestes Werk *Weiße männliche Unterdrücker* von Küste zu Küste beschattet. *Beklagenswert* ist in meinen Augen der einzig angemessene Ausdruck für das Verhalten meiner Berufskollegen. Wenn wir die Autoren dieser Werke nicht mit Würde und Freundlichkeit behandeln, wird unser Geschäft vor unseren Augen zugrunde gehen. Andererseits habe ich persönlich einen Einkaufswagen mit dreiundsiebzig Exemplaren dieses ersten Romans zu Holbergs Lesung in einem Buchladen in Boston gefahren. Ich mußte sogar einen Obdachlosen anheuern, der mir half, die Versandbehälter zu tragen. Ich denke, ich sollte *im Geiste geschäftlicher Kollegialität* meine Strategie darlegen: Ich bewegte mich mit fünf Exemplaren in der Schlange nach vorn, lief dann zu dem Einkaufswagen zurück – wo mein Kumpel Spike mir fünf weitere gab – und stellte mich erneut hinten an. Jedesmal wenn ich das Podium erreichte, wo die Autorin sich das arthritische Handgelenk massierte,

änderte ich geringfügig meinen Gesichtsausdruck, nämlich von abgehärmter Traurigkeit zu ernsthafter Verwirrung, und führte die arme, erschöpfte Holberg damit völlig hinters Licht. Als die übrigen Zuhörer mit ihren eselsohrigen Paperbacks, die nie auch nur *einen Heller* wert sein werden, damit fertig waren, ihr Autogramme zu entlocken *(Das ist für meine Freundin Kitty! Sie will auch Schriftstellerin werden!)*, fragte ich Holberg, ob es ihr etwas ausmache, noch ein paar zu signieren. Tatsächlich waren noch neunundvierzig Exemplare übrig, und Spike brachte sie mutig nach vorn. Als ich andeutete, ich hätte mit einem der größeren *Vermarkter* zu tun, erklärte sich Holberg entgegenkommenderweise dazu bereit. Nach fünfundzwanzig Exemplaren allerdings reichte sie mir den Stift zurück. »Warum signieren Sie sie nicht selber? Den Unterschied merkt sowieso keiner.« Das Exemplar in nahezu makellosem Zustand und als solches eine Rarität, mit einer interessanten Widmung: *Die Handschrift des Autors als komplizierter Reklameschwindel, S.E.H. 16.6.85.* $150

Eine ungewöhnliche Verbindung

11. Holberg, Susan Emmerich, *Weiße männliche Unterdrücker.* New York: Alfred A. Knopf, 1996. Nicht lange nach meinem ersten Gespräch mit Holberg stieß ich auf einem privaten Flohmarkt auf dieses Exemplar ihres zweiten Romans mit einer Widmung für niemand anderen als *Anna Feldman!* Die Widmung lautet auszugsweise: *Ein Weib dem anderen in immerwährender Treue, laß dich von den Schweinen nicht unterkriegen.* Ich trank gerade einen Irish Coffee, gegen zehn Uhr morgens. Das Ganze geschah in

Glastonbury, Conneticut, glaube ich, und die Leute, die den privaten Flohmarkt veranstalteten – ihre Habseligkeiten baumelten an hastig gespannten Wäscheleinen –, waren die Weavers. Ich trieb die Dame des Hauses – ein schwammiges, veraltetes Exemplar der Sexbombe der fünfziger Jahre mit dem *obligatorischen pelikanblauen Lidschatten* – in die Enge und verlangte zu wissen, wo sie diese Erstausgabe der Holberg her hatte. Sie bemerkte, es bestehe kein Anlaß, sich in Drohungen zu ergehen. Ich hatte nichts dergleichen getan. Sie habe den Band bei einem Büchereiverkauf in der Stadt mitgenommen, und zwar einfach deshalb, weil ihr der Schutzumschlag mit seiner feixenden Gruppe amerikanischer Militaristen gefallen habe. Angeblich kannte sie Holberg nicht persönlich, hatte keine Ahnung, wieviel das Buch wert war (tatsächlich trug es einen der orangefarbenen Aufkleber der Weavers, auf dem *50c* stand) und war gerade dabei, einen Offenbarungseid zu leisten. Ich hatte das Gefühl, ich müsse das Haus der Weavers in Glastonbury ein paar Tage lang überwachen, und zwar von der anderen Seite des Oakdale Blvd. aus, konnte aber nichts Ungewöhnliches feststellen, abgesehen vielleicht von Mr. Weavers Neigung, beim Rasenmähen zu weinen. Sein Gesicht eine Maske der Qual, pflegte er auf seinem Aufsitzmäher um sein Ranchhaus herumzufahren. $275

Von vornherein sehr, sehr labil

12. (Autoren in Anstalten) Klingman, Finley, *Sonne, scheine auf dies belagerte Gemüt herab.* Amenia, NY: M.A.O. Press, 1987. Ein seltener Blick auf die Zeichnungen und Gedichte eines der führenden amerikani-

schen *Außenseiter-Künstler.* Klingman begab sich Ende der Siebziger freiwillig in eine Anstalt, nachdem er zu der Überzeugung gelangt war, Computer begännen *miteinander zu sprechen,* eine Wahrnehmung, die heutzutage gewiß nicht ungewöhnlich erscheinen würde. Ich begegnete ihm danach und lernte in ihm einen leidenschaftlichen und beredten Menschen kennen, der sich mit seinem Schicksal abgefunden hatte. Er war außerdem ein hervorragender Scrabble-Spieler, dessen Spezialität Folgen von Wörtern mit zwei und drei Buchstaben waren, die allesamt gnadenlos auf Feldern mit dreifachem Wortwert zu liegen kamen. Während Finley diese Kunststücke fertigbrachte, erging er sich in langatmigen Tiraden über Teilchenphysik und deutsche phänomenologische Denker. Dieses kleine Buch ist die Nummer dreizehn einer limitierten Auflage von zwanzig, von Klingman signiert und daher besonders selten, da er glaubte, etwas zu signieren würde die Staatsgewalt auf seinen politischen Widerstand aufmerksam machen und ihn der Gefahr der Folter aussetzen. $1000

13. (Autoren in Anstalten) Meyers, Mirabelle, *County-Traumbuch.* Amenia, NY: M.A.O. Press, 1987. Ein weiteres Werk der M.A.O.-Reihe. Angesichts von Meyers' poetischer Beschäftigung mit Themen wie Verstümmelung, ekstatische sexuelle Vereinigung, erzwungene Homosexualität und Religion hätte sie ein Paradebeispiel für jede Kontroverse über staatliche Kunstförderung abgegeben, doch erstaunlicherweise sind Helms und Konsorten nie auf ihr Werk aufmerksam geworden, obwohl sie in einer staatlichen Einrichtung untergebracht war und M.A.O. in den Jahren 1887 und 1988 Förderungsgelder der N.Y.S.C.A. erhielt. Meyers' in freien Versen gehaltene

Gedichte (mit ihren stark plagiatorischen Anleihen bei konservativen Publikationen wie der *National Review,* der *New York Post,* der *Washington Times)* sind um so erstaunlicher, wenn man bedenkt, daß die frühere *Hauswirtschafterin*, die aus Corinth, NY, stammte und das College nicht abgeschlossen hat, mit dem dortigen Gemüsehändler verheiratet war und legasthenische Kinder hatte. Die Autorin starb verarmt und vergessen in der Anstalt, und dies ist daher ihr einziges Werk, eines von zwölf numerierten Exemplaren. Ich bin gezwungen, es zu einem Preis anzubieten, der seiner Bedeutung gerecht wird. Mirabelle gekannt zu haben war ein großes Glück. Wem dieses Glück beschieden war, dem fehlt sie. $2500

14. (Autoren in Anstalten) Poole, Samuel, *Argumente für eine Verwendung von Elektrowerkzeugen.* Amenia, NY: M.A.O. Press, 1988. Ja, auch ihn habe ich während jener dunklen Phase meines Lebens gekannt. Ich habe sie alle geliebt, meine Freunde drinnen, sie waren gute Menschen, und es wirft kein schlechtes Licht auf sie, daß sie nicht die Art von Versicherung hatten, die es ihnen erlaubt hätte, sich in privaten psychiatrischen Kliniken behandeln zu lassen, und daß ihre Krankheit von so robuster Beschaffenheit war, daß sie, anders als ich, kein produktives Leben führen konnten, indem sie eine Berufstätigkeit fanden, die mit dem, was sie waren, mit ihrem inneren Gefüge, in Einklang stand. Eines Nachts sah ich Sam Poole *tatsächlich im Flur der Klinik schweben;* ich erwachte auf der Station und ging auf Zehenspitzen auf den Gang hinaus, denn ich wußte, daß keine Einsamkeit der Einsamkeit der Geisteskranken gleichkommt, wußte, daß mein Alleinsein niemals aufgehoben würde, ganz gleich wie viele Tage ich vor

dem Sandsteinhaus wartete, in dem Anna Feldman sich mit ihrem Mann, dem Steueranwalt, niedergelassen hatte. Jeder Faden meines kurzen Lebens war an ein ausgefranstes Ende gelangt. Hinaus auf den Gang ging ich, durchquerte den Gang, um gegen den Maschendraht des Fensters zu flüstern, hinaus auf die Landstraße, die zu dieser Zeit leer war bis auf einen mit Heuballen beladenen Traktor, der sich mit blinkendem Warnlicht von mir weg mühte. Dann war ich so erstaunt, wie Sie es gewesen wären, als ich Sam im Morgenmantel, unrasiert, wie in einem beheizten, nierenförmingen Swimmingpool ein ganzes Stück über dem rissigen, gewellten Linoleum *schweben* sah. Im Schlaf, aber dennoch schwatzend wie eine Hausfrau aus der Vorstadt. Der Nachtpfleger saß zusammengesackt auf einem Stuhl vor dem Schwesternzimmer. Somit gab es keinen anderen Beobachter außer mir, keinen außer mir, der Sam die Fragen stellen konnte, die mich und andere in dieser Anstalt umgetrieben hatten, aber Sam wollte keine Fragen beantworten. Diese Art von Orakel war er nicht. Statt dessen fielen inmitten seiner Jeremiaden die Worte *Junge, sieh zu, daß du schleunigst hier rauskommst. Das ist nicht der richtige Ort für einen wie dich.* Da Sam schlief, waren seine Bemerkungen einigermaßen ungeordnet, doch so habe ich seinen kleinen Rat rekonstruiert. Ich gründete die M.A.O. Press, um Sams literarisches Erbe zu bewahren, und ja, es stimmt, Sam Poole behauptete, während er träge durch den Korridor der psychiatrischen Klinik schwebte, daß wir, ganz gleich wieviel Dunkel über einem Leben liege, immer für die *Bandsäge* dankbar sein sollten.

$2500

Ein Schwung verunstalteter Mailers

15. Mailer, Norman (Duffy, Tyrone), *Reklame für mich selber.* New York: Random House, 1959. Tyrone Duffy, ein Absolvent der Cooper Union in New York City, begann Anfang der Achtziger Exemplare von Norman Mailers Werken zu verunstalten und zu beschädigen und sie in Galerien auszustellen, die man hauptsächlich mit der Kunstszene des East Village assoziiert. In Interviews hat sich Duffy geweigert, irgendeine bestimmte Empfindung für Mailer einzugestehen *(wie kann man auch etwas für Mailer empfinden,* außer Entsetzen darüber, daß er auf seine eigene Frau eingestochen hat). Duffy behauptet, er habe Mailer für seine Kunst ausgewählt – die Kringel, Notate für Saxophon-Soli, Einkaufslisten, Bankauszüge, Tagebucheinträge und Auseinandersetzungen mit den Texten selbst einschließt –, weil die weniger bedeutenden Titel Mailers in modernen Antiquariaten ohne weiteres erhältlich seien. Die folgende Sammlung von Duffys Werk (im Gegensatz zu dem Mailers), die erstaunlicherweise aus dem Besitz eines Herstellungsleiters der Glock Firearms Corporation (Frank Gilman) stammt, ist ein Beispiel für die aleatorische Qualität aller herausragenden Literatur, *die Autor und Leser aufs glücklichste verbindet* und niemals vollständig ist, bis sie einen Leser findet, der das aus dem Werk machen kann, was er möchte, und es etwa dazu verwendet, seinen Vogelkäfig auszukleiden, Ekstase zu finden oder seine Träume zu artikulieren, sich seine eigene Blockhütte in den Waldregionen Westkanadas oder einen flamingoförmigen Wolkenkratzer in Cincinnati vorzustellen; man kann noch so viele vollkommene Exemplare aller möglichen Bücher sammeln, Sie und ich wissen, daß Sam-

meln lediglich Autobiographie ist. Mailer *wird* nun Tyrone Duffy; zwar mag er noch die Promenade in Brooklyn Heights frequentieren, seinen Mops spazierenführen und dabei eine Zigarre rauchen, aber Duffys Mailer verdrängt ihn. Spätnachts spürt der Autor das und erzittert. $750

16. Mailer, Norman (Duffy, Tyrone), *Harte Männer tanzen nicht.* New York: Random House, 1983. $500

17. Mailer, Norman (Duffy, Tyrone), *Frühe Abende.* Boston: Little Brown, 1983. Ich muß zugeben, daß ich Rücken bei Büchern, ihre schlichten, eleganten Zeichen der Autorität, sehr schätze. Ich mag die Vielfalt von Schutzumschlägen, ich mag die schlichten, dreifarbigen Schutzumschläge einer früheren Epoche dieses Jahrhunderts, ich mag die Typen-Schutzumschläge von Salinger, ich mag die Schutzumschläge von Gallimard und allen französischen Verlagen. Was aber die Bücher selbst angeht, liegt mir wenig daran; die meisten Bücher, die Sie auf dieser Liste sehen, habe ich nicht einmal aufgeschlagen. Sie aufzuschlagen würde den Rücken beschädigen. Doch ich habe in einer bestimmten Phase meines Lebens die ersten Seiten von *Frühe Abende* gelesen. Ich habe keine Ahnung, wie das Buch weitergeht, aber der Anfang gehört zum Schönsten, was ich je gelesen habe, und ich kann Ihnen genau sagen, wo ich mich befand, als ich diesen Anfang las; es war während meiner *Cambridge-Erfahrung,* vor der Festnahme, und ich arbeitete in dem modernen Antiquariat und teilte mir mit einem Menschen namens Reginald eine Wohnung, in die ich jeden Abend zurückkehrte, um dort *kräftig dem Alkohol zuzusprechen* und dann aufs Dach des Gebäudes (eine Art dreistöckiges Reihenhaus) zu

klettern, als wäre es das Dach der Welt. Dort las ich eines Nachts beim Licht einer Taschenlampe den Anfang von *Frühe Abende*, als unten, auf der grünen Straße, in der ich wohnte, niemand anderer als Anna Feldman vorbeikam, wie ein Gespenst aus einer Zukunft, die ich niemals erleben würde. Ich rief ihr zu: *Anna! Hey, Anna! Ich bin's, hier oben auf dem Dach! Ich bin hier oben!* War es ein Vorzeichen meines Niedergangs, daß beim Klang meiner Stimme ein unverkennbares Forthasten ihrer Schritte zu hören war? Bildete ich mir das nur ein? Oder war ich mein eigener Feind und sie bloß meine katalytische Muse? Ich warf ihr vom Dach aus das Buch nach, seine Blätter, seine Deckel gleich flatternden Flügeln, fiel es flugunfähig, sich aufspreizend, in dem kleinen Areal neben den Recycling-Tonnen meines Nachbarn zu Boden, *Wenn ich dich nicht haben kann,* schrie ich, wenn ich mich recht entsinne, *dann will ich niemanden, dann wird eben die Abwesenheit, das Zurückschrecken, mein Markenzeichen! Ich werde deiner Unnahbarkeit einen Tempel errichten! Dort werde ich dich verehren! Ich werde den Mitgliedern meiner Gemeinde exorbitante Gebühren berechnen! Ich werde einen geheimnisvollen Kult begründen! Ich werde Prediger werden!* $900

18. Moody, Rick, *Garden State: Roman.* Wainscott, NY: Pushcart Press, 1992. Seltene gebundene Ausgabe. Signiert. $325

19. Olafson, Olaf, *Um Yœghrönte då Kzœpøqubnïòõsghemen der Vhä¥çhnachtÿshesse!* Ostuni, Italien: Editore Zanare, 1921. Diese Abhandlung, wahrscheinlich Olafsons bedeutendste Leistung, mit Sicherheit aber eines der spannendsten philosophi-

schen Werke vom Anfang des zwanzigsten Jahrhunderts, datiert aus den Jahren, nachdem der Autor von Oxford direkt nach Broadmoor geschafft wurde, wo er in seinem Wahnsinn gezwungen war, sich mit der Ungewißheit, ja der völligen *Unbeweisbarkeit* der Existenz irgendeines anderen – eines geliebten Menschen, eines Elternteils, eines Haustiers, eines freundlichen Bekannten, den man im Vorbeigehen in einem Café getroffen hat, schlichtweg jedermanns – auseinanderzusetzen. Das Werk basiert natürlich auf der Hypothese eines isolierten Gehirns, die Olafson als ein dem Wahn verfallener Insasse entwickelte, der seinerzeit unter einem hysterischen Ausfall *sämtlicher Sinneswahrnehmungen* litt; weder Augen noch Ohren noch Geschmacksknospen noch Duftrezeptoren, ja nicht einmal die Oberfläche von Olafsons Haut empfingen Sinnesreize. Er war ohne Erkenntnismöglichkeit ganz auf sich selbst zurückgeworfen. Das Werk stellt somit eine Zurückweisung alles dessen dar, was wir Descartes' *Cogito ergo sum* und den Positivisten verdanken, die immer noch einen langen Schatten auf Olafson warfen, während er in England seinen Studien nachging. So tief, so kompromißlos ist Olafsons Nihilismus, daß er womöglich sogar das *Erscheinen* dieses Werkes verhindert hätte (welchen Sinn hat eine Publikation, wenn man glaubt, daß überhaupt kein Leser existiert?), wenn Hans, der Bruder des Autors, nicht gewesen wäre, der 1920 mit ihm nach Süditalien reiste, in eine Gegend, bestimmt von Olivenbäumen, dem üppigen Grünblau der Adria, *La Cittá Bianca,* den schmalen Straßen und mittelalterlichen Basiliken, den weiß gekalkten Gäßchen, die bis auf die Besetzung durch die Messapier aus dem fernen Illyrien zurückgehen (die ihre jungen Leute rituell verzehrten). In diesen schmucklosen, aber dennoch merkwürdig festlichen Straßen saß der zutiefst morose junge Hans mit seinem Bruder Olaf (sabbernd, faselnd) an einem Tisch vor einem lokalen Café und bestellte ihm *un cono di gelato pistacchio.* Daraufhin erleuchtete den Autor ein großes Licht, ähnlich dem, das Theresa in ihrer Verzückung erschienen war, und er konnte *sehen,* er konnte die aus der Basilika dringende Musik hören, da gab es Frauen in ihren Umhängetüchern, da gab es Hunde auf der Piazza, die sich ihre Flohbisse kratzten und die *turisti* um Essen anbettelten, da gab es Karren, Pferde, frische Kirschen und dieses fantastische *gelato,* und so wurde für Olafson der doppelte Diskurs aller seiner Philosophie, *Negation und Neuerschaffung,* geboren. $2500

Übersetzt von einer Göttin

20. Pizzicato, Sergio (Übers. Anna Feldman), *Illusionismus von der manieristischen Malerei bis zur Gegenwart.* Chicago: University of Chicago Press, 1991. Mit *manieristisch* bezeichnet Pizzicato natürlich die Periode *nach* den bedeutenden Gemälden der Renaissance, als das zur Routine gewordene Meisterwerk den Fresken und Bildern Platz machte, die bei aller Großartigkeit mit einemmal nicht mehr die Vollkommenheit menschlicher Vorstellungskraft, sondern vielmehr ihre Unvollkommenheiten, ihre Listen, ihre Kniffe und Finten widerzuspiegeln scheinen. Pizzicato deutet diesen Illusionismus in seinen eigenen Taschenspielertricks an, wenn er etwa Fälschungen so behandelt, als wären es Originalgemälde der betreffenden Zeit, wenn er Fußnoten zu Texten schreibt, die es gar nicht gibt, wenn er für seine Bibliographie

Quellen erfindet. An der *università* in Roma diskreditiert, wurde er, so erzählt man sich, in der Folge im Pantheon selbst von der *polizia* festgenommen, während er einer Gruppe amerikanischer Teenager zuhörte, die Madrigale sangen, während die Nachmittagssonne durch die Öffnung in der Decke hereinströmte und er aus einer Tüte Pommes frites aß, die er ein Stück weiter bei einem McDonald's gekauft hatte. Er habe, so die völlig zu Recht erhobene Beschuldigung, seinem Werk ohne Quellenangabe Zitate aus dem frühen dichterischen Schaffen von Papst Johannes Paul II. einverleibt. Nach Verbüßung seiner Haftstrafe verließ er Italien endgültig und wanderte ausgerechnet nach Irland aus, wo seine monumentale Interpretation sich kontextuell als das zu erweisen begann, was sie war, nämlich das kreativste italienische Prosawerk der Nachkriegsgeschichte. Doch das alles gehört nicht zur Sache. Wenn Pizzicato behauptet, das Illusionäre des Manierismus sei realistischer als der Realismus der Renaissance, wenn die Gaukelei – großartig, spielerisch, anzüglich, dekadent, düster – wirklicher ist als die anatomischen Studien Michelangelos, wie steht es dann mit Pizzicato selbst? Können wir wirklich sicher sein, daß es einen Pizzicato gibt? Und wenn Pizzicato selbst, sagen wir, ein Bankangestellter aus Phoenix oder ein zu Tode gelangweilter Marinekadett (auf sechsmonatiger U-Bootfahrt) oder ein Händler für seltene Bücher und Manuskripte ist, wie steht es dann mit seiner Übersetzerin? Sie beschäftigte sich, wie bereits erwähnt, schon frühzeitig mit Fälschungen präkolumbianischer Kunst, woher also das plötzliche Interesse für italienische Malerei, zumal aus der Zeit *nach* deren Niedergang? Lag es an einer Lebenskrise? War sie unglücklich, weil ein Liebster sie verlassen hatte? Hatten die Büttel von

Back Bay einen gutaussehenden jungen Bibliographen, der zu den schönsten Hoffnungen berechtigte, jäh von ihr genommen, weil sie seine fortwährenden Ständchen vor ihrem Fenster, sein rituelles Durchwühlen ihrer Mülltonne, seine Verehrung ihrer weggeworfenen Nebenkostenrechnungen und Postkarten fälschlich für eine Geistesstörung hielten? Wurde ihr möglicherweise bewußt, daß alle Ambitionen ihres Lebens nur ein aufwendiger Schwindel waren, daß kein Autor, kein Schreiberling, kein unveröffentlicher Poetaster etwas anderes ist als eine Artikulation von Gottes Hingabe an seine eigenen reichen schöpferischen Energien, also bloß ein austauschbares Symbol, ein kleiner Platzhalter? War das die Wahrheit über Sergio Pizzicato und somit über Anna Feldman selbst (und auch über mich, wenn wir konsistent sein wollen)? Pizzicatos Widmung in einer englischen Übersetzung kann demzufolge nicht authentisch sein. Ich zeichne das Buch dennoch so aus, als wäre sie echt: *Pizzicato, hic et nunc, 4.1.1992.*

$1500

21. Straw, Syd (Harris, Susan), *Die John-Cage-Story.* New York: De Capo, 1999. Erster Roman der Singer/Songwriterin und früheren Leadsängerin der Golden Palominos aus NYC. Keineswegs eine Geschichte über John Cage, den Komponisten, im konventionellen Sinne, sondern vielmehr die Geschichte der dreizehn Monate, in denen sich Straw um ihren kranken Vater (den Sänger und Tänzer Jack Straw) kümmerte, der schließlich seiner Krebserkrankung erlag. Worauf ist im Fluß des Kummers Verlaß? Auf nichts, und dennoch lassen das Zwitschern der Vögel, das Klangspiel auf der eingeschneiten Veranda, das Geräusch eines leckenden Wasserhahns im Keller, die

Notate ihrer wortlosen Gesänge am Krankenbett ihres Vaters an die ungewollte Schönheit denken, die für Cages Werk so wesentlich war. Diejenigen von uns, die ihre Eltern mittlerweile überlebt haben, erhalten hier ein lohnendes Angebot zu einem attraktiven Preis. Das Leseexemplar trägt, in einer faszinierenden Verbindung, eine Widmung für Amy Hempel, Autorin von Kurzgeschichten und Verfasserin der einflußreichen Werke *Gründe zum Leben* und *Nach Hause fallen: Danke für die Woche am Strand, du bist mein Vorbild, herzlich Syd.* $350

Von Jerome David Salinger

22. Salinger, J.D., *Das Diamanten-Sutra: Ein Kochbuch.* Unveröffentlichtes Manuskript, getippt auf einer Royal, von Ende der sechziger oder Anfang der siebziger Jahre. Abgezogen, nicht photokopiert. Erwähnt die Familie Glass mit keinem Wort, meditiert jedoch ausgiebig über Vegetarismus, Taoismus, Baseball und die elektrische Periode von Miles Davis. Enthält einige klagende Antikriegsgedichte, die recht bewegend sind. Vom Autor einem Freund mit Namen *Tom* gewidmet und als solches eine Rarität. $30 000

23. Vidal, Gore, *Diagnose des Sammlers.* Providence: Burning Deck, 1983. Der Titel spielt auf die Pathologie des Sammelns an, und zwar nicht nur auf die Pathologie der Büchersammler – zweifellos die schwerste Störung dieses Typs –, sondern auch auf Hamsterer von Antiquitäten, Miniaturen, Keramikbären, *Star-Wars*-Utensilien, Kiss-Actionfiguren, alten Videospielen, *Gidget*-Romanen, Jell-O-Formen, LPs progressiver Rockbands der Siebziger, Klei-

dungsstücken, die Elvis Presley getragen hat, usw. Vidal, unter anderem Verfasser des Meisterwerks *Myra Breckinridge,* bestimmt die Sammelleidenschaft zutreffend als *Pathologie des Amourösen in einer kapitalistischen Ökonomie;* wenn Gespräche sich als armseliger Ersatz zu entpuppen beginnen, sind es Dinge, die uns glücklich machen. Ich liebte Worte, als weit und breit keine Menschen da waren, und nachdem ich einmal Geschmack daran gefunden hatte, an allem, was Worte in meinem Schädel evozierten – eine Fülle imaginärer Tröstungen –, empfand ich die Welt mit ihren Menschen nurmehr als billigen Ersatz, Anna Feldman mit dem blonden Bubikopf hat mittlerweile Nachwuchs, der ihr bestimmt gerade am Strand von Nantucket hinterherzuckelt, wo diese Woche die Sonne scheint und ihr Regenpfeifer um die Füße hüpfen. Die kleine Dee Dee und Marie und Liza, jede mit einem Stock in der Hand, um den sich ein Algenstrang windet; jede malt Herzen in den Sand, schreibt Namen; bin ich der Böse aus irgendeinem Video, das Anna im Wohnzimmer einschiebt, damit sie ihren Mann, den Steueranwalt, küssen kann, ehe sie sich in die Garage begibt, um mit dem Handy ihren Liebhaber anzurufen, ihren Liebhaber, den sie nur in Motels, Hotels und in ihrer Phantasie je besitzen wird; wer hat sich wen vorgestellt, Anna oder ihr Sammler, und aus welchem Buch haben sie die Idee? $350

24. Wittgenstein, Ludwig, *Kodierte Bemerkungen: 1919–1920.* Nicht sosehr ein Manuskript, als vielmehr eine Reihe von Bemerkungen, geschrieben in einem simplen Kode, den der Autor gelegentlich auch in seinen zahlreichen Tagebüchern verwendet (a=z, b=y usw.). Manchmal befaßt sich dieses kryptographisch wiedergegebene Manuskript mit philosophischen Fra-

gen, manchmal nicht. Die Bedeutung der hier geschilderten Periode liegt jedoch darin, daß sie Wittgensteins *verlorenes Jahrzehnt* umfaßt, in dem er im wesentlichen an einer Volksschule in Österreich unterrichtet. (Später vertrieb ihn der *Anschluß* aus seinem Heimatland.) Die in diesen Blättern enthaltenen kodierten Bemerkungen beschäftigen sich freilich am häufigsten mit Wittgensteins Phantasien über Angehörige der Arbeiterklasse, die *engelhaften und brutalen Jungen,* die in einem nahe gelegenen Park hausten und auf Frauenfang von Gehölz zu Wiese schlichen; immerhin aber sind die teils sehr ausführlichen Bemerkungen über diese Jungen durchsetzt mit peinlich genauen, unnachgiebigen Wahrheiten über Wittgensteins Alltagsleben nach dem Ersten Weltkrieg. *Seezunge gegessen. Verblüfft über die fortdauernden Manifestationen des Sinnlichen in mir selbst. Daß der Löwe sprechen müßte, steht keineswegs fest, obwohl er eine Zunge besitzt.* Die Kommentatoren liegen sich, wie bei Kommentatoren üblich, darüber in den Haaren, ob die Jungen im Park für Wittgenstein tatsächlich im fleischlichen Sinne existierten, ob er sie besaß, sie kannte, sie häufig sah oder ob er sie bloß gelegentlich beobachtet hatte, einen in seinen Augen sündigen Zwang imaginierte und sich somit dem hingab, was er sich am schwersten eingestehen konnte, nämlich dem Bedürfnis nach der physischen Artikulation einer Liebe, die er sehr stark empfand. *Falls mein Körper über die verbotene Grenze eines Gesträuchs hinweg die vollkommenen runden Töne eines Oratoriums singt, ist sein Schrei dann nicht zwangsläufig unvermeidlich?* Natürlich gibt es hier Parallelen, und zwar nicht nur insofern, als Anna Feldman jüdischer Herkunft ist, sich einigermaßen integrierte, einen Nichtjuden heiratete und damit, sei es absichtlich oder zufällig, ihre Blutlinie verwischte. Überdies habe ich bereits die Möglichkeit angedeutet, daß ihr Bibliograph Art und Häufigkeit seiner Kontakte mit Anna übertrieben hat, weil sich seine Erfahrungen mit dem beglückenden Chaos des *intrapsychischen libidinösen Austauschs* wie bei Wittgenstein auf ein paar bedeutungslose Kopulationen beschränken, nach denen er sich plötzlich allein wiederfand. Demzufolge besitzt diese Sammlung von Exzerpten, die dem berühmten *verlorenen Jahrzehnt* von Ludwig Wittgenstein entrissen sind, eine mystische Ebene, und dies auch in der Widmung, die sich in Wittgensteins eleganter, aber etwas überladener Kursivschrift auf der Titelseite findet. Habe ich die Worte richtig entziffert? Vielleicht lauten sie: *Allen Freunden, die sich um mein vollständiges und umfassendes Geständnis bemühen wollen, vermache ich hiermit den Beweis meiner Zerrüttung.* Als ich sie meinem Freund Don, dem U.P.S.-Auslieferungsfahrer, zeigte, der gelegentlich vorbeikommt, interpretierte er sie wie folgt: *Allen Feinden, die sich in verständlichem und unmäßigem Gekränktsein tummeln, vermassle ich hiermit den Beweis meiner Zermürbung.* Wir diskutierten heftig darüber. Ich sagte Don, daß seine High-School-Ausbildung ihn nicht zur Handschriftenanalyse qualifiziere. Dann unterschrieb ich für die Päckchen, die er gebracht hatte. Das letzte Wort zur Interpretation überlasse ich mir, sofern nicht irgendein Institut bereit ist, den absurden Preis zu bezahlen, den ich unten angegeben habe. Wittgensteins Widmung lautet weder *Allen Freunden,* noch lautet sie *Allen Feinden.* In Wirklichkeit lautet sie, wie Sie vermutlich schon erraten haben: *Anna Feldman – die sich um mein vollständiges und umfassendes Geständnis bemühen soll – vermache ich den Preis meiner Zuneigung.* Natürlich ist sie anachronistisch, diese Zueignung, es sei denn, Anna ist eine *Bedingung des Universums,* eine Bedingung aller Sprache, eine Bedingung der Nacht in Springfield, MA, es sei denn, Anna ist nur ein Aspekt der Sehnsucht, der Sehnsucht, die ich immer verspürt habe, und daher eine Widmung in allen jemals produzierten Büchern. Wie sie mir fehlt. $100 000

Dämonologie

Sie kamen zu zweit und zu dritt, gekleidet in die modischen Disney-Kostüme dieses Jahres, König der Löwen, Pocahontas, Die Schöne und das Biest, oder in den Kostümen von Fernseh-Superhelden, proteisch, formverändernd, so herausgeputzt, zu zweit und zu dritt, beklagten sie sich, daß es unter den Masken zu heiß sei, *Hey, ich schwitze wie verrückt!*, schleppten diese orangefarbenen Plastikeimer, feilschten, tauschten miteinander, *Gibst du mir deine Smarties?*, während ihre Eltern hinterhertrotteten, gefolgt von Erwachsenen, Erwachsenen, die sich über die Schulen kabbelten oder über Filme, über Lokalsport, über ihre Ehen, über die Probleme langjähriger Ehen, während Kinder die nächste Auffahrt hochrannten, Kinder, verkleidet als Dämonen, Superhelden, Dinos oder Reklamefiguren unserer multinationalen Unterhaltungsanbieter, so schlugen sie auf der Suche nach Süßigkeiten die ruhelosen Seelen der Toten zurück.

Sie kamen in Schüben von Fruchtbarkeit, die Kinder meiner Schwester, als das Trinken in Bars, das Rauchen von selbstangebautem Dope, das Von-einem-Bett-ins-andere-Hüpfen ihren Glanz verloren hatten; sie kamen mit schrillen Schreien und Forderungen – kleinen Hämmern, sagte sie, anstelle von Fäusten – *Füttere mich! Wickle mich! Beachte mich!* Nun war es Halloween, und die Mütter der Stadt, darunter auch meine Schwester, zuckelten ihren Kindern nach, warnten sie vor nicht vollständig eingepackten Sachen, *Gib mir das bitte, du magst doch sowieso keine Äpfel*, lachten über die in ihren unförmigen Kostümen dahinwackelnden Kinder – mein Neffe zog, als Hai verkleidet, einen wie von Schimmel befallenen, grauen Schwanz hinter sich her. Was für ein Hai eigentlich? Ein großer weißer? Ein blauer? Ein Tigerhai? Ein Hammerhai? Ein Eishai?

Sie machte Fotos von verkleideten Bengeln, meine Schwester, so wie sie immer Bilder machte, z.B. mein Neffe an seinem ersten Geburtstag (vor sechs Jahren), das Gesicht von Kuchen und Eis verschmiert, dazu ein Dutzend Verwandte, die ihm abwechselnd aus einem nagelneuen, plastikbeschichteten Buch über einen Schleppkahn vorzulesen versuchten. *Tut, tut!* Sein verzweifeltes, klägliches Gesicht auf dem Foto völlig konträr zu unserer Begeisterung. Der erste Neffe! Das erste Enkelkind! Er versuchte, sich den Kuchen in den Mund zu stopfen. Oder: ein späteres Foto von meiner Nichte (seiner Schwester), wie sie versuchte, meinen Neffen aus dem Bild zu schubsen – vor einem Hintergrund von Herbstlaub; oder ein Foto von meinem Bruder in einer gelben, türkisch gemusterten Double-Knit-Hose meines Vaters (mit leicht ausgestellten Aufschlägen), fünfundzwanzig Jahre nach der Blütezeit dieser Mode; oder mein Vater und meine Stiefmutter auf ihrem Motorboot, ruhig und glücklich, das aufgewühlte Kielwasser hinter sich; oder die virtuosen *Hundefotos* meiner Schwester – Moms nicht zu bändigender Golden Retriever, wie er auf einem zu hohen Rasen einem Tennisball nachjagt, oder der Setter meines Vaters am Strand, an der Schnauze ein beschlagenes Glas Löwenbräu. Fünfzehn oder zwanzig Fotoalben auf den Regalen im Wohnzimmer meiner Schwester, ein ganzes Sortiment von Leder- und Kunstledersorten, ohne bestimmte Ordnung, und ebenso viele Fotos schwirrten lose im Keller herum, aussortierte Bilder und Ordner mit Negativen in ihren Plastikhüllen.

Sie trank den *Demon Rum,* und sie brachte es mir bei, als wir noch Kinder waren; sie brachte mir das Trinken bei. Wir klauten Alkohol, oder wir brachten Leute dazu, uns welchen zu klauen; wir brachten volljährige Taugenichtse dazu, sich in die urwüchsigen Schnapsläden der Vorstadt zu wagen. Später trank ich Bourbon. Mein Bruder trank Bier. Mein Vater trank Single Malt Scotch. Meine Großmutter trank Anderthalbliterflaschen und wurde dann krank. Mein Großvater trank die rarsten Sorten. Der Exmann meiner Schwester trank preiswertere Nachahmungen. Mein Bruder trank, bis eine Frau ihn aus dem Haus meiner Mutter lockte. Ich trank, bis ich Angst davor hatte, vor die Tür zu gehen. Mein Onkel trank bis ins letzte Jahr seines Lebens. Und ich trug einmal meine ohnmächtige Schwester aus einer Bar – sie murmelte vor sich hin, summte Melodien, zumeist unbewußt. Ich faßte sie unter den Armen; Peter Hunter faßte sie an den Beinen. Sie schlief den ganzen nächsten Tag. An Halloween trank meine Schwester einen einzigen Gin Tonic, ehe sie mit den Kindern loszog, ehe sie zwischen den Eigentumswohnungen von Kensington Court herumspazierte, von einem Mehrfamilienhaus zum nächsten schlenderte, bis der Haifischschwanz meines Neffen von den frisch gemähten Rasen der gemeinschaftlich genutzten Flächen voller Grasflecken war. Dann fuhr sie ihre Kinder quer durch die Stadt zum Haus ihres Exmannes und entließ sie in seine Obhut, und dort gingen sie neben einem Bach, unter den Sternen, an leeren Grundstücken entlang.

Als sie, vom Jeep ihres Vaters ausgespien, nach Hause kamen, diese Monster, gab es zwischen Junge und Mädchen Streit darüber, was (in der aristotelischen Hierarchie) besser war, Milky Way, Whoppers, Slim Jim, Mike'n Ikes, Sweet Tarts oder Pez – nachdem man die

Beute (auf dem Bett meiner Nichte) gezählt, gewogen und inventarisiert hatte. Welcher Pez-Spender besaß den größten Wert? Ein Hanna-Barbera-Pez-Spender? Oder, beispielsweise, ein dämonischer *Totempfahl-Pez-Spender?* Und nach diesem Streit, bei dem meine Schwester müde den Schiedsrichter machte *(Hör zu, wenn er die Smarties aufheben will, kannst du ihn nicht zum Tauschen zwingen!)*, schliefen sie alle, und dieser Teil ist Alltag, meine Schwester war todmüde; sie schlief den Schlaf der Belagerten, der Überarbeiteten, sie fiel jäh in Wirbel des Unbewußten, von denen man keinen Schnappschuß machen kann.

Auf einem Foto trägt meine Schwester ein Superman-Kostüm. Das bezieht sich auf ein früheres Halloween. Eigentlich glaube ich, es war ein *Supermom*-Kostüm, weil es ihr schlechte Scherze seit jeher angetan hatten, abgeschmackte Scherze, Dinge, die andere Menschen albern finden würden. (Sie pflegte einen Scherz so lange zu wiederholen, bis er vollkommen geistlos und nur in seiner Furchtbarkeit noch komisch war.) Scherze mit dem Schwung der Sentimentalität. Auf diesem Bild jedenfalls wallt ihr – mit den üblichen Verfahren um ein paar Töne aufgehelltes – blondes Haar zerzaust und ungebändigt auf ihre Schultern herab. *Supermom.* Und ihr Gesicht ist skeptisch, als schlüpfe sie zwar in die Rolle der *Supermom* – ziehe die Kinder groß, nimm Lohnsklaverei hin, werde alt und zufrieden –, finde sie zugleich aber doof.

Ohne Kaffee zu nichts zu gebrauchen. Morgens zu nichts zu gebrauchen. Bis zur zweiten Tasse zu nichts zu gebrauchen. Ohne frisch gemahlenen Brühmann zu nichts gebrauchen, weil mein Vater trotz dessen geringeren Prestiges auf *Instantkaffee* bestand. Aber keine Chance. Nicht bei meiner Schwester. Im Haus meines

Vaters, wo sie sich im Sommer aufhielt, pflegte sie, während sie zu den Küchenfenstern hinausstarrte, der Fläche von Fenstern, die auf die Wiese hinausgingen, spöttisch *Instantkaffee!* zu brummeln. Auf der Wiese weideten Pferde, gleich hinter den Bäumen lag der Ozean, das Geräusch der Brandung und *Instantkaffee!* Am Morgen nach Halloween also, wie von einem schönen Traum umkreist von meinem Neffen, dem Hai (der die Gelegenheit ergriff, sie daran zu erinnern, daß er seine Halloween-Süßigkeiten letztes Jahr *bis Ostern aufgehoben habe, Mommy*), und meiner Nichte, der kleinen Meerjungfrau. Meine Schwester machte den Kaffee mit der elektrischen Kaffeemühle und der Kaffeemaschine, hinter ihr im Ausguß stapelte sich das Geschirr und ins Gesicht starrte ihr der Wandkalender mit seinen hundert dringenden Terminen, z.B. *Schöffendienst* (kommenden Montag) und *R & A zum Kinderarzt*; die Kinder quirlten durch die Küche, wollten wissen, wer den Rest der Lucky Charms gekriegt habe, wer sich mit den Kix begnügen müsse. Meine Schwester, die kaum die Augen aufkriegte.

Jetzt das Porträt ihres Katers Pointdexter, zwölf Jahre alt – er schlief auf meinem Gesicht, als ich sie 1984 besuchte –, Pointdexter mit dem Gehirntumor, Pointdexter mit der Phenobarbitalsucht. An jenem Morgen – Allerheiligen – stand er vollkommen reglos vor seiner leeren Schale. Sein Bedürfnis war klar. Seine Würde ungeheuer. Na ja, abgesehen von den Anfällen. Pointdexter hatte diese Anfälle. Er war besessen. Er war ein Dämon. Er pflegte von den Wänden abzuprallen, mit Schaum vor dem Mund *Dampf aufzubauen*, geradewegs auf die Wand zuzuflitzen, dagegenzuknallen, die Geister abzuschütteln und wieder von vorn anzufangen. Sein Gekreisch war unheimlich. Phenobarbital wurde verschrieben. Meine

Schwester gab ihm das Medikament vorbeugend, vor jeder anderen Arbeit im Haushalt, vor jeder diplomatischen Initiative in Sachen Frühstücksflockenverteilung. *Moment noch, ihr beiden, gleich kümmere ich mich um euch.* Dem Kater sein Medikament geben, ihm das Mickey Finn in das Diätfutter mischen, die Kinder versorgen, dann mit einem Wangenküßchen für ihren Freund (der verschlafen die Treppe heruntergewankt kam) zur Tür hinaus.

Sie machte Abzüge von Schnappschüssen. In diesem Fotolabor. Sie hatte jahrelang Fotoapparate (mnemonische Geräte) verkauft, dann hatte man sie ins Labor weggelobt. Einmal verkaufte sie Pete Townshend, dem Musiker, einen Fotoapparat. Sie sagte ihm – auf ihre zugleich beiläufige und aufmüpfige Art –, sie möge The Who eigentlich nicht. Später pflegte sie von ihrer Arbeit im Labor *Bilder anderer Leute* mitzubringen, z.B. einen Umschlag mit Fotos des Papstes. War sie im Giants Stadium gewesen, um mit ihrem Teleobjektiv Johannes Paul II. zu fotografieren? Nein, sie hatte einfach, sagen wir, Agnes Venditis oder Joey Muellers Fotos noch einmal abgezogen. *Caveat emptor.* Was mochte sie sonst noch geklaut haben? Diese Jerry-Garcia-Bilder von dem Konzert kurz vor seinem Tod? Garcias Augen fest zusammengekniffen, während er mit seiner tieftraurigen, erschöpften Stimme sang? Oder: irgend jemandes Reise in die Karibik oder zur Liberty Bell in Philly? Oder: die privaten Liebesdokumentationen ihres Nachbarn? Wer weiß? Während der Arbeit hängte sie sich ans Telefon und quatschte, rief ihre Freunde an, rief meine Familie an, machte beim Quatschen Abzüge, ein Streifen Negative, Erinnerungen, nach dem anderen. Ach ja, und um Halloween herum arbeitete sie im Labor mit einigen neuen, exotischen Chemikalien. Sie bekam fürchterliche Kopfschmerzen.

Dem Kirchenkalender schenkte meine Schwester keine große Aufmerksamkeit. Zuviel zu tun. Zuviel zu tun, um sich auf Theologien zu konzentrieren, zuviel zu tun, um zum Arzt zu gehen, zuviel zu tun, um sich um ihre Finanzen, ihre Kreditkartenschulden etc. zu kümmern. Zuviel zu tun. (Und vielleicht auch zuviel Angst davor.) Sie war sich über den Tag im unklaren, der Gottes ehrfurchtgebietendem Tabernakel vorbehalten war, war sich im unklaren über das Fest für die dahingegangenen Gläubigen, wußte nichts über die Kirche im Mittelalter, wußte nichts über die Besonderheiten des druidischen Rituals von Halloween – das war ein Anlaß zum Geschenkemachen, ein Marketingereignis – oder wie als Alternative zu Halloween der Tag Allerheiligen entstanden war. Bekundungen von Verlust beschäftigten sie weder allzusehr, noch schenkte sie ihnen groß Beachtung, und es interessierte sie auch nicht, daß das betreffende Fest im Kirchenkalender in zwei gesonderte Feiertage aufgeteilt war, einen für die Heiligen, *jenen Haufen Zeugen,* einen für die lieben Dahingegangenen, die normalen Gläubigen. Sie wußte nichts von irgendwelchen Bindungen zwischen diesen Kreisen, wußte beispielsweise nicht, daß laut der Abendlesung aus der Offenbarung Gott *alle Tränen von unseren Augen abwaschen und es keinen Tod mehr geben würde.* Mit diesem ganzen akademischen Kram hatte sie nichts am Hut, obwohl sie im Kirchenchor sang und obwohl an Allerheiligen zufällig einer aus dem Kirchenchor in das Fotogeschäft kam, bloß um hallo zu sagen, eine Art Engel (sagen wir mal), und sie meinte: *Hey, Bob, weißt du was, ich habe dich nie gefragt, was du beruflich machst.*

Worauf Bob erwiderte: *Ich bin Designer.*

Meine Schwester: *Was designst du denn?*

Bob: *Stahlwolle.*

Sie glaubte ihm.

Sie war ganz klein. Sie füllte kaum ihre Kleider. Knapp über eins fünfzig. Winzige Hände und Füße. Hier ist ein Foto von der Hochzeit meines Bruders (zwei Wochen vor Halloween); wir tanzten auf der Tanzfläche, sie und ich. Manchmal hatte sie Lust auf *Pogo.* Das tanzten wir am liebsten, wenn wir miteinander tanzten. Wir sorgten für ein Chaos auf der Tanzfläche. Verschreckten Leute. Wir waren Dämonen von Tanz, Lärm und Erregung. Und so hievte ich sie mir bei der Hochzeit meines Bruders auf die Schulter, und sie war so leicht, genau wie ich es von vor Jahren in Erinnerung hatte, zwanzig Tanzjahren, immer noch winzig, und ich hatte Lust, sie gleichsam auf der Menge surfen zu lassen, sie auf erhobenen Händen über die Köpfe reichen zu lassen, ich wollte sie älteren Paaren aufnötigen, Herren im Kummerbund, alten Burschen mit Tennisellbogen oder Arthritis, mit geplatzten Äderchen in roten Gesichtern; sie würden lächeln, meine Schwester weiterreichen, ans Mikrophon, wo die Hochzeitsband spielte und sie plötzlich zu singen anfangen würde, irgendein versöhnliches Lied, begleitet von der Hochzeitsband, und es würden Standfotos von diesem Moment gemacht, aufzuckende Blitzlichter, ein Spot auf ihrem Gesicht, ein klein wenig Hall auf ihrem Mikrophon, sie würde lächeln, sich konzentrieren und singen. Leider war die Situation um uns herum, auf der Tanzfläche, komplizierter. Ihrem Freund stand eine Operation am Rücken bevor. Er durfte nichts Schweres heben. Und mein Neffe war zu klein, um sie hochzuhalten. Und mein Bruder war mit seinen Pflichten als Bräutigam beschäftigt. Also wirbelte ich sie statt dessen einmal herum und setzte sie ab. Wir lachten, außer Atem.

An Allerheiligen aß sie mit Bob, dem engelhaften Designer von Stahlwolle (vielleicht war er in sie verknallt), oder mit den jüngeren Typen aus dem Labor zu Mittag (weil sie ein freier Geist mittleren Alters war), und dann machte sie weiter Abzüge von Columbus-Day-Umzügen durch Jersey oder von anderer Leute Kinder im Pocahontas- oder König-der-Löwen-Kostüm, und um halb sechs machte sie sich auf den Heimweg, eine Dreiviertelstunde Fahrt auf zweispurigen Straßen. Sie kannte jede Kurve. Hier das Foto in der Lokalzeitung, das es nie gab: meine Schwester zusammengesunken über dem Steuer ihres Plymouth Saturn, nachdem sie frontal ein Stück Rotwild gerammt hat. Überall an diesen Straßen lagen die Tiere auf dem Rücken, die Bäuche aufgeschlitzt, von Krähen und Habichten angefallen, und meine Schwester muß auf dem Heimweg von der Arbeit oder auf dem Heimweg von einer Bar so manches Mal eine ganze Herde von ihnen gestreift, sie knapp verfehlt haben, wenn sie, völlig hilflos, auf dem Seitenstreifen der gewundenen Nebenstraßen im Scheinwerferstrahl ihres Wagens erstarrten.

Ihr Junge lebt von Luft. Verschmäht Essen. Meine Nichte dagegen ißt nur Süßigkeiten. Bis zur Essenszeit hatten sie sich vermutlich aus dem orangefarbenen Plastikeimer mit den Three Musketeers, den Cadburys, Hot Tamales, Kit Kats, Jujifruits, Baby Ruths, Bubble Yum bedient – jedenfalls meine Nichte. Sie hatten darauf bestanden, eine Kostprobe ihrer Beute in die Schule und danach in ihren Spielkreis mitzunehmen. Keiner von ihnen wollte etwas essen; schon den Gedanken an Abendessen empfanden sie als Zumutung, und so bot meine Schwester statt dessen an, mit ihnen in das *McDonaldLand-Spielparadies* an der Hauptstraße in Hackettstown zu gehen, wo sie ihnen ein Happy Meal oder, gleichwertig, einen Hamburger mit *haltbarem amerikanischem Käse* spendieren und nachträglich noch darauf bestehen würde, daß jeder ein bißchen Salat von der nagelneuen Salatbar bei McDonald's probierte. Damit die Kinder den Salat akzeptierten, mußte sie ein Geschäft mit ihnen machen. Sie schlug jeweils sechs Bissen Salat vor und erklärte, weniger komme nicht in Frage, ließ sich dann aber auf zwei Bissen herunterhandeln. Sie aßen zunächst drinnen, die drei, und gingen dann hinaus auf den Spielplatz, wo es Rutschen und Klettergerüste in der roten und gelben Farbe von Ray Krocs Imperium gab. Meine Schwester machte die übliche Konversation: *Wie ist es den anderen Kindern an Halloween ergangen? Wie war's in der Schule?* Und dachte an ihren frisch am Rücken operierten Freund, der morgens die Treppe heruntergehumpelt war, um ihr einen Kuß zu geben, und dann dachte sie an *Rechnungen, Rechnungen, Rechnungen,* während sie meine Nichte am Fuß einer Rutsche auffing. Es war Zeit, singen zu gehen. Zu Hause um neun.

Meine Schwester, wie sie Gitarre spielte, Ende der Sechziger, das Haar zu Zöpfen geflochten; sie spielte das Instrument vor allen anderen in meiner Familie, hangelte sich durch die Akkorde, »House of the Rising Sun« oder »Blackbird« auf der klassischen Gitarre, beschränkt auf die offenen Akkorde der Gitarren-Tabulatur. Ich kam nie auf den Gedanken, mich zu fragen, welche Instrumente in den AM-Songs der damaligen Zeit eigentlich erklangen (die Beatles mit ihren Sitars und Kornetten, Brian Wilson mit seinem Theremin), bis meine Schwester anfing, Gitarre zu spielen. (Wir sangen alle – wir sangen und tanzten immer im Wohnzimmer, als meine Eltern noch miteinander verheiratet waren, besonders zu »Abbey Road« und »Bridge Over Troubled Water«.) Und als sie sich scheiden ließ, hing sie immer in dieser Bar herum, wo es Live-Musik gab, dieser Bar in Jersey, und dann fing sie an, bei einer örtlichen Plattenfirma herumzuhängen, einem unabhängigen Label, und dann fing sie an, *eine Band zu managen* (zusätzlich zu allem anderen), und dann fing sie wieder zu singen an. Sie trat dem Chor der St. James Church von Hackettstown bei, und sie fing zu singen an, und nach dem Singen fing sie zu beten an – Gebet und Lied waren, denke ich, Formen desselben Flehens.

Ich weiß nicht, was für Lieder sie in der Chorprobe probten, aber Bob war da, außerdem Donna, Frank, Eileen und Tim (ich erfinde die Namen), und ich weiß, daß der Chor gefällig und innig, wenn auch vielleicht ein wenig falsch sang. Es war einer jener Charles-Ives-Kleinstadtchöre, der nicht immer den Ton hält und manchmal den Einsatz verpaßt. Aber das Proben machte ihnen Spaß, während die Kinder, halbherzig von jemandem beaufsichtigt (fünf von den Lausern waren insgesamt da), zwischen den Bänken herumtollten, frevelhafterweise darauf herumkletterten, den Mittelgang entlang- bis zum Altar und wieder zurückflitzten, und nachdem die letzten Noten die Chorempore durchhallt hatten, zog meine Schwester ihr Fazit der Veranstaltung, *Total cool! Total cool!*, und damit beginnt der unerträgliche Teil dieser Geschichte – mit Freude, Begeisterung und dem Innenraum einer Kirche. Meine Schwester und ihre Kinder fuhren von der St. James Church nach Hause, zu dem Block mit ihrer Eigentumswohnung, diese malerische Strecke, Hackettstown wie auf einer Ansichtskarte vom Herbst, der Park mit seinen Bächen, Teichen und beleuchteten Spazierwegen, Laub im Licht der Straßenlaternen, im Licht der Scheinwerfer, Laub, drei bis vier Tage, nachdem es seine prächtigste Farbe entfaltet hatte, das Rascheln von Laub im Wind, der Baukran in der Nähe ihrer Wohnung (man riß dort die Straße auf), der über einer Gabelung der Straße schwankende Kran, nach den Fast-Food-Depots eine Abzweigung nach links, dann auf ihre Stellfläche vor dem Haus.

Die Veranda neben der Eingangstür mit den Halloween-Kürbissen: ein Katzengesicht, komplett mit Bart, ein Clown, eine Kürbislaterne. Meine Schwester machte die Eingangstür ihrer Wohnung hinter sich zu. Schloß ab. Ihre Tochter erinnerte sie daran, die Kerzen in den Kürbissen anzuzünden. Gleich hinter der Eingangstür, auf der ersten Stufe, wartete Pointdexter.

Ihre Schlüssel auf den Küchentisch. Ihren Mantel in den Schrank. Sie schickte die Kinder nach oben, damit sie sich ihre Schlafanzüge anzogen. Sie rief nach ihrem Freund, der oben im Bett lag und ein Sachbuch mit dem Titel *Was machst du im Bett, du fauler Sack!* las, dann, nachdem sie den Anrufbeantworter abgehört und sich die Post angesehen hatte, trottete sie nach oben ins Zimmer meiner Nichte, um ihr einen Gutenachtkuß zu geben. Koseworte fielen zwischen ihnen. Meine Schwester liebte ihre Kinder über alles, und das trotz all der Arbeit und der Einschränkungen und obwohl meine Nichte als schwierig galt und mein Neffe einen zuweilen diabolischen Scharfsinn an den Tag legte. Sie liebte sie. Es fielen daher ausführliche und sich wiederholende Koseworte, wie sie auch bei meinem Neffen gefallen wären. Und meine Schwester küßte ihre Tochter mehrfach, denn meine Nichte ist ein kleiner, schelmischer Rotschopf, und es fällt schwer, sie nicht zu küssen. *Hör zu, es ist schon spät, deswegen kann ich dir heute nicht mehr vorlesen, okay?* Meine Nichte protestierte noch eine Zeitlang, dann ordnete meine Schwester die Stofftiere um meine Nichte herum (einfach um des Ordnens willen), klopfte ein Daunenkissen auf, vergewisserte sich, daß das Nachtlicht (zum Einstecken, geformt wie ein Gespenst) eingeschaltet war, und hielt auf dem Weg zur Tür hinaus einen Moment inne. Und blickte zurück. Das häusliche Tableau war das letzte, was sie betrachtete. Vielleicht überlegte sie sich auch Koseworte für meinen

Neffen. Vielleicht blickte sie auch gar nicht auf meine Nichte zurück. Vielleicht ging sie auch schon in dem nun folgenden Sturm unter.

Aus heiterem Himmel. Ganz plötzlich. Mit einemmal. Übergangslos. Schlagartig. Knall auf Fall. Im Nu. *In einem einzigen Augenblick.* Bildliche Sprache ist der Aufgabe nicht gewachsen. Die Beine meiner Schwester gaben nach, und sie fiel vornüber gegen den Schreibtisch meiner Nichte neben der Tür, verschob dabei einen Stapel Spielzeug und Puppen (eine Barbie-Puppe in Abendkleidung, eine bewegliche Tinkerbell-Puppe), stieß gegen den Schreibtisch, fegte, was auf der Platte lag, im Fallen mit sich herunter, ein schwerer Sturz, bei dem ihr Kopf neben der Tür zu liegen kam. Meine Nichte fuhr erschrocken aus dem Bett.

Noch mehr Fotos: meine Schwester, mein Bruder und ich, *alle noch unter zehn,* in zueinander passender oder einigermaßen zueinander passender Kluft (unsere Kleidung hatte etwas Marinemäßiges), wie wir mit dem Basset meiner Tante spielten – meine Schwester mit spitzbübischem Grinsen; oder: meine Schwester, mein Vater, mein Bruder und ich im Karmann-Ghia meines Vaters, kurz bevor sie ihn auf der Geraden auf Fisher's Island zu Schrott fuhr (sie sei, behauptete sie, *auf Streusalz oder irgend etwas Rutschigem* ins Schleudern gekommen); oder: meine Schwester, wie sie mit ihrer neugeborenen Tochter im Schoß auf dem Boden ihres Wohnzimmers saß – Mutter und Tochter mit der gleichen verwirrten Gereiztheit.

Meine Schwester verfiel in Krämpfe.
Der Knall, mit dem sie hinfiel, war natürlich so laut, daß er ihren Freund aus dem Zimmer nebenan scheuchte. Er

kam rasch aus dem Bett. (Trotz körperlicher Schmerzen aufgrund seiner noch nicht lange zurückliegenden Operation.) Ich stelle mir vor, daß ihm eine Sekunde lang andere Möglichkeiten einfielen – Jux, Streit, Unfall, irgend etwas –, daß ihm aber rasch das Schlimmste am wahrscheinlichsten erschien. Irgendwie weiß man dergleichen. Man weiß bei sämtlichen Anrufen mitten in der Nacht sofort, worum es dabei geht. Er kam aus dem Bett. Und meine Nichte rief nach ihrem Bruder, meinem Neffen, nebenan. Sie rief den Namen meines Neffen, klagend, als wäre es eine Frage.

Die Hände meiner Schwester ballten sich zu Fäusten. Ihre Fersen trommelten auf den Teppichboden. Ihre Muskeln glichen Schiffstauen, die straff an Klampen sitzen. Ihre Kiefer zusammengepreßt. Ihr Herz in verzweifeltem Rasen. Fibrillierend. Es war ein ganz gewöhnlicher Anfall, sie war in dieser Phase – vielleicht sogar durchweg – bewußtlos, weil der Blutfluß zum Gehirn eingeschränkt war und wegen der Fibrillation, wegen ihres Herzleidens; das heißt, der *Mitralklappenprolaps* meiner Schwester – technisches Merkmal ihres *gebrochenen Herzens* – führte hier zu einer Arythmie, und nun spätestens begann sie innerlich zu bluten. Ihr Sohn stand im Schlafanzug in der Tür und trat von einem Fuß auf den anderen (im Flur zog es). Ihr Tochter kniete mit weit aufgerissenen Augen am Fußende des Bettes, und der Freund meiner Schwester sah zu, wie meine arme Schwester zuckte, und er hielt ihr den Kopf, dann überlegte er es sich anders und sauste zum Telefon.

Nach dem Anfall erschlaffte sie. (Merediths Herz stockte. Ebenso wie ihr Atem. Sie lag still.) Eine Sekunde lang war sie mit ihren Kindern allein im Zimmer, stumm. Nachdem er 911 gewählt hatte, erschien Jimmy wieder und versuchte, ihren Atem wieder in Gang zu bringen. Und zwar folgendermaßen: Er drückte seine Lippen auf ihre. Es fiel ihm nicht ein *Los, atme, verdammt noch mal* zu sagen oder ähnliche Verwüschungen von sich zu geben, obwohl er es schaffte, die Kinder anzubrüllen: *Raus mit euch, bitte! Geht nach unten!* (Eine Weisung, an die sich nur eine Minute lang hielten.) Endlich tat meine Schwester einen Atemzug. Tat einen tiefen Atemzug, gab einen Seufzer von sich, auf den noch zwei weitere folgten. Tiefe resignierte Seufzer. Zwischen jedem fünf bis zehn Sekunden. Ein paar Momente noch, Augenblicke, sah sie Jimmy an, während er, nur auf Ergebnisse bedacht, mit den Fäusten auf ihren Brustkorb einhämmerte und ab und zu innehielt, um das Ohr zwischen ihre Brüste zu drücken. Ihre Augen waren traurig und verschreckt, trotz der Anwesenheit der Menschen, die sie am meisten liebte. So jedenfalls schien es. Wahrscheinlich aber war sie bewußtlos. Die Kinder saßen im Schneidersitz auf dem Boden im Flur, nahe der Treppe, und sahen zu. Vieles blieb ungetan in diesen letzten Sekunden, auch wenn es nichts Außergewöhnliches war, Menschen, Beziehungen, kleine Freundlichkeiten, die beste Methode, Kürbiskerne zu braten, was für Thanksgiving eingepackt werden mußte, ob sie Rüben machen sollte oder nicht, Fotos, die aussortiert und geordnet, Fotos, die gemacht werden mußten – diese Möglichkeiten entschwirrten meiner Schwester, eine Sturzwelle von Zukünften, meine geliebte Schwester, allein mit fotografierten und unfotografierten Bildern, dahin.

Sanitäter kamen und trugen ihren Körper nach unten ins Wohnzimmer, wo sie versuchten, mit teuren Maschinen und Geräten ihren Puls in Gang zu setzen. Ihr Körper zuckte, als sie ihr Elektroschocks versetzten – sie war eine Wiedergängerin in irgendeinem Korridor von

Gleichzeitigkeiten –, aber ihr Herz fing nicht wieder zu schlagen an. Dann legten sie ihren Körper auf eine Trage. Um sie wegzubringen. Nun kommt der Moment, in dem sie sie zur Eingangstür ihres Hauses hinaustragen und sie es uns hinterläßt, uns das Haus, ihre Sachen, ihre Freunde, ihre Erinnerungen und deren unwillkürliche Montage zu Sprache hinterläßt. Schmerz. Das Geräusch des Krankenwagens. Die Straße auf dem Weg zum Krankenhaus ist weitgehend frei; der Weg meiner Schwester ist frei.

Ich sollte mehr fiktionalisieren, ich sollte mich zurücknehmen. Ich sollte an die Pflichten der Charakterzeichnung denken, ich sollte ihre beiden Kinder zu einem zusammenfassen oder ihr Geschlecht vertauschen oder sie sonstwie verändern, ich sollte ihren Freund zum Ehemann machen, ich sollte sämtliche Verästelungen meiner ausgedehnten Verwandtschaft explizieren (ihre Wiederverheiratungen, ihre Innenpolitik), ich sollte eine Novelle aus dem Ganzen machen, ich sollte meine Vorfahren (Steinmetze und Zeitungsleute) mit einarbeiten, ich sollte mit Kunstfertigkeit eine elegante Oberfläche entstehen lassen, ich sollte die Ereignisse ordnen, ich sollte abwarten und später darüber schreiben, ich sollte warten, bis ich nicht mehr wütend bin, ich sollte eine Erzählung nicht mit Fragmenten überladen, mit bloßen Erinnerungen an schöne Zeiten oder mit Bedauern, ich sollte Merediths Tod formschön und überzeugend, nicht unbeschönigt und disjunktiv gestalten, ich sollte nicht das Undenkbare denken müssen, ich sollte nicht leiden müssen, ich sollte sie hier direkt anreden (so fehlst du mir), ich sollte nur von Zuneigung schreiben, ich sollte unsere Reisen in dieser irdischen Landschaft sicher und gefahrlos machen, ich sollte ein besseres Ende finden, ich sollte nicht sagen, ihr Leben war kurz und oft traurig, ich sollte nicht sagen, sie hatte ihre Dämonen, so wie ich.

Diese Kurzgeschichten erschienen zuerst an folgenden Orten: »Die Villa auf dem Hügel« in der *Paris Review* und in *Pushcart Prize Nr. 24*; »Auf dem Kreisel« in *Fence;* »Doppelnull« (basierend auf Sherwood Andersons »The Egg«) in *McSweeney's*; »Vorschau aus dem Kleinhandelsressort« im *New Yorker*; »Hawaiische Nacht« im *New Yorker*; »Schublade« in *Esquire;* »Pans holde Scharen« in *Conjunctions* und in einer Galeriebroschüre zu einer Ausstellung von Elena Sistos Gemälden; »Die karnevalistische Tradition« in der *Paris Review*; »Wilkie Fahnstock: Die Collection« in *Primal Primers* und auf Word.com; »Jungen« in *Elle*; »Unausweichliche Modalität des Vaginalen« in *Lit* und in Fiona Giles' Anthologie *Chick for a Day*; und »Dämonologie« in *Conjunctions,* in *Pushcart Prize Nr. 21,* in *O.Henry Prize Awards,* in *The KGB Bar Reader* und in *Survival Stories.*

Für Ermutigung und Unterstützung: meiner Familie, Julia Slavin, Amy Hempel, Mary Robison, Susan Minot, Mary-Beth Hughes, Heather McGowan, Elizabeth Gaffney, George Plimpton, Bradford Morrow, Alice Quinn, Bill Buford, Gregory Crewdson, Fiona Giles, David Ford, Adrienne Miller, Margaret Nagle, David Eggers, Laura Iglehart, Courtney Eldridge, Bill Henderson, Michael Pietsch, Walter Donohue, Michael und Nina Sundell, allen im Yaddo, allen im Cranberry's und der ganz außergewöhnlichen Melanie Jackson.

PIPER

Anita Shreve

Der weiße Klang der Wellen

Roman. Aus dem Amerikanischen von Angelika Felenda. 347 Seiten. Geb.

Im Badezimmer eines luxuriösen kanadischen Hotels betrachtet sich eine schöne, schon reife Frau im Spiegel. Dann fällt ihr Blick auf die elfenbeinfarbenen Leinenkissen auf dem breiten Bett – doch gleich verscheucht sie die Gedanken, die sie dabei überkommen; Gedanken, die sie eigentlich schon lange hinter sich gelassen glaubte. Aber an jenem Abend war sie völlig unverhofft dem Mann wiederbegegnet, der ihr Schicksal immer wieder gefährdet hat: ob damals in Kenia, wo sie als junge Frau im Peace corps gearbeitet hat und Thomas eines Tages auf einem sonnigen, staubigen Markt in die Arme gelaufen war. Eine Begegnung, die sich in dem Urwalddorf, in dem sie lebte, fortsetzte; später in einem heißen Hotelzimmer am Strand, dann auf einem verhängnisvollen Fest... Ihre allererste Begegnung aber, an der Küste Neuenglands, an einer gischtumtosten Pier, war es, die sie, die damals Siebzehnjährige, am entscheidensten prägte. Vielleicht, weil die beiden seit jenem Abend im Oktober ein schreckliches, trauriges Geheimnis verband?

Anne Carson
Rot

Ein Roman in Versen. Aus dem Amerikanischen von Karen Lauer.
165 Seiten. Geb.

In Kanada und den USA wurde das Buch hymnisch aufgenommen: Anne Carsons Versroman läßt einen griechischen Mythos auf einzigartige Weise Gegenwart werden. »Geryon war ein Monster, alles an ihm war rot.« Das »Monster« ist ein fast normaler Junge, der seine erste Liebesgeschichte erlebt – mit einem älteren Jungen. Herakles stammt aus einem Ort namens Hades und nimmt Geryon mit auf seinen ersten Vulkan. Doch er wird seiner bald überdrüssig... Aus alten und neuen Mythen webt Anne Carson einen dichten Bilderteppich, auf dem das Alltägliche und die Ekstase, das Tiefgründige und das Bizarre nebeneinander stehen. So entsteht eine berührende, poetische Geschichte vom Erwachsenwerden, der eine vulkanische Landschaft als bildlicher und realer Hintergrund dient. »Wie die Erdkruste, die im Verhältnis zehnmal so dünn ist wie Eierschalen, ist auch die Haut der Seele ein Wunder des Druckausgleichs.«

Annette Pehnt
Ich muß los

Roman. 125 Seiten. Geb.

»Dorst schob seinen Einkaufswagen von hinten sachte in Einers Hüfte. Einer drehte sich um: Ach nein, sagte sie und ließ den Spinat sinken. Der spanische Sekt ist im Sonderangebot, sagte Dorst, legte den Kopf schief und wartete.«

Unergründlich und scheu ist er, der Held in Annette Pehnts kraftvollem ersten Roman. Er läuft in den schwarzen Anzügen seines toten Vaters herum, erzählt als selbsternannter Reiseführer von Limonadebrunnen und Honigfrauen. Seine Phantasie ist grenzenlos, die Nähe zu anderen nicht. Vor allem nicht die zu seiner Mutter und ihrem Freund. Erst als Dorst die junge Einer trifft, scheinen seine Zurückhaltung und seine Ruhelosigkeit ein Ende zu finden. Lakonie und leiser Humor vereinen sich in Annette Pehnts Debütroman »Ich muß los« zu einer traurig schönen Geschichte über einen jungen Mann und seine Verbindung zur Welt.